ASTRID PARKER NUNCA FALHA

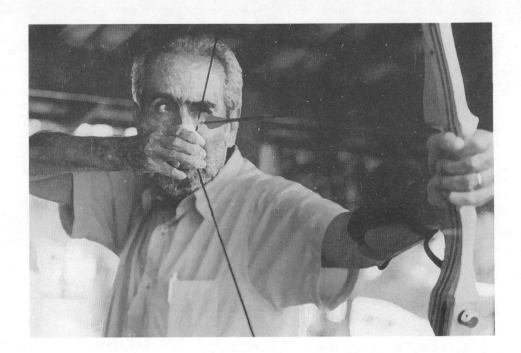

O Arqueiro

GERALDO JORDÃO PEREIRA (1938-2008) começou sua carreira aos 17 anos, quando foi trabalhar com seu pai, o célebre editor José Olympio, publicando obras marcantes como *O menino do dedo verde*, de Maurice Druon, e *Minha vida*, de Charles Chaplin.

Em 1976, fundou a Editora Salamandra com o propósito de formar uma nova geração de leitores e acabou criando um dos catálogos infantis mais premiados do Brasil. Em 1992, fugindo de sua linha editorial, lançou *Muitas vidas, muitos mestres*, de Brian Weiss, livro que deu origem à Editora Sextante.

Fã de histórias de suspense, Geraldo descobriu *O Código Da Vinci* antes mesmo de ele ser lançado nos Estados Unidos. A aposta em ficção, que não era o foco da Sextante, foi certeira: o título se transformou em um dos maiores fenômenos editoriais de todos os tempos.

Mas não foi só aos livros que se dedicou. Com seu desejo de ajudar o próximo, Geraldo desenvolveu diversos projetos sociais que se tornaram sua grande paixão.

Com a missão de publicar histórias empolgantes, tornar os livros cada vez mais acessíveis e despertar o amor pela leitura, a Editora Arqueiro é uma homenagem a esta figura extraordinária, capaz de enxergar mais além, mirar nas coisas verdadeiramente importantes e não perder o idealismo e a esperança diante dos desafios e contratempos da vida.

ASTRID PARKER NUNCA FALHA

ASHLEY HERRING BLAKE

Título original: *Astrid Parker Doesn't Fail*

Copyright © 2022 por Ashley Herring Blake
Copyright da tradução © 2023 por Editora Arqueiro Ltda.

Publicado mediante acordo com a Berkley, selo do Penguin Publishing Group, uma divisão da Penguin Random House LLC.

Todos os direitos reservados. Nenhuma parte deste livro pode ser utilizada ou reproduzida sob quaisquer meios existentes sem autorização por escrito dos editores.

tradução: Camila Fernandes
preparo de originais: Karen Alvares
revisão: Livia Cabrini e Rafaella Lemos
revisão técnica em diversidade: Bruno Ferreira
diagramação: Gustavo Cardozo
capa: Katie Anderson
imagem de capa: Leni Kauffman
adaptação de capa: Natali Nabekura
impressão e acabamento: Cromosete Gráfica e Editora Ltda.

CIP-BRASIL. CATALOGAÇÃO NA PUBLICAÇÃO
SINDICATO NACIONAL DOS EDITORES DE LIVROS, RJ

B568a

Blake, Ashley Herring
    Astrid Parker nunca falha / Ashley Herring Blake ; tradução Camila Fernandes. - 1. ed. - São Paulo : Arqueiro, 2023.
    352 p. ; 23 cm.

    Tradução de: Astrid Parker doesn't fail
    Sequência de: Delilah Green não está nem aí
    ISBN 978-65-5565-519-3

    1. Ficção americana. I. Fernandes, Camila. II. Título.

23-84026
CDD: 813
CDU: 82-3(73)

Meri Gleice Rodrigues de Souza - Bibliotecária - CRB-7/6439

Todos os direitos reservados, no Brasil, por
Editora Arqueiro Ltda.
Rua Funchal, 538 – conjuntos 52 e 54 – Vila Olímpia
04551-060 – São Paulo – SP
Tel.: (11) 3868-4492 – Fax: (11) 3862-5818
E-mail: atendimento@editoraarqueiro.com.br
www.editoraarqueiro.com.br

Para todo mundo que levou um
tempo para se descobrir.

"Reconhecer o que te faz feliz é um belo de um começo."
– Atribuído a Lucille Ball

CAPÍTULO UM

ASTRID PARKER ESTAVA PERFEITA.

Bom, tão perfeita quanto *possível*, o que naqueles tempos significava uma boa camada de corretivo por cima das meias-luas roxas que tinham resolvido morar debaixo de seus olhos. Mas, tirando esse truquezinho, ela estava impecável.

Apertou o passo na calçada, com a luz da manhã de primavera esticando sua sombra nas pedras do calçamento do centro de Bright Falls, no Oregon. Não conseguia acreditar que o sol havia aparecido para aquecer sua pele pálida e que tinha mesmo podido deixar o guarda-chuva e as galochas em casa, no armário da entrada. Era o primeiro dia sem chuva nas últimas duas semanas.

Nascida e criada nessa região, Astrid estava acostumada às chuvas da primavera, aos dias cinzentos e à garoa, mas o fato de as nuvens terem se dignado a se dispersar – e justamente naquele dia – era, no mínimo, animador. Se Astrid acreditasse em sinais, talvez ficasse meio emocionada com aquela coincidência. Em vez disso, parou em frente à Café & Conforto e olhou para o próprio reflexo na grande janela panorâmica.

Naquela manhã, tinha acordado uma hora mais cedo do que precisava, tomado banho e secado o cabelo, tratando de ajeitar a franja loira recém-aparada exatamente como Kelsey, sua cabeleireira, havia ensinado. O resultado ficou… bom, ficou perfeito. As mechas onduladas caíam até pouco abaixo dos ombros; a franja estava repicada, chique e reluzente. A maquiagem era mínima mas elegante – apesar do corretivo –, e as joias, discretas e de bom gosto: usava apenas um par de argolas de ouro.

O vestido era a verdadeira estrela do visual, sua roupa favorita e o item mais caro que possuía – ainda não se atrevera a contar para as melhores amigas, Iris e Claire, quanto tinha pagado nele no ano anterior, depois que ela e Spencer terminaram o relacionamento. Fora uma compra necessária, um gesto para que ela se sentisse autoconfiante e bonita. Naquele momento, observando o vestido lápis marfim, sem mangas, de comprimento médio, o reflexo confirmou que tinha valido cada centavo. Para combinar, ela escolhera suas sandálias de amarração pretas favoritas, com saltos de quase oito centímetros, e nem mesmo a mãe dela poderia reclamar da imagem que Astrid via naquela janela. Estava elegante e equilibrada. Preparada.

Perfeita.

Era tudo o que deveria ser para a reunião e as primeiras filmagens na Pousada Everwood. Um sorriso frouxo se instalou em sua boca quando pensou na pousada histórica, que agora estava em suas mãos para que a recriasse. Bom, não exatamente nas *suas* mãos. Quando Pru Everwood, proprietária de longa data da casa vitoriana amada em todo o território nacional, telefonara para ela dizendo que estava pronta para uma reforma – e que o programa superchique de Natasha Rojas na TV fechada, *Pousadas Adentro*, queria fazer um episódio sobre a transformação daquele imóvel –, Astrid quase mordera a própria língua para não gritar de alegria.

Alegria e um pouco de pavor, mas era só nervosismo. Pelo menos era isso que Astrid vinha dizendo a si mesma desde então. É óbvio que estava entusiasmada. Óbvio que aquela era uma oportunidade espetacular.

A Pousada Everwood era famosa – havia inúmeros livros e documentários sobre a lenda da Dama Azul, que supostamente assombrava um dos quartos do andar superior –, e aparecer no *Pousadas Adentro* poderia mudar sua vida. Era sua chance de deixar de ser uma designer de interiores desconhecida com um casamento cancelado para ser algo mais. Algo melhor. Alguém de quem a mãe *realmente* gostasse.

Além disso, a antiga mansão transformada em pousada era o sonho de toda designer – três andares de beirais e paredes laterais complexas, uma ampla varanda na frente e uma fachada que no momento tinha cor de vômito de gato, mas que ficaria deslumbrante com um belo tom pastel, lavanda ou talvez hortelã. Por dentro, era um labirinto de quartos com paredes escuras e teias de aranha, mas Astrid já conseguia imaginar como iria iluminar e abrilhantar tudo, com os novos painéis e as paredes de destaque que substituiriam os lambris de cerejeira, transformando a varanda podre dos fundos num solário banhado de luz natural.

Não havia dúvida: a Pousada Everwood era um projeto dos sonhos.

E, naquele momento, o único de Astrid.

Ela suspirou, empurrando os recentes problemas financeiros para o fundo da mente, inclusive o fato de ter sido obrigada, na semana anterior, a demitir a assistente *e também* a recepcionista por não conseguir mais pagar o salário delas. Mas nunca contaria para a mãe que agora a Bright Designs era oficialmente um empreendimento de uma mulher só. Preferiria mastigar um cacto a fazer isso, muito obrigada. Portanto, com certeza, não tinha tempo para dúvidas nem incongruências.

Desde que assumira a empresa de design de interiores de Lindy Westbrook, nove anos antes, quando Lindy se aposentara, Astrid geralmente tinha a quantidade ideal de projetos para mantê-la ocupada e financeiramente estável. Mas, nos últimos tempos, o movimento andava muito fraco... e chato. Numa cidade pequena como Bright Falls, a clientela era bem limitada, e, se tivesse que trabalhar em mais um consultório médico, imobiliária ou escritório de advocacia, para enchê-los de assentos desconfortáveis e quadros com pinturas abstratas, ia começar a arrancar os cabelos – literalmente.

Sem falar que, se deixasse a empresa afundar, principalmente depois do desastroso casamento cancelado no verão anterior, sua mãe não só arrancaria os cabelos *de Astrid*, como também trataria de convencê-la de que o fracasso era cem por cento culpa da filha, distorcendo seus problemas profissionais e os transformando em defeitos intimamente pessoais.

Ultimamente essa qualidade encantadora da mãe estava a todo o vapor. Isabel chegava mesmo a franzir os lábios sempre que a filha aparecia com um fio de cabelo fora do lugar ou comia uma rosquinha. Astrid estava exausta e dormia muito mal havia meses. Quando fechava os olhos, o escrutínio constante da mãe e as expectativas inatingíveis passavam como um filme repetido diante dela. Sem dúvida, se existia uma coisa capaz de apaziguar Isabel e dar a Astrid alguns meses de paz – talvez até render um abraço orgulhoso ou uma declaração radiante como "sempre acreditei em você, querida" –, era aparecer como a chefe de design num programa prestigiado de TV, sendo a responsável por conduzir a amada Pousada Everwood ao século XXI.

Ofereceu mais um sorriso ao seu reflexo e estava endireitando o tecido claro do vestido quando um punho bateu no interior do vidro. Levou um susto e recuou de um jeito que o tornozelo quase se dobrou no alto daqueles saltos.

– Você tá a maior gostosa, hein!

Uma ruiva bonita sorriu para ela do outro lado da janela, as sobrancelhas subindo e descendo de forma teatral ao admirar a silhueta de Astrid.

– Nossa, Iris! Dá pra *parar* com isso? Só hoje? – disse Astrid, levando a mão ao peito enquanto tentava acalmar o coração disparado.

– Parar com o quê? – gritou Iris através do vidro, com os braços apoiados nas costas de uma cadeira de madeira pintada de turquesa.

– Parar de...

Astrid gesticulou, procurando a palavra certa. Em se tratando de sua melhor amiga Iris Kelly, que era filha do meio e estava sempre disputando atenção, a palavra certa raramente funcionava por muito tempo.

– Deixa pra lá – completou Astrid.

– Traz essa gostosura toda pra cá de uma vez – disse Iris. – Claire e Delilah só querem saber de ficar cochichando...

– Não estamos cochichando nada!

Foi o que Astrid ouviu sua outra melhor amiga, Claire, gritar de algum lugar atrás de Iris antes de também aparecer na janela, com o cabelo castanho preso num coque bagunçado e os óculos de aro roxo cintilando à luz do sol.

– ... e estou aos poucos perdendo a vontade de viver – continuou Iris, batendo seu ombro no de Claire.

– Não finja que não gosta.

Isso veio de Delilah, irmã postiça de Astrid e namorada de Claire havia quase um ano. Astrid ainda estava se acostumando com a presença dela em sua vida. Ela e Delilah tinham compartilhado uma infância complicada, cheia de ressentimentos e mal-entendidos. O processo de cura era longo e, sinceramente, exaustivo. Tinham evoluído muito desde o último verão, quando Delilah chegara de Nova York para fotografar o casamento de Astrid e, no fim das contas, se apaixonara por uma das madrinhas. Desde então, tinha voltado para Bright Falls e se dedicado a fazer Claire feliz de um jeito que Astrid nunca vira.

Como que para provar ainda mais seu argumento, Delilah se aproximou da janela e passou o braço tatuado em volta do ombro de Claire, que sorriu para ela na mesma hora, como se a própria namorada tivesse criado o café. Astrid sentiu uma pontada no fundo do peito. Não era necessariamente ciúme, e já tinha percebido havia muito tempo que os problemas que ela e Delilah tiveram quando crianças eram tanto culpa dela quanto da irmã, portanto também não era desconforto nem preocupação com o bem-estar da melhor amiga.

Não, o sentimento estava mais para... náusea. Ela nunca, *jamais* admitiria para Claire – nem para Iris e sua novíssima namorada, Jillian – que a visão de um casal feliz a fazia ter vontade de vomitar, mas era verdade, e o estômago embrulhado era a prova. Desde que se separara de Spencer, sentia-se mal fisicamente só de pensar em romance e namoro.

Era exatamente por isso que Astrid *não* pensava em romance e namoro – muito menos em se envolver com essas coisas – e não tinha planos de fazer isso no futuro.

– Entra, meu bem – disse Claire, dando uma batidinha suave na janela. – Hoje é um dia importante!

Astrid sorriu, sentindo a náusea finalmente se dissipar. Quando contara a Claire e Iris sobre o telefonema de Pru a respeito de Everwood – e sobre o *Pousadas Adentro*, Natasha Rojas (ninguém menos que ela!) e a vinda dos netos de Pru à cidade para ajudar a avó a administrar toda a situação –, suas melhores amigas gritaram de alegria com ela e a ajudaram a se preparar para a primeira reunião e para filmar com a família Everwood. Foi bem verdade que *se preparar* significara várias noites na casa de Astrid com garrafas de vinho abertas espalhadas em sua mesa de centro enquanto ela trabalhava no computador e Iris e Claire ficavam cada vez mais tontas e irritantes, mas ainda assim fora bom. O que importava era a intenção.

No dia marcado, insistiram em tomar café da manhã juntas na Café & Conforto para, segundo Iris, alimentá-la "com rosquinhas e fodosidade". Astrid estaria mentindo se dissesse que não precisava de um pouco de *fodosidade* naquele momento. Ela acenou para Claire e foi em direção à porta da frente, estendendo a mão para a maçaneta de latão escurecida. Antes que pudesse girá-la, porém, a porta de madeira turquesa se abriu e alguma coisa colidiu com Astrid, arrancando todo o ar de seus pulmões e jogando-a para trás.

Ela se estabacou com a bunda no chão, raspando a palma das mãos na calçada, e uma queimação surgiu no meio de seu peito antes de escorregar até a barriga.

– Ai, meu Deus, me desculpa.

Astrid ouviu a voz que estava bem na sua frente, mas ficou paralisada, com as pernas abertas de um jeito muito deselegante, o salto direito da sandália favorita pendurado literalmente por um fio, e...

Fechou os olhos com força. Contou até três antes de abri-los outra vez. Talvez fosse um sonho. Um pesadelo. É lógico que ela não estava estatelada de bunda na calçada bem no centro da cidade. E seu vestido lápis – seu vestido lindo, perfeito e simplesmente espetacular, que deixava sua bunda maravilhosa – não estava coberto de café quente, molhado e muito, muito escuro. Não havia três copos de papel encharcados girando no chão ao redor dela, nem um porta-copos de cabeça para baixo no seu colo, acumulando ainda mais líquido em todo aquele linho que só podia ser lavado a seco. E com certeza não havia uma mulher de pele branca e cabelo castanho-dourado, curto e farto, de macacão jeans claro com as barras dobradas e botas marrons rústicas parada na frente dela, com uma expressão horrorizada.

Não podia ser verdade.

Estava prestes a conhecer Natasha Rojas. E, ainda por cima, estava prestes a aparecer na frente de uma câmera com o maior projeto de sua vida.

Não. Era. Verdade.

– Você tá bem? – perguntou a mulher, estendendo a mão para Astrid. – Eu estava com pressa e não te vi aí e, nossa, seu vestido ficou bem sujo, hein?

Astrid ignorou a tagarelice dela, assim como a mão estendida. Em vez disso, concentrou-se em respirar. Inspirar e expirar. Com calma. Sem pressa. Porque o que ela queria mesmo era gritar. Gritar *bem* alto, e bem na cara daquela mulher, talvez com um belo empurrão no ombro para arrematar. Sabia que não devia fazer nada disso, então respirou... e respirou um pouco mais.

– Você... está ficando sem ar? – perguntou a mulher. – Será que é melhor eu chamar alguém?

Ela se ajoelhou e olhou bem para o rosto de Astrid, estreitando os olhos castanho-esverdeados. Seu rosto era quase élfico, os traços delicados, com nariz e queixo pontudos. O cabelo curto era rapado de um lado e mais comprido do outro, jogado por cima da testa e cheio de mechas embaraçadas, como se ela tivesse acabado de acordar. Tinha um piercing no nariz, uma pequena argola prateada que atravessava o septo.

– Quantos dedos você está vendo? – perguntou, levantando dois.

Astrid teve vontade de responder erguendo um único dedo bem expressivo, mas, antes que pudesse fazer isso, Iris, Claire e Delilah saíram do café, arregalando os olhos ao vê-la no chão.

Meu Deus, *ainda* estava no chão?

– Meu bem, o que aconteceu? – indagou Claire, correndo para ajudá-la a se levantar.

– *Eu* aconteci – disse a mulher. – Desculpa mesmo. Estava saindo e não olhei por onde estava andando, o que é muito a minha cara, agora estou morrendo de vergonha e...

– Dá pra *calar a boca*, por favor?

As palavras saíram dos lábios de Astrid antes que pudesse pensar melhor. A mulher arregalou os olhos, arqueando o delineado gatinho perfeito, a boca vermelha como uma framboesa se abrindo num pequeno "o".

– Pelo menos ela disse *por favor* – murmurou Iris de canto de boca. – É a cara da Astrid. Educada até quando é grossa.

Claire pigarreou e puxou o braço de Astrid, mas ela a dispensou com um gesto. Caramba, ia se levantar sozinha, preservar a dignidade que lhe restava. As pessoas a caminho do trabalho ou do café olhavam para ela, todas provavelmente agradecendo aos deuses ou a quem quer que fosse pelo fato de sua manhã não estar tão ruim quanto a daquela coitada com o vestido destruído e a palma das mãos toda lanhada.

Ela se ergueu, cambaleando, e a mulher se levantou com ela. A desconhecida torceu as mãos, estremecendo enquanto Astrid arrancava a sandália arrebentada e inspecionava o salto arruinado.

– De verdade, me...

– "Desculpa". É, já entendi – retrucou Astrid. – Mas suas desculpas não vão consertar meu vestido nem meu sapato, não é?

A mulher pôs o cabelo atrás da orelha, revelando vários piercings.

– Hã. Não, acho que não.

Algo que parecia desespero, por mais irracional que fosse, corou as bochechas de Astrid e se acumulou no peito. Era a única coisa que ela queria. Uma única coisa no mundo inteiro. Só queria que *aquela única manhã* fosse perfeita, mas não, aquele desastre em forma de mulher com seu cabelinho bonito e piercing no nariz tinha que chegar com tudo, no pior momento possível, eliminando qualquer chance de perfeição. Sentiu um formigamento na ponta dos dedos, um bolo no estômago, e as palavras se despejaram da boca numa torrente de veneno e irritação.

– Como você não me viu? – cuspiu Astrid.

– Eu...

– Eu estava bem ali, e de vestido *marfim*. – Astrid gesticulou com ambas as mãos indicando o vestido, que não dava mais para chamar de marfim. – Estou praticamente brilhando.

A mulher franziu a testa.

– Olha, eu...

– Ah, esquece – resmungou Astrid. – Você já estragou tudo. – Tirou o telefone da bolsa, acessou os contatos com cliques bruscos e quase esfregou o aparelho na cara da mulher. – Põe o seu número aqui pra eu poder te mandar a conta.

– Eita – murmurou Iris.

– A conta? – perguntou a mulher.

– *Foge* – sussurrou Iris.

Mas a mulher simplesmente piscou para as duas, confusa.

– A conta da lavagem a seco – explicou Astrid, ainda estendendo o telefone.

– Meu benzinho – disse Claire –, será que a gente precisa mesmo...

– Precisa, sim, Claire.

Astrid ainda respirava com dificuldade, sem nunca deixar de encarar aquele furacão ambulante que não conseguia atravessar uma porta sem gerar o caos.

A mulher finalmente pegou o telefone, o pescoço delgado estremecendo enquanto engolia em seco e digitava o número. Ao terminar, devolveu o aparelho a Astrid e se inclinou para recolher os copos vazios e o porta-copos, depois despejou tudo numa grande lata de lixo perto da entrada da cafeteria.

Em seguida foi embora sem dizer nem mais uma palavra.

Astrid ficou olhando enquanto a mulher caminhava, apressada, cerca de meio quarteirão pela calçada, e parava ao lado de uma caminhonete verde-hortelã que parecia bem surrada. A mulher praticamente se jogou lá dentro e saiu da vaga de estacionamento com os pneus cantando e o motor roncando rumo ao norte, sumindo de vista.

– Então tá – declarou Delilah.

– Pois é – arrematou Iris.

Claire se limitou a estender a mão e afagar a de Astrid, o que a trouxe de volta à realidade dos fatos.

Olhou para o próprio vestido, o café secando e adquirindo um tom marrom-claro, a sandália pendurada nos dedos. Um novo horror tomou conta dela, mas não era por causa da roupa arruinada nem da manhã perfeita destruída no dia mais importante de sua vida profissional. Não, ela era a incrível Astrid Parker. Ia dar um jeito naquilo tudo.

Só não conseguiria dar um jeito no fato de ter acabado de soltar os cachorros para cima de uma desconhecida por causa de umas manchas de café, uma verdade que naquele instante pesou sobre ela como piche: densa, pegajosa e fedorenta.

– Vamos limpar você – disse Claire, tentando levar Astrid para dentro da Café & Conforto, mas ela não cedeu.

– Falei igualzinho à minha mãe – murmurou.

Engoliu em seco, o arrependimento dando um nó na garganta, e olhou para cada uma das amigas, depois deteve o olhar em Delilah.

– Não falei? – perguntou.

– Não, lógico que não – respondeu Claire.

– Quer dizer, se parar pra pensar, o que é falar *igual* a ela? – emendou Iris, desconversando.

– É, falou, sim – confirmou Delilah.

– Amor – disse Claire, dando um tapinha no braço da namorada.

– Ué, ela perguntou – retrucou Delilah.

Astrid esfregou a testa. Houve um tempo em que falar exatamente como Isabel Parker-Green seria algo bom, uma meta, uma forma empoderada de lidar com o mundo em geral. A mãe de Astrid era equilibrada, perfeitamente controlada, elegante, educada e sofisticada.

E também a mulher mais fria e insensível que Astrid já conhecera. Muitas vezes, temia que o envolvimento excessivo da mãe na vida dela tivesse graves repercussões, com a essência de Isabel se infiltrando no sangue e nos ossos da filha, tornando-se parte dela de uma forma que não conseguisse controlar. E lá estava a prova – quando tudo dava errado, Astrid Parker era altiva e arrogante, uma megera de marca maior.

– Saco – disse ela, apertando as têmporas entre o polegar e o indicador. – Ameacei a mulher com uma conta de lavagem a seco, pelo amor de Deus. Preciso pedir desculpas.

– Acho que é tarde demais – comentou Delilah, indicando a fumaça de borracha queimada dos pneus da caminhonete que ainda pairava no ar.

– Se isso fizer você se sentir melhor, acho que ela nunca mais vai aparecer aqui – comentou Iris. – Não reconheci ela. Eu me lembraria de uma gata daquelas.

– Iris, menos, vai – disse Claire.

– Ah, por favor, ela era objetivamente maravilhosa – insistiu Iris. – Viu aquele macacão? O cabelo? Ela é do ramo, aposto.

Delilah riu, e até mesmo Claire abriu um sorriso ao ouvir isso. Astrid sentiu apenas uma vaga solidão que não conseguia explicar.

– Todo mundo tem dias ruins – continuou Claire. – Com certeza ela entendeu.

– Você é pura demais pra este mundo, Claire Sutherland – declarou Iris.

Claire revirou os olhos enquanto Delilah sorria e dava um beijo na cabeça da namorada. Aquela cena toda deixou o estômago de Astrid ainda mais embrulhado – as demonstrações públicas de afeto, a positividade constante de Claire, o sarcasmo de Iris. A única pessoa que estava dizendo a verdade nua e crua era Delilah, e naquele momento Astrid não aguentava encará-la depois de ter entrado com tudo no modo Isabel Parker-Green.

– Preciso ir pra casa tomar banho – disse ela, tirando a outra sandália para não sair mancando pela calçada com um salto de oito centímetros.

– Eu ajudo – falou Claire.

– Não precisa.

Astrid livrou o braço das mãos de Claire e foi para onde havia estacionado o carro. Precisava ficar sozinha e esfriar a cabeça. Apesar do desastre daquela manhã, ainda era a chefe de design da Pousada Everwood, ainda apareceria no *Pousadas Adentro* e ainda estava prestes a conhecer Natasha Rojas. De jeito nenhum deixaria aquele encontrão com uma sujeita desastrada e um momento de extrema arrogância arruinarem seus planos.

Ela se despediu das amigas e estava a meio caminho do carro quando pensou em buscar o nome da mulher nos contatos. Talvez pudesse mandar uma mensagem pedindo desculpa, dizendo, no mínimo, que era óbvio que não mandaria a conta da lavanderia. Desbloqueou o telefone, detendo os pés descalços enquanto olhava para as informações de contato da mulher.

Não havia nome.

Só um número, salvo com o nome Ser Humano Maravilhoso que Estragou Seu Vestido Feio.

CAPÍTULO DOIS

JORDAN EVERWOOD PERCORREU mais ou menos um quilômetro e meio da estrada antes de ter que parar. Tentou se segurar, engolir o nó na garganta, mas que se danasse, sério, para que tentar se controlar, por quem? Com certeza não por si mesma. Estava em crise havia um ano inteiro – até mais, se começasse a contar a partir do diagnóstico de Meredith –, então esse era um estado ao qual já se acostumara muito bem.

Chegara a cerca de oito quilômetros da casa da avó, onde estava hospedada. Simon não parava de mandar mensagens, perguntando quando voltaria com aquele café hipster que ele tanto adorava, e não queria chegar com lágrimas de rímel escorrendo pelo rosto.

Parou a caminhonete, Adora, no acostamento da estrada que saía de Bright Falls, uma via com duas pistas, nada além de pinheiros encharcados de chuva até onde a vista alcançava e ao longe uma montanha cujo nome não sabia.

Era tão diferente de Savannah, na Geórgia.

Mas era para ser mesmo.

Colocou Adora em modo parking, e a marcha relutou em mudar – a viagem que fizera para cruzar o país na semana anterior esgotara completamente sua preciosa caminhonete. Ela e Meredith deram ao carro o nome da protagonista do desenho animado favorito das duas, *She-Ra*, quando Jordan começara a fazer serviços de carpintaria para a Dalloway & Filhas Decorações, quatro anos antes.

Caramba, fazia só quatro anos?

Parecia uma vida inteira.

Jordan apoiou a cabeça no assento de couro sintético e deixou as lágrimas escorrerem pelo rosto. Aquilo era um desastre – aquela decisão, aquela "segunda chance", como Simon gostava de dizer. O irmão gêmeo a perturbara por quase seis meses, pedindo que se mudasse de Savannah.

– O lugar é assombrado, Jordie – dissera ele mais de uma vez.

– Lógico que é – respondia ela, repetidamente. – É uma das cidades mais assombradas do país.

– Você entendeu o que eu quis dizer, espertalhona.

E ela entendia, sim, mas não queria admitir nem ferrando. Mesmo assim, nos meses que se passaram desde que ele começara a mandar cartões-postais, todos apresentando uma nova cidade emocionante – São Francisco! Nova York! Chicago! Los Angeles! –, a vida em Savannah tinha piorado cada vez mais. O trabalho dela na Dalloway & Filhas ficara desleixado, acompanhado de várias queixas de clientes pelas dezenas de armários planejados e peças de mobiliário únicas arruinadas por seus erros de cálculo, além daquela confusão mental da qual não conseguia se livrar.

Até sua psicóloga dizia que estava na hora de mudar.

– Achei que o objetivo da terapia fosse enfrentar os problemas, não correr deles – dissera Jordan numa sessão dois meses antes, quando Angela finalmente sugerira, com muita delicadeza, que talvez Simon tivesse razão.

– Você pode *correr de algo* – respondera Angela –, mas também pode *correr em direção a uma novidade*. E você precisa de novidade, Jordan. Não está vivendo a vida. Está vivendo algo que deixou de existir um ano atrás. Ou está tentando, e é óbvio que não está dando certo. É uma vida que não dá pra viver.

Depois dessa pílula de sabedoria, Jordan saíra do consultório de Angela praticamente batendo o pé, sem dizer adeus, nem um *vai à merda* nem nada. Ainda assim, as palavras da psicóloga a haviam assombrado – mais do que qualquer um dos famosos fantasmas de Savannah – até o dia em que a situação no trabalho fora a gota d'água.

Certo, talvez "gota d'água" seja uma expressão delicada demais para o que aconteceu, considerando que ela pusera fogo numa reforma multimilionária num casarão na Chatham Square.

De propósito.

Mas tinha sido um incêndio *pequeno*.

Ela havia acabado de arruinar a instalação de um conjunto de belos armários de carvalho e ficara, no mínimo, frustrada. E "arruinar" quer dizer derrubar um armário de canto depois de recusar a ajuda de sua assistente, Molly, estilhaçando a linda madeira e espalhando lascas por toda parte. Ao que parecia, de acordo com testemunhas, ela havia encontrado uma caixa de fósforos em seu estojo de ferramentas, acendido um punhado e jogado tudo na pilha de madeira enquanto gritava alguma coisa parecida com *que merda, merda, puta merda* a plenos pulmões.

A pilha mal pegara fogo. Ninguém conseguiria causar um incêndio catastrófico simplesmente ateando fogo a armários com acabamento profissional, de madeira ou não, mas foi a natureza do ato que selou o destino de Jordan. Bri Dalloway, matriarca e chefe extremamente amável de Jordan, ficou farta daquilo, assim como suas duas filhas, Hattie e Vivian.

Demitida depois de tanto brincar com fogo – sem trocadilhos – e sem nada com que ocupar suas horas, passou as duas semanas seguintes no sofá com Felina, sua gata frajola, ignorando o telefone e comendo pratos prontos congelados enquanto maratonava todas as comédias românticas que conseguia encontrar na Netflix. Foi assim – e ela teria continuado nesse estado de muito bom grado, obrigada – até Simon bater na porta da casinha rústica no bairro histórico de Ardsley Park que ela dividira com Meredith, vindo lá de Portland, onde morava, com o telefone encostado na orelha enquanto falava com a pessoa favorita de Jordan no mundo inteiro.

A avó deles.

Quem poderia convencer Jordan a fazer praticamente qualquer coisa, inclusive se mudar para o outro lado do país para ajudar a reformar Everwood, a pousada que era da sua família havia mais de um século? Pru só precisou dizer na sua voz suave e doce:

– Venha pra casa, meu bem.

E de repente era verão e Jordan voltou a ter 12 anos em Everwood, o único lugar em que se sentia à vontade de verdade. Sem a mãe doente com quem se preocupar, sem as crianças da sua escola na cidadezinha do norte da Califórnia, onde crescera, olhando enviesado por ela ter saído do armário aos 11 anos. Somente as escadas rangentes e as passagens secretas da pousada, as rosas silvestres, o céu suave e nublado do Oregon, e o perfume doce da loção de água de rosas que sentia quando sua avó a abraçava.

Assim, lá estava ela, a quase 5 mil quilômetros da casa que dividira com o amor da sua vida, chorando à beira de uma estradinha sem absolutamente nenhum café nas mãos e com a lembrança do grito de uma mulher extremamente furiosa ecoando nos ouvidos.

É, que plano excelente, Simon.

Meu Deus, que desastre. Ela não conseguia nem mesmo realizar a simples tarefa de comprar um café pronto. Pru só bebia chá, e a pequena cozinha do seu chalé não tinha cafeteira. Daí a compra do café pronto, daí o desastre. Deveria simplesmente ter comprado a droga de uma cafeteira elétrica assim que chegara à cidade, na semana anterior, ou pelo menos feito Simon comprar uma. Deus sabia que ele podia bancar uma dessas com o dinheiro do livro. Mas não, com todo o seu preciosismo, ele dizia que nada superava o café da Café & Conforto logo cedo, e o pior é que tinha razão. Era o melhor café que Jordan já provara.

Infelizmente, o néctar dos deuses de Simon – e o copo a mais que ela comprara para a designer de interiores com quem iam se reunir para discutir a reforma da Pousada Everwood, junto com a apresentadora e a equipe do *Pousadas Adentro* (embora ela não tivesse a menor intenção de levar café para todo mundo) – estava, naquele momento, encharcando o tecido magnífico de algodão, linho ou sei lá de que merda era o vestido da Srta. Projeto de Megera.

Ela soltou um suspiro soluçante. Não gostava de se referir a outras mulheres de forma ofensiva. Geralmente só fazia isso em tom de brincadeira com as amigas. Não que ainda tivesse alguma. Seu círculo de amizades em Savannah era o grupo dela e de Meredith, e ela simplesmente não sabia como interagir com aquelas pessoas sem a parceira, nem elas com Jordan.

Pelo jeito, não sabia interagir com ninguém.

E é óbvio que a mulher com quem havia trombado feito um touro perseguindo a capa vermelha do toureiro tinha que ser bonita. Não. Bonita, não. Era simplesmente maravilhosa. Curvas suaves e cabelo repicado, sobrancelhas grossas – perfeitamente desenhadas, é claro – e olheiras leves debaixo dos olhos castanho-escuros, apenas o suficiente para torná-la interessante. Era deslumbrante e, pela primeira vez em mais de um ano, Jordan se vira atordoada por um momento, com um friozinho gostoso na barriga.

Até que a mulher abriu a boca e aquele friozinho virou um bloco de gelo.
– Merda – disse Jordan em voz alta.

Fechou os dedos ao redor do volante de Adora enquanto uma onda de novas lágrimas transbordava. Estava literalmente chorando por um bate-boca com uma garota malvada, como se tivesse voltado a ser aquela criança lgbtq+ de cabelo esquisito do ensino médio. De repente, sentiu-se uma antiguidade. Mal tinha completado 31 anos. Já havia conhecido, paquerado, casado com e perdido o amor de sua vida. Era jovem demais para se sentir tão velha.

Fungou e enxugou os olhos, balançando a cabeça para esfriá-la. Então pegou sua bolsa mensageiro de couro vegano, a que Meredith sempre chamara de poço sem fundo, e a vasculhou até encontrar o saquinho de seda com suas cartas de tarô. Puxou o cordão e despejou as cartas nas mãos. Adorava aquele baralho. As cartas eram coloridas e modernas, e o melhor de tudo: eram feministas e totalmente queer. As cartas, até os reis de cada naipe, apresentavam uma mulher ou uma pessoa não binária. Jordan o havia comprado logo depois de se pegar totalmente só, sem Meredith. Fora uma compra de conforto, e desde então ela o consultava todo dia. Era o único hábito saudável que cultivava, cada carta ancorando-a a si mesma, impedindo-a de flutuar para longe.

Só que, ultimamente, elas não paravam de irritá-la.

– Bora lá – sussurrou enquanto embaralhava as cartas lustrosas nas mãos. – Bora, bora, bora.

Sabia que era preciso fazer perguntas profundas e relevantes enquanto embaralhava o tarô, como: "O que preciso saber hoje para viver a melhor vida possível?". Mas, nos últimos tempos, não estava dando muito certo.

Na verdade, no mês anterior, aquelas cartas tinham traído sua confiança por completo.

Parou de embaralhar e cortou o baralho em três pilhas no colo, depois as juntou depressa numa pilha só. Empurrando a bolsa contra a porta do carona, espalhou as cartas ao longo do banco. Olhou para a estampa azul vibrante do verso delas, passou a mão por cima e esperou que alguma carta chamasse sua atenção.

E uma delas o fez. Ela não hesitou. Continuou os movimentos, como sempre fazia, agindo por instinto, e por fim puxou a carta. Segurou-a junto do peito por um segundo e respirou. Havia 78 cartas no tarô, poxa vida. Eram 22 Arcanos Maiores e 56 Arcanos Menores. Quais eram as chances de ela tornar a tirar a mesma carta?

Muito pequenas.

Ainda assim...

Virou a carta.

O Dois de Copas a encarou, exatamente como fizera em quase todas as manhãs do mês anterior. Aquela cartinha sacana estava pregando uma peça nela. De vez em quando, tirava uma carta diferente, algo de Paus ou de Ouros, ou as boas e velhas Louca, Hierofanta ou Lua.

Naquele momento, aceitaria até a desastrosa Torre. Pelo menos, combinaria com o seu estado atual. Qualquer coisa em vez daquela cartinha pentelha, aquela carta brilhante com duas mulheres de pé na praia, cada uma segurando um grande cálice. Estavam frente a frente, sorridentes, felizes, repletas de esperança e possibilidades. O Dois de Copas sugeria romance e amor, novos relacionamentos.

Um par perfeito.

Um encontro de almas.

Teve vontade de rasgar a porcaria da carta. Não conseguia acreditar que a havia tirado outra vez. Cada vez que o fazia, voltava a ficar chocada, zangada e, sinceramente, aterrorizada. A função do tarô não era prever o futuro. Tirar as cartas tinha a ver com discernimento, com o conhecimento do próprio ser. As cartas levavam a pessoa a uma compreensão mais profunda dos próprios desejos, dos acontecimentos, de suas necessidades. Então tirar aquela carta não queria dizer que a alma gêmea estava à sua espera na próxima esquina.

Como poderia?

Sua alma gêmea partira havia muito tempo.

Ela não sabia o que a carta significava, sinceramente. Pelo menos, não para ela. Podia indicar amizade, uma necessidade íntima de criar laços com... *alguém*. Qualquer pessoa.

Mas Jordan já tinha provado várias e várias vezes, e *mais uma* naquela manhã, que seu desempenho nessa área não era dos melhores.

Respirou fundo, estremecendo, e enfiou o Dois de Copas de volta no baralho. Enquanto guardava o saquinho de seda na bolsa, o celular tocou alto no porta-copos do carro. Ela o pegou, e a tela revelou uma mensagem de texto do irmão.

Cadê você, hein?

Ela havia começado a escrever a resposta quando chegou outra mensagem.

Alô?

E mais uma.

Jordie.

E outra.

Você tá bem? Sério, não tem a menor graça. Já faz mais de uma hora que você saiu.

Ela revirou os olhos e ligou para ele.
– Estou bem – disse, antes que ele pudesse terminar a saudação em pânico. – Já pode parar de ralhar comigo por mensagem de texto.
– Olha, sou seu irmão mais velho e...
– Ah, é, aqueles três minutos e meio que você passou como filho único te concederam uma sabedoria inigualável.
– ... tenho o direito de saber como você tá e de ter certeza que não se perdeu, não sofreu uma mutilação grave nem...
– Botei fogo em alguma coisa e esculhambei o que resta da minha vida lamentável?
– Eu também ia acrescentar "ter certeza que a sua gata não comeu a sua cara".
Ela arquejou, fingindo choque.
– Felina nunca faria uma coisa dessas.
– Gatos são os predadores perfeitos. Se você caísse e rachasse a cabeça na banheira e não sobrasse ninguém pra dar comida pra Felina, com certeza ela ia comer sua cara depois de uns dias.

– Será que a gente pode parar de falar sobre como minha gata vai se transformar numa psicopata assassina?

– Só estou dizendo que, se eu tiver que lidar sozinho com a filmagem do programa que nossa avó empurrou pra gente, quero estar preparado.

Jordan suspirou. Ainda não conseguia acreditar que iam aparecer no *Pousadas Adentro*. Um dos programas mais populares da TV fechada, apresentado por Natasha Rojas, uma mulher que tinha construído sua carreira em design de interiores, criado e editado uma revista de design chiquérrima chamada *Orquídea*, e que passava boa parte do tempo viajando pelo país para supervisionar reformas de pousadas históricas. A equipe era sempre composta por mão de obra local – especialmente a pessoa encarregada do design – e Natasha era famosa por sua avaliação extremamente direta, isso sem falar do seu estilo impecável.

Para dizer a verdade, Jordan estava um pouco intimidada. Nos últimos tempos, não andara fazendo o melhor trabalho do mundo, e Natasha Rojas não esperaria nada menos que a perfeição. Ainda assim, o interesse do programa pela pousada finalmente convencera sua avó a reformá-la, algo que Jordan e a família toda há vinte anos já sabiam que precisava acontecer.

– Vai ser interessante – disse Jordan.

– É. No mínimo. – Simon deu uma risada abafada. – Mas é sério. Você tá bem?

– Tô, sim – respondeu ela, porque era a resposta certa para o irmão superprotetor, ainda que não completamente sincera.

– Então tá. – O alívio ficou nítido na voz dele. – Tá bom, legal. Toma um gole daquele café, vai ajudar.

Ela abriu a boca para explicar que não haveria café para salvar aquela manhã, mas toda a situação na frente da Café & Conforto apenas confirmaria o que ele já temia. Na verdade, o que já *sabia*: Jordan Everwood era uma catástrofe ambulante, e era preciso tomar cuidado com ela.

– É – respondeu ela. – Ótima ideia.

Desligou o telefone e colocou Adora em modo drive.

Dez minutos depois, Jordan entrou numa estrada de cascalho com uma pista só. Oficialmente, a Pousada Everwood tinha o CEP de Bright Falls, mas na realidade ficava fora da cidade, numa terra de ninguém, escondida entre coníferas, como um segredo. A construção vitoriana, mais especificamente no estilo Rainha Ana, era uma casa original, erguida pelos trisavós de Jordan, James e Opal Everwood, em 1910, com pináculos elegantes, lambrequins ornamentados e meia dúzia de passagens secretas em seu interior, que ela adorava explorar quando criança, com Simon, no verão e em outras visitas de férias.

A avó, Prudence Everwood, era quem tinha convertido a propriedade em pousada na década de 1960, junto da irmã mais nova, Temperance. Fora um sucesso instantâneo, primeiro pela beleza e pela localização idílica, e segundo por sua famosa Dama Azul.

Ou talvez fosse o contrário. Todo mundo adora uma história de fantasma, esse vínculo com o Grande Desconhecido. Jordan com certeza não resistia a essas histórias quando era mais nova. Pru não morava na casa principal desde a inauguração da pousada, optando por residir na estrebaria nos fundos da propriedade, que havia sido transformada num chalé encantador – embora minúsculo – com três quartos. Sempre que Jordan e Simon a visitavam, ficavam acordados até tarde e entravam de fininho na pousada, ansiosos por um vislumbre do rosto fantasmagórico de sua ancestral morta muito tempo antes, Alice Everwood, a infame Dama Azul.

Nunca a encontraram. Mas em muitos momentos o ranger das escadas ou uma rajada de vento entre os beirais fez com que os jovens gêmeos gritassem até perder o fôlego, deixando os hóspedes furiosos e as adultas responsáveis extremamente irritadas.

Ao relembrar, Jordan não pôde conter um sorriso enquanto virava a esquina e a Pousada Everwood surgia à sua frente. Adorava aquele lugar, adorava que pertencesse à sua família e que sempre estivesse de portas abertas para ela. Quando Jordan e Simon eram crianças, a mãe deles, Serena, tinha enfrentado uma depressão não diagnosticada. Por isso, os gêmeos passaram a maior parte dos verões com a avó enquanto o pai tentava ajudar Serena a "se recuperar", como sempre diziam. Geralmente Jordan chegava a Everwood feito uma ostra, mas, entre a avó e a chuva fina do Oregon, ela se abria devagar, parecendo até a menina feliz e contente que todas as crianças deveriam ser no calor do verão. Enfim, quando Jordan e

Simon tinham 16 anos, Serena foi devidamente diagnosticada com transtorno depressivo maior. Fez terapia, tomou a medicação certa, e a situação melhorou, mas os gêmeos continuaram a passar os verões no Oregon até irem para a faculdade.

Embora Jordan ainda não soubesse ao certo se deveria estar em Bright Falls e, naquele momento, não tivesse a menor ideia do que fazer com a vida, considerando que não conseguia executar nem as tarefas mais básicas de carpintaria, para ela, aquele lugar ainda era mágico – e sempre seria.

Era verdade que a casa não estava em seus dias de glória. O exterior de madeira e pedra, antes de um marfim reluzente, adquirira uma cor de osso amarelado e sem graça. A pintura dos lambrequins estava descascando em volta das janelas e da varanda, e a sacadinha da torre estava inclinada para o lado esquerdo. As roseiras, antes exuberantes e perfeitamente podadas, florescendo numa profusão de cores a cada verão, estavam desalinhadas e ameaçavam tomar conta da varanda. O interior não estava muito melhor que isso. Nos últimos anos, sem querer, na expressão *pousada vitoriana*, o adjetivo *assombrada* se sobrepusera a *encantadora*: a casa tinha cantos escuros, móveis desconfortáveis e escadas que rangiam. Jordan tinha certeza de que as camas com dossel em cada um dos quartos eram as originais dos primeiríssimos proprietários.

Inclusive os colchões.

Ao pensar nisso, estremeceu.

Quando o pessoal do *Pousadas Adentro* entrara em contato com Pru, alguns meses antes, para falar de um possível episódio de reforma, a avó hesitara apenas por um instante. Era idosa, com quase 80 anos. Tia Temperance tinha morrido nos anos 1990, por isso Pru administrara o lugar praticamente sozinha durante a maior parte das décadas seguintes. Serena era filha única, nascida de um caso tórrido que Pru tivera pouco antes dos 30 com um pintor semifamoso que havia morado em Bright Falls por um tempo. Ele nunca fizera parte da vida delas, e Pru nunca se casara. Os pais de Jordan e Simon ainda eram loucamente apaixonados um pelo outro e administravam um pequeno vinhedo que estava passando por um momento difícil no Condado de Sonoma, projeto em que mergulharam de cabeça apenas dez anos antes, depois que ambos ficaram descontentes com seus empregos corporativos.

O resultado é que não havia ninguém para ajudar Pru a administrar a complexa pousada enquanto ela desmoronava, muito menos lidar com o estresse de uma reforma exibida na TV. Ninguém, a não ser Simon, que podia trabalhar remotamente e morar em qualquer lugar. E quem melhor para ajudar com um projeto enorme, oferecendo trabalho gratuito e boas ideias, do que sua irmã gêmea perdida e inconsolável?

Ela deu um suspiro enquanto Adora embicava na estradinha circular da entrada. Simon e a avó estavam de pé na varanda. Ele apontava para isso e aquilo, enquanto Pru fazia que sim com a cabeça e bebia o que Jordan presumiu ser uma xícara de chá preto bem forte. Tinham fechado a pousada para os hóspedes na semana anterior e só planejavam abri-la novamente depois da reforma, o que, segundo a estimativa de Jordan, levaria pelo menos seis semanas, e isso se trabalhassem depressa. Porque o plano era manter a maior parte da estrutura da casa intacta – sendo uma pousada, abrir e integrar espaços não seria apenas desnecessário, mas prejudicial para o conforto dos hóspedes – e boa parte da obra seria estética, com algumas questões estruturais externas para resolver. De fato, ela não sabia ao certo quão lento o trabalho poderia ser com uma equipe de filmagem no caminho. Os e-mails preliminares indicavam que Natasha Rojas se esforçava para manter o processo o mais autêntico possível, mas Jordan nem imaginava como ia ser na realidade. Natasha estava para chegar com sua equipe a qualquer momento, e Jordan achava que então repassariam os detalhes.

– Ah, você chegou – disse Simon, descendo os degraus apodrecidos enquanto ela saía da caminhonete.

Ele usava jeans escuros e camiseta bordô, com os pés calçados num par de Vans cinza gastos. Jordan e Simon eram gêmeos, mas não se pareciam nem um pouco. Enquanto a irmã tinha o cabelo cor de bronze da mãe, os cachos pretos do irmão eram todos do pai, emaranhados no alto e curtos nas laterais. Os olhos, porém, eram iguais: os olhos dos Everwood, com mais veios dourados do que marrons riscando o verde.

Aqueles olhos se arregalaram por trás dos óculos de armação preta de Simon.

– Eu sei, eu sei – disse ela, mostrando as mãos vazias. – Desculpa, mas é que...

Simon segurou os braços da irmã e olhou bem no rosto dela, interrompendo-a.

– O que aconteceu? Você falou que estava bem.

Ela franziu a testa diante da expressão preocupada dele, mas depois se lembrou de ter passado uns vinte minutos soluçando dentro de Adora à beira da estrada. Pelo jeito, tinha se esquecido de limpar as evidências. O delineado gatinho e o rímel vegano que tanto amava provavelmente tinham escorrido pelas bochechas como se ela tivesse se maquiado para uma festa de Dia das Bruxas.

– Ah. – Ela tocou o rosto. – Isso aqui.

– É, isso aí.

– Meu amor, o que houve? – perguntou a avó, indo da varanda na direção deles.

O cabelo dela, curto e prateado, brilhava ao sol. Usava uma blusa de lã com grandes blocos de verde e preto, jeans azul-escuro e Keds brancos. Os óculos do dia tinham armação bem verde, combinando perfeitamente com a blusa. Desde que Jordan se entendia por gente, os óculos da avó sempre combinavam com as roupas. Só Deus sabia quantos pares a mulher possuía ao mesmo tempo. Pelo menos uns vinte, Jordan imaginava.

– Nada – respondeu Jordan.

– Você não estragou esse delineado lindo por nada, amor – insistiu Pru, enxugando algumas manchas pretas na bochecha da neta.

Jordan suspirou, entregando-se ao carinho da avó. Não tinha a menor vontade de narrar o acontecido: o encontrão com a Projeto de Megera, a descompostura que levara em seguida e o choro. Toda a família já achava que ela mal conseguia ser uma pessoa funcional. A última coisa de que precisava era admitir que uma pequena discussão a fizera soluçar como uma pré-adolescente cheia de hormônios.

– Derramei o café todo na hora que saí da loja – disse ela. – Espirrou um pouco no meu rosto e não prestei atenção quando me limpei.

– Eita, você queimou a cara? – perguntou Simon, pegando nas bochechas dela e procurando queimaduras.

Pelo amor de Deus.

Ela se desvencilhou do irmão.

– Não, foram só umas gotas. – Recuou em direção à trilha de cascalho que levava ao chalé da avó. – Vou lá me limpar. A que horas vai começar?

Antes que Simon pudesse responder, ouviram o som de pneus na estradinha de cascalho.

– Hum, agora? – disse ele, estremecendo.

Jordan gemeu.

– Precisa mesmo de mim nessa?

– Você é a chefe da carpintaria, Jordie, e integrante da família. Vão querer te filmar.

Ela soltou um suspiro. Aquele era um papel honorário, na melhor das hipóteses. De jeito nenhum o irmão confiaria o trabalho a ela. Já sabia que ele contratara um empreiteiro – um tal de Josh Foster, de Winter Lake – e os empreiteiros tinham carpinteiros próprios na equipe.

Sabia disso, pois já fora carpinteira de uma equipe.

Mas Simon jurava que já havia combinado tudo com Josh: *Jordan* seria a chefe, *Jordan* trabalharia em estreita colaboração com a designer, *Jordan* seria a principal encarregada do trabalho de carpintaria. A ideia a empolgava e a apavorava ao mesmo tempo. Houve uma época em que a carpintaria era mais do que um trabalho, era uma paixão. Ela adorava trabalhar com madeira, amava criar, sonhava em produzir a própria linha de móveis e abrir uma loja.

Ou já sonhara, pelo menos, antes de uma serra elétrica em suas mãos se transformar num risco ocupacional de verdade.

– Tá bom – falou para o irmão.

Ela colaboraria. Afinal, *queria mesmo* participar da reforma. Só não sabia ao certo quanto controle teria de fato. Mas tudo bem. Para tirar aquele ar de "você tá bem?" da cara do irmão, valia tudo.

Um sedã prateado apareceu na estradinha, e Jordan se colocou atrás do irmão para tratar de limpar as bochechas. Talvez ela tenha usado a própria saliva para isso, talvez não, mas na hora do desespero é assim mesmo.

– Oi, querida – disse a avó quando a porta do carro se abriu e fechou.

– Como vai, Pru? – respondeu uma voz.

– Estou bem. Ah, como você está linda.

Uma risada.

– Muito obrigada. Mas olha só pra você! Esses óculos!

– Acho que minha vó podia dar umas dicas de moda pra todo mundo – comentou Simon.

Mais uma risada.

Jordan respirou fundo, se preparou para ser profissional e se virou para a recém-chegada.

Então piscou, aturdida.

E de novo, porque...

Ali, a poucos metros de distância, sorrindo para a preciosa avó de Jordan, estava a própria Projeto de Megera. Era verdade que não estava mais coberta de café, que seus olhos estavam tranquilos e amigáveis, e não arregalados de ódio, e ela usava um deslumbrante terno preto justo ao corpo por cima de uma blusa branca, com sapatos oxford bordô de salto alto que faziam suas pernas parecerem infinitas. Mas, sim, era ela, sem a menor dúvida.

– Astrid Parker – disse a mulher, estendendo a mão para Simon. – Da Bright Designs. Já conversamos muito por e-mail.

– Ah, sim, oi, que bom te conhecer finalmente. – Ele apertou a mão dela. – Simon Everwood. E essa... – ele se virou e fez Jordan sair de trás dele – é a minha irmã, Jordan. Ela vai ser a chefe de carpintaria da obra e o seu contato principal com a família.

A mulher – Astrid – arregalou os olhos e abriu a linda boca rosa-claro, chocada.

CAPÍTULO TRÊS

ASTRID NÃO TINHA O HÁBITO de usar a palavra *merda* com frequência, mas *ai, merda, puta merda.*

Era a mulher da Café & Conforto.

Aquela mulher.

– O-o-oi – conseguiu dizer, e estendeu a mão.

Astrid não sabia o que mais poderia fazer além disso.

A mulher – Jordan Everwood – ergueu as sobrancelhas escuras. Astrid prendeu a respiração, colando um sorriso nos lábios. Se havia algo que ela era ótima em fazer, era executar um sorriso convincente. Até deixou que ele chegasse aos olhos.

– É um prazer te conhecer – acrescentou.

Jordan retorceu a boca, e Astrid entendeu que estava arruinada. Perderia aquele trabalho, Natasha Rojas e o pouco que restava da sua sanidade em se tratando da mãe, tudo por causa de uns copos de café e de um vestido.

Uma porcaria de *vestido.*

Sentiu um nó na garganta, o que significava que, além de arruinar a carreira de um só golpe, também ia chorar na frente daquela linda Everwood. Ou melhor, daqueles três lindos Everwoods.

Astrid estava prestes a baixar a mão quando sentiu dedos frios e calejados deslizarem sobre a palma.

– Ah, é um *prazer* te conhecer também – respondeu Jordan.

Astrid sentiu o estômago se desembrulhar de alívio. Jordan segurou a mão dela um pouco mais do que o tempo necessário, mas, naquele instante, não ligou. A mulher podia até jogá-la no rio, se quisesse.

– Estou muito animada para começar – anunciou Astrid assim que Jordan a soltou. – Reformar a Pousada Everwood é meu sonho há muito tempo.

– É mesmo, é? – retrucou Jordan, vertendo sarcasmo.

Astrid viu Simon lançar para a irmã um olhar que perguntava "Qual é a sua, hein?", mas Jordan o ignorou. Estava ocupada demais observando Astrid com uma expressão insondável. Malícia? Interesse? Maldade pura e simples? Astrid não sabia, mas o que quer que fosse a fez ter vontade de vomitar naqueles canteiros de flores repletos de ervas daninhas.

– É, sim – respondeu Astrid, voltando ao assunto. – Recebi as especificações que você me mandou, Simon, mas já faz um tempo que não entro em Everwood.

– Você nunca se hospedou aqui? – perguntou Jordan, erguendo aquelas sobrancelhas expressivas mais uma vez.

Astrid abriu a boca, depois fechou. Deveria conseguir dizer que sim, mas, meu Deus, a pousada não era famosa pelo requinte. Olhando para a propriedade naquela hora, com os espinhos das roseiras invadindo a varanda e as cortinas de renda desbotadas nas janelas com séculos de idade, parecia o cenário de um filme de terror.

– Eu...

– Ela mora em Bright Falls, Jordan – interrompeu Simon, salvando-a. – Não tem por que ficar numa pousada na mesma cidade onde mora.

Astrid sorriu e assentiu.

– Humm – foi tudo o que Jordan disse em resposta, rendendo outro olhar de Simon.

– Bom, da minha parte, estou emocionado por renovar a pousada – comentou Simon, batendo palmas e sorrindo para Astrid. – Está na hora de trazer essa velha relíquia para o século XXI, né, vó?

Os olhos de Pru ficaram um tanto turvos, mas ela assentiu.

– Lógico. Isso mesmo.

– Se bem que vamos fazer tudo na frente das câmeras – continuou Simon. – Vai ser no mínimo interessante.

– Por falar nisso... – disse Jordan, indicando a estradinha da entrada com o queixo.

Astrid se virou para ver duas vans brancas avançando pelo cascalho, com *Pousadas Adentro* impresso nas laterais num tom forte de bordô.

Sentiu o estômago pular e despencar como se fosse o primeiro dia na escola. Os Everwoods – bom, Pru e Simon – se postaram ao seu lado, e ela sentiu uma estranha camaradagem enquanto as pessoas saíam dos carros. Percebeu Jordan pairando em algum lugar atrás dela, mas se esforçou para respirar... e sorrir.

Eram sete pessoas no total, e a maioria foi logo para a traseira das vans, tirando equipamentos e pendurando sacos pretos gigantescos nos ombros.

Apenas duas se dirigiram aos Everwoods e Astrid, e uma delas era Natasha Rojas.

Ela era magnífica.

Era a única palavra que Astrid conhecia para descrevê-la. Sua pele marrom reluzia ao sol da manhã, e o cabelo comprido e escuro estava preso num rabo de cavalo baixo ao lado da cabeça, penteado que caía bem a pouquíssimas pessoas. Usava um vestido longo azul-marinho, alpargatas e algumas correntes de ouro em volta do pescoço, uma das quais tinha um pingente curioso que parecia um ossinho da sorte duplo.

– Olá! – disse ela, acenando e encaixando os óculos escuros na cabeça.

Natasha deslizou em direção ao grupo como se estivesse numa nuvem. Certo, era possível que Astrid estivesse um pouco deslumbrada, mas, em sua defesa, Simon também parecia meio atordoado.

– Oi, tudo bem? – respondeu ele, estendendo a mão quando Natasha se aproximava. – Simon Everwood.

– Simon, é maravilhoso te conhecer. – Natasha usou as duas mãos para apertar a dele e depois se voltou para Pru. – E a senhora deve ser Pru Everwood. É uma honra. Admiro sua pousada há muito tempo.

– Ah, muito obrigada, querida – disse Pru.

– E preciso dizer uma coisa. Esses óculos, essa blusa... – Ela pegou nas mãos de Pru, admirando seu visual. – Um clássico!

Pru sorriu.

– Tento fazer jus a esses dois – comentou ela, dando uma pequena cotovelada em Jordan, que havia acabado de se colocar ao lado da avó.

– Pelo jeito, é uma tarefa e tanto – respondeu Natasha, apertando a mão de Jordan.

Astrid esperou sua vez com todo o respeito, alisando as calças pretas o mais discretamente que pôde enquanto Natasha se voltava para ela.

– E essa é nossa intrépida designer! – exclamou a apresentadora.

– Sim, oi, sou Astrid Parker – respondeu, orgulhosa por sua voz ter saído tranquila e uniforme.

Os anos de aulas de etiqueta quando menina, com lições conduzidas por uma mulher muito severa chamada Mildred, a haviam preparado para momentos como aquele.

– Sou muito fã do seu trabalho – continuou ela.

Natasha estreitou os olhos, mas não de maneira antipática.

– Estou animada pra ver o que você planejou pra nós, Astrid.

E, com isso, a apresentadora se virou para a pessoa ao lado dela.

– Conheçam Emery, que cuida da produção do nosso programa de forma brilhante.

– Oi, prazer em conhecer vocês – disse Emery. – Meus pronomes são elu/delu.

– Bom saber – respondeu Jordan, apertando a mão delu.

Emery era uma pessoa negra, com um halo de cachos escuros ao redor do rosto. Usava jeans, uma blusa de lã verde com aspecto macio e botas marrons rústicas.

– Ela/dela – falou Jordan apontando para si mesma.

– Ele/dele – disse Simon, apertando também a mão de Emery. – Prazer em te conhecer.

Pru também informou seus pronomes (ela/dela), assim como Natasha (ela/dela). Astrid quase se sentiu redundante ao sorrir para Emery e dizer "ela/dela", o que era absurdo. Os pronomes de uma pessoa são seus pronomes e pronto, mas a tempestade na barriga a fazia questionar cada palavra que dizia.

– Tá bom, então, vamos falar de logística – propôs Emery enquanto os outros integrantes da equipe entravam e saíam da pousada em busca da melhor luz para a primeira cena, que apresentaria Astrid explicando seu projeto para os Everwoods. – Primeiro, vamos dar uma olhada por aí e nos familiarizar com o espaço. Em algum momento nos próximos dias, queremos filmar a reunião com os Everwoods, Natasha e Astrid como se fosse a primeira vez. Sei que é chato, mas é uma cena de abertura importante para o programa.

– Mas vai ser a única cena que não será autêntica – acrescentou Natasha.

– Depois disso, o objetivo é agir como se não houvesse pelo menos quatro pessoas a mais na sala a todo momento, apontando luzes e câmeras para o rosto de vocês.

– Vai ser mamão com açúcar – comentou Jordan, irônica.

Natasha riu.

– Leva um tempo pra se acostumar, mas é só se concentrar no trabalho que vai dar tudo certo. Não se preocupem com possíveis erros. Se alguém gaguejar, é só começar de novo, como em qualquer situação. Se derrubar alguma coisa, é só pegar. Queremos gente de verdade trabalhando de verdade. Senso de humor é fundamental. O resto é com a edição.

Astrid só assentia enquanto sua mente girava. *Senso de humor é fundamental?* Ela não era famosa por contar boas piadas. Ai, meu Deus, era tudo verdade. Aquilo estava acontecendo de fato. E muito depressa. Ela sabia que iam filmar no mesmo dia, mas depois da manhã que tivera, depois de *Jordan*, faria qualquer coisa para ter algumas horas para se recompor.

Horas que obviamente não teria.

– Vamos fazer um tour rápido enquanto a equipe se prepara? – sugeriu Natasha, oferecendo o braço a Pru.

– Vamos – respondeu Pru, encaixando a mão na dobra do cotovelo da apresentadora.

As duas foram em direção à casa, com Emery e Simon logo atrás. Astrid esperou um instante para que seu jeito rápido de andar não ultrapassasse as outras pessoas. Além disso, bem que precisava de um segundo para organizar os pensamentos e controlar as emoções.

E havia muitas, muitas emoções. A discussão na frente da cafeteria se repetiu em sua mente, ameaçando dominá-la. Não conseguia acreditar na própria sorte. Ou talvez na *falta* dela. Dentre todas as pessoas, dentre todos os trabalhos... E então Natasha Rojas estava ali, parecendo mesmo a deusa deslumbrante que Astrid sabia que ela era, com Emery e sua postura serena e descontraída, além das pessoas de roupa preta carregando câmeras.

Era quase *demais*.

Mas Astrid conseguia aguentar o que era demais. Conseguia aguentar quase tudo. Não tinha outro jeito.

Respirou lenta e profundamente pelo nariz, tal como Hilde, sua psicóloga, havia lhe ensinado. Prendeu o ar nos pulmões, contando até quatro, e o liberou, contando até oito. Estava prestes a repetir o processo, só mais uma vez, quando percebeu que Jordan não entrara na casa com a equipe e a família. Em vez disso, estava encostada na sua velha caminhonete, de braços cruzados.

– Adianta? – perguntou.

– Adianta o quê? – retrucou Astrid.

– Respirar.

Astrid suspirou.

– Na verdade, não.

– Por que será?

Astrid franziu a testa, sem saber o que responder, mas sabia que era necessário dizer outras coisas. Várias, na verdade.

– Olha – começou ela. – Hoje de manhã, eu...

– É, foi uma experiência interessante.

Astrid ficou de boca aberta, interrompida. Deu um passo na direção da mulher, decidida a conseguir pedir desculpas. Se não fizesse isso, prejudicaria seu trabalho, assim como o relacionamento com os clientes.

Sua carreira.

Além disso, era uma questão de simples decência humana pedir desculpa por ter agido como uma tirana.

Ela se esforçou para encarar os olhos de Jordan Everwood. A mulher era linda, sem dúvida. Se Astrid simplesmente a visse na rua ou sentada num restaurante, teria parado para observá-la, vê-la interagir com o mundo, imaginando como seria a vida dela.

No entanto, a situação atual era muito diferente. Astrid notou que o delineado gatinho que Jordan usara naquela manhã havia desaparecido. Na verdade, fora esfregado, deixando um leve rastro preto em direção à têmpora. Nas bochechas, havia pequenos sinais de pele mais clara, como se as lágrimas tivessem aberto caminho através da maquiagem. O batom continuava perfeito – um tom atrevido de framboesa aplicado habilmente nos lábios fartos –, mas o resto do rosto parecia... cansado. Exaurido.

Uma onda de culpa se derramou no peito de Astrid. Tinha mesmo feito aquela mulher chorar?

Merda.

– Me desculpe – disse Astrid antes que Jordan pudesse impedi-la. – Minha atitude hoje de manhã foi horrorosa, e não há justificativa que...

– Ah, eu adoraria ouvir.

Astrid piscou, confusa.

– Ouvir o quê?

– A justificativa – respondeu, fazendo um gesto teatral com a mão, como quem diz "por favor, prossiga".

Àquela altura o coração de Astrid já estava parado na garganta. Tentou engolir em seco algumas vezes, mas não adiantou muito, enquanto justificativas insignificantes lhe passavam pela cabeça.

Eu estava com pressa.
Era meu vestido preferido.
Não dormi direito ontem à noite.

Bom, nenhuma delas serviria nem um pouco, não importava quão verdadeiras fossem.

Jordan ergueu as sobrancelhas.

– Você tem mesmo alguma? Ou trata as pessoas que nem lixo todo dia?

– Não, lógico que não. Não é isso que eu…

– Então deve ter alguma. Ou só está pedindo desculpa agora porque sou sua cliente?

Astrid olhou para o chão e esfregou a testa. Sentiu lágrimas se acumularem nos olhos. Outra vez. Que saco, como é que o dia tinha fugido assim do seu controle? Era para ser perfeito. Era para ser empoderador e bem-sucedido.

Voltou a olhar para Jordan, que a encarava com toda a paciência. Astrid não desviou o olhar, procurando as palavras certas, quando, de repente, não precisou mais procurar. Ela *sabia* as palavras exatas, sua justificativa – ou melhor, a razão de toda aquela manhã horrível. A resposta chegou muito facilmente, palavras que não fora capaz de dizer no ano anterior às melhores amigas, como se o olhar verde e dourado daquela mulher simplesmente extraísse a verdade dela.

Tenho pavor de falhar.
Tenho pavor de tudo.
Meu Deus do céu.

Astrid balançou um pouco a cabeça e engoliu todas as palavras horríveis e embaraçosas que haviam aflorado tão de repente em seu peito.

Vários segundos se passaram antes que percebesse que Jordan dera um passo na direção dela, descruzando os braços, as mãos escondidas nos bolsos do macacão, a cabeça inclinada.

Astrid pôs o cabelo atrás das orelhas e endireitou os ombros. Não havia a menor possibilidade de dizer tudo *aquilo* para aquela mulher, mas tinha que dizer alguma coisa.

– Eu...

– Jordie! – gritou Simon da varanda. – Podemos começar?

Jordan piscou, como se saísse de um transe, e deu um passo para trás.

– Vamos, lógico. Desculpa.

Então deu as costas e se apressou em direção à sua família, deixando Astrid com um bocado de verdades preocupantes que, de repente, ficou muito feliz por não ter tido a chance de dizer.

CAPÍTULO QUATRO

JORDAN PRATICAMENTE CORREU ESCADA ACIMA, tomando seu lugar ao lado de Simon. Emery, Natasha e Pru foram até o outro lado da varanda, discutindo a estrutura. Pru brincou com uma samambaia agonizante pendurada no teto. Havia um vinco mais profundo do que o normal entre os olhos dela.

– A Natasha parece legal – comentou Simon.

– Pois é – disse Jordan. – Ela está usando um colar de clitóris, então eu diria que ela é sensacional.

Simon piscou, aturdido.

– Ela... quê?

Jordan indicou o pescoço de Natasha.

– O colar. Não parece um ossinho da sorte diferentão? É um clitóris.

– Eu... não tinha percebido.

Jordan abriu um sorrisinho irônico.

– O clitóris, meu caro irmão, é algo que você deveria notar.

Ele revirou os olhos e estremeceu ao mesmo tempo.

– Dá pra nunca mais falar de clitóris comigo, maninha? Obrigado.

Ela riu, mas o olhar dele ficou sério.

– O que notei foi certa tensão – começou ele. – O que você tá aprontando agora?

Com o queixo, ele indicou Astrid, que estava parada ao pé dos degraus, olhando alguma coisa em seu telefone.

– Você e Astrid já se conhecem?

– Não – respondeu Jordan bem depressa, arregalando os olhos com ar inocente.

A decisão de não contar ao irmão e à avó como ela e Astrid de fato se conheceram pareceu se tomar sozinha.

Bom, "se conheceram" era modo de dizer.

Então ela viu Astrid ir na direção deles, com seu andar elegante e decidido, perfeitamente equilibrado. Mas, um segundo antes, ela não estivera assim tão controlada. Nem um pouco.

E Jordan... tinha gostado daquilo.

A maneira como Astrid havia se atrapalhado ao tentar pedir desculpas provocara algo em Jordan. Interesse, quem sabe? Uma vontade nada caridosa de ver a mulher sofrer um pouquinho. De um jeito ou de outro, queria ouvir a justificativa que Astrid ia revelar. Aquele lampejo nos olhos dela quando as duas se encararam, o modo como abrira a boca como se tivesse se dado conta de algo que abalaria as estruturas, era...

Jordan fechou os olhos com força.

Intrigante.

Era só isso.

Astrid podia ser linda – parada ali sob o sol da manhã com um terno sob medida, parecendo uma Cate Blanchett mais jovem, mordendo o grosso lábio inferior de um jeito que fazia Jordan retesar as pernas –, mas não era gente boa. Isso estava bem óbvio. Portanto, ser *atraente* ou não era irrelevante.

Jordan com certeza não ficara imune a mulheres bonitas e pessoas não binárias desde o que acontecera com Meredith. Ela as percebia, assim como notava que o ar ficava úmido durante um verão em Savannah ou que seu café havia esfriado. Na maior parte do tempo – a não ser por uma única noitada malfadada uns seis meses antes –, era só isto: ela observava e não sentia nada, nem queria.

E com certeza não sentia nada naquele momento.

Astrid subiu os degraus, e Pru a chamou para ir ao cemitério de plantas. Ela passou por Jordan sem dizer uma palavra nem sequer lançar um olhar, algo que Simon pareceu notar, porque puxou a irmã para o outro lado da varanda e cutucou a tinta descascada no guarda-corpo. Uma enorme lasca de madeira saiu na mão dele.

– Nossa, este lugar tá caindo aos pedaços – murmurou.

– Daí a reforma – respondeu Jordan, mas sabia como ele se sentia.

Olhando para o quintal – antes exuberante, mas naquele momento praticamente estéril, o lugar para onde ela corria todas as manhãs quando criança, colhendo rosas para os quartos dos hóspedes e procurando caracóis no jardim –, sentiu o coração amolecer. Tinha ficado muito sensível.

– Olha – disse Simon, suspirando profundamente –, a gente precisa que dê certo, tá?

– O que precisa dar certo?

– A reforma. O projeto todo. A vó anda preocupada com isso, com a pousada em geral.

Jordan franziu a testa.

– Como assim a vó anda preocupada?

Ele balançou a cabeça, mas Jordan conhecia o irmão.

– Simon, o que tá rolando?

Ele suspirou e passou a mão pelo cabelo. Então, *sem dúvida* havia alguma coisa errada. O medo aflorou no íntimo de Jordan.

– O que foi?

Ela quase rosnou quando o irmão não fez nada além de descontar a angústia no guarda-corpo descascado.

– A vó não queria te contar. Você já tem seus problemas.

Ah, faça-me o favor.

– Simon, juro por Deus, se você não começar a falar coisa com coisa, eu arranco a sua língua.

Ele mostrou a palma das mãos.

– Tá bom, tá bom. Credo. – Voltou-se para ela e continuou em voz baixa: – A pousada está indo mal. Bem mal.

– É... dinheiro?

Ele assentiu.

– Os hóspedes têm sido poucos e muito escassos há mais de um ano. A vó tá cansada, Jordie. Ela é a proprietária da casa, mas, sem renda, não tem como administrar o lugar. Não quer perder a pousada, mas, se não acontecer uma grande mudança...

– Daí a reforma televisionada – concluiu Jordan.

– Daí a reforma televisionada. Infelizmente, a emissora não paga pela reforma em si, então a vovó pediu um empréstimo enorme pra financiar tudo, contando com o impulso nos negócios pra recuperar o dinheiro e depois ter lucro. Se não der certo, se não tivermos muita gente vendo esse episódio que vai trazer uma multidão de hóspedes, aí...

– Merda.

– Exatamente.

Ela apertou o estômago com a mão, tentando manter as entranhas no lugar.

– Por que você não me contou?

Ele a olhou com intensidade.

– Você sabe por quê, Jordie.

Ela trincou os dentes e virou as costas. É, tudo bem, ela andara meio fora de si no último ano. Talvez tivesse deixado muitas coisas em sua vida saírem dos trilhos. E daí?

– Você acha que vou estragar tudo – declarou ela. Não era uma pergunta.

Ele abriu a boca, mas nenhum protesto saiu de seus lábios. Pelo menos, não de imediato. As palavras ficaram ali pairando entre eles por uns bons cinco segundos, uma nuvem cinzenta pronta para derramar a chuva.

– Não é isso – declarou ele por fim.

Ela estalou a língua e olhou para o quintal lateral, uma bagunça de arbustos de flores sem poda e ervas daninhas.

– Só preciso que você e Astrid trabalhem juntas – afirmou ele. – E que trabalhem bem. Ela é a única designer de interiores da cidade, e a vó gosta dela. Além disso, ela é boa no que faz, então...

– Não bote fogo em nada, é isso que você tá dizendo.

Ele estremeceu. Era exatamente o que estava dizendo, e ambos sabiam disso. Queria a irmã envolvida naquela empreitada, mas só até certo ponto; era isso que estava dizendo. Podiam até fazer piadas sobre a gata comer a cara dela, sobre a confusão que era a vida de Jordan, mas, no fim das contas, a família estava *preocupada*. Eles a amavam, Jordan sabia, mas isso não significava que acreditassem em seus talentos.

– Beleza – disse ela, depois se virou antes que ele pudesse ver a mágoa em seu olhar.

Ele estendeu a mão para a irmã, mas ela se afastou do guarda-corpo e foi na direção da avó, enganchando o braço no dela.

Quando falou, Jordan tratou de realçar o tom com doçura e alegria.

– Vamos entrar, que tal?

Simon franziu a testa, mas ela o ignorou. Mais do que isso, resistiu ao impulso de mostrar o dedo médio, um feito do qual ficou muito orgulhosa

45

naquele momento. Pru afagou o braço da neta, e ela inalou o aroma da avó, água de rosas e hortelã, os cheiros de sua infância. Relaxou, mas só um pouquinho, e se aconchegou na avó. Jordan não queria que ela se preocupasse com nada e não daria nenhuma razão para isso.

– É, estou ansiosa pra ver lá dentro – respondeu Natasha, e gesticulou para uma mulher branca de cabelo rosa-choque com uma grande câmera empoleirada no ombro. – Queremos fazer algumas imagens do tour pra documentar a aparência da pousada antes da reforma. Essa é a Goldie. Ela vai nos seguir um pouco por aí. Mas não esqueçam, é só agir com naturalidade.

– Oi, gente – disse Goldie, e todos a cumprimentaram.

Uma mulher asiática chamada Darcy se aproximou e limpou o delineado borrado de Jordan, depois espalhou pó em todo o rosto dela. Jordan viu Astrid se ajeitar, endireitando o blazer, passando a mão no cabelo.

Astrid cruzou o olhar com o dela, abrindo a boca numa fração de segundo de vulnerabilidade antes que uma máscara de autocontrole cobrisse seu lindo rosto. De repente, Jordan teve vontade de fazer alguma coisa para arrancá-la dali.

Depois de todos ficarem prontos e Goldie dar o sinal, Simon abriu a porta da frente e um cheiro de ar estagnado veio recebê-los, um odor de madeira centenária e quartos sem uso, o que era estranho, considerando que só tinham fechado a pousada para os hóspedes pouco antes de Jordan chegar, na semana anterior.

Isso a fez imaginar que talvez estivessem fechados muito tempo antes disso e que a família preferira não comentar nada porque ela era *ai-nossa-muito-frágil*.

– Essa entrada é de tirar o fôlego – comentou Astrid, observando a abóbada do teto.

E era mesmo. O saguão de entrada estava escuro e mofado, de fato, mas a estrutura era incrível. Era um espaço amplo, com as escadas em espiral até o segundo andar na frente deles. Um papel de parede floral carmim-rosado cobria as paredes até encontrar os lambris de cerejeira escura que partiam do assoalho original, também de cerejeira. Quem olhasse para cima poderia seguir a escada até uma pequena sacada no segundo andar com vista para o saguão.

Vários sofás e poltronas bergère com estampa floral ocupavam a maior parte da sala de estar, onde o resto da equipe do *Pousadas Adentro* estava montando as câmeras e a iluminação. A sala de visitas ficava à esquerda, atualmente usada como recepção, com uma enorme mesa de carvalho equipada com um computador velho e... meu Deus, aquilo era um arquivo rotativo?

Jordan sabia que a avó empregava exatamente duas pessoas para ajudá-la com a pousada: Evelyn, uma mulher apenas cerca de uma década mais nova que a própria Pru, que cuidava de todas as reservas e dos serviços aos hóspedes, e Sarah, uma mulher na casa dos 50 que atuava como cozinheira e arrumadeira. Havia apenas oito quartos no andar de cima, um número grande para uma casa residencial, mas não para uma pousada. As três se saíam bem desde que Jordan se entendia por gente... mas agora, à luz da revelação de Simon e olhando para aquele arquivo triste e o computador jurássico, ela sentiu a apreensão aflorar no peito.

– Agora vamos querer iluminar essa área – comentou Astrid, indicando o saguão com um gesto. – Pra fazer a experiência Everwood começar assim que os hóspedes entrarem pela porta.

Sua voz estava perfeitamente calma, até mesmo elegante.

– Sim, concordo – respondeu Natasha.

– Perfeito – disse Simon. – Sabemos que está meio escuro.

Todo mundo estava desempenhando seu papel à perfeição. Não era ótimo?

– E o que é a experiência Everwood? – perguntou Jordan, de olho em Astrid, enquanto cruzava os braços para enfatizar o efeito.

Simon olhou torto para ela, mas sabia que aquela era uma pergunta sensata. Toda reforma tinha uma visão. Jordan só queria saber qual era a de Astrid.

A mulher inclinou a cabeça para Jordan e sorriu.

– Luxo.

– Todo mundo gosta de luxo – interveio Simon, dando um tapinha forte demais nas costas da irmã.

– É o que eu acho – respondeu Astrid com um tom metódico, quase científico, e começou a circular pela área. – Este piso de madeira de lei é lindo e está em ótimo estado, então eu adoraria refazer o acabamento e substituir todos os carpetes da casa por um revestimento semelhante. Vamos tirar o papel de parede, usar uma tinta cinza-azulada e painéis brancos brilhantes por toda parte.

– Tinta cinza com painéis brancos? – retrucou Jordan. – Só isso?

Astrid pigarreou.

– É lógico que não.

– Interessante – comentou Natasha, lançando para Emery um olhar que Jordan não conseguiu interpretar.

Emery se limitou a erguer as sobrancelhas.

– Certo, vamos ver o resto da casa antes de irmos pra sala de estar repassar o projeto – sugeriu Natasha.

Goldie seguiu o grupo até a cozinha escura e atulhada, depois até o único quarto de hóspedes no térreo, que, literalmente, tinha teias de aranha pelos cantos, e por fim aos quartos do andar superior, incluindo o famoso e assombrado Quarto Azul, onde dizia a lenda que o fantasma de Alice Everwood ainda residia. O tempo todo, Astrid falou de branco isso e cinza aquilo, de modo que, quando todos entraram na sala de estar para ver o projeto de design em si, Jordan já sabia que ia detestá-lo.

– Estou muito animada pra mostrar o que imaginei – anunciou Astrid, depois que voltaram ao térreo.

Ela tirou um iPad de sua bolsa chique e deu um tapinha na capa de couro.

– Ah, que legal – disse Jordan.

Simon murmurou algo que se parecia muito com "Meu Deus do céu" numa voz bem baixa enquanto todos se dirigiam à sala de estar e se sentavam nas poltronas mofadas em volta da mesa de centro. Astrid deixou o iPad na superfície, afastando com cuidado alguns exemplares antigos de revistas de decoração e jardinagem, e tocou em algumas coisas na tela. Emery conversou com a equipe, e todos passaram alguns minutos ajustando a iluminação e os ângulos enquanto Astrid e os Everwoods esperavam. Jordan puxou uma perna para cima da poltrona em que estava, balançando o joelho. De vez em quando, ela e Astrid se entreolhavam, mas nunca por muito tempo.

Pru pousou a mão tranquilizadora na perna inquieta de Jordan. A neta parou no mesmo instante, e a avó piscou para ela. Jordan respirou fundo, tentando se concentrar na felicidade de Pru. Simon tinha razão: precisava dar certo. Não podiam perder Everwood.

– Tá bom, tudo pronto – anunciou Emery. – Quando você quiser, Astrid.

Ela assentiu e abriu no iPad um aplicativo de design de interiores que Jordan reconheceu da sua época com a Dalloway & Filhas.

– Certo, com base nas ideias que Simon e eu discutimos – disse ela enquanto Jordan lançava para Simon um olhar de "Como é que é?", esperando que Natasha não notasse –, isso é o que tenho em mente pra este andar.

Astrid entregou o dispositivo a Pru.

– Nessa parte, vamos pôr o projeto na tela dos espectadores, só pra você saber – explicou Emery.

Astrid assentiu, e Jordan e Simon se levantaram para ajudar a avó, que obviamente não tinha muita ideia do que fazer com o iPad. Jordan se ajoelhou ao lado dela e a ajudou a aumentar e diminuir o zoom e a girar as imagens em 3-D dos quartos para observá-las de todos os ângulos.

Foi como explorar o site de alguma empresa chique de móveis e artigos de decoração. Tudo era branco e cinza, texturizado com madeiras rústicas, listras e uma almofada com estampa floral aleatória aqui e ali. Havia azulejos de metrô na cozinha, bancadas de mármore branco e cinza, eletrodomésticos de aço inoxidável. Jordan sabia que o estilo era conhecido como "fazenda moderna". Era luxuoso e clássico ao mesmo tempo. Encantador.

Mas não era Everwood.

A essência de Everwood eram beirais e segredos, vidro fantasia e panelas de cobre, noites aconchegantes em frente à lareira, paredes cobertas por estantes de madeira escura por toda parte. Jordan respirou devagar, tentando manter em mente as palavras que Simon dissera.

– Caramba – comentou Simon.

Jordan esperou que o irmão continuasse, mas ele não disse mais nada. Limitou-se a olhar para as imagens no iPad, cobrindo a boca com a mão como se estivesse imerso em pensamentos sobre a parede de destaque na sala de jantar. Painéis de madeira brancos, nossa, que original.

– Você pediu isso? – perguntou Jordan por fim, encarando Simon.

Ele recuou.

– Temos que modernizar a pousada, Jordie. "Casa sinistra e assombrada" não está mais em alta.

Jordan viu Astrid olhar para a equipe, mas Emery girou o dedo indicador, um sinal óbvio de que deveriam continuar.

– Não estou dizendo que esteja, mas isto aqui não tem nada a ver com a gente – respondeu Jordan.

– É o que *precisamos* ser – argumentou ele. – Pra estar à altura da concorrência.

Ela balançou a cabeça, perplexa com a atitude dele. Aquele projeto não modernizava Everwood. Não atualizava nada. O que fazia era lançar a casa numa metamorfose, transformando-a em algo que Jordan nem sequer reconhecia.

– Vó, o que você acha? – perguntou ela.

– Ah – respondeu Pru. – Isso é…

A mulher franziu a testa; piscou. Jordan sentiu o alívio tomar conta dela. A avó também não tinha gostado. Percebeu isso pelo jeito como ela juntou as sobrancelhas e franziu a boca coberta de batom vermelho.

– É lindo – disse Pru finalmente.

– O quê? – indagou Jordan.

Na verdade, ela falou sem pensar. Simon a encarou de novo, contrariado. Jordan devolveu o olhar que dizia "Você tá mesmo falando sério?".

Ao que parecia, porém, ele estava. Simon apertou o ombro da avó e comentou:

– É bem moderno.

– É mesmo – concordou Natasha.

Jordan a fitou nos olhos. Havia alguma coisa lá, alguma pergunta, mas ela não tinha a menor ideia do que a apresentadora estava pensando.

– É muito tranquilizador – acrescentou Natasha. – Lembra um spa, coisa que muitos hóspedes andam procurando.

– Luxo – disse Astrid, assentindo para Natasha.

Pru assentiu também, de lábios contraídos.

Puta merda, viu, pensou Jordan.

– Posso fazer qualquer ajuste que vocês quiserem, é lógico – esclareceu Astrid, apontando para o iPad. – São só ideias preliminares. À medida que avançarmos, eu adoraria que participassem da escolha dos tecidos, móveis, eletrodomésticos e tudo mais.

– Claro, querida – respondeu Pru. – Mas tenho certeza de que tudo que você escolher será maravilhoso.

Jordan abriu a boca para protestar. Aquela não era sua avó, que se envolvia muito em *todos* os aspectos da pousada. Sempre tinha sido assim. Afinal, a propriedade era seu xodó, sua *vida*. Aquilo não era correto. Nada naquela situação parecia certo.

Jordan pousou a mão no braço de Pru.

– Vó...

– Que tal vermos o projeto de alguns quartos de hóspedes? – sugeriu Simon.

Dessa vez, ele nem se preocupou em olhar para Jordan. Simplesmente não a encarou mais enquanto a casa da família se dissolvia numa poça de decoração genérica.

Jordan ficou de boca fechada enquanto o resto do projeto passava diante dela num borrão de branco e cinza, porcelana e vidro. Afinal, isso era obviamente o que a família queria dela, mesmo que o projeto, encantador, moderno e luminoso, fosse terrivelmente inadequado para Everwood. Mas, no fim das contas, o que é que ela sabia? Era só uma carpinteira desempregada com tendência a botar fogo no que não devia.

CAPÍTULO CINCO

FINALMENTE, AS CÂMERAS FORAM DESLIGADAS, as luzes apagadas, e Emery declarou que as filmagens do dia haviam terminado.

Astrid estava suando. Suas axilas pareciam pântanos da Flórida. Só esperava que ninguém tivesse notado. Enxugou a testa, guardando o iPad na bolsa, sem pressa. Todos ao redor dela se levantaram, conversando sobre os planos para o resto da tarde, mas ela precisava de um instante.

Na verdade, precisava de alguns dias.

Sem dúvida, quanto mais cedo saísse dali, mais cedo poderia desabar em seu sofá com uma garrafa de vinho. Nem sabia se ia precisar da taça.

– A demolição começa na quarta-feira, pessoal! – gritou Emery. – Temos muito o que fazer antes disso, incluindo a limpeza com a família na segunda-feira.

Enquanto a equipe se reunia para discutir os pormenores, Astrid não pôde deixar de pensar que tudo aquilo era muito surreal, tudo envolto num ar de sonho. E Jordan Everwood com sua óbvia antipatia – ou seria ódio? – pelo projeto dela não ajudava em nada.

Ninguém *nunca* detestara um de seus projetos. De fato, Everwood era diferente de qualquer imóvel em que já tivesse trabalhado. A maioria dos clientes era da estirpe de sua mãe, pessoas que desejavam que seus espaços refletissem o que viam nas revistas e na TV. Queriam a sala de estar da Reese Witherspoon e o quarto da Nicole Kidman.

Luxo. Brilho. Modernidade.

E Astrid sempre dava o que queriam. Afinal, tinha crescido naquele tipo de casa, decorada pela própria Lindy Westbrook. Mas o mais importante era que esse era o estilo que Simon e Pru desejavam. Jordan que calasse a boca e cuidasse dos armários.

Ao ter um pensamento tão cruel, Astrid estremeceu, mas, sinceramente, estava ficando sem forças, e depressa. Levantou-se e pendurou a bolsa no ombro. Estava indo na direção de Pru para se despedir quando Natasha chamou seu nome.

— Astrid, Jordan, podemos conversar um pouco? — perguntou a apresentadora, indicando o lugar onde ela e Emery estavam, ao lado da lareira verdadeiramente horrorosa, que era puro latão e fuligem.

— Claro — respondeu Astrid, aproximando-se.

Sentiu Jordan atrás dela e tentou se preparar.

— O que foi? — disparou Jordan, abrindo bem as pernas e cruzando os braços.

Nossa, aquela mulher exalava autoconfiança. Astrid endireitaria a postura, mas sabia que já parecia uma vareta perfeitamente ereta.

— Então — disse Natasha, sorrindo para as duas —, como vocês se sentem a respeito da primeira filmagem?

— Estou bem — respondeu Astrid no automático, porque com certeza não ia falar o que pensava de fato, algo como "Foi um show de horrores".

Jordan, porém, não tinha tais reservas.

— Nhé — reclamou.

— Conte mais sobre isso — pediu Natasha, e Jordan riu.

— Falou, Dra. Rojas.

Astrid travou a mandíbula. A liberdade excessiva no tom de voz de Jordan a deixou nervosa. Aquela era *Natasha Rojas*, pelo amor de Deus.

Mas Natasha só deu risada.

— Terapia não faz mal a ninguém.

Jordan estendeu o punho para cumprimentá-la com um soquinho, e Natasha retribuiu o gesto alegremente.

A mandíbula de Astrid se travou mais uma vez. Não tinha a menor dúvida: naquela noite, ia precisar dormir com o protetor bucal.

— O projeto não é o que eu esperava — explicou Jordan depois de terminar aquela demonstração de camaradagem calorosa e vaga.

— Você não gostou — concluiu Natasha.

— Não. — Jordan olhou de relance para Astrid. — Não gostei.

Astrid apertou a bolsa. Se ela fosse uma tira de borracha, já teria se partido em vários pedaços.

– Foi o que Pru e Simon pediram – declarou ela com firmeza.

– Eu também não sou uma Everwood? – rebateu Jordan.

Astrid então fitou os olhos dela. Procurou algum sinal de suavidade, mas não encontrou. Aos negócios, então.

– É, mas não foi você quem assinou meu cheque do adiantamento nem, presumo, quem vai assinar meu último cheque quando tudo acabar.

Jordan abriu a boca. A língua apareceu para lamber o farto lábio inferior. Astrid teve que se esforçar para não acompanhar sua trajetória com os olhos. Voltou-se para Natasha, que observava as duas com a mão cobrindo a boca e um olhar *satisfeito*, que a fez franzir a testa.

– Isso é perfeito – disse a apresentadora, e deu um tapinha carinhoso no braço de Emery. – Você não acha?

– Perfeito – concordou Emery, com um brilho nos olhos castanho-claros. – Vai deixar o programa muito mais interessante.

– Desculpe – interveio Astrid, balançando a cabeça. – Como assim?

Natasha gesticulou na direção de Astrid e Jordan.

– Essa tensão entre vocês, essa… digamos, leve animosidade? É uma maravilha.

Astrid só conseguiu piscar, confusa, e repetir:

– Uma maravilha.

Natasha assentiu, depois juntou as mãos como se estivesse rezando.

– Eu me orgulho da autenticidade. Não gosto de fabricar emoções na tela, e por isso mesmo também não censuro as minhas. Mas… bom, estamos gravando um programa de TV, e o público adora conflito.

– Ou seja…? – disse Jordan em tom de pergunta.

– Ou seja: nada de se conter – respondeu Natasha. – Expressem o que estão sentindo. Eu diria até pra aumentar o nível de tensão, mas vocês decidem. Pelo jeito, já temos o suficiente pra deixar o processo todo bem intrigante. A chefe de carpintaria, ninguém menos que uma Everwood, e a chefe de design… em rota de colisão.

– Não estamos em rota de colisão – argumentou Astrid.

– É uma delícia! – exclamou Natasha, parecendo ignorar o protesto de Astrid. – Meu conselho é explorar isso.

Astrid sentiu a bile subir à garganta. Aquilo não podia estar acontecendo. Não era assim que ela fazia negócios. Ela chegava, realizava seu trabalho e saía. Não se envolvia em drama nenhum. Mal deixava suas emoções transparecerem num projeto. Elas prejudicavam o discernimento e não tinham espaço num relacionamento profissional.

– Olha – insistiu ela, pronta para explicar por que aquilo não ia funcionar para ela de jeito nenhum. – Não acho que...

– Eu topo – anunciou Jordan, olhando de soslaio para Astrid. – Vamos nessa.

Naquele dia, Astrid mal havia trancado o escritório da Bright Design às cinco da tarde em ponto quando começaram a pipocar mensagens de texto no grupo das amigas.

Bora pra Taverna da Stella? Já tô aqui com a Jillian.

Iris. Óbvio que era Iris, chamando-as para ir ao único bar de Bright Falls para curtir uma noite de música country e cerveja ruim.

Eu topo, escreveu Claire. **Além disso, temos que saber tudo sobre o grande dia da Astrid!**

Se tiver bourbon, eu vou, foi a mensagem de Delilah.

Lógico que tem, amor, disse Claire.

Você fala como se fosse óbvio, mas me lembro muito bem que a Taverna ficou sem o meu Bulleit em outubro, respondeu Delilah. **Esse dia foi horrível.**

Leve sua própria bebida, Del, sugeriu Iris.

Pra um bar?, perguntou Delilah. **Que audácia!**

Claire mandou um emoji de lágrimas de alegria enquanto Astrid via as palavras tomarem conta da tela. Sabia que as amigas queriam vê-la, saber como haviam sido a filmagem e a reunião com Natasha Rojas. Mas, enquanto procurava as chaves na bolsa, a ideia de ficar num bar barulhento e reviver aquele dia horroroso palavra por palavra – e, principalmente, contar que a mulher do café no final era Jordan Everwood – parecia um soco no estômago.

Entrou no carro e foi para casa sem responder. Precisava pensar num jeito de administrar a situação, porque, se demonstrasse quanto estava se sentindo mal naquele momento, as três mulheres se materializariam na sala de estar dela antes mesmo que pudesse tirar os sapatos dos pés doloridos.

Na hora em que passou pela porta da frente e acendeu algumas luzes, o telefone estava vibrando quase sem parar dentro da bolsa.

Astrid?

Você tá vindo?

Vou pedir um Riesling pra você!

Astrid?

DESAstrid.

Ela suspirou, os polegares pairando acima do teclado. Exaustão? Isso não faria Iris deixá-la em paz. Cólica menstrual? Não, já estava praticamente vendo Iris enfiar uns comprimidos de ibuprofeno nas mãos dela.

Enxaqueca. Podia dar certo. Nunca tivera enxaqueca, mas, se algum dia de sua vida poderia causar uma dor lancinante atrás dos olhos, seria aquele.

Acho que estou tendo minha primeira enxaqueca, digitou antes de pensar demais.

Ai, não!, respondeu Claire na mesma hora.

Então deu ruim lá?, perguntou Delilah, porque, obviamente, para ela Astrid era transparente como uma folha de celofane.

Foi tudo bem, disse Astrid. **Só preciso de silêncio e de um quarto escuro.**

Que chatice, comentou Iris.

Iris, faz favor, né, respondeu Claire.

Desculpa aí, disse Iris. **Precisa de alguma coisa?**

Astrid digitou depressa um sereno "Não, obrigada" e desligou o telefone antes que alguém pudesse responder. Não era tudo mentira. Sua cabeça estava *mesmo* latejando, e a sala de estar escura, com suas cores neutras e tranquilizadoras, parecia chamá-la como os portões dourados do paraíso.

Depois de vestir uma regata e uma legging, ela se serviu de uma taça de vinho branco e se acomodou no sofá, expirando enquanto o corpo afundava nas almofadas. O dia se acomodou com ela, com tudo o que acontecera derramando-se dentro do peito, espesso e incômodo. Repassou os acontecimentos várias vezes, desde a expressão horrorizada de Jordan naquela manhã, quando a esculhambara na frente do café, até o desprezo óbvio da mulher pelo projeto.

Passou tempo demais pensando nisso – em Jordan revirando os olhos e franzindo a boca diante das propostas de Astrid, no jeito como flexionava os bíceps magros mas tonificados quando cruzava os braços...

Astrid balançou a cabeça na esperança de expulsar Jordan de seus pensamentos, mas tudo o que ela mesma devia ter feito de diferente passou por sua mente como uma compilação de erros de filmagem, fracasso atrás de fracasso. O peito se apertou ainda mais, aquela sensação familiar de pânico que experimentara pela primeira vez aos 10 anos ao tentar fazer a mãe sorrir em meio ao luto.

Ao tentar e fracassar.

Endireitou os ombros. Levantou a cabeça. Só precisava se concentrar. Tirou o laptop da bolsa e o abriu, e a luz da tela tomou conta da sala como um fantasma inoportuno. Acessou o e-mail, pronta para responder a todas as muitas mensagens que sem dúvida tinham chegado ao longo do dia enquanto apresentava seu projeto para Everwood.

Então ficou diante do único e-mail novo em sua caixa de entrada.

Um só.

E era da mãe dela.

Os negócios não andavam muito bem nos últimos tempos. Isso ela conseguia admitir – pelo menos para si mesma, na quietude da mente –, mas a situação já estava ficando medonha. Estava acostumada a receber pelo menos vinte e-mails por dia: empreiteiros perguntando sobre o próximo projeto, clientes em potencial consultando-a a respeito de uma sala de estar sem graça, clientes atuais enviando links de painéis semânticos no Pinterest e fotos de algum castiçal antigo que viram na feirinha de rua em Sotheby.

Ela desabou de novo nas almofadas, com pânico e algo mais tomando conta do peito. Expirou, fechou os olhos. Alívio. Era isso o que sentia. O que não fazia o menor sentido, porque adorava trabalhar. Era o que a empolgava. Ultimamente, a não ser pelas melhores amigas apaixonadíssimas, o trabalho era a única coisa que Astrid tinha.

Sentou-se ereta e endireitou a postura, determinada a passar a noite procurando projetos em potencial que pudesse apresentar, quando viu o e-mail da mãe outra vez. O campo do assunto dizia "Interessante". O medo logo substituiu todas as outras emoções.

Ela tomou mais um gole de vinho – não, dois –, apenas para se preparar. Talvez fosse um possível trabalho. Talvez fosse um link para um vestido que a mãe achava que cairia bem em Astrid. Talvez...

Ela abriu a mensagem, pronta para acabar com aquilo de uma vez. Não dizia nada, só continha um único link grifado em azul. Ela clicou nele e uma foto se abriu na tela, tão grande e em definição tão alta que todo o corpo de Astrid recuou, alarmado.

– Meu Deus! – exclamou para a casa vazia.

Estava olhando para um homem branco com dentes perfeitos, cabelos dourados e camisa azul muito bem passada. Ele estava de pé ao lado de uma mulher branca e loira que obviamente havia passado por procedimentos ortodônticos tão caros quanto os dele na juventude. O cabelo dela brilhava em ondas suaves ao redor do rosto lindamente maquiado, e os olhos eram azuis como o céu no verão. Astrid não identificou exatamente onde estava o ex-noivo – num restaurante, talvez, ou quem sabe num vinhedo –, mas o anel de diamante na mão esquerda da mulher era inconfundível.

Na mesma época, no ano anterior, aquele diamante brilhara na mão da própria Astrid.

A foto estava no topo de um artigo na seção de estilo de vida do jornal *Seattle Times*, com um bloco de texto logo abaixo:

> Poucas pessoas entendem melhor a dificuldade de encontrar o amor verdadeiro do que o Dr. Spencer Hale, de 33 anos. Depois de passar por uma separação dolorosa com uma certa Astrid Parker, de Bright Falls, Oregon, o Dr. Hale fugiu para Seattle para cuidar do coração partido.

> "Vim aqui para me curar", relata o Dr. Hale. "Não esperava descobrir o que é o verdadeiro amor."

Astrid sentiu toda a cor se esvair do rosto. O vinho se revirou no estômago vazio, uma mistura ácida que ameaçava voltar à garganta. Sabia que deveria fechar o laptop de uma vez, levantar-se e tomar um banho. Melhor ainda, ir para a Taverna da Stella e quem sabe tomar umas doses de destilado pela primeira vez na vida. Não deveria, sob nenhuma circunstância, continuar a ler aquele artigo. E Astrid era muito, muito boa em fazer o que deveria fazer.
Geralmente.
Seus dedos rolaram a matéria, revelando mais sobre a jornada do Dr. Hale rumo ao amor eterno.

> O Dr. Hale, dentista de sucesso em Capitol Hill, conheceu sua noiva num dia de chuva em setembro, quando Amelia Ryland, 24 anos, entrou no consultório dele em busca de uma limpeza dentária.
>
> "Os dentes dela estavam perfeitos", declara o Dr. Hale, rindo ao passar o braço em volta de Ryland. "Naquela hora eu já devia ter percebido que ela era a mulher certa pra mim."
>
> Depois do casamento, em junho, Ryland, que se formou recentemente em Vassar e conta com uma fortuna familiar que rivaliza com a dos Vanderbilts, pretende se dedicar ao trabalho voluntário e se preparar para a família do casal, que já está prestes a aumentar...

Astrid finalmente fechou o computador. Estava respirando com tanta dificuldade que sentia as narinas dilatadas.
... descobrir o que é o verdadeiro amor.
... a família do casal, que já está prestes a aumentar.
Serviu mais vinho, mas depois ficou só segurando a taça, incapaz de virá-la enquanto tentava analisar seus sentimentos. Queria observar a nova

noiva de Spencer, com toda a sua beleza de pele sem poros e batom perfeito, e não sentir nada além de uma onda de alívio porque a mulher na foto não era a própria Astrid.

Era o que mais *queria* sentir.

Mas não era o que sentia. O sentimento era outro. Na verdade, eram vários. Arrependimento, felizmente, não era um deles. Também não tinha inveja da noiva de Spencer. Na verdade, sentia uma pontadinha de apreensão quanto ao futuro da mulher, porque ele era o pior tipo de babaca controlador, que manipulava as pessoas com quem se relacionava sem nunca deixar de sorrir. Então, não, não tinha inveja da mulher.

Ainda assim, seu coração e sua mente não ficavam indiferentes quando ela pensava em Spencer. Não eram observadores imparciais. Ali, em sua sala de estar escura, pensando em como o único e-mail do dia era de sua mãe, trazendo notícias da felicidade do ex-noivo com outra mulher, Astrid tentou entender o porquê.

Ou melhor, tentou *ignorá-lo*. Porque já sabia. Ah, conhecia muito bem aquele sentimento de inadequação, o impulso constante no peito que a obrigava a ser mais, tomar as decisões certas, conquistar o maior cliente, casar-se com o homem certo.

Interessante, dissera Isabel sobre a notícia de Spencer. Mas, enquanto voltava a abrir o laptop, fechando o artigo e começando uma busca por vendas recentes de imóveis na região, Astrid sabia que não era isso que a mãe realmente queria dizer.

Naquele domingo, Astrid parou em frente à Casa das Glicínias, com as flores roxas que valeram o nome da casa de sua infância pendendo sobre a fachada de tijolos de terracota. Engraçado como uma coisa tão simples quanto entrar por uma porta podia ser extremamente complicada, uma teia de nós que ela não sabia se um dia conseguiria desembaraçar. Poderia se preocupar com a possibilidade de a mãe estar olhando enquanto andava para lá e para cá na calçada, mas isso não era do feitio dela. Isabel Parker-Green não procurava ninguém. Eram as pessoas que a procuravam.

Astrid endireitou os ombros e pôs um dos pés com sapato de salto no primeiro degrau. Ela era capaz. Aquilo era um brunch, pelo amor de Deus, não um tratamento de canal, embora as duas coisas parecessem se fundir no pavor que crescia em seu íntimo.

Colocou o pé de volta na calçada.

Pegando o telefone, mandou uma mensagem para a única pessoa que entenderia sua situação ridícula naquele momento.

Explica de novo como é que você faz isso?, escreveu para Delilah.

Como faço o quê?, respondeu Delilah na mesma hora.

Como entra na nossa casa.

Ah, tá. É fácil. Faço de tudo pra não entrar.

Astrid bufou. **Mas e se tiver que entrar?**

Aqueles três pontinhos apareceram na tela… e sumiram. Depois, voltaram antes de um emoji de bourbon chegar, seguido pelo de vinho, depois o de martíni e, por fim, o emoji de cerveja.

Você detesta cerveja, escreveu Astrid.

Na hora do desespero…

Astrid quase abriu um sorriso. **Bom, eu não trouxe nenhuma garrafa na bolsa.**

Então arranja uma.

Você não está ajudando em nada.

mandando uma garrafa pra você

Astrid riu. O estranho é que aquela conversa bizarra *estava* ajudando um pouquinho. Sentiu o peito um pouco menos tenso – o bastante para respirar fundo e finalmente pôr o pé no primeiro degrau de novo. Um passo de cada vez.

Claire quer saber se você quer que a gente vá praí, disse Delilah.

Astrid sorriu. Era bem típico de Claire oferecer reforços para a amiga suportar o brunch tradicional de domingo com a mãe. Por um segundo, pensou em aceitar. Detestava que as interações com a mãe tivessem ficado tão complicadas. Depois que cancelara o casamento em junho do ano anterior – em que Isabel investira dezenas de milhares de dólares e para o qual convidara todas as pessoas ricas com quem já estivera neste mundo de meu Deus –, o relacionamento delas tinha passado de amigável a frio e cortês.

Porque Isabel Parker-Green era educada acima de tudo, até mesmo com a filha que só a decepcionava.

Não precisa, escreveu Astrid por fim.

De jeito nenhum tinha a intenção de submeter sua melhor amiga àquele horror. Não queria nem que Delilah tivesse que passar por aquilo, e olha que nem gostava tanto de Delilah.

Mas diga pra Claire que agradeço, digitou.

Levanta a cabeça e se joga, respondeu Delilah.

Astrid revirou os olhos enquanto guardava o telefone na bolsa, mas percebeu que erguia a cabeça de fato e estufava um pouco o peito enquanto subia os degraus e praticamente se jogava porta adentro num movimento apressado.

O interior estava silencioso e gelado, como sempre. Estranhamente, o cheiro de lavanda misturada com alvejante e as paredes brancas a reconfortaram e desarmaram ao mesmo tempo. Foi até a cozinha enorme, toda reluzente em branco e aço inoxidável, antes de avistar a mãe no deque dos fundos, o cabelo tingido de loiro com corte chanel brilhando ao sol da manhã enquanto bebia uma mimosa bem dourada.

– Está atrasada.

Essas foram as primeiras palavras que saíram da boca dela quando Astrid se aproximou.

– Desculpe – respondeu Astrid, sentando-se numa cadeira em frente a Isabel.

Uma mimosa intocada esperava por ela, graças a Deus, e uma incrível refeição de ovos beneditinos, frutas frescas e croissants amanteigados que a própria Isabel nunca comeria.

– Ficou presa no trabalho? – perguntou Isabel, servindo-se do café que estava em uma garrafa de aço inoxidável.

– Sim – mentiu Astrid. – Ando muito ocupada.

Outra mentira. Se bem que passara o sábado inteiro dissecando seu projeto para Everwood, procurando falhas. *Algo* em seu planejamento fizera Jordan Everwood franzir a testa e bufar, mas não conseguira descobrir o que era de jeito nenhum. Seus modelos atuais eram exatamente o que Pru e Simon haviam pedido. Minimalistas, modernos, elegantes. A especialidade de Astrid.

Ela olhou ao redor, para além das portas francesas que levavam para dentro da residência, assimilando tudo o que havia de *moderno* e *elegante* na casa da mãe. Por uma fração de segundo, uma farpa de dúvida se cravou debaixo de sua pele – aquela sensação repentina de pânico que às vezes sentia até mesmo na própria casa, igualmente *moderna* e *elegante*, como se de repente tivesse sido largada numa vida que não reconhecia –, mas descartou o sentimento.

– Ah, imagino – respondeu Isabel, reclinando-se na cadeira.

Usava óculos escuros enormes, o que era enervante porque Astrid não sabia se estava sendo escrutinada ou não. Era melhor presumir que sim e agir de acordo.

– Muitos projetos em andamento? – perguntou Isabel.

Astrid bebeu um gole da mimosa educadamente.

– Vários – respondeu, assentindo com vigor. – Projetos bem interessantes.

Isabel franziu os lábios.

– Ou é apenas um projeto, que você parece ter iniciado humilhando a amada neta da cliente em público, bem no centro da cidade?

Astrid ficou paralisada com a taça fria encostada à boca. Droga de cidade pequena! Sua mãe tinha espiões por toda parte.

Isabel suspirou e serviu uma colher de frutas de cores vibrantes em seu prato.

– Astrid.

Pronto. Um suspiro ensaiado acompanhou o nome dela, o que sempre indicava que um sermão estava a caminho, proferido com calma e habilmente disfarçado de preocupação materna.

– Você sabe que quero o melhor para você – continuou Isabel.

– Sei – respondeu Astrid, como de costume.

Ela manteve a expressão impassível, mas, por dentro, o estômago parecia um poço de cobras enfurecidas.

– Se quer que a levem a sério, tem que agir de acordo.

Astrid assentiu.

– Gritar com alguém em público nunca é apropriado, não importa o que a pirralha tenha feito para merecer isso.

– Eu sei.

Pegou um croissant enquanto os olhos de Isabel acompanhavam o movimento da mão da filha. Astrid deixou o croissant no prato.

– Conheço Pru Everwood há muito tempo – prosseguiu Isabel. – Os netos, acredito que sejam gêmeos, viviam desgrenhados quando estavam aqui, no verão, correndo por aí descalços, com o cabelo embaraçado e as unhas cheias de terra.

Ah, não, cabelo embaraçado e terra, não.

Astrid tomou mais um gole recatado da bebida. Não tinha nenhuma lembrança de Jordan e Simon na infância, mas isso não a surpreendia. Pelo que Isabel dizia sobre eles, de lábio encurvado para baixo e um toque de desprezo na voz, havia poucas chances de sua mãe tê-la deixado brincar com qualquer criança que não calçasse um par de sapatos antes de sair de casa.

– Seja como for – ressaltou Isabel, dando uma mordidinha de nada num morango –, o seu comportamento se reflete nos seus negócios e também em mim. Não preciso lhe dizer que esse projeto é importante. Pode alavancar sua carreira ou enterrá-la. Espero o melhor, e você também deveria.

E lá vem...

– Principalmente depois do desgosto do ano passado. Você não pode se dar ao luxo de perder o trabalho em Everwood, e nós duas sabemos disso.

Isabel se inclinou por cima da mesa e afagou a mão de Astrid. Ao retirar a mão, levou o croissant do prato da filha de volta à travessa.

– Lindy construiu a empresa com as próprias mãos – acrescentou a mãe.

Astrid lutou contra o impulso de revirar os olhos. Lindy Westbrook era uma das melhores amigas de Isabel, se é que ela era mesmo capaz de fazer amizades, algo de que Astrid duvidava.

Fosse como fosse, quando Lindy, aos 51 anos, decidira deixar a empresa para se dedicar a outros empreendimentos imobiliários com seu quarto marido na Costa Oeste do país, Astrid tinha acabado de voltar da faculdade com um diploma em administração de empresas. Antes mesmo de saber o que estava acontecendo, concordara em assumir a Bright Designs. Na época, era uma millennial de 21 anos e ficara muito grata por conseguir um emprego, e ainda por cima um que era interessante. Gostava de design de interiores e pareceu se dar bem no ramo, se suas primeiras semanas trabalhando ao lado de Lindy servissem de prova, e tinha talento para detalhes e organização.

Também sabia abrir um sorriso lindo e agradar os clientes, o que, como Lindy dissera mais de uma vez, era meio caminho andado.

Então Astrid havia sorrido e agradado. Mantivera a empresa em funcionamento e, sempre que Lindy voltava à cidade com seu cabelo prateado chiquérrimo e seus ternos imponentes, parecia contente com o trabalho de Astrid, com a clientela e os projetos, a maior parte extremamente *moderna* e *elegante*.

Oficialmente, Lindy não era mais dona da empresa, mas isso não queria dizer que não tinha um legado. Isabel dizia que era importante contar com a aprovação dela, ainda que Astrid fosse dona de 49 por cento da Bright Designs.

Os outros 51, obviamente, pertenciam a Isabel. Astrid poderia ter comprado a empresa toda já aos 22 anos se tivesse arranjado os documentos certos – tinha dinheiro num fideicomisso que o pai deixara para ela ao morrer, mas Isabel cuidara para que a filha não tivesse acesso irrestrito à quantia antes dos 35 anos. A mãe dizia só querer ajudar.

– Posso oferecer apoio financeiro enquanto você constrói sua carreira. – Foram as palavras de Isabel na época. – Não precisa tirar da sua poupança, a não ser em caso de extrema necessidade.

Óbvio que Astrid logo entendeu que aquele era apenas mais um jeito de Isabel manter o controle sobre a vida dela. Mas tinha acabado de terminar a faculdade. Administrar uma empresa era novidade. E Isabel era sua mãe, a única responsável por ela durante a maior parte de sua vida. Queria agradá-la. Queria que a mãe sorrisse para ela, pusesse o braço em volta de seus ombros e a aconchegasse.

Ainda queria, para ser sincera.

– A Pousada Everwood é um tesouro nacional – afirmou Isabel. – E está em maus lençóis, então, se você quiser ajudar...

– Como assim em maus lençóis?

Isabel ergueu uma única sobrancelha – habilidade que Astrid não herdara – e franziu os lábios. Não gostava que a interrompessem, e de repente Astrid sentiu que voltara a ter 8 anos e estava fazendo aulas de etiqueta.

– Desculpe – disse Astrid. – Não sabia que Everwood estava com problemas.

Isabel assentiu.

– Pelo que eu soube, os negócios vão mal. Pru fechou a pousada há um mês.

Astrid piscou, surpresa.

– Eu nem imaginava.

– Então agora você entende por que é fundamental ter sucesso nesse projeto. Bright Falls não quer perder Everwood para uma rede de hotéis qualquer nem para uma família que não honre a história do lugar. A pousada é parte do legado da cidade. A Bright Designs precisa ajudar a salvá-la. Não jogue fora essa oportunidade de conquistar a vida que você deveria ter por causa de um breve momento de descontrole.

Astrid se limitou a assentir e terminar a mimosa, as bolhas queimando sua garganta a caminho do estômago. *A vida que você deveria ter* era um dos bordões preferidos da mãe. Aquelas palavras sempre imbuíam Astrid com um senso de propósito, de destino, mas, ultimamente, só a faziam listar todos os momentos importantes de sua vida e se perguntar: *Quando foi que decidi isso?*

– Então, diga – continuou Isabel, finalmente tirando os óculos escuros e sorrindo, ansiosa, como se não tivesse acabado de servir todos os fracassos do passado e expectativas atuais de Astrid numa bandeja e convidado a filha a engolir tudo. – Viu o artigo sobre Spencer que mandei para você? Achei muito interessante, se quer saber. Amelia Ryland é lindíssima, não é? Você sabe quem são os parentes dela, não sabe? Das Drogarias Ryland? É tanto dinheiro naquela família, impressionante. Acredito que a própria Amelia seja...

Astrid parou de prestar atenção nas palavras da mãe sobre os predicados de Amelia, agarrou o croissant antes que Isabel pudesse piscar e deu uma mordida enorme, sem um pingo de delicadeza.

CAPÍTULO SEIS

JORDAN SABIA QUE PREPARAR uma casa para demolição era um trabalho quase tão intensivo quanto a demolição em si, só que aquele em especial incluía um passeio em meio a inúmeras lembranças, exigindo escolher o que guardar e o que mandar embora, tudo com uma mulher de 80 anos que decididamente não queria se desfazer de nada.

E uma equipe de TV completa.

Naquela manhã de segunda-feira, seria apenas a família, além de Emery, Goldie atrás da câmera e Patrick cuidando da iluminação da cena. Natasha estava na casa, mas trabalhando em seu laptop na cozinha. Astrid, felizmente, não estava lá.

– Não posso vender esse guarda-roupa – disse Pru.

Ela, Jordan e Simon estavam no famoso Quarto Azul, com câmeras e luzes apontadas para eles. O programa não planejava filmar a limpeza de todos os quartos, mas óbvio que filmariam a daquele.

– É original, veio com a casa – insistiu a avó.

– E é feio pra caramba, vó – afirmou Simon.

Jordan deu-lhe um tapinha no peito com as costas da mão, apesar de ele ter razão. O móvel parecia saído de *A Bela e a Fera*, prestes a começar a cantar a qualquer momento. Era mais alto até do que Simon, que tinha quase 1,90 metro, e ostentava vários adornos na superfície sólida de carvalho, incluindo volutas que Jordan achava que estivessem lá para imitar folhas e, no alto, uma cabeça de leão gigante que parecia avaliar a conversa da família com óbvio desprezo.

– Ele pertenceu a Alice Everwood – contou Pru, acariciando a porta rangente da peça. – E quando…

– ... Alice soube da traição do amante – emendou Simon –, ela se trancou dentro desse armário e se recusou a sair por três dias. A gente sabe, vó. Mas, se você quer modernizar a casa, não podemos ficar com todas as relíquias fantasmagóricas.

– Então não vamos modernizar – concluiu Jordan.

Simon lançou um olhar à irmã que poderia perfurar uma lata de refrigerante.

– Legal – disse Emery em tom suave, fora das câmeras. – Está ficando ótimo, gente. Continuem assim.

– Que foi? – perguntou Jordan, olhando para o irmão, sem hesitar.

Era esquisito ter câmeras por toda parte, mas o que Natasha tinha dito era verdade: bastava se concentrar no trabalho e tudo daria certo. Acontece que o trabalho *dela* era torrar a paciência do irmão, e continuou:

– É uma peça histórica, Simon.

– Só que de uma história triste – retrucou ele. – Nada mais.

Alice Everwood era filha dos proprietários originais da casa Everwood, James e Opal. Além disso, era a Dama Azul, o infame fantasma da pousada. Ao descobrir que seu amado – muito provavelmente algum babaca privilegiado que só queria se enfiar debaixo das anáguas dela antes que os pais dele o fizessem se casar com uma mulher mais rica – estava noivo de outra, ela nunca mais saíra de casa e sempre usava um pingente com uma pedra de lápis-lazúli de um tom anil intenso em volta do pescoço. Tinha 18 anos na época e acabara morrendo de tuberculose na flor da idade, aos 23, mas a maioria das pessoas em Bright Falls acreditava que, na verdade, a moça morrera por conta do coração partido.

O suor brotou acima do lábio superior de Jordan, tomada, de repente, pelas semelhanças entre ela e Alice Everwood. As duas tinham sido deixadas pelas pessoas que mais amavam. Ambas ficaram de coração partido. E eram igualmente reclusas. Pelo menos, esse fora o caso de Jordan apenas duas semanas antes. Sua casa em Savannah era um túmulo de embalagens vazias de sorvete Ben & Jerry's e caixas de pizza mofadas. Tudo bem que ela não tinha se trancado num guarda-roupa, mas quem sabe a que tipo de medidas poderia ter recorrido se Simon não tivesse aparecido para arrastá-la até o Oregon?

Jordan estendeu a mão para o móvel. Assim que a ponta dos dedos tocou a madeira, um pequeno choque elétrico faiscou entre eles.

– Ai, merda! – exclamou, tirando a mão de uma vez. – Desculpa – murmurou, estremecendo e olhando para Emery, que riu.

– Não esquenta – disse Emery.

– Viram? – insistiu Pru, gesticulando em direção àquela monstruosidade, parecendo ignorar o público. – Alice não quer que a gente leve o guarda-roupa.

– Vó, fala sério – protestou Simon.

A avó pareceu ofendida.

– Em se tratando de Alice Everwood, eu *sempre* falo sério.

Desde a morte de Alice, em 1934, houvera... ocorrências, barulhos dentro daquele quarto, como pés descalços pisando o assoalho, a porta do guarda-roupa se abrindo e fechando no meio da noite, e uma janela perfeitamente fechada e trancada amanhecendo, de alguma forma, aberta. Segundo conta a lenda, Alice gostava de tomar um pouco de ar fresco e observar as estrelas, devaneando sobre seu amor perdido.

A narrativa de Alice e de seu suposto fantasma eram mais do que uma história triste. Eram parte fundamental da infância de Jordan e Simon. O fato de ele não se incomodar em apagá-la era quase imperdoável.

Naquele momento, mais do que nunca.

Pru suspirou e encarou o guarda-roupa.

– Acho que posso ver se a Sociedade Histórica de Bright Falls quer esse móvel.

– Vó, você não pode dar o guarda-roupa da Alice – disparou Jordan. – O que ela vai... Quer dizer... ela ainda *abre* a porta. Ou alguma coisa assim. Ela precisa do guarda-roupa.

– "Ou alguma coisa assim"? – perguntou Simon. – Jordan, deixa disso, vai.

Mas dessa vez Jordan não podia ceder. Não existia Everwood sem a Dama Azul. Alice era o coração do lugar. Era parte da razão pela qual as pessoas se hospedavam lá, e todo o motivo pelo qual o *Pousadas Adentro* se interessara pela pousada, para começo de conversa. Lógico que aquele quarto – na verdade, todos eles – eram antiquados e espalhafatosos, com suas cortinas de veludo pesadas e cheias de franjas e as camas com dossel gigantes, os móveis feios e aquele papel de parede floral pavoroso –, mas remover todos os vestígios da história não era a solução.

Assim como a tinta cinza e a porcaria dos azulejos de metrô também não eram.

– Jordan – falou Simon baixinho. – Vai ser assim. Tá?

Jordan o ignorou e se dirigiu à avó:

– Você acha mesmo que essa é a decisão certa?

Pru abriu a boca, mas não respondeu. Olhou para o guarda-roupa, depois para o quarto como um todo. Jordan podia jurar que viu certo brilho nos olhos da avó, mas logo ela deu de ombros e assentiu.

– Acho – respondeu Pru. – Seu irmão tem razão, meu bem. Sei que é difícil, mas temos que dar um ar de modernidade a este lugar. Preciso aprender a me desapegar das coisas, e você também.

Jordan não iria perturbar Pru se soubesse que era isso que a avó realmente queria, mas, no fundo, a jovem sabia que a decisão estava errada.

Além do mais, Natasha pedira que explorassem a tensão, certo? Emery inclusive dissera que a rebeldia de Jordan – se é que ela tinha entendido bem as entrelinhas – era o que deixaria o programa interessante. E um programa interessante poderia salvar Everwood.

– Podemos atualizar e modernizar sem apagar tudo o que Everwood representa – argumentou ela. – Deixa o guarda-roupa comigo. Vou reformar. Posso adaptar ele pra combinar com... – e quase se engasgou com o nome, mas continuou a falar quando percebeu o discretíssimo sinal de positivo que Emery fazia para ela – o que *Astrid* planejou.

– Jordan – insistiu o irmão –, não podemos reformar cada um dos...

– Tudo bem – concordou Pru, interrompendo Simon com um tapinha gentil no braço. – Vamos ver o que você vai inventar.

Jordan respirou aliviada.

– Obrigada.

Colou uma nota adesiva azul no guarda-roupa, indicando aos carregadores que chegariam no dia seguinte que a família ficaria com o móvel. Pediria que o levassem até o galpão empoeirado atrás do chalé, que ela já começara a esvaziar para usar como oficina.

Enquanto continuavam a vagar pela casa, classificando as peças com notas adesivas de cores diferentes, Jordan colou mais das azuis do que qualquer outra.

– Sua oficina não é o Louvre – comentou Simon quando ela fixou uma nota numa antiga escrivaninha no quarto principal, um colosso de carvalho verdadeiramente atroz. – Não vai caber tanta coisa assim.

Ela se limitou a mostrar a língua para ele e, pouco a pouco, um plano tomou forma em sua mente.

Jordan era a chefe de carpintaria e não ia deixar a chata da Astrid Parker, nem mesmo a própria família, arruinar o único lugar onde já tinha sido feliz de verdade.

Natasha e Emery queriam tensão?

Pois iam conseguir. Ah, como iam!

CAPÍTULO SETE

NA TERÇA-FEIRA DE MANHÃ, Astrid se espremeu numa van do *Pousadas Adentro* com Natasha, Emery, Regina, que estava encarregada da câmera, e Jordan, a caminho da feirinha de rua em Sotheby para filmar algumas compras antes de a demolição começar no dia seguinte. Ela sabia que a feirinha não teria nada que quisesse usar em seu projeto – embora fosse sempre repleta de antiguidades interessantes, aquele lugar não era exatamente o estilo dela –, mas Natasha sempre gostava de incluir lojas e artesãos locais no programa.

Astrid se preparara para isso. Já estava pronta para aquela cena desde o momento em que Pru ligara para ela, convidando-a para ser a chefe de design. Mas, agora, com seu estilo em conflito com o de Jordan e aquele clima de tensão que Natasha impusera, não tinha ideia do que esperar.

Assim que chegaram, Regina apoiou a câmera no ombro, Emery empunhou o microfone boom e Natasha simplesmente empurrou Astrid e Jordan para o ringue, dizendo:

– Vão lá e arrasem.

Só isso, sem direção nem nada.

Jordan, com jeans cinza e uma camisa de botões azul-marinho justa no corpo, coberta de nuvenzinhas e gotas de chuva, olhou para Astrid na expectativa.

– A cidade é sua, Parker. Vá na frente.

Astrid assentiu, decidindo não explicar que Sotheby não era sua cidade de jeito nenhum, que só estivera naquela feirinha uma vez, quando Iris se mudara para um apartamento, seis anos antes, e quisera ocupá-lo com um amálgama de cores e tecidos boho.

Ela apoiou os óculos escuros na cabeça e olhou para o grande gramado. Bancas multicoloridas se espalhavam diante delas, clientes vagavam com bolsas de pano e chapéus de aba larga, os braços expostos ao tão esperado calor da primavera. O ar cheirava a café e manteiga, e Astrid lembrou que sempre havia profissionais de cozinha artesanal na feira: baristas, pequenos cervejeiros e padeiros, e até alguns produtores locais de vinho.

– Vamos por aqui – sugeriu, indicando com a cabeça a via principal, como se houvesse outra opção.

Ainda assim, estava determinada a fingir que sabia que raios estava fazendo.

Astrid parou numa banca que vendia velas e, embora os aromas fortes de patchouli e sálvia fossem quase opressivos, fez questão de pegar uma das muitas velas brancas dentro de potes de vidro, com barbantes enrolados em volta.

– Pode ficar bonito em algumas mesas de canto – comentou.

Jordan pegou a vela e cheirou, o nariz enrugado de nojo.

– Tem cheiro de cantina de escola.

Astrid sentiu o aroma da vela ainda nas mãos de Jordan. Inalou algo pungente e intenso com um tom mais quente que lembrava frango assado.

– Ai, meu Deus, tem razão.

Jordan inspecionou o rótulo.

– Olha, tem até o nome "Lembranças horríveis da sua juventude".

Astrid revirou os olhos, pegando a vela para ver pessoalmente.

– Não é nada disso.

– Mas bem que podia ser.

– Se bem que "Noites de verão" não é uma boa descrição do cheiro.

– Acho que era pra ser *"Detenção de verão"*.

Astrid riu e deixou a vela onde estava. Sentiu-se relaxar enquanto passavam para a próxima banca. Ela era capaz. Ia *conseguir*. Estava sorrindo, e ela e Jordan estavam se dando bem e...

– Ah, bom. *Agora*, sim!

Jordan parou em frente a uma banca coberta de tecidos escuros, com a mesa lotada de todo tipo de objetos vitorianos kitsch. Ela ergueu um relógio absolutamente monstruoso, todo de latão manchado e ornamentos exagerados. Havia fadinhas desgovernadas correndo por toda a superfície do objeto, como numa cena de *Sonho de uma noite de verão*.

Astrid fez cara de paisagem.

– Ah, vai – disse Jordan. – Tem tudo a ver com Everwood.

– Tem a ver com a Everwood de *agora* – respondeu Astrid. – Mas não com a Everwood que estamos tentando criar.

– Que *você* está tentando criar.

– Ótimo – comentou Natasha em algum lugar atrás de Astrid. – Perfeito.

Astrid tentou respirar normalmente, mas a situação não era nada ótima, muito menos perfeita. Deu até vontade de voltar a cheirar a vela com essência de cantina de escola.

– Esse relógio é errado – argumentou Astrid, impondo-se.

– Só pra *você* – retrucou Jordan.

– Vai ser assim sempre que precisarmos tomar uma decisão? Eu contra você, velho contra novo, assustador e obsoleto contra minimalista e moderno?

Jordan deu um sorrisinho sarcástico.

– Que bela escolha de adjetivos, Parker.

– São só palavras.

– É, eu ouvi. Só que não gostei.

– Temos um trabalho a fazer.

– Então mãos à obra.

As duas ficaram se encarando enquanto Natasha proferia as mais irritantes palavras de incentivo.

– Não vamos comprar esse relógio pavoroso – disse Astrid.

Ela ia ganhar aquela discussão, caramba, nem que fosse a última coisa que fizesse.

– Vamos, sim.

Certo. Ao que parecia, Jordan também estava determinada a vencer.

– Dá pra arranjar um lugar pra ele – continuou Jordan. – Com certeza tem algum quarto, algum cantinho onde os seus olhinhos imaculados não vão ter que olhar pra ele muitas vezes, onde a gente...

– Como é que é? "Olhinhos imaculados"?

Jordan deu de ombros.

– Eu que não ia querer violar sua delicada sensibilidade.

Astrid sentiu o sangue ferver, exatamente como sentira quando um certo alguém derramara café em seu vestido preferido. Como é que aquela mulher se atrevia a tratá-la como se ela fosse uma criancinha frágil que inspirava cuidados?

– Muito obrigada, mas minha sensibilidade não é delicada – retrucou ela com os dentes cerrados –, e pode guardar pra você essa sua m...

– Tá bom, corta – disse Emery, tirando os fones de ouvido. – Vamos esfriar a cabeça. Acho que um café vai cair bem.

Astrid assentiu, mas deu as costas para poder respirar fundo algumas vezes e engolir todos os palavrões que lhe passavam pela cabeça. Sentia um tremor nos membros e a sensação de que seus olhos se encheriam de lágrimas a qualquer momento.

– Moça, você tá bem?

A mulher da banca do relógio saiu de trás de uma cortina. Ela olhava para Astrid, apreensiva.

– Estou, sim. – Astrid se esforçou para sorrir. – Obrigada.

– Quer ver algum produto? – perguntou ela, que tinha cabelo ruivo e comprido, entremeado de fios grisalhos.

– Não, obrigada. Eu estava só...

– Aliás, quanto custa esse relógio lindo? – indagou Jordan, parando ao lado dela com o relógio das fadas ainda nas mãos.

Astrid não esperou para ouvir a resposta. Simplesmente deu as costas e foi na direção de outra banca, qualquer uma que não estivesse penhorando mercadorias bregas para Jordan garimpar.

Acabou numa banca de pães vinda de outra cidade, chamada Açúcar & Assado. Nunca tinha passado por lá, mas sabia que era de um casal lgbtq+ e que sua especialidade eram pães com ervas. O espaço estava lotado, mas não se importou de esperar alguns minutos para ver o que ofereciam. Já estava sentindo aquele cheiro delicioso, fermentado e amanteigado dos produtos assados, e sentiu os ombros relaxarem num instante.

– Oi – disse uma mulher roliça de cabelos cacheados e volumosos quando Astrid finalmente alcançou a mesa. Usava um crachá que dizia *Bonnie, ela/dela*. – Posso ajudar?

– Ah, estou só dando uma olhada – respondeu Astrid.

Mas já estava com água na boca diante dos biscoitos, bolinhos e pães. Seu olhar pousou num pãozinho assado com pedacinhos minúsculos de algum ingrediente roxo. Poderiam ser mirtilos, mas eram delicados demais para ser os frutos redondos. Ela se debruçou à distância mais apropriada que a higiene permitia e respirou fundo, tentando descobrir qual era o ingrediente.

– É... lavanda?

Bonnie sorriu.

– Isso mesmo. Estou impressionada.

– Eu também.

Astrid virou a cabeça para a esquerda e viu Jordan ao lado dela com as sobrancelhas erguidas quase até o cabelo castanho-dourado. Astrid engoliu em seco, mas a ignorou e voltou a olhar para os pães e bolos.

– Quer uma provinha? – perguntou Bonnie.

– Obrigada, adoraria – respondeu Astrid.

Bonnie tirou um pãozinho da cesta e o passou para um prato branco, depois o cortou em pedaços bem pequenos.

– Como você evita que esfarele? – indagou Astrid enquanto a faca de Bonnie deslizava com facilidade pela massa. – É manteiga?

Bonnie riu.

– Bom, na minha opinião, manteiga nunca é demais, mas tenho mais um truquezinho.

– Conta pra mim – pediu Astrid.

Bonnie serviu os pedaços em copinhos e entregou um para Astrid e outro para Jordan.

– Eu os deixo bem juntinhos uns dos outros na assadeira. Quando ficam bem perto, ficam menos secos.

– Sério? – exclamou Astrid. – Nunca que eu ia imaginar. Adoro esse tipo de pãozinho, mas os meus sempre ficam muito secos.

– Então você é padeira? – quis saber Bonnie.

Astrid balançou a cabeça.

– Ah, não. Eu...

– Se está sempre fazendo pãezinhos e consegue identificar os ingredientes pelo cheiro depois de assados, é padeira.

Astrid piscou, surpresa. Era verdade que, quando criança, assava muitas coisas. Era a atividade que a confortava, principalmente nos meses de silêncio depois de o pai de Delilah morrer e da mãe dela se perder na névoa do luto. Ficava na cozinha, rodeada de uma cornucópia de utensílios de panificação. Adorava a ciência dos pães, a precisão. Mas dentro daquelas regras também havia muito espaço para criar e inventar.

A faculdade mudou tudo. No seu dormitório de caloura não havia muito espaço para experiências culinárias. Mas, mais do que isso, simplesmente não havia tempo. Tinha se tornado adulta. Precisava fazer coisas de adulta.

Naquela hora, Bonnie estava sorrindo para ela com uma expressão tão calorosa, com a palavra "padeira" ainda suspensa no ar entre as duas, que de repente Astrid teve vontade de chorar.

Que absurdo.

– Você é padeira? – perguntou Jordan, arrancando Astrid de seus pensamentos.

Quase tinha esquecido que a carpinteira estava lá, mas Jordan olhava para ela com algo que lembrava espanto no olhar.

Astrid não respondeu, mas se virou e sorriu para Bonnie antes de dar uma pequena mordida no pedaço do pãozinho que caberia inteiro na boca.

– Meu Deus do céu! – exclamou Jordan ao fazer o mesmo. – Que delícia! Nem tem gosto de sabonete.

Bonnie riu.

– Eu pego leve na soda cáustica.

Jordan gesticulou, ainda mastigando.

– Desculpa, é que pra mim lavanda tem gosto de sabonete.

– Pode ter – explicou Bonnie. – Mas dá pra evitar isso se a gente...

– Moer os botões de flor e misturar com açúcar.

As palavras saíram dos lábios de Astrid antes que ela pudesse impedir. Lembrava-se de ter lido sobre a técnica anos antes, mas nunca a tinha experimentado.

Bonnie abriu um sorriso.

– Viu? É todinha padeira.

Em seguida, deu uma piscadela e foi atender outro cliente, deixando Astrid com uma sensação estranha de anseio e nostalgia.

– Isso foi... interessante – comentou Jordan, amassando o copinho de papel nas mãos e olhando para Astrid na expectativa.

– Quê? – indagou Astrid. – Você nunca tinha comido um pãozinho desses?

– Não estou falando dele – disse Jordan, com uma voz tão baixa e suave que Astrid respirou fundo, sentindo a garganta embargada. – Estou falando do açúcar e dos botões da lavanda e do jeito que...

– É só açúcar.

– ... você parecia uma criança feliz quando falou disso.

Astrid balançou a cabeça.

– É... é uma coisa que eu fazia antes.

– Antes?

– É, antes. Não sou...

– Do tipo que se suja de farinha? – sugeriu Jordan, com a cabeça inclinada, estreitando um pouquinho os olhos.

– Isso mesmo – respondeu Astrid, mas sua vontade de chorar se multiplicou por dez.

Não fazia o menor sentido. Jordan não estava errada. Astrid com certeza *não era* o tipo de pessoa que vivia na cozinha, de jeito nenhum. Tinha passado a vida adulta fazendo questão de não ser assim.

Encarou os olhos curiosos de Jordan, verdes, dourados e cem por cento enervantes.

– Isso mesmo – repetiu e pigarreou, limpando as migalhas em seu jeans antes de dar as costas. – É melhor voltarmos. Tenho certeza de que Natasha e Emery querem começar de novo.

– Beleza – respondeu Jordan, com o sarcasmo voltando à voz, e no momento era exatamente disso que Astrid precisava. – Mas a gente vai comprar aquele maldito relógio de fada e ponto final.

– Vai sonhando – retrucou Astrid enquanto as duas cruzavam o gramado juntas.

Jordan sorriu, mas não disse nada.

Quarenta e cinco minutos depois, Astrid se sentou no banco de trás da van ao lado de Jordan, que estava com um relógio monstruosamente feio no colo.

CAPÍTULO OITO

GERALMENTE, ASTRID NÃO COMPARECIA aos dias de demolição. Detestava a poeira, o caos, a equipe arrancando armários das paredes e brandindo marretas como se não houvesse amanhã. Mas a Pousada Everwood não era um projeto qualquer, e tudo tinha que ser documentado para o *Pousadas Adentro*, inclusive as partes em que ela supervisionava a demolição – ou, pelo menos, fingia fazer isso. Além do mais, com sua reputação já em baixa com a chefe de carpintaria, sabia que precisava participar. Talvez descascar uma ou duas faixas de papel de parede pudesse melhorar sua situação com Jordan. Bastava ser como sempre fora: calma e controlada.

No entanto, ao estacionar na frente da pousada e avistar Jordan e Natasha na varanda, rindo, os nervos de Astrid logo se rebelaram. Com a caçamba gigante posicionada no quintal da frente, além da equipe do programa misturada à de demolição, aquilo estava ficando real demais.

– Você chegou – disse Jordan quando Astrid saiu do carro e foi até a varanda, com a bolsa pendurada no cotovelo.

Astrid tratou de abrir um sorriso que alcançasse os olhos. O cabelo curto de Jordan estava salpicado de pó e só Deus sabia de que mais. Os óculos de proteção estavam apoiados no alto da cabeça, e um cinto de ferramentas gasto cercava sua cintura, preso em volta de outro macacão, este de sarja cinza-escura, sem nada por baixo além de um top esportivo rosa-choque.

Astrid sentiu o estômago dar um salto – exibições de pele em público sempre a deixavam inquieta, um infeliz subproduto das três décadas de aulas de etiqueta por ordem de Isabel. Logicamente, sabia que revelar certas partes do corpo numa situação que não incluísse água e roupas de banho era perfeitamente normal e aceitável para algumas pessoas, mas seu instinto não conseguia livrá-la dos anos aprendendo a cruzar as pernas na altura dos tornozelos, a direita em cima da esquerda. Ainda assim, ela se pegou inclinando a cabeça para a mulher, admirando a pele lisa que aparecia nas laterais do macacão, imaginando como seria ser livre daquele jeito.

– Oi? – chamou Jordan, gesticulando na frente do rosto de Astrid.

– Desculpe, oi – respondeu Astrid, pondo os óculos escuros nos olhos. Sentia-se melhor com uma barreira entre ela e aquela mulher, uma muralha extra para sua proteção. – Como estão as coisas?

Seus olhos procuraram Josh Foster, o empreiteiro que os Everwoods haviam contratado e cuja equipe cuidava da demolição. Quando estavam nos mesmos projetos, Astrid interagia com aquele homem o mínimo possível, enviando um e-mail com um breve "segue anexo" no corpo da mensagem e nada mais. Sendo ex de sua melhor amiga Claire e pai de Ruby, a filha dela, Josh era uma presença inevitável no círculo de Astrid, mas ela não era obrigada a gostar disso. No passado, ele já prejudicara Claire o bastante para que sua capacidade recém-descoberta de ser responsável – que incluía a empreiteira e uma residência permanente na cidade de Winter Lake – fosse suficiente para fazê-lo subir no conceito de Astrid. Mas a equipe dele estava lá, despejando pias e armários antigos na grande caçamba verde posicionada no gramado, então ela precisava aceitá-lo.

– Está tudo ótimo – disse Jordan. – A destruição da casa onde passei a infância segue a todo vapor.

– Caramba, Jordan – disparou Natasha num tom cheio de bom humor. – Guarda esse sarcasmo pras câmeras.

Jordan também riu, e Astrid se esforçou para acompanhá-las, embora parecesse uma atitude desesperada, como uma pré-adolescente querendo andar com as meninas populares no recreio. E Natasha ainda queria que ela cumprisse um papel? Pois então faria isso. Era excelente em cumprir papéis.

Astrid esperou o riso acabar.

– Então você quer *mesmo* ficar com aquela banheira com pés de garra, com o ralo todo enferrujado e... – Franziu os olhos para ver os detalhes da banheira que dois integrantes da equipe estavam carregando para a lixeira.

– O que são aquelas coisas, torneiras com querubins? Já sei que você adora relógios pomposos com fadinhas dançantes, então...

Jordan continuou a olhar para ela com frieza, erguendo uma das sobrancelhas. Caramba, bem que Astrid queria ter o talento de levantar uma sobrancelha só.

– Ah, isso vai ser pura diversão – comentou Natasha.

Então, pousando a mão no ombro de Jordan, ela se virou e chamou Emery pela porta aberta da casa. Jordan continuou de olho em Astrid, com um sorrisinho na boca vermelho-framboesa.

– Opa, o que foi? – respondeu Emery, chegando à varanda com óculos de proteção e uma camiseta cinza com seis barras horizontais impressas, cada uma com uma cor do arco-íris. – Ah, oi, Astrid.

– Oi – respondeu ela sorrindo.

– Tá legal – anunciou Natasha, batendo palmas. – Nossas duas estrelas estão aqui com tudo e prontas pra filmar, então vamos fazer uma coisa bem interessante.

– Qual é a ideia? – perguntou Emery.

A apresentadora se voltou para Jordan.

– Você vai ter mais destaque nas cenas da demolição. Já planejamos algumas com você e Josh, além de uma ou duas com Simon e Pru, se você achar que eles topam.

– Com certeza – respondeu Jordan. – Minha vó vai adorar descer a marreta nuns armários de cozinha.

– Na verdade... – Natasha começou a falar com a voz carregada de malícia enquanto se voltava para Astrid. Então, abriu um sorriso.

– Quê? – perguntou Astrid. – O que foi?

– Nem ferrando – resmungou Jordan, balançando a cabeça.

– Ah, vai – pediu Natasha. – Emery, não acha que eu tenho razão?

– Tem, sim.

Emery piscou para Astrid antes de dar um toque no microfone.

– Tem razão no quê? – quis saber Astrid.

– Vai ser um desastre – reclamou Jordan, ignorando-a por completo e ainda olhando para Natasha.

– Vai ser bom. Vai ser como um momento entre professora e aluna.

– Não sei, não.

Jordan finalmente deu uma boa olhada em Astrid depois de falar isso. Encarou-a de alto a baixo, para a camiseta justa e limpíssima que ela usava, o jeans skinny escuro e os tênis brancos. Astrid ficou nervosa diante daquele olhar, lutando contra o impulso de ajeitar os punhos já perfeitamente dobrados das mangas.

– Ela tá de roupa branca.

– Melhor ainda – retrucou Natasha.

Astrid ouviu os próprios batimentos cardíacos rugindo nos ouvidos.

– Que *saco*. Por favor, será que alguém pode me explicar o que está acontecendo?

As pessoas arregalaram os olhos. A voz de Astrid fora quase um grito, e ela dissera "que saco"... bem na frente de Natasha Rojas.

A apresentadora, por sua vez, parecia felicíssima.

– Temos o trabalho perfeito pra você.

– Por que você fala isso como se quisesse dizer exatamente o contrário? – perguntou Astrid.

Jordan sorriu. E foi um sorriso com jeito de gato de Cheshire.

– Olha só pra gente. Todo mundo aqui já se conhece muito bem.

Astrid suspirou e apoiou a bolsa mais alto, no ombro. O que quer que fosse, precisava aceitar. Recusar a faria parecer... bom, uma megera elitista.

– Tudo bem. Eu topo.

Natasha sorriu e fez sinal de positivo para Emery, que entrou na casa antes delas, chamando o nome de Regina. Jordan observou Astrid por uma fração de segundo antes de se virar e subir os degraus bambos da varanda. Astrid a seguiu, ouvindo os sons de demolição aumentarem conforme entravam pela porta já aberta.

Jordan e Natasha a levaram por uma porta de carvalho escuro e chegaram à cozinha. Era um espaço amplo com uma fileira de janelas na parede dos fundos, espantosamente bem-iluminado para uma casa centenária. Ainda assim, Astrid mal podia esperar para trocar os armários escuros por peças brancas em estilo shaker, remover as bancadas de laminado descascado e substituí-las por mármore liso.

Regina e Emery já estavam lá dentro, posicionando luzes e câmeras, assim como Darcy, cuja tarefa era cuidar da estética de cada cena, desde cabelo e maquiagem até os destroços no chão.

– Vamos te preparar – disse ela, fazendo Astrid se sentar num banquinho no fundo da cozinha.

Inspecionou o rosto de Astrid, que se concentrou no piercing na sobrancelha de Darcy e na sombra roxa que ela usava.

– Bom, você já está linda, aliás, fabulosa.

– Ah – respondeu Astrid. – Obrigada.

– E eu, Darcinha? – perguntou Jordan, parecendo ofendida.

Darcy riu, balançando o chanel assimétrico.

– Deixa disso. Com esse delineado lindo, você podia até fazer o meu trabalho.

Jordan riu, chamando a atenção de Astrid. Por alguma razão, sentiu um rubor tomar conta das bochechas. Como é que a carpinteira já tinha tanta intimidade com a equipe do programa?

Darcy afofou o cabelo de Astrid, acrescentou um toque de blush às maçãs do rosto e deu um tapinha no ombro dela antes de liberá-la. Astrid se levantou e deixou a bolsa no banco. Ainda não tinha ideia do que queriam que ela fizesse ali.

– A emissora não liga de você usar esse colar no programa? – perguntou Jordan, apontando para o pingente único de ouro ao redor do pescoço de Natasha, aquele mesmo ossinho da sorte duplo que Astrid se lembrava de ter visto na primeira reunião com ela.

Natasha riu e pegou o pingente, olhando para ele.

– A maioria das pessoas nem imagina o que é isso.

Jordan revirou os olhos.

– Sou lésbica. Lógico que sei o que é.

– E o que é? – perguntou Astrid, e logo preferiu não ter perguntado.

As duas mulheres olharam para ela, depois uma para a outra. Ficou óbvio que ela *deveria* saber o que era.

– Pois é – disse Jordan, assentindo para Natasha.

A apresentadora, pelo menos, foi um pouco mais educada e abriu um sorriso caloroso. Isto é, só até abrir a boca e dizer:

– É um clitóris.

– É um...

Astrid deixou a frase por terminar. Piscou, aturdida. Achava que nunca tinha dito aquela palavra em voz alta.

– Um grelo – explicou Jordan.

– É, tá, já entendi – respondeu Astrid.

– Quem tem um desses tem que priorizar o próprio prazer, né não? – acrescentou Natasha.

Ela e Jordan trocaram mais um soquinho de cumprimento. Darcy soltou um *urrú* perto da porta dos fundos, onde estava levando uma pilha de madeira quebrada mais para o canto.

– Certo – disse Astrid.

Estava suando? Saco, estava, sim. Não era que tivesse ficado chocada nem ofendida. Na verdade, muito pelo contrário. Já ouvira coisas muito mais cabeludas de sua amiga Iris. É que se sentia... perdida. A equipe – Natasha, Emery, Jordan, todo mundo – era vibrante, divertida e atrevida.

Tudo o que Astrid não era.

Tudo o que ela meio que gostaria de ser.

– Certo, tudo pronto – anunciou Regina, com o rosto ainda escondido atrás da câmera. – Cinco... quatro... três... – Então, sem falar, ergueu os dedos para indicar dois e um. Antes que Astrid percebesse, a luz da câmera ficou verde.

– Ah – disse ela. – Hã...

– Toma.

Alguém encostou uma coisa fria e lisa no braço dela. Astrid olhou e viu a cabeça de aço de uma marreta apoiada em seu braço nu, com o longo cabo de madeira nas mãos de Jordan.

– Como assim, "toma"? – perguntou Astrid.

Jordan entortou a sobrancelha. Afastou a ferramenta de Astrid e ajustou a pegada, as mãos deslizando em direção à cabeça de aço.

– Isto aqui, pequena gafanhota, é uma marreta. Serve pra esmagar coisas. E faz, ó, um barulhão.

Natasha, que estava fora do quadro naquela cena, abafou uma risada com a mão. Seus olhos brilhavam. Astrid endireitou os ombros. Ia conseguir, sim, caramba. Ia andar com as meninas populares no recreio.

– Nossa, você sabe tudo de marreta, hein? – disse Astrid, e Jordan sorriu.

Astrid tinha certeza de que sua boca estava tentando fazer o mesmo, mas não ia dar essa satisfação à outra.

– Você aprende depressa – respondeu Jordan. – Vou te mostrar. Pega. –

Com a mão livre, jogou para Astrid um par de óculos de proteção, que ela apanhou por pouco. – Pra proteger esses olhinhos.

Alguma coisa no jeito como Jordan disse "olhinhos" fez as bochechas de Astrid corarem enquanto ela punha os óculos na cabeça. Não entendeu por quê. A proteção dos olhos era um requisito básico numa reforma, e ela já usara esses óculos vezes suficientes para saber que os usaria lá também.

Jordan ajeitou os próprios óculos no rosto, deixando uma mecha de cabelo mais longa enganchada na alça e levantada na cabeça, parecendo uma argola castanha. Astrid duvidava que ela notasse ou se importasse com isso conforme apoiava a marreta no ombro, firmava as botas no chão forrado de plástico e desferia um grande golpe.

Um baque alto ecoou na cozinha. Embora Astrid estivesse preparada para isso, levou um susto e recuou alguns passos enquanto pedaços de madeira eram catapultados pelo ar. Os músculos esbeltos dos braços de Jordan ondulavam a cada vez que ela repetia o gesto. Tinha um abdômen definido – um verdadeiro tanquinho, visível atrás da sarja do macacão, que se dobrava toda vez que ela se virava para dar um novo golpe.

Era fascinante. O corpo de Jordan era eficiente e rápido, como uma máquina muito bem regulada que sabia exatamente com que finalidade fora construída. Astrid só tinha visto homens realizando aquele tipo de trabalho, e provavelmente era por isso que a cena – Jordan, ali, exibindo tanto poder – era tão envolvente. Ela se sentiu uma péssima feminista. Óbvio que sabia que mulheres e pessoas não binárias trabalhavam em canteiros de obras o tempo todo, mas ainda assim não conseguia parar de olhar. Mais um ponto para o machismo internalizado.

Balançou a cabeça para esfriá-la, expulsando da mente todo e qualquer pensamento de fascínio. Ali estava uma mulher fazendo seu trabalho, e fazendo-o muito bem. Só isso.

Assim que acabou com a série de armários, Jordan parou, empurrou os óculos para o alto da testa, pousou a cabeça da marreta no chão e se apoiou no cabo, voltando-se para Astrid.

Estava suando.

Os braços brilhavam. Havia gotículas no peito.

Astrid teve vontade de dar um tapa na própria cara por perceber esses detalhes. Era verdade que dava atenção especial aos detalhes. Era uma pessoa perfeccionista, organizada até o fim, e seu olhar afiado estava a todo momento à procura de defeitos. Ela era a amiga que sempre via um tufinho de cabelo na roupa de Claire ou percebia que Iris esquecera um botão desabotoado na camisa, mas aquilo já era demais. Estava num ambiente profissional, pelo amor de Deus – ainda por cima na frente da câmera –, e ficava prestando atenção nas gotas de suor que desciam pelo decote da carpinteira...

– E é assim que se faz – concluiu Jordan.

– Uhum, emocionante – comentou Astrid com cara de paisagem. – Agora, tem um vaporizador aí? Sou ótima em remover papel de parede.

– Ah, não. – Jordan riu. – É a sua vez.

Astrid sentiu um frio na barriga. Provavelmente não conseguiria nem *levantar* aquela marreta, muito menos usá-la para golpear um móvel de madeira. Preferia que Jordan, a carpinteira sexy – sem falar da equipe inteira do programa – não testemunhasse seu vexame com a ferramenta. Ia acabar quebrando um dedo do pé ou da mão ou alguma outra coisa que não devia destruir. Não, obrigada.

– O que foi, Parker? – perguntou Jordan, aproximando-se dela com a marreta a reboque. – Tá com medo?

Astrid teve a distinta impressão de que Jordan sabia a resposta daquela pergunta, mas não ia admitir de jeito nenhum. A carpinteira chegou ainda mais perto. Dava para ver um círculo verde mais escuro contornando o centro dos olhos dela. Nunca tinha visto olhos como aqueles.

– E aí? – insistiu Jordan, abrindo outra vez aquele sorrisinho convencido.

Astrid engoliu em seco e contraiu a mandíbula.

– Tudo bem.

Um ar de triunfo – era o único jeito de descrever – tomou conta da expressão de Jordan.

Astrid seguiu a mulher até uma fileira de armários intactos.

– Use isto – disse Jordan, tirando as luvas e entregando-as para Astrid. Ainda estavam quentes quando ela deslizou os dedos pelo material áspero. – Beleza, agora você vai fazer o seguinte...

Jordan começou a explicar como segurar a marreta com firmeza antes de acertar o alvo e como apoiar as pernas corretamente.

– Depois de bater no armário, não afrouxe as mãos. Mantenha a pressão, levante a marreta e faça de novo. Entendeu?

– Entendi – respondeu Astrid, mas sentia tudo, menos autoconfiança.

As mãos dela tremeram quando pegou o cabo, de repente com receio de não conseguir mesmo levantar a ferramenta.

– A melhor hora é agora, Parker – disse Jordan, observando-a com o que só poderia ser descrito como uma expressão presunçosa.

Será que ela queria... que Astrid se saísse mal?

O pensamento foi um soco no estômago. Embora merecesse a atitude hostil de Jordan, sentia como se todo o seu corpo, do nada, fosse um grande hematoma – o mais delicado toque o machucava.

Ela encheu os pulmões e levantou a marreta. O peso era considerável e caiu com ímpeto por cima do ombro, forçando os músculos do pescoço, mas ela conseguiu. Posicionou-se em frente ao armário mais próximo, enquanto Jordan recuava alguns passos.

O que foi uma decisão sensata. Só Deus sabia onde aquela coisa ia parar. Ela firmou o corpo para imitar exatamente o que a outra havia feito, mirando o alvo como uma atiradora. Inspirou devagar pelo nariz, mas parecia incapaz de se mexer.

– Nessas horas eu costumo pensar em alguma coisa detestável – disse Jordan atrás dela.

Astrid se virou.

– Quê?

Jordan indicou o armário.

– Imagine que é uma coisa que você odeia. Ou alguém. O 45º presidente. Racistas e homofóbicos. Jiló.

Astrid abriu um sorriso.

– Jiló?

– Odeio com todas as minhas forças.

– É isso que você faz? Imagina um jiló?

A expressão irônica de Jordan cedeu, mas só um pouquinho, e, quando falou, sua voz estava mais branda:

– Mais ou menos isso.

Astrid deu as costas, mas, de repente, sentia-se empoderada, algo que ela detestava. Nossa, por onde começar? Bagunça. Móveis da Era Vitoriana.

Água com gás sabor frutas vermelhas. Cintas modeladoras. Quatro opções de garfo no jantar. A contração no canto do olho da mãe. O suspiro dela. A boca franzida de Isabel quando Astrid comia qualquer carboidratozinho que fosse.

O rosto do ex-noivo lhe veio à mente. O rosto perfeito, esculpido e bem-sucedido de Spencer Hale com sua nova noiva perfeita e bem-sucedida. Ela não o odiava, não era bem assim. E com certeza não odiava *a moça*. O que odiava era a pessoa que *ela mesma* tinha sido ao lado de Spencer, e o modo como acreditara que precisava se casar com alguém como ele. Detestava se sentir impotente para tomar as próprias decisões e viver a própria vida.

Astrid ouviu um grunhido, quase um rosnado, e a marreta precisou riscar de verdade o ar para ela perceber que o som vinha dela mesma. A cabeça de aço atingiu o armário com um estrondo, e lascas saltaram por toda parte. O ato e as consequências dele a surpreenderam tanto que afrouxou as mãos e a marreta caiu no chão, forçando o braço dela para baixo.

– Opa, calma aí, fera! – exclamou Jordan, aparecendo ao lado dela de repente. – Precisa segurar firme, lembra?

Ela passou os dedos pelo pulso nu de Astrid e a ajudou a levantar a ferramenta outra vez.

Astrid estremeceu. Todo o seu corpo tremia, a adrenalina corria pelas veias. Arrepios percorreram seus braços.

– De novo – falou ela.

Jordan ergueu as sobrancelhas, mas não disse nada, recuando e gesticulando para Astrid prosseguir.

E lá foi ela. Astrid esqueceu completamente as câmeras e a presença de Natasha Rojas. Destruiu o armário até não restar nada além de uma casca de madeira pendurada na parede pelos suportes. Depois pulverizou o armário ao lado desferindo vários golpes até ficar sem fôlego e sentir os dedos pinicando, apesar das luvas de proteção. Sentia-se livre, viva, como se toda a sua força de vontade tivesse sido dirigida àquela ferramenta e só ela desse as ordens.

Achava que nunca tinha se divertido tanto numa obra.

Quando finalmente parou, estava com o braço dolorido, lascas de madeira e poeira salpicavam sua camiseta branca, e ela não queria nem pensar no estado do cabelo.

Empurrou os óculos para o alto da cabeça e se virou para encarar Jordan Everwood, que estava boquiaberta.
– Nossa, que delícia.

CAPÍTULO NOVE

JORDAN ENCAROU ASTRID com um misto de divertimento, irritação e... caramba, *tesão* se agitando em seu íntimo.

– Por incrível que pareça, você é boa nisso – comentou, aproximando-se e tomando a marreta de Astrid antes que ela saísse batendo em tudo.

Astrid riu e balançou os cabelos. A poeira caiu como neve de sua franja repicada.

– Eu não imaginava que seria tão terapêutico.

– Viu? Você rejeitou minha oferta à toa.

Astrid franziu o rosto.

– Não rejeitei nada.

Foi a vez de Jordan rir.

– Nesse caso, eu adoraria muito ver o que você considera "rejeitar". Coitado desse cara.

Jordan observou com atenção a reação de Astrid. É, ela dissera "cara" cem por cento de propósito. Sim, estava procurando algum sinal de que a outra não fosse heterossexual, porque, caramba, estava captando um clima diferente... Ninguém passava quase duas décadas namorando exclusivamente mulheres e pessoas não binárias sem começar a perceber esse tipo de coisa. Em primeiro lugar, tivera aquele olhar mais demorado que ambas trocaram no dia anterior na feirinha, com Astrid ficando toda derretida e vulnerável por causa de um pãozinho. Depois, teve o leve suspiro da designer quando Jordan tocara o pulso dela, um som com o potencial para deixá-la completamente abalada pelo resto do dia. E ela não conseguia nem pensar no jeito como Astrid olhara para o corpo dela de cima a baixo na entrada da casa – de boca aberta, com os olhos percorrendo toda a pele de Jordan – sem sorrir.

Mas, até aí, Jordan também já tinha visto todos esses comportamentos em mulheres heterossexuais. As curiosas, as entediadas, as reprimidas que queriam se soltar um pouco sem sentir que estavam contrariando a vontade da mamãe. Astrid poderia muito bem estar numa dessas categorias e, se estivesse, Jordan não ia chegar nem perto.

Mas o que é que tinha na cabeça? Não ia chegar perto nem se Astrid revelasse que era tão lgbtq+ quanto um unicórnio coberto de glitter! Ela era a inimiga, a emissária de tudo o que era branco e cinza, a destruidora da personalidade e da atmosfera. Era um fato que Jordan faria bem em lembrar quando a ensinasse a usar uma marreta.

Naquela hora, porém, notou um rubor distinto tomando conta do rosto de Astrid enquanto ela baixava o olhar, os longos cílios roçando as bochechas.

Pelamor.

– Acho que meu ex não se descreveria como "coitado" – comentou Astrid.

Pronto. Que bom. Era *um cara*, um ex. Ainda não significava que ela fosse hétero. E, claro, utilizar pronomes masculinos também não significava necessariamente que o ex fosse um homem. Mas para Jordan já bastava. Para esfriar o calor que de repente sentira na pele, valia tudo.

– Foi nele que você pensou? – perguntou.

Não conseguiu evitar. Estava curiosa. Astrid parecia ter ganhado vida ao brandir a ferramenta, trincando os dentes, retesando os braços esbeltos. E aquele rosnado... Não, Jordan não pensaria no rosnado.

Meu Deus, ela precisava transar.

E com certeza não com a chata da Astrid Parker.

Anotou mentalmente que, à noite, ia se fechar no seu quartinho para ter uns momentos de prazer com o conteúdo guardado na sua mesa de cabeceira. O que era mais complicado do que se poderia imaginar, com o irmão e a avó sempre a uma parede de distância. Mas daria um jeito. Precisava. Já fazia um bom tempo que tivera um pouco de prazer, porque a maratona de duas semanas no sofá depois de ser despedida sufocara sua libido, e para completar estava *morando com a avó*, pelo amor de Deus, por mais que Jordan a adorasse. A situação não atiçava *mesmo* as chamas do desejo.

Mas, ao ver Astrid respirar profundamente, com a marreta ainda nas mãos, sentiu a chama *bem* atiçada.

Astrid assentiu.

– Foi nele que eu pensei, sim.

– Ele é babaca?

A outra mulher suspirou.

– Ele... não. Bom, é, sim, mas não foi bem por isso que...

Lá foi ela de novo, baixando os olhos com aqueles cílios intermináveis. Dessa vez, até mordeu o lábio inferior. Jordan precisava sair dali, e pra *já*. Olhou para Natasha, Emery e Regina atrás da câmera, mas todo mundo estava assistindo à interação delas como se fosse um filme intrigante. Estavam com a boca entreaberta e os olhos só um pouquinho arregalados.

– E quem você imagina? – perguntou Astrid.

Jordan piscou, surpresa, e se voltou para ela.

– Quê?

– Quem você imagina? – repetiu Astrid, indicando com a cabeça a marreta ainda nas mãos.

De repente, a tristeza e a raiva caíram sobre Jordan claras como um véu. Quando percebeu, já era tarde demais. Nunca conseguia prever a chegada da dor. Era um sentimento traiçoeiro, que a perseguia discretamente até encontrar o momento perfeito para dar o bote, como um predador.

– Não é "quem" – pegou-se dizendo.

– Então o que é? – retrucou Astrid, com olhos atentos e curiosos. Até deu um passo à frente, inclinando-se um pouco.

Jordan deu um passo atrás e se inclinou na direção oposta.

– Câncer – respondeu em voz baixa. – Quando destruo um armário, eu imagino um câncer.

– E corta! – exclamou Emery.

Já estava na hora. Jordan expirou, mas os olhos de Astrid ainda estavam fixos nela, a boca aberta, as sobrancelhas grossas franzidas de apreensão. Saco. Não queria ouvir mais perguntas e com certeza não queria ouvir o horrível e inevitável "sinto muito". Nem sabia por que tinha contado a verdade para Astrid ou, pelo menos, metade dela. Tinha se especializado em nunca dizer aquela palavra horrorosa em voz alta, a andar por aí com seu comportamento patético, totalmente só.

Mas lá estava Astrid, junto a uma equipe inteira de TV que tinha acabado de gravar cada momento de sua patetice.

Que beleza.

Não ia deixar que extraíssem mais nada dela, e foi exatamente por isso que deu as costas e saiu pela porta dos fundos antes que alguém pudesse dizer palavras inúteis.

Ninguém tinha autorização para entrar na oficina da Jordan, nem mesmo Natasha Rojas. Jordan decretara essa regra antes do começo oficial da demolição, alegando que por enquanto não era seguro transitar ali e que ainda estava pondo as coisas em ordem para a obra. Josh Foster montara uma tenda no quintal para seus próprios funcionários trabalharem, com tudo de que precisariam para cortar, serrar e martelar, então não precisariam de fato acessar a oficina particular da chefe de carpintaria.

O grupo de Josh não tinha gostado disso, já julgando a atitude e resmungando sobre ela estar no comando, tecnicamente. Josh, porém, não reagiu. Bom, na verdade, reagiu, mas se limitou a dizer "Por mim, tudo bem" e continuou a trabalhar. Jordan esperava certo nível de machismo no canteiro de obras porque naquele ramo era inevitável, mas até então Josh a tratara apenas com deferência e respeito. Não que merecesse um prêmio só por agir como um ser humano decente, mas ainda assim ela ficou grata por ele não questionar seu decreto de privacidade. Na verdade, o velho galpão nos fundos do chalé da avó já estava em perfeita forma desde a noite anterior, quando Jordan finalmente terminara o trabalho de preparar o espaço para o que planejara.

Só não queria que ninguém visse qual era o plano.

Saiu com tudo pela porta dos fundos da pousada e atravessou a grama alta demais até o galpão. Inseriu a combinação no cadeado que colocara na porta um dia depois de conhecer Astrid Parker e entrou. O espaço era amplo o suficiente para ser a oficina de uma pessoa só. Já cheirava à madeira envelhecida dos vários móveis que Jordan guardara num canto, incluindo o guarda-roupa de Alice. Sua bancada de trabalho, a joia da coroa de qualquer oficina, estava no meio do ambiente: uma mesa de madeira em forma de L com acesso fácil à serra circular numa das extremidades.

Um armário de cozinha de canto, cortado de acordo com as especificações do projeto de Astrid, já estava na superfície da mesa.

Jordan abriu o cinto de ferramentas e o deixou cair no chão de cimento. Foi até a bancada de trabalho e apoiou as mãos na espessa superfície. Respirou. Fazia um ano. Ela não entendia por que a falta que sentia de Meredith ainda parecia tão... recente. Tão fresca.

E lá estava ela, mais uma vez lamentando a partida da esposa, quase no mesmo instante em que acabara de sentir desejo por Astrid Parker com aquele rosnado infernal.

– Meu Deus! – exclamou em voz alta, esfregando os olhos com a palma das mãos.

Não que se sentisse culpada. Depois de tudo, sabia que a culpa não fazia parte da sua história com Meredith. Havia raiva – demonstrada pela forma como pulverizara um armário com apenas três golpes de marreta –, mas, acima de tudo, havia medo.

Muito, muito medo. Jordan convivera com ele tempo suficiente para reconhecê-lo. Não estava se enganando. Só não sabia o que fazer a respeito.

Ficara com uma pessoa depois do que tinha acontecido com Meredith. Conhecera Katie num bar depois de um dia difícil no trabalho e de suportar um silêncio estrondoso demais em casa. A solidão tomara conta dela, e só precisava de outra voz que não a sua. Mas, assim que Katie se deitara na cama e logo depois que transaram e a outra estava pronta para ir embora, Jordan sentira aquela *necessidade* aflorar.

Não vá embora.

Era o que queria dizer a uma pessoa totalmente desconhecida. A ânsia de ter alguém apenas para *olhar* para ela fora tão forte que Jordan cedera e deixara as palavras escaparem.

Katie olhara para Jordan, mas não da maneira como ela queria. Tinha dado um sorrisinho, se vestido e respondido:

– Nós duas sabemos que não é por aí. – E saíra sem dizer mais nada.

Jordan passara a semana seguinte na cama, com Bri Dalloway ligando para ela sem parar e finalmente enfiando Simon na equação, e ele deixara para Jordan um correio de voz ameaçando sequestrar a gata se ela não fosse trabalhar.

Fazia seis meses. Basta dizer que sexo casual não era mais a praia de Jordan. E qualquer coisa que *não* fosse casual com certeza forneceria mais provas de que ela não era a parceira ideal de ninguém, o que a deixava praticamente sozinha com os próprios dedos.

Mas, para ser sincera consigo mesma, era isto que realmente queria: uma parceria. Sempre quisera. Com a solidez da família à sua volta, seu desejo era criar com e para outra pessoa o tipo de vida que a avó e o irmão tinham criado para ela. Mas, depois de Meredith, achava que isso não fosse mais possível. Tinha pavor até de sonhar com isso.

Depois de Katie, investira em vários brinquedos sexuais – três vibradores e dois estimuladores de clitóris, um de cada tipo, e mais alguns consolos – e estava bem desde então. Em casa, toda vez colocava uma música para tocar, um programa de TV ou um filme, então sempre havia outra voz lá com ela. Com orgasmos frequentes – e excelentes, graças à tecnologia –, não pensava em ficar com outra pessoa havia muito tempo. Mesmo quando seus sentidos notavam alguém atraente, ela se limitava a observar, imaginando uma longa e agradável sessão com seu Satisfyer 3000 mais tarde, e seguia em frente.

Até a chata da Astrid Parker aparecer.

Até ela chegar com aquela franja repicada, as roupas certinhas e a adorável ignorância sobre a anatomia do clitóris.

Jordan poderia educá-la. Poderia ensinar-lhe tudo sobre como o cli…

Não, meu Deus do céu.

Aquilo não tinha a menor chance de acontecer.

Ela esfregou as mãos pelo rosto, provavelmente borrando o delineado, e olhou para o armário que estava construindo. Muitas vezes encomendava os armários que o cliente queria. Havia vários fabricantes locais ótimos em Savannah que a Dalloway & Filhas haviam contratado, e Josh tinha citado um que geralmente empregava em Winter Lake, até quando o trabalho era em Bright Falls.

Mas Jordan tinha um plano.

E, se encomendassem os armários brancos shaker que Astrid queria, o plano estaria arruinado.

Então ela convencera Josh de que podia construir pessoalmente um armário melhor – era verdade, podia mesmo –, o que economizaria dinheiro no orçamento – verdade também –, e ele concordara. Ele era tão confiante, nascido e criado em cidade pequena, e Jordan estava totalmente preparada para sofrer a ira de Astrid quando os armários fossem finalizados e instalados.

Na verdade, a ira de Astrid era metade do prêmio.

Começou a trabalhar, colocando os óculos de novo, medindo e cortando as portas para dar lugar aos painéis de vidro vintage que encomendara. A cozinha de Everwood era enorme, então era um trabalho extenso. Seria bom ter uma assistente, não ia mentir, mas a trabalheira valeria a pena.

Passou a hora seguinte mergulhada naquele projeto. Adorava aquela parte do trabalho, a criação. Fazia tanto tempo que não construía alguma coisa do zero que tinha esquecido quanto era emocionante. Todo o seu corpo parecia mais vivo quando via algo tomar forma e passar a existir. E aquele projeto era ainda mais revigorante, retratando a cozinha que realmente combinava com Everwood, modernizando o lugar e, ao mesmo tempo, honrando a história e a trajetória da propriedade.

Ela fez uma pausa, desligando a serra e tirando as luvas para abrir o laptop. Astrid mandara seu projeto digital por e-mail para Jordan e Josh na semana anterior. Jordan logo fizera uma cópia em seu programa de design e usara a mesma base para redesenhar Everwood, quarto por quarto, do jeito que deveria ser. Naquela hora, sorriu para seu projeto da cozinha.

Estava lindo. Jordan manteria a preciosa tinta cinza de Astrid, assim como os eletrodomésticos de aço inoxidável e a mesa de madeira rústica que a designer incluíra para conferir textura. Mas o resto... bom, digamos que não era nada branco e cinza. Era mais escuro do que o projeto original, com cristaleiras verde-sálvia e painéis de vidro embutidos nas portas, além de panelas de cobre penduradas no suporte de ferro do teto. Havia uma pia em estilo fazenda, como Astrid queria, e Jordan conseguia admitir que o branco combinava bem ali, mas, em vez de bancadas de mármore da mesma cor, encomendara um grande tampo de madeira.

O efeito – pelo menos em sua cabeça e na imagem no computador – era vintage e acolhedor. Era Everwood.

Ela sorriu para o projeto na tela, descartando as reações das outras pessoas quando vissem o produto acabado. Achava que não era exatamente isso que Natasha queria dizer quando falava em "explorar a tensão" entre a carpinteira e a designer. Natasha estava falando de sarcasmo, piadas, e disso ela e Astrid pareciam estar dando conta muito bem, mas aqueles armários, todo o seu redesenho... aquilo era outra história.

Jordan não sabia ao certo se conseguiria executar nada daquilo. Com tudo sendo gravado, teria que trabalhar à noite, longe das câmeras, mas, depois que os armários estivessem instalados e a pintura aplicada, o que os outros poderiam fazer? Ela estava contando com o fator do índice de audiência e com o fato de Natasha querer autenticidade e tensão para aumentar o interesse do público.

Também contava com o orgulho muito evidente de Astrid. A mulher estava praticamente vibrando de... bom, não era necessariamente paixão. Era algo mais sombrio do que isso, um desespero por aprovação, por sucesso, talvez. Fosse o que fosse, Jordan tinha 99 por cento de certeza de que isso impediria Astrid de admitir que perdera o controle da carpinteira e do projeto.

Sinceramente, não se importava com os meios, desde que Everwood não virasse um salão de exibição de móveis da moda e que o episódio ainda assim fosse ao ar. Por isso, precisava tomar cuidado. Muito cuidado. O cuidado de quem pisa em ovos, sem deixar o irmão – que já achava que ela era meio catastrófica – descobrir o que estava fazendo.

Por enquanto, porém, seu coração se acalmara, o véu da tristeza tinha se dissipado e Astrid Parker não passava de um incômodo no fundo da mente.

A semana seguinte passou como em outro trabalho qualquer. Bom, pelo menos na maior parte do tempo. Se Jordan ignorasse completamente as câmeras, as luzes, Darcy saltitando ao redor para ter certeza de que ela exalava a mistura certa de glamour e aspereza, Natasha e seu colar de clitóris orientando e comentando, o jeito irritante como sentia um frio na barriga feito uma pré-adolescente nervosa quando ouvia o clique-clique dos sapatos de Astrid pelos corredores, era como muitos trabalhos antes daquele.

Jordan mergulhou em suas tarefas, nas serras e brocas, na construção lenta de um armário de cozinha, e em idas discretas à loja de decoração em Sotheby para comprar tintas que com certeza *não* estavam no projeto de Astrid. Passou longas noites vasculhando o Pinterest em busca de ideias, montando seu próprio projeto num programa de design, cômodo por cômodo – uma banheira de cobre no banheiro principal, cortinas damasco, brancas e prateadas, estantes embutidas no mesmo tom de sálvia dos armários da cozinha.

Embora sempre oferecesse sua opinião sobre a estética de um cômodo na época em que trabalhara para a Dalloway & Filhas, e com certeza já tivesse projetado muitos móveis, nunca havia entrado nos pormenores de um quarto – a pintura, os tecidos e os tapetes.

Estava adorando. As cores, as texturas, a ideia de que estava criando toda a atmosfera de uma casa – a casa dela – carregavam uma sensação de importância. Parecia o certo a fazer, mais do que qualquer outro trabalho que já fizera, principalmente nos dois anos anteriores.

Era verdade que tudo aquilo ainda era essencialmente imaginário, existindo apenas na oficina ou no computador. Na casa, até ali, ela, Josh e a equipe dele estavam só criando um espaço para o projeto, preparando as paredes para receber novas camadas de tinta e os pisos para um novo acabamento, consultando eletricistas e encanadores, tudo com Astrid olhando e monitorando, com seus jeans e blusas bem passadas, e uma câmera de vez em quando gravando uma conversa ou outra.

Mas, naquela noite, tudo mudaria. A demolição fora concluída. Estava tudo pronto para começar a lixar e envernizar o piso de madeira original, o que significava que toda a pintura – o cinza homogêneo de Astrid – seria executada na semana que se iniciaria. No dia seguinte, iam filmar no Quarto Azul, o quarto de Alice, pois Natasha queria gravar uma boa cena do "antes" com toda a família e falar sobre como o projeto de Astrid se entrelaçaria à história da casa.

O que, considerando o projeto de Astrid exatamente como era, não ia acontecer.

Mas, ao mesmo tempo, ia. Depois daquela noite, com toda a certeza, seria assim.

Às cinco da tarde, enquanto as vans elegantes da equipe de TV partiam e a equipe de Josh derrapava pela entrada de cascalho com suas caminhonetes cobertas de lama, Jordan espiou por debaixo de uma lona, examinando seus suprimentos.

Fita-crepe azul.

Um rolo de pintura novo e pincéis para os cantos.

Duas latas de tinta para ambientes internos.

Estrelas Vespertinas era o nome da cor, e combinava perfeitamente com ela. O tom era escuro, mas tinha certo brilho, um leve toque sobrenatural.

Um pouco de magia.

Ela levou a mão à barriga. A ansiedade só crescia. Antes que pudesse duvidar do próprio plano – se fosse sincera consigo, pela terceira, quarta e até quinta vez –, deixou a lona cair sobre seu estoque, foi para casa para ajudar a avó com o jantar e esperou o cair da noite.

CAPÍTULO DEZ

ASTRID OLHOU PARA SEU VESTIDO lápis marfim, ainda fechado no saco rosa da lavanderia, pendurado no armário. Duas semanas tinham se passado desde o incidente com o café e, milagrosamente, a mancha tinha saído. Antes daquele desastre, ela usava o tal vestido sempre que precisava se sentir poderosa.

E aquele era um dia assim.

Abriu a embalagem com cuidado, como se estivesse desembalando um presente precioso, e tirou o tecido liso do cabide de madeira. Deslizando-o por cima do corpo, ensaiou o que diria quando filmassem a cena do "antes" no Quarto Azul, naquela manhã.

Nos últimos dias, vinha estudando a história do quarto. Assistira a dois documentários que falavam do fantasma de Alice Everwood, além de ler vários artigos on-line. Óbvio que deixaria a maior parte do discurso a respeito daquela história para os Everwoods, pois era o legado da família, mas tinha certeza de que precisaria falar sobre como seu projeto enfatizava a história de Alice...

... só que o projeto não a enfatizava nem um pouco. Não tinha percebido isso ao criar o visual do quarto. Estava concentrada apenas na *modernidade* e na *elegância*, mas, ao chegar o dia em que precisaria falar sobre sua inspiração, não conseguia pensar em nada.

A escolha dos tecidos remete ao início do século XX...

Certo. Talvez.

Veja como a posição dos móveis realça a atmosfera aconchegante, quase fantasmagórica...

Nem um pouco. Mas, talvez, se falasse com convicção suficiente, eles engolissem a lorota. O equilíbrio e a autoconfiança eram capazes de convencer qualquer pessoa de qualquer coisa – isso, e uma roupa muito bem escolhida. Pelo menos, era o que sua mãe sempre lhe ensinara, e, na área profissional de Astrid, ela descobrira ser verdade.

Inspirou fundo... e expirou. Era competente. Seu projeto era *bom*. Era lindo, e também era o que a cliente queria. Tudo na pousada estava pronto, e o dia seria perf...

Ela se perguntou se deveria sequer pensar naquela palavra, mas, ao calçar um novo par de sapatos de salto pretos e dar mais uma olhada no espelho, não conseguiu imaginar o que poderia dar errado.

Era só passar longe de Jordan Everwood e do café dela.

– Estou muito ansiosa pra falar do famoso Quarto Azul – anunciou Natasha Rojas.

Astrid subiu a escada da pousada com Natasha ao lado dela e a família Everwood na retaguarda.

Havia câmeras posicionadas acima deles no segundo andar, abaixo deles no primeiro e no final do corredor, na frente do Quarto Azul, onde Emery também esperava, fora do enquadramento.

– Acho que vai ficar lindo mesmo – assegurou Astrid, tentando combinar seu tom calmo com o de Natasha.

– Esse assoalho é clássico – comentou a apresentadora quando chegaram ao patamar superior. – É o piso original da casa?

– É – respondeu Jordan, ao lado de Pru.

De braço dado com a avó, usava o batom vermelho-framboesa de sempre, perfeitamente aplicado, o delineado gatinho e uma camisa jeans de botões com calça skinny preta. Estava maravilhosa, como sempre. Chegava a ser irritante.

– James e Opal Everwood instalaram esse piso quando construíram a casa, em 1910 – continuou Jordan.

– Está em ótima condição – respondeu Natasha, agachando-se para passar as mãos pela madeira em tom âmbar escuro.

O longo cabelo escuro da apresentadora estava preso num rabo de cavalo baixo, passado por cima do ombro, o estilo descontraído perfeito que Astrid nunca conseguia adotar.

– Você vai manter o piso? – perguntou ela.

– Ah, sem sombra de dúvida – respondeu Astrid.

O grupo continuou pelo corredor, rumo ao Quarto Azul, o primeiro destino do trajeto, sendo o cômodo mais célebre da casa.

– E então, alguém já viu alguma aparição sobrenatural aqui? – indagou Natasha.

Pararam em frente à porta de carvalho fechada, e havia um brilho travesso nos olhos dela ao girar a antiga maçaneta de cristal.

– Por favor, digam que sim.

– Eu nunca vi – respondeu Simon. – Mas não foi por falta de tentativa. Quando a gente era criança, eu e Jordan...

Mas, antes que ele pudesse concluir o que ia dizer, Natasha abriu a porta e uma luz natural azul se derramou no corredor.

Azul.

Astrid piscou, aturdida.

Luz natural *azul*.

Piscou de novo, mas não havia como negar o que estava vendo. O sol de primavera de mais um dia sem nuvens entrava pelas janelas, refletindo-se nas paredes azuis.

– Azul – disse ela em voz alta, embora não tivesse essa intenção. Sendo a designer, não deveria se surpreender com a cor do quarto, mas caramba!

Era azul. Verdadeira e literalmente azul-escuro. Não azul-marinho. Estava mais para as partes mais profundas do oceano quando o sol tocava a superfície. Havia também um brilho, uma cintilância que fazia Astrid sentir que estava presa debaixo d'água.

Mas os pintores só iam começar o trabalho no dia seguinte e, quando começassem, com certeza não seria aquela cor que estaria na lista de tarefas.

– Ah, meu Deus! – exclamou Simon.

Ele passou por Astrid, que estava boquiaberta, e foi até o meio do quarto, girando num círculo lento, como se estivesse tentando ter certeza de que os olhos não lhe pregavam uma peça. Parecia tão surpreso quanto Astrid.

Natasha ficou calada. Deu alguns passos para dentro do quarto, inclinando a cabeça para examinar as cortinas damasco, brancas e prateadas que emolduravam a janela. Na verdade, combinavam muito bem com a cor escura das paredes, mas, naquele momento, Astrid não se importava com isso. Só lhe importava que ela não escolhera aquelas cortinas, por mais lindas que fossem.

A equipe entrou no quarto: Regina atrás da câmera, Chase segurando um microfone boom, Patrick ajustando a iluminação, Emery assistindo a tudo com as sobrancelhas erguidas.

– Que interessante – comentou Natasha.

Astrid não tinha ideia de como responder. Se concordasse, estaria obviamente admitindo que não fizera aquela escolha, e uma boa designer sabe o que está acontecendo em seus projetos o tempo todo. Se agradecesse, estaria recebendo crédito por algo que não havia planejado e de que nem sequer gostava.

Azul-escuro? Quem tinha feito aquilo, caramba?

– O que você achou, vó?

Ao ouvir a voz suave e gentil de Jordan atrás dela, Astrid se virou, devagar, como se a mulher estivesse apontando uma arma para as costas dela.

Simon também se virou, assim como Natasha. Cada partícula de energia ali naquele cômodo gravitava em direção a Pru Everwood. Os olhos castanho-esverdeados da idosa brilhavam atrás dos óculos amarelo-ouro e sua boca estava entreaberta.

O coração de Astrid desabou. Ela estava no ramo havia quase dez anos e conhecia aquele olhar.

O olhar do amor.

O olhar do *lar*.

O olhar de uma cliente cem por cento satisfeita.

– É lindo – disse Pru, levando a mão trêmula ao pescoço, com um brilho nos olhos. Sem dúvida, pareciam lágrimas. – Ficou perfeito, Astrid.

Astrid.

– Tem o jeito dela – continuou Pru. – O jeito de Alice. Estou ansiosa pra ver tudo pronto.

– Eu também – disse Jordan, ainda segurando o braço de Pru e sorrindo para Astrid. – Essa cor é linda mesmo.

Astrid abriu a boca para dizer alguma coisa – a verdade era preferível, sabia, mas não conseguiu pronunciá-la. "Não fui eu que fiz isso" pareciam palavras impossíveis de dizer na frente dos clientes, de Natasha Rojas e das câmeras.

– Lembro que seu projeto para este quarto era bem diferente – comentou Simon, com as mãos nos quadris.

Astrid se virou para encará-lo, mas percebeu que ele nem estava olhando para ela.

Estava olhando para Jordan.

Algum tipo de comunicação entre gêmeos acontecia silenciosamente entre eles, mas Astrid não teve tempo de descobrir o que diziam. Natasha estava passando os dedos pelo iPad, de cenho franzido.

– Pois é – comentou, olhando para a tela. – Não tem nada azul aqui.

Ela ergueu o iPad, mostrando as paredes cinza na imagem em 3-D, o edredom branco impecável sobre uma cama queen size de ferro fundido, uma parede de destaque com um padrão espinha de peixe criado por ripas de pinho envelhecido, cortinas e almofadas decorativas em tons de marrom, azul e cinza.

Era um oásis, exatamente o que os hóspedes procuravam numa pousada de cidade pequena.

– Mas preciso dizer que gostei da mudança – continuou Natasha, usando o polegar e o indicador para ampliar uma área na tela do iPad e vê-la melhor. – Na verdade, o seu projeto original é um pouquinho... sem inspiração.

A frase foi como uma bomba lançada no meio do quarto.

Pelo menos, foi o que Astrid sentiu. Ela piscou enquanto Natasha Rojas continuava a encarar a tela com um vinco na testa, passando as imagens e as ampliando, a boca franzida em análise.

Sem inspiração.

Sem inspiração?

Astrid repetiu a expressão em sua cabeça tantas vezes que as palavras começaram a perder o sentido. Sabia que precisava responder alguma coisa, mas, com toda a sinceridade, naquele momento teve medo de que qualquer palavra fizesse com que as lágrimas começassem a escorrer. Além disso, se concordasse com Natasha, estaria praticamente esculhambando o próprio projeto de design na frente da cliente. Se contestasse, se defendesse o trabalho que realmente fizera, desmereceria uma lenda viva do design *e* as paredes azuis que Pru Everwood obviamente adorava.

Puta merda, pensou ela. Se existia o momento certo para ter vontade de dizer um palavrão, era aquele.

– Tá. Hum, bom... – disse Astrid quando finalmente conseguiu se recompor o bastante para falar. Ainda assim, as palavras certas pareciam fugir da cabeça, e ela se perguntou quantos monossílabos a mais poderia proferir antes de fazer papel de boba. – Eu...

– *Nós* decidimos seguir em outra direção – interveio Jordan com a maior tranquilidade, como se estivesse falando da probabilidade de chuva à tarde.

Astrid levou alguns segundos para processar o que Jordan queria de fato dizer.

– Ah, é? – perguntou Simon, olhando de Astrid para a irmã. – Você e Astrid, juntas?

Jordan se limitou a inclinar a cabeça para a outra, erguendo uma sobrancelha. Um desafio, se Astrid tivesse que dar nome à expressão.

Precisava tomar uma decisão, e isso aconteceu quase sem que percebesse. Estavam todos à sua espera, inclusive Natasha Rojas, que, obviamente, estava mais do que contente em deixar aquele draminha entre carpinteira, cliente e designer se desenrolar. Então disciplinou suas feições e endireitou os ombros.

– Estamos estudando algumas novas ideias – disse por fim, sorrindo de boca fechada.

Pronto. Tecnicamente, não era mentira, porque ela planejava mesmo discutir uma série de ideias com Jordan Everwood assim que as duas estivessem sozinhas.

– Isso mesmo – concordou Jordan.

– Que interessante – repetiu Natasha enquanto ela e Emery se entreolhavam.

Aquela parecia ser a frase preferida de Natasha e, sinceramente, Astrid estava ficando de saco cheio de ouvir.

– Né? – disse Jordan, batendo palmas uma vez e se virando para a apresentadora. – Agora, que tal ver umas passagens secretas? Dá pra ir do quarto principal até a biblioteca lá embaixo passando por dentro das paredes. Sabia?

Os olhos de Natasha brilharam.

– Só se for agora.

Jordan sorriu para ela, e Astrid teve o pensamento fugaz de que as duas mulheres estavam flertando. Mas logo o descartou. Jordan poderia flertar com um poste de luz que ela não se importaria. O que importava mesmo era aquele desastre de quarto, seu projeto de design "sem inspiração" e o que faria a respeito do que a carpinteira estava aprontando.

– Por que vocês não vão na frente? – sugeriu Astrid, o sorriso perfeito ainda firme no lugar, as mãos unidas como numa prece. – Vou só verificar algumas coisas no banheiro.

– Tudo bem – respondeu Natasha. – Acho que já gravamos a sua parte. Certo, Emery?

– Isso, podemos ir – respondeu elu.

– Estou superanimada para ver como este quarto vai ficar – comentou Natasha.

Astrid sorriu e revelou a quantidade certa de dentes, chamando a atenção de Jordan atrás de Natasha.

– É. Eu também.

Depois que o grupo saiu em direção ao quarto principal, ainda intocado – bom, até onde Astrid sabia –, ela soltou o ar numa mistura de suspiro, rosnado e soluço.

Sem inspiração.

Que merda.

Andou em círculos pelo quarto. Sua bolsa, enganchada no cotovelo, bateu no quadril várias vezes. Não conseguia acreditar. Seu projeto para aquele quarto – para aquela casa – era bom.

É lindo.

Era o que Pru dissera ao vê-lo pela primeira vez, duas semanas antes. Sem dúvida, a proprietária da pousada não gastaria 100 mil numa reforma que detestasse.

Ou gastaria?

Ainda assim, Astrid não conseguia tirar o comentário de Natasha da cabeça, como se ela fosse uma professora que acabara de marcar um *zero* vermelho-escuro no trabalho de escola ao qual Astrid passara semanas se dedicando de corpo e alma.

Ficou paralisada, os próprios pensamentos obrigando-a a parar.

De corpo e alma.

Nunca tinha usado essa expressão para descrever seus projetos. Trabalhava com afinco, dava ouvidos aos clientes, criava espaços que eles adoravam, mas sempre tinha sido apenas... trabalho. Achava que não havia nada em sua vida a que se entregasse "de corpo e alma".

Meu Deus, que pensamento deprimente.

Astrid respirou fundo pelo nariz, contando até quatro ao inspirar... e até oito ao expirar. Repetiu o gesto algumas vezes até o pânico crescente diminuir o bastante para que conseguisse se concentrar em outra coisa.

Algo bem menos deprimente e muito mais exasperante, mas a raiva era boa.

Astrid não conseguia acreditar que Jordan tinha se revelado tão... tão... ardilosa. Um pouco de tensão na frente das câmeras era bom para temperar as cenas, mas aquilo era antiprofissional. E por quê? Era óbvio que ela não havia gostado do projeto de Astrid, mas era o que sua própria família encomendara.

Porém Pru obviamente tinha adorado o tom que naquele momento desfigurava as paredes do Quarto Azul.

Astrid fechou os olhos. Podia dar um jeito naquilo. Ainda era capaz de salvar o projeto, sua reputação e deixar Natasha Rojas pra lá de impressionada. Ela e Jordan só precisavam ter uma conversinha, só isso.

Estava indo na direção na porta quando o telefone tocou. Ao tirá-lo da bolsa, leu uma mensagem de Iris.

Tô chegando! Quero batata frita.

Astrid quase havia esquecido que Iris queria levá-la para almoçar, uma pequena comemoração por ter sobrevivido à filmagem do "antes" no famoso Quarto Azul. No entanto, tinha certeza de que não havia nada para *comemorar* na manhã que acabara de passar.

CAPÍTULO ONZE

A MANHÃ NÃO PODERIA TER CORRIDO MELHOR.

Pru tinha adorado a cor da parede, exatamente como Jordan sabia que aconteceria, e só isso importava. Mas outras coisas também pareciam estar no lugar. Como Jordan suspeitava, Astrid estava preocupada demais em preservar a própria reputação na frente de Natasha Rojas para questionar as paredes azuis. Até Simon acreditava que Astrid sabia tudo sobre a cor da tinta.

Era verdade que a declaração de Natasha sobre o projeto de Astrid não ter inspiração fora meio grosseira, mas Jordan precisava concordar. Sinceramente, não sabia se Astrid *gostava tanto assim* de ser designer de interiores. Óbvio que ela sabia fazer o trabalho, mas as únicas vezes em que Jordan vira uma centelha de paixão nos olhos da mulher foram quando ela usara aquela marreta nos armários da cozinha e suspirara por um pãozinho na feirinha de rua. Em todos os outros momentos em que estivera na casa, com ou sem câmera, o comportamento dela era sério e clínico, como o de uma médica receitando um tratamento.

Depois de uma breve caminhada através de uma passagem secreta bastante mofada e empoeirada que começava no guarda-roupa do quarto principal e serpenteava pelo meio da casa, abrindo-se numa estante na biblioteca, Natasha pediu licença para fazer alguns telefonemas e Emery teve que trabalhar na montagem da cena seguinte. Em todo caso, Pru estava pronta para almoçar, e Jordan precisava de um minuto para processar qual seria o próximo passo, já que Astrid obviamente sabia que ela estava tramando travessuras de design.

Ela acompanhou Pru de volta ao chalé, ouvindo a avó comentar alegremente sobre o Quarto Azul o tempo todo, para seu deleite. Depois de devorar metade de um sanduíche de peito de peru que Pru insistira que ela comesse para se sustentar pelo resto da tarde, Jordan foi para a oficina. Lá fora, nuvens deslizavam pelo céu. A manhã começara luminosa e ensolarada, mas na verdade Jordan gostava das nuvens, da suavidade do céu cinzento. Parecia correto, reconfortante, enquanto o sol em Savannah sempre parecia zombar dela. *Olha, se eu estou feliz, por que você não consegue dar um jeito na sua vida?*

As nuvens eram mais amáveis.

Ela girou os ombros, pronta para trabalhar em seus armários de cozinha, que estavam quase na metade do processo. Só queria um pouco de paz e sossego, madeira debaixo das mãos e um belo projeto de design na cabeça.

Mas, lógico, como o universo a detestava, esbarrou em Astrid Parker enquanto contornava aquela roseira enorme e infernal entre o chalé e a oficina.

– Eita! – exclamou Jordan quando os ombros das duas colidiram.

Ela pulou para trás enquanto estendia a mão instintivamente para segurar os braços de Astrid e firmá-la.

– Desculpa – respondeu Astrid. – Não te vi.

Ficaram paradas por um segundo, sem graça. Astrid parecia estar respirando fundo várias vezes, com os nós dos dedos brancos de tanto apertar as alças da bolsa.

– Tá bom – disse Jordan. – Bom, eu vou...

– O que foi aquilo, hein? – perguntou Astrid.

Jordan ficou paralisada, com a boca ainda aberta. Os olhos escuros de Astrid estavam fixos nela de um jeito que só poderia ser descrito como intenso. Muito intenso. E meio zangado. Sentiu um aperto no estômago. Sabia que, mais cedo ou mais tarde, teria que enfrentar Astrid por causa daquela história de pintar o quarto de azul sem falar com ela.

Esperava que fosse mais tarde.

– Não sei do que você está falando – retrucou ela.

Astrid riu. Uma única bufada que não tinha absolutamente nenhuma alegria. Ela se aproximou, e Jordan sentiu um aroma de limpeza e frescor, como brisa do mar e roupa recém-lavada.

– Sério? Vai dar uma de sonsa e me manipular? Achei que você fosse melhor do que isso – disparou Astrid.

Jordan murchou um pouco. A outra tinha razão nos dois comentários.

– A não ser que Alice Everwood tenha pintado o próprio quarto de azul – continuou Astrid.

Jordan ergueu as sobrancelhas.

– Quem sabe?

– Que merda, dá pra parar com essa conversinha mole?

Jordan inclinou a cabeça para Astrid.

– Você não parece do tipo que fala palavrão.

Astrid levantou a mão e a deixou cair, batendo na perna.

– Por que todos sempre dizem isso? Eu falo palavrão, sim, igual a todo mundo.

– Igual a todo mundo, não. Você falou "merda" com um toque de sofisticação. Aliás, belo vestido.

Astrid olhou para si mesma, como se tivesse esquecido totalmente que usava o infame vestido marfim. De repente, ela pareceu vulnerável – até mesmo perplexa –, e Jordan sentiu a raiva diminuir. Certo, Astrid gritara com ela num dia ruim. Grande coisa. Já enfrentara coisas piores, disso não havia a menor dúvida. E naquela hora a mulher estava apenas tentando tocar seu projeto de reforma. Um projeto *ruim*, mas mesmo assim...

– Olha – disse Jordan, suspirando. – Você sabe que não gosto do seu projeto pra pousada. Meu irmão pode não dar a mínima pra casa da nossa família, mas eu dou. O seu estilo não tem nada a ver com Everwood, só isso. Não é nada pessoal.

Pensou seriamente em citar o comentário de Natasha, mas parecia maldade pura e simples.

Astrid a encarou com uma expressão um tanto espantada. E não era espanto do tipo bom, mas do tipo que dizia: "Dá pra acreditar no que essa descarada está dizendo?"

– É pessoal, sim – retrucou ela. – É o meu trabalho. Minha empresa. Minha reputação. E hoje você me pegou completamente desprevenida.

– Você reagiu muito bem.

– Só porque *você* não me deixou escolha.

– Então escolha agora. Sei que Natasha e Emery querem que a gente faça um draminha, mas pra mim é muito simples: eu quero o projeto certo pra Everwood, e não é o seu.

Astrid suspirou e passou a mão pelo cabelo, despenteando a franja. Jordan teve o desejo repentino e absurdo de arrumá-la, passando os dedos por toda aquela loirice repicada.

Ela pigarreou, fechando as mãos em punhos para mantê-las no lugar. Reteve a expressão impassível, mas já não podia ignorar o palpitar de seu coração. Para ser sincera, estava gostando muito daquilo. Não gostava necessariamente de pôr o trabalho de Astrid em risco. Apesar do primeiro encontro ruim, não tinha energia para gastar tentando arruinar a vida da mulher, e, nossa, imagine se dedicar a uma vingança tão horrível: *ela gritou comigo, então acabei com a vida dela*. Não, não era isso que Jordan estava procurando. Queria apenas que a casa de sua família ganhasse o projeto certo, e Astrid estava atrapalhando.

Bom, Astrid e a total falta de confiança do próprio irmão, mas dava no mesmo.

Ainda assim, naquele momento, ao brigar com aquela mulher lindíssima, ela de repente se sentiu... viva. Mais viva do que se sentira desde que Meredith adoecera, pelo menos.

Havia também o fato de que fazer a reforma seria muito mais fácil se conseguisse trazer Astrid Parker para seu lado, apesar da sede de drama do *Pousadas Adentro*. Caramba, podia bancar a rebelde com qualquer coisa se eles quisessem. Mas se ia mesmo executar seu plano, não apenas sonhar com ele, precisava de Astrid.

– Escuta. – Jordan se aproximou. – A gente não precisa ficar em pé de guerra.

– Guerra? – indagou uma voz pouco antes de uma linda mulher branca e ruiva contornar a roseira. – Quem atirou primeiro?

– Não tem guerra nenhuma – respondeu Jordan.

– Foi ela – disse Astrid ao mesmo tempo.

A recém-chegada assentiu, franzindo os lábios.

– Bom, se eu fosse você, tomaria cuidado. Astrid é uma baita oponente.

– Iris – reclamou Astrid.

– Que foi? – perguntou a tal Iris. – Lembra quando você deu um esbarrão na Piper Delacorte e empurrou a menina no armário dela com tanta força que ela caiu, só porque você descobriu que ela batizou seu refrigerante na festa da Amira Karim pra ver o que você faria se ficasse bêbada?

– Isso foi no ensino médio. Nessa época todo mundo é horrível.

Iris deu um sorrisinho irônico.

– E ela mereceu?

– Lógico que sim. – Astrid chegou a jogar o cabelo para trás, se bem que o gesto teatral sugeria um toque de humor. – Ninguém deve pôr álcool na bebida de outra pessoa sem permissão.

Iris gargalhou e Astrid chegou a abrir um sorriso, e, meu Deus, que sororidade bizarra era aquela? Jordan estreitou os olhos, vendo as amigas dando risada, e algo em seu peito se apertou – algo que havia existido e desaparecido muitos anos antes.

Ela se livrou do sentimento e se concentrou. Iris parecia familiar. Tinha cabelo ruivo e longo, com trancinhas misturadas às mechas aqui e ali, e estava vestida como se estivesse a caminho de um campo de flores silvestres: um vestido esvoaçante com estampa floral na altura dos joelhos, sandálias marrom-conhaque e brincos dourados e grandes em forma de nuvem com gotas de chuva caindo em direção ao ombro. Se Jordan tivesse que chutar, tinha um ar bem bissexual e boêmio.

Era uma das mulheres que rodearam Astrid depois do infeliz incidente com o café na frente da cafeteria, óbvio.

– Com licença – pediu Jordan, mais do que pronta para sair de perto das duas.

Tentou contorná-las, mas Iris a impediu.

– Desculpa, que grosseria a nossa. – Ela sorriu, mostrando uma fileira de dentes brancos e perfeitos. – Eu sou Iris. Vim levar Astrid pra almoçar.

Jordan suspirou por dentro, mas se rendeu.

– Jordan.

– Parece que já te vi – comentou Iris, inclinando a cabeça. – A gente se conhece?

Seu tom de voz exalava sarcasmo, que, pelo jeito como Iris olhou de soslaio para a amiga, Jordan presumiu que fosse dirigido a Astrid.

– Antes de cinco segundos atrás? – perguntou Jordan. – Oficialmente, não.

Iris assentiu. Astrid se contorceu, olhando para o céu como se preferisse ser abduzida por um disco voador a ter aquela conversa. Jordan entendia muito bem o sentimento.

– Ah, que bom que agora é oficial – disse Iris. – Você curte minigolfe?

– Eu... Como é que é? – perguntou Jordan.

Devia ter ouvido errado. Ou isso, ou Iris era especialista em pular de um assunto para outro sem aviso.

– Minigolfe – repetiu Iris, balançando a cabeça.

Certo, especialista em pular de um assunto para outro, sim.

– Iris – chamou Astrid.

– Você *vai* – respondeu ela. – Aceita e pronto.

– Tá bom, tá bom, mas você não vai submeter a Jordan àquele vexame do minigolfe bêbado.

– Minigolfe... bêbado? – retrucou Jordan.

Será que *alguma coisa* naquela conversa passaria a fazer sentido?

Astrid suspirou, e suas bochechas adquiriram um lindo tom de rosa.

Não, lindo, não. Puta merda, Jordan. É só rosa e pronto. No máximo, rosa-avermelhado. Era cem por cento desinteressante.

– Não é nada – respondeu Astrid.

– É uma delícia! – garantiu Iris. – Tem um campo de minigolfe em Sotheby, o Birdie's, e é só pra maiores de 21. Tem as pistas mais mirabolantes, tipo cenários completos de naufrágio com sereias, desertos e florestas. Além disso, servem bebida alcoólica. Abriu uns meses atrás, e todo mundo vai lá hoje. Quer ir com a gente?

Iris falava depressa, gesticulando sem parar. Para Jordan, era como assistir a um programa de TV em que o som não combinava com a boca dos atores. Demorou um pouco para entender que tinha acabado de ser convidada para sair. Para sair e beber.

– Ah – disse ela.

Mas, antes que pudesse formular uma resposta de verdade, seu irmão deu a volta na roseira. Francamente, Jordan estava começando a detestar aquela planta.

– Achei você – falou Simon, e a ruga de preocupação onipresente entre as sobrancelhas dele se abrandou por um momento. – Tá tudo bem?

Deus do céu, como estava cansada daquela pergunta.

– Tô bem. Só batendo papo aqui com Astrid e Iris.

Simon franziu a testa diante do tom excessivamente alegre, mas se virou para as outras mulheres.

– Oi. – Ele abriu um grande sorriso para Iris. – Sou o Simon, irmão gêmeo da Jordan.

– Simon Everwood – disse Iris, franzindo a boca enquanto o olhava de alto a baixo. – O escritor.

O sorriso encantador dele mudou para sua expressão de "Ah, então você já ouviu falar de mim".

– É o que dizem.

Iris levantou as sobrancelhas.

– *Quem* diz?

Simon riu e coçou a nuca.

– Boa pergunta. Às vezes também fico na dúvida.

Iris riu.

– Bom, aposto que a Violet pode te dar uma dica.

Violet era uma das personagens principais do romance de estreia de Simon, *As recordações*, uma longa saga familiar ambientada em Los Angeles, repleta de conflitos e crises existenciais. No outono anterior, o livro ficara na lista dos mais vendidos do *The New York Times* por várias semanas consecutivas. Desde então, porém, ele estava tendo dificuldade para terminar o romance seguinte.

O rosto de Simon adotou uma expressão que só poderia ser descrita como exultante.

– Você leu?

– Infelizmente.

Simon apertou o peito como se tivesse levado um golpe, mas riu e disse:

– Ai.

Isso só fez Iris sorrir ainda mais. Jordan espiou Astrid e as duas trocaram um olhar que dizia "Dá pra acreditar nesses dois?". Jordan começou a sorrir, mas Astrid desviou o olhar.

– Enfim – falou Jordan em voz alta. – Vou trabalhar um pouco.

– Peraí. – Iris estendeu a mão, chegando mesmo a agarrar a dela. – Diz que vai com a gente hoje à noite. Aliás, vocês dois.

– Iris, pelo amor de Deus – resmungou Astrid.

– Ir aonde? – perguntou Simon, e Jordan gemeu por dentro. – Ah, vamos, sim – respondeu ele depois que Iris explicou o evento, exatamente como Jordan sabia que faria. Ele pôs o braço em volta dos ombros da irmã e sorriu. – Com certeza.

Jordan nunca tinha pensado em fratricídio, mas, de repente, o conceito pareceu muitíssimo atraente.

CAPÍTULO DOZE

ASTRID SE SENTOU NO BANCO DE TRÁS do Prius de Claire, com Iris ao lado dela no assento do meio, enquanto Jillian, a namorada muito recente e muito bonita de Iris, que morava em Portland e era advogada, ocupava o outro lado. Jillian tinha cabelo loiro curto com fios que pareciam ter vontade própria e criavam um contraste com seus ternos imponentes e seu estilo bofinho. Naquela noite, ela deixara o terno em casa – ou no apartamento de Iris – e preferira jeans, sapato social marrom e blazer azul-marinho com camiseta branca. Falava pouco, mas, quando o fazia, era sempre algo devastador, como "minha empresa tem camarotes na Ópera Metropolitana de Nova York... a gente devia pegar um avião e ir lá um dia desses", como se fosse o tipo de coisa que o grupo delas fazia *o tempo todo*.

Até Delilah achava que Jillian às vezes era *meio demais*, e ela havia morado em Nova York por doze anos.

O relacionamento era recente, e Iris estava bastante apaixonada. Depois de um término relativamente tranquilo no outono anterior com Grant, que fora namorado dela por quase três anos, Iris havia ficado sem namorar ninguém até Jillian entrar na loja dela, um mês antes. A mulher dizia ter encontrado Iris no Instagram e estar disposta a pagar bem por um planner personalizado.

Iris criou o planner em tempo recorde – um "planner de lésbica poderosa", segundo ela – e as duas foram para a cama logo em seguida.

Óbvio que Astrid conhecia todos os detalhes daquele romance, inclusive o fato de que Iris tivera vontade de arrancar o tal terno de Jillian no instante em que a vira, porque não tinha absolutamente nenhum filtro verbal.

Em relação a nada.

No carro, Astrid estava só ouvindo enquanto as amigas falavam sobre o dia delas, sobre como Claire nunca imaginara que *aquele* Simon Everwood era um Everwood de Bright Falls.

– Eu também não – disse Iris. – Pra ser sincera, nunca parei pra pensar nisso. O livro dele é uma historinha de homem branco totalmente egocêntrica.

– Não é, não – respondeu Claire. – Eu gostei. E, tipo, metade dos personagens é gente lgbtq+.

– Tá bom, isso eu admito – ponderou Iris. – Mas ainda acho Jonathan Franzen demais pro meu gosto.

– Ai, meu Deus, você é terrível! – Claire riu. – Simon escreve personagens femininas cis muito melhor do que o Franzen. E ele nem sequer usou cenas de sexo gratuitas em que os seios de uma mulher tremem como se fossem seres sencientes.

– Então pra que ler? – protestou Delilah no banco ao lado dela.

Claire riu e pegou a mão da namorada, dando um beijo em seus dedos.

– Simon não escreve histórias românticas.

– Peito senciente é romântico? – perguntou Delilah.

– Nossa, eu adoraria ver ele escrever uma história romântica – disse Iris.

– Duvido muito que ele consiga – comentou Jillian com sua voz suave.

– É isso aí, gata.

Iris ficou radiante, como se aquela mulher tivesse simplesmente inventado o sexo.

De repente, Astrid pensou que Jillian provavelmente possuía um colar de clitóris, e uma risada brotou de sua boca.

– Qual é a graça? – perguntou Iris.

Astrid gesticulou, descartando o comentário, e se voltou para a janela.

Claire pigarreou.

– Que bom que você convidou os Everwoods pra vir com a gente hoje, Ris.

Astrid trincou os dentes. Durante o almoço, naquele mesmo dia, dissera mais de uma vez para Iris que não estava nem um pouco feliz com aquele convite improvisado, o que era praticamente tudo o que contara sobre sua manhã. Iris, óbvio, queria saber todos os detalhes das filmagens com Natasha, assim como o motivo de Jordan Everwood falar em guerra quando Iris as encontrara no quintal da pousada. Astrid conseguiu satisfazê-la com declarações efusivas como "Natasha é sensacional" e "Ah, foram só algumas diferenças criativas", mas a verdade era que Astrid só conseguia pensar naquela tinta azul e no fato de que ninguém menos que Natasha Rojas chamara seu projeto muito mais moderno de "sem inspiração".

– Por falar nos Everwoods – comentou Iris, gesticulando entre o banco da frente e ela mesma –, ainda não consigo acreditar que você não contou pra gente que estava trabalhando com a mesma mulher que derramou café no seu precioso vestido.

– Ouvi falar desse incidente – disse Jillian, inclinando-se para a frente para poder ver Astrid. – Tenso.

– É, muito tenso – respondeu Astrid, e Iris lhe deu uma cotoveladinha na costela. – E vejo a família todo dia durante o horário de trabalho. Preferiria não sair com eles nas minhas horas de folga, né?

– Tive que convidar – argumentou Iris. – Cuidamos da nossa gente.

– Quem é *a nossa gente*? – perguntou Astrid.

– Gente lgbtq+ – disse Iris, gesticulando mais uma vez em direção ao banco da frente e depois em direção a Jillian.

Astrid tinha ouvido falar que Simon Everwood era bissexual. Isso era de conhecimento público, e ele era uma semicelebridade que falara sobre o tema em entrevistas mais de uma vez. E ela já sabia que Jordan era lésbica. Fazia sentido que todo o círculo de amigas de Astrid – todas lgbtq+, menos ela – se aproximasse dos gêmeos Everwood.

– Tá, é justo – disse ela. – Mas ainda prefiro manter minha vida pessoal separada da profissional.

Iris soltou um resmungo exasperado.

– Meu bem, tenta relaxar. Só hoje. Você tem trabalhado pra caramba e merece.

Astrid não disse nada, mas de repente sentiu um nó na garganta. Ela sabia que Iris tinha boas intenções, que queria mesmo que a amiga se divertisse como merecia, mas sempre detestara aquela imagem de si mesma – reprimida, travada, fria.

Tudo o que Isabel Parker-Green encarnava.

Tudo o que Astrid não queria ser, mas que se sentia obrigada a ser mesmo assim.

O sentimento não era novo, mas vinha crescendo ultimamente, desde seu término com Spencer. Bom, não, até mesmo antes disso. Talvez sempre tivesse existido. Que inferno, ela não sabia ao certo.

Terminar com o ex-noivo no verão anterior deveria ser um passo adiante, o começo do processo para entender, finalmente, quem Astrid era e o que queria. Mas, no fim das contas, só se sentia mais perdida desde que o noivado terminara. Não se arrependia de não ter se casado com Spencer, nem por um segundo. Mas, desde então, parecia estar à deriva.

E ainda havia a confusão na Pousada Everwood...

– Tá – disse ela, respirando fundo. – Você tem razão. Só preciso relaxar.

Quando Claire entrou no estacionamento do Birdie's, com as luzes de neon do campo iluminando o céu noturno, Astrid sorriu para o próprio reflexo na janela, forçando os cantos da boca a se alargarem um pouco mais para que o sorriso parecesse sincero.

O campo de minigolfe parecia um recorte da Disneylândia. Cada um dos dezoito buracos tinha um tema – piratas, desertos, sereias, florestas, cidades futuristas –, com projeto e execução bem-elaborados. Dentro do prédio, onde se pagava o ingresso e se pegavam os tacos e as bolas, havia também um bar completo chamado Bogey's. Lá os golfistas podiam pedir cerveja, vinho e drinques diversos, todos servidos em convenientes copos de plástico com alças, tampas e canudos.

Astrid precisava admitir que o lugar era bem impressionante, ainda que meio brega – Isabel não poria os pés num lugar como aquele nem morta, muito menos viva e com seu novo par de Jimmy Choos. Esse pensamento a fez se sentir confortada e confusa.

A sensação se dissipou rapidamente quando viu Jordan e Simon esperando por elas no bar. Cordões de luzinhas penduradas em ganchos no teto, além das prateleiras retroiluminadas cheias de garrafas, lançavam sobre eles e os outros poucos clientes um suave brilho âmbar. Jordan usava jeans skinny preto com a barra dobrada no tornozelo e camisa azul de manga curta com estampa de limões miudinhos. O cabelo dela estava maravilhoso – o lado rapado parecia recém-tosquiado, e as mechas mais longas caíam sobre a testa em ondas castanho-douradas. Usava o batom vermelho-framboesa de sempre e o delineado gatinho perfeito.

Estava fantástica. Será que, em algum momento, Astrid já tivera um visual assim, tão legal e descontraído? Ela olhou para a blusa marrom-avermelhada que usava, com a barra por dentro do jeans de cintura alta, para as botas marrom-conhaque que combinavam com tudo, e sentiu que estava de volta ao ensino médio, questionando cada peça que vestia.

– Oiê! – gritou Iris, acenando e puxando Jillian pela mão em direção aos Everwoods.

Simon usava uma camiseta verde-musgo de manga comprida e jeans escuros. Os óculos e o cabelo alvoroçado o faziam parecer exatamente o escritor que era.

As pessoas se apresentaram – com Iris tomando a iniciativa, óbvio. Pediram bebidas e alugaram bolas e tacos. Astrid tomou um gole de vinho branco e foi em direção às portas francesas que levavam para as pistas lá fora. Estavam abertas, deixando entrar o ar excepcionalmente quente daquela noite de primavera.

Ela sabia que precisava conversar mais com Jordan sobre a pousada, mas a simples ideia de ficar sozinha de novo com a mulher quase a fez sentir dor de barriga. Ainda assim, a quase discussão naquela manhã a deixara inquieta e ansiosa, dois sentimentos que ultimamente conhecia muito bem. E, se ia mesmo relaxar, como Iris tinha dito, precisava esclarecer as coisas.

Endireitou os ombros, determinada, e tomou outro gole encorajador de vinho antes de dar meia-volta para encarar o grupo.

E esbarrou justo em Jordan Everwood.

De novo.

A bebida de Jordan – vinho tinto, pelo jeito – pulou para fora do frágil copo de plástico e espirrou por toda a camisa de limõezinhos.

– Ai, meu Deus! – exclamou Astrid. – Me desculpa. Espera, vou pegar uns guardanapos.

Correu para o bar onde o resto do grupo ainda estava pegando as bebidas sem a menor ideia do que acabara de acontecer. Pegou um punhado de guardanapos marrons e correu de volta para Jordan, que estava ali parada com uma espécie de expressão resignada.

– Bom, acho que carma é isso aí – comentou ela, enxugando a camisa provavelmente arruinada.

– Quê? – perguntou Astrid.

Jordan gesticulou, indicando as duas.

– Eu derramo café no seu vestido preferido, você derrama vinho na minha camisa favorita.

Astrid se encolheu um pouco.

– É a sua favorita?

Jordan deu de ombros.

– A segunda favorita.

– Me desculpa mesmo. – Já era a chance dela de provar que era um ser humano decente. – Eu pago a lavagem a seco.

Ao ouvir isso, Jordan riu, bufando, e agitou um guardanapo no ar antes de usá-lo de novo para enxugar inutilmente o peito. A camisa estava com três botões abertos no alto, e Astrid teve um vislumbre de renda roxa. Algumas gotas de vinho tinto haviam descido pelo decote.

Astrid engoliu em seco e desviou o olhar, procurando as melhores amigas e esperando que a salvassem daquele inferno. Claire estava ocupada cochichando com Iris e Delilah numa rodinha apertada, enquanto Simon e Jillian estavam de lado, conversando sobre sei lá o quê enquanto bebiam cerveja e bourbon, respectivamente. Ela estava sozinha ali, e talvez fosse melhor assim. Não precisava passar vergonha na frente do grupo todo. Só precisava resolver as questões da pousada com Jordan.

O problema era que não tinha ideia de como lidar com *nada* naquela situação. A raiva que sentira de manhã tinha desaparecido, deixando-a em parte envergonhada por Jordan ter visto Natasha chamar seu projeto de "sem inspiração" e em parte sem a menor ideia de como melhorá-lo. De repente, sentiu-se perdida e sobrecarregada. Sabia que era uma atitude infantil – era profissional e já tinha 30 anos, pelo amor de Deus –, mas estava começando a acreditar que nunca seria velha demais para se sentir sozinha e tentar entender qual era seu lugar no mundo.

Voltou-se para Jordan, que tinha acabado de se limpar e estava bebendo o resto do vinho do copo partido.

– Pode se vingar acabando comigo no minigolfe – disse Astrid.

Não sabia de onde tinha vindo aquela ideia. Antes, nem queria que Jordan fosse com elas, mas, de repente, um desafio de minigolfe parecia ser o único caminho possível.

Jordan deu uma última golada no vinho e olhou para Astrid.

– Ah, é?

Astrid assentiu.

– Eu sou *péssima* nesse jogo. Sério.

Jordan estreitou os olhos e depois lançou um olhar de esguelha para o irmão. Passou um segundo observando Simon conversar com Jillian antes de se voltar para Astrid e pegar o taco, que havia deixado no chão para se limpar.

– Beleza, Parker, bora lá.

Então jogou o copo vazio no lixo e fez um gesto teatral em direção às portas francesas, indicando que Astrid deveria ir na frente.

Astrid apoiou o próprio taco no ombro, exatamente como fizera com a marreta durante a demolição, e se dirigiu ao campo sem olhar para trás.

CAPÍTULO TREZE

JORDAN DETESTAVA ADMITIR, mas não estava cem por cento infeliz observando Astrid Parker se atrapalhar com o par três no buraco número quatro.

– Meu Deus, você é péssima mesmo – comentou.

– Eu te disse – respondeu Astrid.

Ela estava tentando pela quinta vez mandar sua bola verde-limão para cima de uma miniatura da Ponte Golden Gate em vias de ser danificada por um terremoto que arruinaria a cidade. A cada dez segundos, a emblemática ponte de metal vermelho tremia um pouco, fazendo a bola de Astrid escorregar e deslizar para todos os lados, menos para onde ela queria que fosse.

Jordan teria achado um pouquinho fofo o jeito como Astrid bufava e resmungava "que saco" sem emitir som, se permitisse a si mesma esse tipo de pensamento.

E não permitia.

Nem ia se deixar dar uma olhada na bunda espantosamente curvilínea de Astrid com aquele jeans quando ela se inclinava sobre o taco. Só estava ali por questão de bom senso profissional. Nada mais.

– Então – disse Jordan em voz alta, até um pouco alta demais, tanto que Astrid se assustou e bateu o taco na bola antes de estar pronta –, que turminha legal a sua.

Ela usou o próprio taco para indicar o resto do grupo. Ainda estavam no buraco dois porque paravam para conversar toda hora, ou alguém corria até o bar para pegar mais bebida, ou Delilah – que pelo jeito era ainda pior do que Astrid no minigolfe – jogava acidentalmente seu taco na lagoa pirata tingida de azul do buraco um.

Astrid recolocou a bola no lugar, mas depois se endireitou e suspirou, estreitando ligeiramente os olhos na direção das amigas.

– É. Elas são inigualáveis, pode ter certeza.

– E são sempre assim tão...

– Barulhentas?

Jordan riu.

– Eu ia dizer *animadas*.

– Que educada.

Ficaram em silêncio enquanto Astrid dava sua tacada – a ponte fazia um ruído, estremecia e cuspia a bola de volta para ela – e Jordan observava seu irmão e as outras.

Simon estava rindo e Iris argumentava por que ela deveria ter direito a uma tacada extra, o que parecia ter alguma coisa a ver com a lua cheia e com o fato de sua bebida não ter gelo suficiente.

– Você é sempre tão irritante assim? – perguntou Simon.

– Você nem imagina – respondeu Iris, sorrindo para ele e bebendo do jeito mais barulhento possível.

Simon riu ainda mais alto. Os olhos dele brilhavam; o sorriso era radiante e a postura estava relaxada e autoconfiante. Jordan amava o irmão, provavelmente mais do que amava qualquer outra pessoa na Terra além de Pru. Mas, às vezes, uma faisquinha de inveja lampejava em seu peito. Seu gêmeo amava a vida de verdade, e a vida também o amava.

Intensamente.

Um romance de estreia entre os mais vendidos, uma fé inabalável no amor verdadeiro apesar de ter sofrido mais de uma decepção, a bissexualidade assumida publicamente. No fundo do coração, ela sabia que não estava sendo completamente sincera consigo mesma – Simon já tivera grandes mágoas na vida e sofrera muito bullying ao se revelar bi no primeiro ano do ensino médio. Apesar disso, assim que aquele zagueiro do time de futebol americano se assumira pansexual apenas três semanas depois, as ameaças pararam como num passe de mágica. Não que ela quisesse que a vida dele tivesse sido mais difícil. Lógico que não. Mas às vezes ela simplesmente... não sabia. Os sorrisos dele, o sucesso, a busca interminável por um grande amor que o mantinha *otimista* o tempo todo, tudo isso a fazia se sentir como se estivesse sozinha numa ilha.

O sentimento havia piorado desde a partida de Meredith. Tudo tinha piorado, era óbvio. Toda a vida dela implodira enquanto Simon ganhava destaque no *Sunday Times*. Ela podia encantar a equipe do *Pousadas Adentro*, mas isso era trabalho. Ali havia um contexto. Mas largada no meio daquele grupo animadíssimo, estava perdida.

– Elas fazem parecer tão fácil – comentou Jordan.

Astrid interrompeu sua travessia pela ponte e olhou para as amigas.

– Fazem o que parecer fácil? – perguntou.

Um sorrisinho ergueu os cantos da boca de Jordan.

– A vida. A diversão.

Astrid levantou as sobrancelhas.

– Você tem dificuldade pra se divertir?

Jordan então olhou para ela. Caramba, os olhos dela eram bonitos – de um castanho tão escuro que mal dava para distinguir as pupilas. Combinados ao cabelo claro e às sobrancelhas grossas e escuras... Astrid Parker era deslumbrante. Disso não havia a menor dúvida.

– Mais ou menos – respondeu Jordan.

Astrid a encarou.

– Sério? Você está aqui comigo, a pessoa que te tratou como lixo por causa de um café derramado, e detesta tudo o que estou fazendo com a casa da sua família a ponto de chegar a me sabotar.

Jordan abriu a boca para protestar, mas... bom, que merda, quando a mulher tinha razão, tinha mesmo. "Diversão" não era a palavra que usaria para descrever qualquer parte de sua existência nos últimos tempos. Ela trabalhava, estragava o trabalho, seu irmão tentava salvá-la e o ciclo recomeçava.

Nem sempre fora assim. Era como se sua recente falta de confiança em qualquer coisa tivesse aberto um buraco bem no meio do peito, onde o coração antes pulsava com mais ímpeto, com mais ardor, e tudo que restasse fosse uma brasa minúscula que, na maior parte do tempo, ela não tinha força para atiçar.

– Caramba! – exclamou Jordan, passando a mão no cabelo. – Quer dizer, o que é que estou fazendo com a minha vida?

Primeiro Astrid ergueu as sobrancelhas, mas depois riu de verdade. Deu uma daquelas risadas que enruga o canto dos olhos e mostra os incisivos – os dela eram um pouquinho afiados, como os de uma vampira.

– Nem posso falar de você. Afinal, estou preferindo jogar com alguém que sem dúvida acha que sou um lixo humano e detesta minhas escolhas estéticas, quando podia estar com minhas amigas da vida toda, então...

Astrid desviou o olhar, mordendo o lábio inferior com aqueles dentes afiados.

Jordan estremeceu, depois inclinou a cabeça para a outra mulher. Imaginou dizer algo sobre ela não ser um lixo humano, mas, por alguma razão, sabia que Astrid não estava pedindo confete, por isso não ofereceu nenhum.

– Bom, então acho que é melhor a gente tratar de se divertir mesmo hoje. Só pra provar pra nós mesmas que conseguimos.

Astrid levantou as sobrancelhas só um pouquinho antes de perguntar:

– Qual é a sua sugestão?

Jordan se deteve. Não tinha a menor ideia do que estava fazendo. O que deveria fazer era voltar para a casa da avó, maratonar alguma série na Netflix e pegar no sono depois de uma longa sessão com alguma coisinha movida a bateria. Mas não pôde deixar de fechar os olhos e olhar para trás... para o passado... para anos antes, numa época em que tinha sido feliz de verdade – ou, pelo menos, tão feliz quanto qualquer ser humano com uma companhia amorosa e um salário estável. Procurou uma Jordan completamente diferente, alguém que não tinha medo de fazer besteira o tempo todo, que não estava planejando nem sabotando um projeto de reforma. Que dormia e amava com facilidade.

Aquela Jordan sabia exatamente como se divertir. Verdade que seu jeito de se divertir não era do tipo ruidoso que estavam ouvindo atrás delas, nunca tinha sido. Mas, de alguma forma, sabia que Astrid Parker entenderia isso muito bem.

– Minha ideia – respondeu, apoiando-se no taco e se aproximando de Astrid – vai exigir uma mudança de local.

CAPÍTULO CATORZE

SE ALGUÉM TIVESSE SUGERIDO A ASTRID que ela estaria passando por uma estrada escura dentro de uma caminhonete velha com Jordan Everwood naquela noite, ela acharia que a pessoa estava bêbada.

Ou chapada.

Ou qualquer outra combinação que explicasse aquela ideia absurda.

No entanto, lá estava ela na caminhonete que Jordan chamava de Adora, com os alto-falantes berrando uma música indie folk melancólica que nunca tinha ouvido enquanto o vento soprava o cabelo no rosto dela.

– Aonde estamos indo? – gritou, baixando o volume.

Já tinha feito a mesma pergunta duas vezes, e a cada tentativa Jordan apenas sorria e aumentava o volume da música outra vez, cantando junto.

Ela girou o botão de novo.

– Jordan, sério. Sem plano, pra mim, não dá.

Jordan riu.

– Percebi.

– E aí?

– Seu noivo nunca te fez uma surpresa? Nem suas amigas?

Astrid abriu a boca para dizer que absolutamente *não*, porque todas as pessoas em sua vida sabiam que ela detestava surpresas. Mas, no ano anterior, isso não impedira Spencer de comprar uma casa em Seattle sem contar para ela uma semana antes do casamento. Tampouco impedira Iris e Claire de conspirar com Delilah pelas costas dela para separar o casal. Verdade que as intenções das amigas eram boas e a intuição delas, precisa, mas a questão não era essa.

– Já fizeram, sim – respondeu. – E não gostei nem um pouco.

Jordan pôs uma mecha de cabelo atrás da orelha, revelando uma série de argolas, luas e estrelas prateadas penduradas ali.

– Dessa você vai gostar. Prometo que não é nada assustador.

– Tem alguma coisa a ver com tatuagens ou cordas de bungee jump?

Jordan a olhou de relance.

– Mas que tipo de surpresa aquela gente te fez?

Astrid riu.

– Tá, não teve nada a ver com agulhas nem com saltos mortais, mas não foi muito divertido.

– Nesse caso, que bom que o objetivo de hoje é a gente se divertir. Quer dizer, se você topar.

O olhar delas se encontrou, apenas por um segundo, antes que Jordan voltasse a prestar atenção na estrada. Astrid percebeu que, naquela última hora, desde que tinham saído do Birdie's – não, mesmo antes disso, desde que pisara no campo de minigolfe –, não havia se preocupado com o trabalho, o programa, o modo como Jordan Everwood tinha pintado o quarto agindo pelas costas dela, nem como as duas iam dar um jeito naquele cômodo.

Não havia pensado em nada, na verdade, pelo menos em nada sério. E era divertido.

E pronto. Estava se divertindo de verdade.

O mais surpreendente era perceber que de fato não queria saber aonde iam – estava gostando do mistério, do tom provocador na voz de Jordan quando negava qualquer informação. Simplesmente vivenciar um momento em que não estava o tempo todo pensando por que, quando e como era emocionante.

A mulher ao lado dela nem parecia a mesma Jordan Everwood daquela manhã. Parecia... Astrid não sabia ao certo. Qualquer que fosse o sentimento, era novo e animador, e não queria arruiná-lo citando a pousada e o que acontecera com o Quarto Azul naquele dia. Tudo aquilo podia esperar. O mundo inteiro podia esperar e dar a ela uma noite de folga, em que seu único objetivo era sorrir, dar risada e não se importar tanto.

Além disso, Astrid queria mesmo saber quais surpresas a mulher tinha naquelas mangas estampadas de limão.

Acabaram no centro de Winter Lake, uma cidadezinha a cerca de trinta minutos de Bright Falls, mas a quase uma hora do Birdie's, em Sotheby. Apesar de ter crescido no Oregon e de ter morado lá a vida toda, com exceção dos quatro anos de estudo em Berkeley, Astrid só estivera naquela cidade de passagem. Sabia que Josh Foster morava lá, o que não aumentava sua vontade de estar naquele lugar.

Isso até Jordan parar em frente a um cinema.

Não era um cinema qualquer, mas um espaço antigo chamado Teatro Andrômeda, que parecia ter saído da Era de Ouro de Hollywood. Era lindo. Todo rosa, vermelho e laranja, um pequeno carnaval numa rua tranquila, com as lojas ao redor já fechadas naquela noite. Um letreiro fluorescente anunciava uma maratona de filmes mudos e coquetéis a três dólares.

– Nossa! – exclamou Astrid quando Jordan desligou o motor, olhando para a fachada imponente.

– Viu? Não tem nenhuma corda de bungee jump – disse Jordan.

Astrid sorriu.

– Não tem bungee jump e ainda por cima tem bebida barata?

– Por dentro é melhor ainda.

Jordan abriu a porta e saiu do carro, com Astrid logo atrás. Pagaram ao atendente na cabine de vidro e metal dourado da bilheteria para ver a sessão das oito antes de botar os pés no que parecia ser outra era. O saguão era todo coberto por um carpete vermelho repleto de detalhes dourados. Tudo era vintage, desde a máquina de refrigerante até a pipoqueira e as roupas carmesim com borlas douradas que os funcionários usavam enquanto guiavam o público até seus lugares. O balcão do bar era ornamentado, com garrafas reluzentes em prateleiras iluminadas de verde, o tampo laqueado e bancos de veludo vermelho com franjas, já ocupados por clientes, vários dos quais estavam vestidos como nos anos 1920.

– Estamos malvestidas – comentou Astrid, puxando a blusa.

Jordan fez um gesto de desdém.

– Não tem problema. Já vim aqui muitas vezes, a caráter ou não. Aqui vale tudo. É o que você quiser que seja.

– Como é que nunca ouvi falar deste lugar? – perguntou Astrid.

Sabia que estava de boca aberta, mas tudo era inebriante. O ar cheirava a manteiga, cerejas marasquino e bebida de boa qualidade. Taças tilintavam. Vozes riam.

– É uma joia oculta da Costa Oeste – explicou Jordan, com a voz subitamente suave. – Quando Simon e eu éramos crianças, minha avó trazia a gente aqui no verão. Nada de coquetel, é lógico. Mas tinha muita pipoca.

Naquele momento, o estômago de Astrid roncou tão alto que ela ficou surpresa por Jordan não ouvir. Não comia desde o almoço com Iris.

– Pipoca é uma boa. Um Old Fashioned também.

Jordan levantou uma das sobrancelhas.

– Eu te imaginava como o tipo de garota que só bebe vinho caro.

Astrid deu de ombros.

– Este parece o tipo de lugar onde a gente pede uma bebida com nome.

– Ah, pode apostar.

Depois de conseguir um enorme balde de pipoca amanteigada e lustrosa, um Old Fashioned e um Manhattan, elas se acomodaram em duas poltronas de veludo no meio do cinema. Astrid não conseguia parar de olhar para as cortinas pesadas, os lustres de cristal deslumbrantes e os painéis de latão envelhecidos no teto que deixavam tudo glamouroso.

Aquele lugar era... *cheio de inspiração.*

Astrid enfiou um pouco de pipoca na boca, sentindo a amargura subir como bile ao ter aquele pensamento. Mas o cinema *era* cheio de inspiração mesmo. Naquela noite, só queria desfrutar de toda a beleza e majestade ao seu redor, sem pensar o tempo todo em como poderia conseguir o mesmo efeito num projeto.

– Nunca vi um filme mudo – comentou ela depois de respirar profundamente para se acalmar.

– Ah, então – respondeu Jordan, virando-se para ela com uma das pernas dobrada na poltrona. – Agora vem a melhor parte, uma brincadeira que eu e o Simon fazíamos. Toda vez que um ator fizer isso – instruiu ela, e começou uma série de expressões comicamente afetadas, curvando os lábios e depois franzindo-os, arregalando os olhos antes de estreitá-los, levando a mão ao peito e depois ao rosto – a gente tem que tomar um gole.

Astrid inclinou a cabeça para ela.

– Mostra de novo?

Jordan riu, mas obedeceu, realmente exagerando as expressões como uma atriz de cinema mudo reagindo a um malfeitor com uma adaga.

– Você e o Simon brincavam de beber assim quando eram crianças? – perguntou Astrid depois de parar de rir, chacoalhando o enorme cubo de gelo quadrado em seu copo.

– Bom, pode ser que as bebidas tenham tomado a forma de balinhas azedinhas e a nossa língua pode ou não ter ficado esfolada antes do filme acabar. Simon pode ou não ter vomitado no banco de trás do carro da minha vó.

Astrid se encostou no apoio de braço entre as duas poltronas, brincando com o canudinho em seu drinque.

– Só o Simon?

– Meu estômago é de aço. – Jordan deu um tapinha na barriga. – E, tá bom, quem sabe eu tenha insistido em ficar no banco da frente pra não vomitar.

– Como foi crescer com um irmão? – indagou Astrid.

Jordan baixou as sobrancelhas.

– Delilah não é sua irmã?

Astrid piscou, confusa por um segundo. Saco. Não é que tivesse esquecido Delilah – não era fácil esquecer Delilah Green. É que simplesmente brincar, disputar o banco da frente, comer doces juntas até vomitar... não eram coisas que ela já fizera com a irmã.

– Irmã postiça – respondeu. – E é complicado.

Jordan assentiu, olhando para Astrid num convite óbvio para que continuasse a falar.

E foi o que ela fez.

Contou tudo sobre crescer com Delilah, falou da morte do pai devido a um câncer quando tinha 3 anos e da morte do padrasto por aneurisma quando estava com 10. Comentou como ela e Delilah passaram a maior parte da adolescência com uma acreditando que a outra a detestava, quando, na verdade, eram apenas crianças que tinham passado por muitas perdas e não sabiam como processar tudo.

– E a minha mãe... bom, digamos apenas que eu precisaria de mais uns dez desses pra entrar nesse assunto – disse Astrid enquanto remexia o gelo no copo.

– Caramba – murmurou Jordan. – Isso é... bem difícil.

Astrid não disse nada e enfiou outro punhado de pipoca na boca. Nunca havia ficado à vontade para falar do luto e da solidão na sua infância. Na verdade, detestava falar disso. A única razão pela qual Claire e Iris sabiam de tudo era porque estiveram lá para ver. Não podia esconder seu passado delas, mas isso não significava que tivesse o hábito de falar sem parar sobre tudo o que tinha acontecido.

E, óbvio, talvez fosse apenas o drinque – não estava acostumada a beber destilados –, mas, enquanto Jordan ouvia seu relato, fazendo questão de não tentar consolá-la, Astrid sentiu os ombros relaxarem um pouco.

– E você? – perguntou.

Algo cintilou nos olhos de Jordan.

– Eu o quê?

– Ah, vai – disse Astrid. – Eu conto meus problemas, você conta os seus.

– Ah, é assim que funciona? – O tom de voz de Jordan ficara sarcástico.

– Bom, já faz um tempo que não tenho uma conversa tão íntima, mas bem, tenho certeza de que é assim que funciona.

Com isso, as duas se calaram, as palavras *conversa íntima* tremeluzindo no espaço entre elas. Astrid não tivera a intenção de dizer aquilo, mas não conseguira pensar em outra expressão que definisse a interação delas.

Ainda assim, a inquietação se instalou devagar, o medo de que Jordan a deixasse ali com uma boa parte de sua bagagem emocional espalhada diante delas, sem oferecer nada em troca.

– Você sabe que tenho um irmão gêmeo – começou Jordan.

Astrid soltou o ar o mais silenciosamente que pôde.

– É, disso eu sei.

– E uma avó.

– Jordan.

Jordan riu e se aproximou um pouco mais. Ela cheirava a floresta, um cheiro de pinho permeado por outro mais suave, como jasmim.

– Tá bom, tá bom, tudo bem – disse ela, exalando o ar.

Então contou a Astrid sobre a depressão não tratada de sua mãe quando ela e Simon eram crianças, como passara a maior parte da infância preocupada e culpada por não conseguir fazer a mãe feliz.

– Agora sei que não foi culpa minha – declarou ela. – Mas sabe como é quando a gente é criança e ainda não desenvolveu direito o lobo frontal.

– É – concordou Astrid em voz baixa. – Entendo.

Na infância, quando o sofrimento tomara conta de sua casa, Astrid também não soubera processá-lo senão como algo que *ela* havia causado. Ela e Delilah haviam passado os últimos meses tentando desassociar seu relacionamento de infância – baseado em rejeição e ansiedade – da nova vida em que tentavam ser irmãs funcionais.

– Em todo caso – continuou Jordan –, Simon e eu íamos pra Everwood no verão pra dar uma folga pros meus pais, e era a única época do ano em que eu ficava feliz de verdade, em que me sentia eu mesma.

A verdade atingiu Astrid, quente e pesada.

– É por isso que a pousada é tão importante pra você.

Jordan assentiu, tomando outro gole da sua bebida. Depois riu e passou a mão no cabelo.

– Isso e o fato de que toda a minha vida desmoronou há mais ou menos um ano, e esse projeto é literalmente a única coisa que eu tenho.

– Ah – disse Astrid, com a curiosidade substituindo quaisquer pontadas de culpa que estivesse sentindo no momento. – O que aconteceu?

– Uma merda – murmurou Jordan, e gesticulou. – Deixa pra lá. Isso não importa.

– Não.

Astrid colocou a mão no braço dela, apenas a ponta dos dedos. A pele era quente, macia, salpicada de sardas aleatórias aqui e ali. Astrid retirou a mão.

– É óbvio que é muito importante.

Jordan engoliu um grande gole do seu Manhattan, encolhendo-se.

– Lembra quando eu disse que imaginava um câncer quando destruía um armário de cozinha?

Astrid teve a sensação horrível de algo afundando no estômago.

– Lembro.

E ela se viu tocando o braço de Jordan outra vez com a ponta dos dedos, um leve roçar de pele com pele.

Jordan suspirou, os olhos espiando a ponta dos dedos de Astrid antes de se concentrar no espaço à sua frente.

– Minha esposa, Meredith, foi diagnosticada com câncer de mama dois anos atrás.

Astrid recuou como se tivesse levado um tapa.

– Meu Deus. Quando foi que ela... Quer dizer... há quanto tempo ela... – Não conseguia pronunciar a palavra *morreu*.

– Ah, ela não morreu – revelou Jordan.

Astrid piscou, confusa.

– Ela... não morreu – repetiu Astrid.

Não era uma pergunta, mas mesmo assim estava completamente confusa. Jordan balançou a cabeça, depois entornou outro gole.

– Ela sobreviveu. Agora está em remissão há, hum, acho que uns catorze meses.

Astrid não tinha ideia do que dizer. Jordan era casada? Tinha mulher e tudo? Sentimentos conflitantes rodopiaram em seu íntimo – surpresa, confusão e... não, aquilo ali não podia ser ciúme. De jeito nenhum. Balançou a cabeça, engoliu em seco e disse apenas o que estava pensando:

– Não entendi.

– Bem-vinda ao clube – concluiu Jordan, dando uma risadinha triste.

Então pareceu se acomodar, acalmando os nervos. Suspirou e apoiou a cabeça na poltrona, expondo a garganta, observando o teto dourado.

– Tá, vou falar de uma vez.

Astrid não se atreveu a pronunciar uma única palavra, nem sequer respirou enquanto esperava Jordan falar.

– Ela me deixou – contou por fim. – Depois que melhorou, quando entrou oficialmente em remissão. Disse que o câncer a fez perceber que não estava vivendo a vida que queria de verdade. Disse que me amava, mas como melhor amiga e, pelo jeito, não queria uma melhor amiga como companheira. Queria um destino.

Jordan então levantou a cabeça e olhou para Astrid.

– Dá pra acreditar? Um *destino*, porra. E acho que eu segurar o cabelo dela enquanto ela vomitava depois da quimioterapia, vasculhar a internet em busca de perucas de cabelo humano e definir meu alarme pra acordar a cada duas horas à noite pra ter certeza de que ela ainda estava respirando não era bem o *destino* que ela imaginava.

Astrid não conseguiu fazer nada além de olhar para ela, piscando.

– Não me entenda mal – continuou Jordan, suspirando. – Fico grata por ela ter sobrevivido. Câncer é um horror, e não desejo isso pra ninguém.

É que... depois de passar por tudo isso juntas, não foi do jeito que achei que seria.

– É – respondeu Astrid num sussurro.

– E sabe qual é a melhor parte? Ela ainda me manda mensagens de texto, ah, a cada dois meses, só pra – e Jordan fez aspas no ar com os dedos – "ver como eu estou", porque parece que ela quer levar esse lero-lero de "melhor amiga" até o fim.

Astrid estava sem palavras. Elas haviam fugido de todos os neurônios em sua cabeça. O barulho da multidão crescia ao redor delas, o riso e as conversas, o tilintar do gelo nos copos.

– Ah, e fica aí pra você essa pequena reviravolta cósmica – disse Jordan.

Ela ergueu o tronco de repente e pegou a bolsa do assento ao lado. Vasculhou a peça de couro marrom vegano e achou um retângulo de papel colorido um pouco maior que uma carta de baralho.

– Por falar nessa porcaria de destino, que tal isso aqui?

Ela ergueu a carta e Astrid a pegou, olhando para a imagem. Apresentava duas mulheres, ambas com diferentes tons de pele marrom, uma com cabelo preto comprido e a outra de cabelo curto. Elas se encaravam e cada uma segurava uma taça de ouro. O nome "Dois de Copas" estava impresso na base.

– Uma carta de tarô? – perguntou Astrid.

– Não é uma carta qualquer. É a carta que tirei hoje de manhã. Ah, e ontem. E anteontem também. Quatro vezes só na semana passada, e em todos os dias do mês passado.

Astrid olhou de Jordan para a carta e da carta de volta para Jordan.

A outra mulher riu e pegou o Dois de Copas de volta, encarando-o em sua mão.

– É a carta das almas gêmeas. Pares perfeitos. Amor verdadeiro.

A percepção tomou conta de Astrid.

– Ah.

– Pois é. A mulher me larga em busca de um destino romântico maior, e eu começo a tirar a porcaria da carta do destino romântico. O universo tem um senso de humor maravilhoso, né?

Jordan guardou a carta de volta na bolsa e a largou na poltrona vazia ao seu lado, depois tomou mais um gole da bebida. Afundou na poltrona, com um tornozelo apoiado no joelho e os braços nos apoios enquanto inclinava a cabeça para trás.

Por instinto, os dedos de Astrid encontraram o caminho de volta ao braço de Jordan. Bom, não, não foi por instinto. O instinto dela raramente incluía conforto físico, mas, de alguma forma, no momento aquele parecia ser o lugar certo para seus dedos.

Jordan virou a cabeça, encarando os olhos dela. Sua vista estava um pouco turva, mas, se era pelo álcool ou pela história, Astrid não sabia. Como Jordan não movera o braço do lugar, Astrid apertou a pele dela com um pouco mais de firmeza.

– Se você disser que sente muito – comentou Jordan baixinho –, vou jogar o resto da minha bebida todinho nesse seu cabelo lindo.

Com isso, Astrid abriu um sorriso.

– Eu não ia dizer que sinto muito.

Jordan olhou para ela, incrédula.

– Ah, jura? E o que você ia dizer?

Jordan tirou a cereja da bebida e a colocou na boca, arrancando a fruta do cabo com uma dentada decidida. Por um segundo, Astrid ficou de boca aberta outra vez.

– Eu... ia... ia dizer que consigo dar um nó no cabinho da cereja com a língua.

Jordan piscou, surpresa.

Astrid também.

Todo o cinema pareceu piscar.

Puta merda, ela havia mesmo...? É, Astrid Isabella Parker tinha mesmo oferecido um truque típico de festinha da faculdade em resposta ao relato sobre a esposa sobrevivente de câncer de Jordan, que a deixara em nome de um destino maior do que o que ela já tinha.

– Bom, isso eu preciso ver – respondeu Jordan, endireitando-se na poltrona, o que desalojou os dedos de Astrid. Ela lhe ofereceu o cabo da cereja.

Astrid escondeu o rosto nas mãos.

– Ai, meu Deus. Não sei por que eu disse isso.

– Falou, tá falado. – Jordan balançou o cabo da cereja para ela. – Prepare a língua, Parker.

Astrid pegou o cabo enquanto Jordan cruzava os braços, com a bebida ainda numa das mãos.

– Não faço isso desde a faculdade – disse Astrid, virando o cabo entre o polegar e o indicador.

Jordan sorriu, gesticulando com a mão livre como quem diz "Vá em frente".

Astrid gemeu, mas pôs o cabo da cereja na boca. Revirou a língua em volta do cabinho, a mandíbula indo para a frente e para trás, para cima e para baixo, enquanto tentava manter os lábios fechados para não ficar com a boca aberta feito um peixe fora d'água. Sabia que devia estar fazendo papel de besta, e uma risada aflorou em seu peito.

Jordan se inclinou para junto dela devagar, os olhos vagando até a boca de Astrid, abrindo os próprios lábios só um pouquinho. Jordan a observava com muita atenção, como se tudo o que ela estivesse fazendo fosse fascinante.

Como se a própria Astrid fosse fascinante.

Algo naquela cena lhe deu um frio na barriga e um calor em suas bochechas. Não conseguia se lembrar da última vez que alguém, de qualquer gênero, a olhara assim. Aturdida de repente, parou de mexer o cabo da cereja e tentou cuspi-lo, mas Jordan agarrou seu braço.

– É melhor isso aí sair da sua boca com um nó, Parker – avisou ela, erguendo as sobrancelhas num desafio.

Com o polegar, traçou um círculo sobre o pulso de Astrid – só uma vez, enquanto tirava o braço, mas bastou para fazer Astrid querer...

O quê? Dar o nó?

Não, não era bem isso, embora fosse óbvio que depois daquele desafio a ideia de desistir era inaceitável. Mas era mais do que isso. Enquanto virava e revirava a língua, manobrando uma ponta do cabo debaixo da outra, percebeu que desejo era aquele.

Queria *impressionar* Jordan Everwood.

E, caramba, ela ia conseguir.

Depois de ter certeza de que o cabo estava com um nó, ela ergueu a mão lânguida, tirou-o da boca e o entregou a Jordan.

A mulher o pegou, girando a haste com um nó perfeito entre os dedos. Seu olhar vagou até a boca de Astrid mais uma vez, e ela se viu fazendo o mesmo. Jordan tinha lábios bonitos – ambos igualmente fartos e perfeitamente vermelhos, apesar da bebida e da pipoca. Astrid sempre invejara mulheres com aquela boca de botão de rosa como a de Jordan Everwood. Sua boca era mais fina, o lábio inferior maior que o superior, e nunca achava que ficava bem de batom vermelho.

Foi preciso que as luzes da casa escurecessem para Astrid perceber que estava olhando para Jordan Everwood – para a *boca* dela – havia pelo menos dez segundos.

Astrid pigarreou e se endireitou na poltrona.

– Eu te falei que conseguia.

– E conseguiu mesmo – disse Jordan.

Mas sua voz estava mais suave, sem provocação. Aquele tom fez Astrid sentir uma comichão, uma ansiedade, não muito diferente daquela inquietação que sentia quando ficava excitada, o que era ridículo. Era verdade que, ultimamente, tudo parecia deixá-la com tesão: um comercial de sabonete para o corpo, um cheiro de colônia ao entrar no café, a sensação das próprias coxas nuas contra seus caros lençóis de algodão.

Lençóis, pelo amor de Deus.

Em sua defesa, não transava havia... bom, um tempinho. A última vez tinha sido com Spencer, mais ou menos uma semana antes de se separarem. Dez meses não eram tanto tempo assim, mas, com Claire e Delilah praticamente se pegando em público cada vez que estavam todas juntas e Iris sempre suspirando por Jillian, seu período de seca parecia mais uma eternidade.

E nem queria pensar na última vez que Spencer – ou qualquer cara com quem tivesse ficado – a fizera gozar de verdade. Era bem clichê: a filha única reprimida de uma mãe controladora tinha dificuldade para gozar com outras pessoas, obviamente.

Meu Deus, por que estava pensando nisso bem naquele momento? Os lençóis na privacidade de seu quarto eram uma coisa, mas a voz rouca de Jordan Everwood... Tinha duas melhores amigas bissexuais e uma irmã postiça lésbica, então sabia que esse tipo de coisa acontecia... mas nunca acontecera com ela.

E com certeza – *com certeza* – não ia acontecer àquela altura. Não naquele cinema dourado, com um balde de pipoca entre as coxas e o gosto ceroso de um cabo de cereja na boca.

Ela olhou para Jordan, que guardou o cabo no bolso da frente da camisa manchada de vinho, as sobrancelhas escuras franzidas como se estivesse também imersa em pensamentos profundos, provavelmente sobre a mulher que a abandonara.

A mulher dela.

Jordan Everwood fora casada. Votos e alianças, na alegria e na tristeza, até que a morte as separasse.

Ou não.

Astrid olhou para a frente, sentindo de repente um nó na garganta. Tomou mais um gole da bebida, e sua cabeça ficou um pouco aérea enquanto chupava uma pedrinha de gelo. Até que gostou da sensação. Astrid quase nunca bebia depois de ficar ligeiramente zonza, mas naquela hora precisava mesmo de algo mais.

Enfiou mais um punhado de pipoca na boca enquanto a cortina de veludo se abria no palco, revelando um par de querubins dourados, flores e pássaros emoldurando a tela do cinema. Os créditos iniciais começaram a passar e o título *Luzes da cidade* brilhou na tela.

– Ei – chamou Jordan.

Havia um brilho travesso nos olhos dela que, por algum motivo, fez Astrid ter vontade de soltar o ar, aliviada. Jordan indicou a tela com a cabeça e, em seguida, ergueu o copo.

– Topa?

Astrid nem hesitou antes de tocar o copo dela com o seu.

– Topo.

CAPÍTULO QUINZE

NO FIM DAS CONTAS, Astrid ficava bem divertida quando bebia. Jordan teve receio de que um filme mudo não prendesse a atenção dela, mas a mulher parecia um tigre caçando um antílope, prestando atenção em todas as expressões faciais exageradas que apareciam na tela. O resultado foram duas mulheres muito embriagadas às dez da noite, o horário em que saíram do cinema direto para a noite quente de primavera.

Jordan sabia que deveria ter parado depois de dois drinques para poderem ir para casa de carro, mas, caramba, ela simplesmente não queria parar. Fazia tanto tempo que não ficava com outro ser humano assim. Depois que Meredith fora embora, as amizades que antes tinham sido de Jordan e da esposa tentaram incluí-la, mas aquilo não cativara seu coração.

Nada cativara seu coração.

E ainda não cativava, dizia ela a si mesma, uma mensagem padrão da qual sua mente discordava naquele momento. Maldito coquetel. Ela nunca tomava as melhores decisões quando bebia aquilo. Daí a coragem de desabafar a respeito da partida de Meredith – que nem tinha sido por causa de outra pessoa –, ainda por cima com alguém que era essencialmente sua inimiga.

Mas, quando Astrid abriu os braços debaixo do letreiro luminoso do Andrômeda, com as luzes tingindo sua pele de rosa e dourado, ela não parecia inimiga de Jordan. Nem um pouco. Sem dúvida era uma mulher diferente daquela que a esculhambara por causa de um café derramado havia uma semana, mas não era tão diferente da mulher daquela noite no minigolfe nem daquela que usara a marreta poucos dias antes. Não, essa Astrid era um pouquinho mais suave, com minúsculas rachaduras na carapaça rígida que a cobria.

Jordan imaginou se a própria carapaça também estaria rachada.

– Tá pronta pra ir? – gritou para Astrid, que ainda rodopiava feito uma patinadora no gelo, enquanto outros espectadores a contornavam, achando graça.

Astrid parou, sem fôlego, com os olhos refletindo as lâmpadas fluorescentes enquanto piscava para Jordan.

– Nem um pouco.

Jordan riu.

– Que bom, porque nenhuma de nós duas está em condições de dirigir. Acho que é melhor chamar um carro de aplicativo.

– Aí você teria que voltar aqui amanhã pra pegar sua caminhonete.

– Um passeio que você com toda certeza faria comigo, Senhorita Desce Mais Uma.

Astrid deu uma risadinha – *de verdade* – e rodopiou mais algumas vezes. Jordan estava ficando nauseada só de observá-la.

– Você não é uma daquelas pessoas horríveis que nunca ficam de ressaca, né? – perguntou Jordan.

Astrid deu de ombros.

– Sei lá.

E girou, girou e girou.

– Peraí – pediu Jordan, aproximando-se de Astrid, trocando um pouco as pernas e detendo-a ao fechar as mãos ao redor dos braços dela. – Você nunca ficou bêbada?

Astrid franziu o rosto, fingindo pensar. Foi muito fofo, só que não, porque Astrid Parker *não* era fofa, caramba.

– Isabel Parker-Green não aprova entregar-se à embriaguez – respondeu Astrid, tocando a ponta do nariz de Jordan com o dedo indicador. – Obviamente.

– "Entregar-se à embriaguez?"

– Isabel Parker-Green nunca diria "ficar bêbada".

Nossa, a mãe dela parecia chata de doer.

– E na faculdade? – perguntou Jordan.

Astrid oscilou, e Jordan percebeu que suas mãos ainda estavam ao redor dos braços dela. Ela a soltou, mas quando a outra se inclinou para o lado um pouco mais do que era seguro, agarrou aquela mulher infernal outra vez, mantendo-a no lugar.

– A faculdade foi... – Astrid gesticulou com a mão frouxa no ar. – Tinha muito o que fazer. Tirar notas altas, namorar os caras populares.

– Parece o inferno na Terra.

Astrid riu.

– Parece mesmo. Iris sempre tentava... – Mas parou de falar, focando a visão em alguma coisa atrás de Jordan. – Tem um parquinho ali.

Jordan riu.

– O quê?

– Um parquinho – disse Astrid, entrelaçando os dedos nos de Jordan e puxando-a na direção de um pequeno playground no fim da rua. – Não podemos dirigir agora, mas podemos brincar no balanço.

"Podemos brincar no balanço" era uma frase que Jordan nunca esperara ouvir de Astrid Parker, muito menos acompanhada do ato de cambalear – bêbada – até o parquinho à beira do lago.

Também não esperava que a mão de Astrid fosse tão quente e macia, os dedos apertando os dela com a firmeza certa.

O local era pequenino, com muita área verde delimitada por uma trilha de pedestres e com um parquinho minimalista a cerca de 15 metros da água. Havia um balanço, uma gangorra e um escorregador laranja-vivo que se enrolava em volta de um grande carvalho. Assim que chegaram, Astrid soltou a mão de Jordan e logo se sentou num balanço de plástico azul, com movimentos tão vacilantes que Jordan ficou surpresa por ela ter acertado o assento.

– A que altura você acha que consigo chegar? – perguntou Astrid, começando a usar as pernas para dar impulso feito criança.

Jordan não pôde deixar de sorrir.

– Não sei, mas eu ganho.

– Quer apostar?

– Ah, já é, Parker.

Ela se acomodou no balanço ao lado de Astrid, que já estava voando pelo ar.

– Se bem que seria negligência da minha parte não avisar que nem sempre é bom misturar álcool com balanço.

Astrid se limitou a sorrir, e logo as duas voavam pelo ar da noite. O som da risada de Astrid enquanto os balanços subiam juntos fez Jordan se sentir...

Jovem?

— Otimista?

— Feliz.

Era isso, ela estava feliz. Meio bêbada, com certeza, mas não tanto que não conseguisse perceber que sua risada e a sensação efervescente no peito eram legítimas.

Astrid estendeu a mão, com um sorriso radiante e largo, e pegou os dedos de Jordan. Ficaram assim, com os corpos balançando para lá e para cá, de mãos dadas sob o céu do Oregon.

CAPÍTULO DEZESSEIS

O SOL ESTAVA TENTANDO MATAR ASTRID PARKER.

Pelo menos, foi assim que ela se sentiu ao acordar na manhã seguinte, com a luz entrando pelas cortinas translúcidas da janela do quarto e invadindo suas pálpebras grudentas.

Alguma coisa zumbiu alto à sua esquerda.

Algo horrível que sem dúvida ela odiava com todas as suas forças.

No fim, era o celular, que, era preciso admitir, não tinha a senciência de desprezá-la, mas a emoção continuou igual. Astrid agarrou a coisa na mesa de cabeceira e olhou para a tela, apenas para encontrar uma foto de Iris franzindo a boca para ela num beijo.

Levou uns cinco segundos para descobrir que isso significava que a amiga estava ligando para ela.

– Que foi? – disse quando finalmente conseguiu deslizar o dedo sobre a tela.

– Ah, então você está *viva*.

– Por que você tá me ligando?

Ninguém mais telefonava para ninguém, e Iris detestava falar ao telefone.

– Porque os 40 bilhões de mensagens não pareceram surtir nenhum efeito – respondeu Iris.

Astrid tirou o telefone da orelha e olhou para o aparelho, piscando. Uma penca de recados que diziam *Cadê você?* tomava conta da caixa de entrada.

– *Aff*, desculpa – respondeu ela, caindo de novo no travesseiro e esfregando as têmporas com o polegar e o indicador.

– Aonde você foi?

Astrid se deteve ao ouvir isso, e flashes da noite anterior tomaram forma em sua mente nebulosa. Cheirou o próprio cabelo, que exalava um odor estranho, mistura de pipoca e pinho. Na boca, um gosto de pântano.

Além disso, estava completamente nua.

Sentou-se.

Depressa.

Depressa *demais*.

O quarto girou, a sensação na barriga foi horrível.

Estava nua.

Assim... *totalmente* nua. Astrid nunca dormia sem roupa.

Respirou fundo algumas vezes empurrando a náusea de volta para baixo e tentou decifrar o que acontecera na noite anterior. O filme, aquele cabo de cereja ridículo, a bebida.

Tinham ido... a um parquinho? Lembrava-se vagamente de um assento de plástico frio e do cheiro metálico das correntes do balanço. De segurar a mão de Jordan enquanto as duas voavam pelo ar.

A lembrança a fez sentir um vazio no estômago.

Aquilo tinha acontecido mesmo?

A queda se transformou numa guinada quando ela se lembrou nitidamente de pular do balanço para poder vomitar num arbusto de zimbro.

Depois disso, Jordan ficara sóbria muito mais depressa do que ela. Lembrava-se vagamente de entrar na caminhonete, de pegar uma garrafa de água que Jordan pôs nas mãos dela, de sentir as janelas abertas e o ar fresco da noite no rosto.

E depois...

Nada.

Ela olhou para o quarto ao redor em busca de sinais do que havia feito ao voltar para casa. Suas roupas da noite anterior estavam dobradas na poltrona estofada no canto, mas não da maneira como ela as teria dobrado, com as mangas bem alinhadas por dentro. Não, as mangas da blusa estavam visíveis, como se alguém tivesse dobrado a peça ao meio primeiro, longitudinalmente, o que Astrid nunca fazia. Além disso, a roupa devia estar imunda e seu lugar era na sacola de lavagem a seco.

Havia também um copo de água na mesa de cabeceira que ela não se lembrava de ter pegado, ao lado de um frasco de ibuprofeno.

Certo, tudo bem. Talvez Jordan tivesse entrado e a ajudado um pouco, colocando-a na cama. Não era nada de mais.

Mas por que estava completamente nua e onde é que tinham ido parar a calcinha e o sutiã? Olhou para o chão e a poltrona, mas não viu as peças em lugar nenhum.

– Oi? – chamou Iris.

Astrid se assustou. Tinha esquecido totalmente que a amiga estava ao telefone.

– Hã...

Finalmente viu o sutiã... pendurado num canto da cabeceira de tecido, como se ela o tivesse jogado ali durante a noite.

Meu Deus, por favor, que ela o tivesse jogado durante a noite e não na hora em que Jordan pusera aquele copo d'água ao lado da cama.

– Astrid, *pelamor*! – exclamou Iris.

Astrid ignorou a amiga em sua missão de encontrar a calcinha. Não estava na cabeceira – ainda bem – nem em lugar algum onde pudesse ver. Jogou a roupa de cama de lado para se levantar e procurar com mais atenção, mas avistou a maldita calcinha debaixo das cobertas, perto do pé da cama.

Ela exalou o ar e foi pegá-la, jurando nunca, *nunca mais* beber tanto, quando uma coisa rosa chamou sua atenção. Bem debaixo da calcinha de algodão estava...

... *ai, meu Deus*.

– Astrid – disse Iris. – Você tá morrendo? O que é que tá acontecendo?

– Te ligo daqui a pouco.

– Ah, não. Se você desligar, eu vou até aí e...

Astrid encerrou a ligação e olhou para aquele negócio rosa.

Não podia ser.

Pegou a calcinha, jogando-a no outro lado do quarto como se estivesse pegando fogo, para revelar o vibrador California Dreaming Malibu Minx que Iris tinha dado para ela havia mais de dois anos. Nunca o usara nem uma única vez. Sentou-se na mesa de cabeceira ao lado de uma máscara de dormir de seda e um frasco de óleo de lavanda. Não é que Astrid nunca se masturbasse. Isso ela fazia. Algumas vezes por semana, na verdade. Mas, na maior parte do tempo, preferia usar os dedos. Sinceramente, o California

Dreaming era meio intimidador. Era... bom, era um treco enorme, isso, sim, e Astrid nunca sentira necessidade de usá-lo.

Por que aquilo estava na cama dela?

Pegou o objeto com cuidado, usando apenas a ponta dos dedos ao redor da base, e inspecionou o brinquedo. Estava com a mesma aparência de sempre, rosa-choque e liso, fazendo uma leve curva até a ponta. Não conseguiu perceber se realmente utilizara os serviços dele na noite anterior, mas, enquanto olhava para a coisa, fragmentos de memória voltaram à mente, como se acordasse lentamente de um sonho.

– Ah, então tá, né – falara Jordan enquanto Astrid tirava a roupa e a jogava pelo quarto, desesperada para ir para a cama.

Jordan havia catado as peças atrás dela e as dobrado, ainda que não do jeito certo, antes de deixá-las na poltrona.

– Dormir – dissera Astrid.

– É, acho que é uma boa ideia – Jordan respondera. – Mas, primeiro, toma isso. – Oferecera duas pílulas azuis lustrosas e um copo d'água. – Confia em mim.

Astrid havia obedecido. Lembrava-se de piscar, encarando os olhos esverdeados de Jordan enquanto se sentava na beirada da cama de sutiã e calcinha e tomava a água, com Jordan segurando o copo.

Depois disso, tinha desabado no travesseiro. Cobertas puxadas até o queixo e...

– Eu é que devia confortar.

Foi o que dissera a Jordan quando ela ajeitara a roupa de cama em volta dos braços e das pernas de Astrid.

– Por que isso agora? – perguntara Jordan.

– Porque... – respondera Astrid, a fala toda enrolada – ... ela te deixou como se você não fosse importante. E você é. É importante, sim.

Silêncio. Aquela mão lisa e fria na testa dela, passando seu cabelo para trás da orelha. Astrid viu tudo se desenrolar em sua mente como se estivesse assistindo a um filme pela primeira vez, vendo o personagem principal tomar decisões vergonhosas movidas a álcool.

Depois disso, achava ter dormido, mas se lembrava de acordar no meio da noite porque... Ah, meu Deus.

Tivera um sonho.

Um sonho erótico.

Com Jordan Everwood.

No sonho, elas estavam no Andrômeda, sentadas nas poltronas de veludo vermelho. Como na noite anterior, Astrid deu um nó num cabo de cereja – sério, onde é que ela estava com a cabeça? –, mas, no sonho, em vez de Jordan guardar o cabinho no bolso, ela continuou a girá-lo entre os dedos, olhando a boca de Astrid. E Astrid... bom... algo de outro mundo deve ter tomado conta do corpo dela, porque Astrid Isabella Parker subiu no colo de Jordan.

Montou nela.

Com uma perna de cada lado dos quadris de Jordan.

Não sabia que fim tinha levado o cabo da cereja. Jordan não podia estar com ele nas mãos porque a abraçou e deslizou as palmas pelas costelas dela e por baixo da blusa. Mas Jordan não foi direto para os seios dela. Não, ela foi sem pressa, a ponta dos dedos roçando as costas de Astrid, pegando a bunda dela e deslizando em volta dos quadris. A Astrid do sonho arquejou – *arquejou*, pelo amor de Deus –, ansiosa pelo toque de Jordan.

Na verdade, foi o que ela disse no sonho.

Me toca.

E Jordan obedeceu. Seus polegares roçaram os mamilos já endurecidos de Astrid, e ela gemeu, jogando a cabeça para trás.

Astrid *nunca* gemia.

Jordan lambeu o pescoço dela até chegar à orelha para então beijá-la na boca, com a língua, os dentes e os lábios de botão de rosa se fechando em volta do lábio inferior de Astrid e puxando. Depois, Jordan desabotoou o jeans dela e...

– Ai, merda – disse a Astrid acordada, olhando para o vibrador.

Lembrou-se de acordar zonza, mais excitada do que nunca, arrancando a calcinha e o sutiã antes de pegar o California Dreaming na gaveta e ligá-lo. Depois ela o encostou no clitóris e... bom, gozou. Já se lembrava muito bem do acontecido. O orgasmo fora o mais intenso em muitos meses.

– Ai, merda – repetiu.

Não pensou. Não conseguia. O pânico tomava conta dela como água nos pulmões. Simplesmente deixou cair todas as provas daquele orgasmo movido a Jordan Everwood e vestiu correndo um sutiã limpo, calcinha, legging e blusa com decote canoa. A cabeça latejava, o estômago ainda considerava se rebelar, mas ela não podia parar para cuidar deles naquela hora. Iris devia estar a caminho de lá, e Astrid precisava falar com alguém.

Com *outro* alguém.

A única pessoa em quem confiava para tratar toda aquela experiência com a atitude desinteressada de "tô nem aí" de que ela precisava no momento.

Delilah Green abriu a porta do apartamento com a saudação suprema.

– Que merda é essa, Astrid?

– Desculpa. Sei que tá cedo.

– Cedo? Ainda tá de madrugada.

– São sete e meia da manhã.

Delilah estreitou os olhos. Seu cabelo cacheado estava preso no alto da cabeça, com mechas escapando do prendedor de seda e se enrolando em volta do pescoço.

– Ah. Bom, isso é praticamente madrugada.

A irmã postiça de Astrid não era uma pessoa matutina.

– Meu Deus, você tá péssima – comentou Delilah.

Astrid tocou o cabelo, que parecia um ninho de rato depois de toda aquela correria. Embora não tivesse se atrevido a olhar no espelho naquela manhã, não se lembrava de ter lavado a maquiagem da noite anterior, o que significava que provavelmente parecia um guaxinim de ressaca.

– É, bom, a noite foi difícil – respondeu ela.

– Você tá bem?

Astrid assentiu, embora não soubesse ao certo se estava sendo sincera ou não.

– A Claire não tá aqui não, né?

Delilah franziu a testa.

– Ela e o Josh têm uma reunião com os professores da Ruby antes do horário da escola, então cada uma dormiu no próprio apartamento. Por quê?

– É que... preciso falar com você.

– Sobre o quê?

– Uma coisa importante.

– Dormir é importante.

– Delilah.

– DesAstrid.

– Tive um sonho erótico com Jordan Everwood.

Não era exatamente assim que Astrid imaginara dar a notícia, mas pelo menos isso fez Delilah se calar. A irmã piscou algumas vezes, depois esfregou o rosto com as mãos antes de abrir mais a porta e deixá-la entrar.

– Café – resmungou Delilah, arrastando-se em direção à cozinha. – Vou precisar de muito café pra ter essa conversa.

Astrid não respondeu. Em vez disso, desabou no sofá cinza da sala de estar, respirando profundamente como se tivesse corrido até ali, e olhou em volta para se distrair. Estivera lá apenas algumas vezes, mas o apartamento de Delilah era bonito, simples, todo em cinza, azul e verde. Havia muitas fotografias em preto e branco de Claire nas paredes. Da filha de Claire, Ruby. Das três juntas. Fotos de família.

Havia também várias caixas pelos cantos, algumas já assinaladas como "Livros e tal" e "Fotos velharia", o que era bem a cara de Delilah. Com tudo que estava acontecendo na pousada, Astrid esquecia o tempo todo que a irmã ia morar oficialmente com Claire e Ruby na semana seguinte. Embora Claire estivesse fazendo tudo bem devagar por causa da filha de 12 anos, todas sabiam que ela e Delilah eram um casal pra valer. O tipo de amor que duraria para sempre.

Algo doeu no peito de Astrid. Não sabia especificamente o que era, mas sua mente vagou até Jordan e a expressão nos olhos dela ao contar sobre sua ex-mulher.

– Toma. – Delilah ofereceu uma caneca grande.

– Obrigada.

Astrid aceitou a caneca, percebendo com uma pontadinha de felicidade que Delilah acrescentara um pouco de creme e um toque de canela ao café, do jeito que Astrid gostava. Ela tomou um gole, e a cafeína percorreu sua corrente sanguínea, revitalizando e curando. Logo a sensação de que sua cabeça era um balão cheio até a capacidade total diminuiu.

Delilah se acomodou do outro lado do sofá e encaixou as pernas debaixo do corpo. Então olhou para Astrid e esperou.

Astrid pigarreou, totalmente sem noção do que dizer depois que o motivo de sua visita já fora exposto. O que esperava conseguir ali? Conselho? Conforto? E para quê? Não tinha vergonha daquele sonho. Também não estava confusa. Estava só... não sabia.

Atarantada.

Era só isso.

Fora violentamente dominada por tudo o que tinha acontecido na noite anterior.

– Vai contar os detalhes? – perguntou Delilah por fim.

– Detalhes?

Delilah mexeu as sobrancelhas.

– Detalhes.

Alguma coisa na expressão e no tom de voz dela e a leveza da pergunta simples tiraram um peso dos ombros de Astrid.

– De jeito nenhum – respondeu ela.

– Mas foi gostoso?

O sorriso de Astrid murchou. Ela engoliu em seco com força, e em resposta só conseguiu assentir. De jeito nenhum ia citar o vibrador e o subsequente orgasmo da vida real, mas mesmo assim as bochechas coraram.

Delilah sorriu.

– Legal.

– Você nem tá surpresa.

Delilah inclinou a cabeça.

– Como assim?

– Quer dizer... Eu sou eu. Não sou... Quer dizer, eu nunca...

– Tá bom, peraí – disse Delilah, endireitando a postura e se aproximando mais. – *Nunca antes* não significa *nunca na vida*. Você sabe disso, né?

– Sei. Lógico, é que eu... Quer dizer, tenho a Claire e a Iris. E tenho... tenho *você*. Estou rodeada de amigas e familiares lgbtq+. Será que a esta altura eu já não saberia se sentisse atração por mulheres?

Delilah deu de ombros.

– Sexualidade é uma coisa complicada. Não é estática. As pessoas mudam e a sexualidade também pode mudar. – Tomou um gole de café. – Mas é de *você* que estamos falando. Você é praticamente a garota-propaganda da heterossexualidade compulsória.

Astrid franziu a testa, sentindo o velho ímpeto de se defender.

– Quê? Do que é que você tá falando?

– Não se estressa, não. Não estou te xingando. Só estou dizendo que... Bom, pensa nisso. Se você tivesse sentido atração por uma mulher ou por alguém que não fosse um cara cis no passado, hum, há uns dezoito anos ou mais desde que chegou à puberdade, o que a Mamãezinha Querida faria?

Astrid abriu a boca e depois a fechou. Isabel ficaria fora de si. A mãe nunca dissera uma única palavra negativa sobre a orientação sexual de Claire e de Iris, nem mesmo a de Delilah. Quando sua enteada saíra do armário no nono ano escolar, Isabel simplesmente erguera uma sobrancelha ao ouvir a notícia e seguira em frente, então Astrid achava que a homofobia não desempenhava na mentalidade de Isabel um papel tão importante quanto o das expectativas. Delilah era Delilah. Mas Astrid... bom, Astrid era uma Parker, sangue de Isabel, e esperava-se que ela se casasse com um partidão rico, tivesse bebês perfeitos e se dedicasse à filantropia.

Isso também era uma espécie de homofobia, Astrid percebeu. Porém nunca tinha pensado no assunto por esse ângulo. Mas, enquanto procurava em seu passado qualquer evidência de que já se sentira atraída por mulheres, encontrou pequenas pistas.

Sua grande atenção a cada detalhe do jeans de Amira Karim no ensino médio. Ficava simplesmente fascinada com o jeito como a calça se ajustava às coxas e à bunda dela. Depois, havia o modo como seus olhos sempre pareciam perceber como o peito de uma mulher preenchia a blusa. Na faculdade, no segundo ano, alguns garotos bêbados desafiaram Astrid e Rilla Sanchez a se beijar numa das poucas festas a que ela comparecera, e ela se lembrou de um lampejo distinto e estranho de decepção quando Rilla recusou, mandando todo mundo à merda.

Havia outras recordações, inúmeros momentos que havia muito tempo ela atribuía à admiração ou à inveja. Só a boa e velha inveja. Ela queria *ser* aquelas garotas ou talvez até *competir* com elas, por mais horrível que isso fosse, e não *beijá-las*. E talvez, às vezes, fosse só isso mesmo. Simples observação. Mas, quem sabe, na verdade, aquelas pequenas pistas somadas significassem muito mais, e ela simplesmente nunca se permitira encarar isso?

Gostava de homens, então se concentrava neles. Era fácil ignorar qualquer outra pessoa.

– Que merda – disse ela, escondendo o rosto nas mãos.

– É – comentou Delilah. – A expectativa era que você só visse os homens como parceiros amorosos em potencial, e foi isso que você fez.

– Tipo, sério, puta merda.

– Olha. – Delilah deixou a caneca na mesa de centro cheia de miniaturas de fotos e juntou as mãos. – A grande questão aqui não tem a ver com o sonho erótico. É um sonho. Todo mundo sonha. Caramba, tenho certeza que tive um sonho no ano passado durante aquela viagem de acampamento às Termas de Bagby em que eu era uma vampira e seduzi o seu ex-noivo pra poder beber o sangue dele todinho enquanto Spencer se distraía com os meus peitos.

Astrid arregalou os olhos, deixando a própria caneca na mesa.

– E você acha que isso não significou *nada*?

Delilah franziu o lábio superior.

– Não curto homens cis.

– Tá, tudo bem, mas e a assassina vampiresca atrás do sangue do Spencer?

Delilah franziu o rosto, pensativa.

– Tá, é um bom argumento, mas o sonho erótico não é o que importa pra gente.

Astrid gemeu e desabou nas almofadas do sofá, jogando o braço sobre os olhos.

– O que importa – continuou Delilah – é se você gosta ou não de Jordan Everwood. Quer dizer, além de querer transar com ela até desmaiar.

Astrid se endireitou.

– Eu não quero... hum...

– Tá tudo bem. Pode falar.

Astrid revirou os olhos.

– Eu não quero transar com ela até desmaiar. Pronto, tá feliz?

Delilah sorriu.

– Muito. E é lógico que você quer. Afinal, teve um sonho erótico com ela.

Astrid levantou as mãos e as deixou cair em cima das pernas com um baque.

– Mas você acabou de dizer que essa parte não importava!

Delilah deu de ombros, pegou o café e tomou um gole presunçoso.

– Você é muito irritante, sabia? – acrescentou Astrid, pegando uma almofada bordada com as palavras *Queer cafuné?* e jogando-a em Delilah.

Ela a apanhou sem dificuldade com uma das mãos e a atirou de volta, dizendo:

– Foi exatamente por isso que você veio falar sobre isso comigo e não com suas melhores amigas.

Astrid abriu a boca para protestar, mas a irmã tinha razão. Ela fora falar diretamente com Delilah, sem sequer pensar em tocar no assunto com Iris ou mesmo com Claire primeiro. Já sabia exatamente como reagiriam. Iris gritaria e abriria um champanhe, mesmo naquela hora da manhã, e começaria a tagarelar sobre como Astrid completava o clã *queer*. E Claire – a suave e gentil Claire – seria doce até demais. Tranquilizaria a amiga e faria perguntas para sondar o fundo de sua alma, e Astrid não queria nada disso.

Queria a verdade nua, crua e complicada, e sabia que Delilah era a única que daria isso a ela.

– E aí, você gosta? – perguntou Delilah.

– Do quê?

Delilah se limitou a erguer as sobrancelhas.

Ela te deixou como se você não fosse importante. E você é. É importante, sim.

Astrid não disse nada. Não conseguia. De repente, sentiu um nó na garganta, grande demais para o corpo. Fazia muito tempo que não gostava de alguém. Não sabia nem se tinha gostado *mesmo* de Spencer. Ele simplesmente se encaixara no molde certo na hora certa.

Jordan, por outro lado, era um enigma que Astrid tinha certeza de querer desvendar.

– Ela está tentando sabotar meu projeto para Everwood – respondeu. – Isso é um problema.

Delilah ergueu as sobrancelhas outra vez, mas um sorrisinho se instalou em seus lábios.

– Então resolva. É o que você faz de melhor, né?

Astrid suspirou. Antes de terminar o noivado com Spencer, sim, diria que era uma excelente solucionadora de problemas. Mas, naquele último ano, não conseguia parar de pensar em como tinha chegado perto de se casar com um homem de quem nem gostava, e para quê? Bom, essa era a questão, não era? Ela se deixara *fabricar* em vez de decidir que tipo de vida queria de fato. E, embora tivesse se livrado daquela confusão, desde então, não sentia que era ela mesma. Para dizer a verdade, não sabia ao certo se já havia sentido.

Ali, sentada na sala de estar da irmã – que saíra de Bright Falls aos 18 anos porque queria mais, que criava lindas obras de arte porque era isso que amava e porque simplesmente não podia deixar de criar, e que depois voltara para casa por causa de uma mulher sem a qual não queria viver –, Astrid teve um pensamento repentino e horrível. Pensou que talvez, quem sabe, todos os detalhes e peculiaridades que formavam a pessoa que ela era tivessem sido *fabricados*.

O pensamento foi como fogos de artifício em seu peito, e de repente ela teve dificuldade para respirar.

– Você tá bem? – perguntou Delilah, baixando as sobrancelhas com ar preocupado.

Astrid assentiu, tomou mais um gole de café e se recompôs, porque era isso que Astrid Parker fazia: se controlava.

– É melhor eu ir – anunciou, levantando-se e alisando a legging, que na verdade não se enrugava. Aquele movimento já era um hábito.

Delilah assentiu e também se pôs de pé.

– Bom, você sempre pode vir aqui falar comigo às duas da manhã se tiver mais sonhos molhados.

Astrid riu, mas a risada parecia estar à beira das lágrimas.

– Até semana que vem.

Por uma fração de segundo, Delilah ficou confusa, depois uma expressão alegremente entorpecida tomou conta de seu rosto quando olhou para as caixas espalhadas pela sala.

– Pois é. Semana que vem.

– Vocês vão fazer uma festa pra comemorar, né? No próximo fim de semana?

Delilah assentiu.

– Que fofura.

Delilah levantou o dedo médio para ela.

– É, tá tudo supermaravilhoso e perfeito. Agora, cai fora daqui. Você tá péssima mesmo e eu tô ficando incomodada só de te olhar.

Astrid riu, porque, quando a irmã tinha razão, tinha e pronto.

CAPÍTULO DEZESSETE

O DOIS DE COPAS.

Lá estava ele outra vez, olhando para ela em toda a sua glória *queer* de amor verdadeiro e de "fodam-se os reaças". Jordan estava sentada de pernas cruzadas em sua cama, com uma dor de cabeça de ressaca fazendo pressão nos olhos, apesar dos vários litros de água que bebera ao chegar em casa na noite anterior. Olhou com raiva para a carta.

Era o terceiro dia seguido em que a carta dava as caras para ela. Naquela semana, tirara várias cartas de Ouros e algumas de Paus, todas as quais havia acatado por seus respectivos significados materiais e criativos. Mas era óbvio que o universo adorava uma piada, então lá estava ela, na manhã depois de ter acomodado na cama Astrid Parker, que fora insuportavelmente fofa e estava muito bêbada, olhando para aquela cena de amor.

Devia ter percebido no mesmo instante que o dia iria de mal a pior. Meia hora depois, quando seu telefone vibrou no bolso de trás na hora que foi pegar um café na cozinha do chalé, já sabia quem era.

Havia apenas duas outras pessoas em todo o mundo que lhe mandavam mensagens de texto, e ambas estavam na sala com ela naquele exato momento. Sua avó estava sentada à mesa redonda de café da manhã com uma camisa roxa e óculos da mesma cor, tomando chá preto bem forte em sua caneca estampada de arco-íris com a frase "Eu amo meus netos lgbtq+" enquanto lia o *The New York Times*, como fazia todas as manhãs. Simon assobiava enquanto fritava fatias grossas de bacon para acompanhar os ovos mexidos com queijo que já havia preparado, a comida preferida de Jordan contra ressaca. Em momentos como aquele, ficava grata por ter um irmão gêmeo que só de olhar já sabia que ela precisava de um café da manhã gorduroso.

Mas, bem naquela hora, o telefone estava acabando com seu ânimo de comer comida caseira. Toda vez que isso acontecia, dizia a si mesma que nem ia olhar a mensagem. Não tinha respondido a nenhuma delas, nem uma única vez nos doze meses anteriores, mas sempre as lia, ficando perplexa durante dias com cada palavra, depois inevitavelmente cedendo e acessando o Instagram de Meredith, que estava cheio de imagens da sua ex-mulher, de cabelos pretos e expressão feliz e contente em São Francisco, em Nashville, flutuando no cristalino Lago Michigan ou posando diante da Torre Eiffel, pelo amor de Deus.

A partir daí, o estado emocional de Jordan degringolava, geralmente terminando em alguns potes de sorvete Ben & Jerry's, uma garrafa de bourbon inteira e muitas caixas de comida pronta vazias.

Basta dizer que Simon estava certo em se preocupar que ela não estivesse conseguindo lidar com o fato de que o amor de sua vida a largara feito uma velharia num depósito de lixo. O problema era que Meredith não parava de voltar para vasculhar entre os sacos em busca de coisas que tinha deixado para trás.

Jordan suspirou, a mão se movendo sozinha para tirar o telefone do bolso. Simon a espiou, mas ela o ignorou enquanto olhava para a tela.

Oi, como vai?

Sempre a mesma pergunta. E depois, sem falta, aproximadamente três minutos após a primeira mensagem, vinha o longo bloco de palavras descrevendo a vida maravilhosa de Meredith:

Estou no Colorado e pensei em você. Lembra aquela viagem que a gente fez logo depois da faculdade? Quantas meninas, umas treze além da gente? Emma, Kendall, Ava e não consigo nem lembrar quem mais. Só sei que chegou a maior nevasca a atingir o Colorado em tipo, uma década, e nunca senti tanto frio na minha vida. A gente se enfiou num saco de dormir para baixas temperaturas com garrafas de água quente encostadas

nos pés e mesmo assim continuamos com frio. Eu sempre quis voltar quando o tempo estivesse bom. O Estes Park é um lugar lindo demais, e eu...

E falava, e falava.

– Sério? – disse Simon, lendo por cima do ombro dela com a frigideira de bacon chiando na mão.

Jordan apertou o botão lateral, escurecendo a tela.

– Ela "pensou em você"? – continuou Simon com a voz cheia de incredulidade.

– O que foi? – perguntou Pru, alarmada.

– Nada, vó – respondeu Jordan, e olhou zangada para o irmão. – Simon, para.

– Ela anda fazendo muito isso? – Ele apontou para o celular da irmã.

– Eu não respondo.

Jordan guardou o aparelho de volta no bolso. De repente, estava muito cansada.

– É, espero que não! – retrucou Simon com a voz mais estressada a cada segundo.

Era exatamente por isso que Jordan nunca lhe contava sobre as intromissõezinhas de texto de Meredith. O irmão não era o maior fã da ex-mulher dela, embora Jordan achasse que isso era de se esperar. Ela também não andava cantando louvores a Meredith nos últimos tempos, mas, ainda assim... A mulher sobrevivera a um câncer. Tinha sido a esposa dela. Havia uma parte de Jordan que nunca conseguiria odiá-la, não importava quanto quisesse. Não era culpa da Meredith que Jordan não fosse "a pessoa certa".

Que ela não fosse parte de seu *destino*.

– Senta, meu bem – disse Pru, olhando preocupada para Jordan.

Deu um tapinha na cadeira ao lado dela, mas a neta balançou a cabeça. Não conseguia aguentar o olhar solidário da avó naquele momento, nem o modo como o irmão gêmeo coçava o queixo quando não sabia como agir.

Estava muito cansada de ser aquela com quem todos se preocupavam. Não precisava mais da apreensão deles, daquele vinco ansioso entre os olhos deles que só a fazia se sentir fraca e inútil. Precisava...

Consigo dar um nó no cabinho da cereja com a língua.

Uma risada brotou de seu peito, mas Jordan a reprimiu. Ainda assim, não teve como conter o sorriso que esticou os cantos de sua boca.

Simon ergueu as sobrancelhas, surpreso.

– Preciso começar a trabalhar – anunciou ela, apontando com o polegar para a porta dos fundos antes de encher a xícara de café até a borda e sair, o sorriso ainda fixo no rosto.

Quando o relógio deu cinco horas, o grupo de Josh e a equipe do programa encerraram o expediente, e o sorriso ensolarado de Jordan havia escurecido e se tornado uma nuvem de tempestade. Tinha progredido muito em seus armários de cozinha e numa mesa para a sala de jantar, mandara entregar alguns itens que com certeza não estavam no projeto de Astrid... mas não tinha visto a própria Astrid.

Isso a estava fazendo *subir pelas paredes*. E o fato da ausência de Astrid deixá-la assim era no mínimo preocupante.

Não parava de rever a noite das duas na mente, como se a própria vida fosse um filme mudo, com expressões faciais exageradas e gestos teatrais. Especificamente, o cérebro dela ficava voltando ao momento em que ajudara Astrid a se deitar. O jeito como ela arrancara a roupa, com total abandono, aconchegando-se em seus lençóis de mil fios com um gemido de felicidade, o cabelo se espalhando pelo travesseiro...

E aí...

Ela te deixou como se você não fosse importante. E você é. Você é importante, sim.

Naquele momento, Jordan sentira todo o ar fugir dos pulmões. Para dizer a verdade, dezoito horas depois, ainda não sabia ao certo se voltara a respirar normalmente. Não sabia o que pensar das palavras de Astrid, da maneira gentil como ela as dissera – ainda que com a voz engrolada – e de como Jordan tinha passado uns cinco minutos incapaz de engolir direito depois de ouvi-las.

E então Astrid se atrevera a nem sequer aparecer na pousada no dia seguinte. Não que ela fosse lá todos os dias, e não que estivesse na lista de chamada do dia, mas uma pessoa não podia simplesmente dizer uma coisa daquelas a outro ser humano e depois sumir. Porém Astrid talvez nem se lembrasse de ter dito aquilo. Na noite anterior, estava bêbada e cansada, e tinha acabado de vomitar num arbusto de zimbro.

Você é importante, sim.

A serra elétrica de Jordan zumbiu em meio a seus pensamentos. Aparas de madeira flutuaram pelo ar, ocupando o espaço com aquele cheiro fresco e vigoroso que ela adorava, como o de árvores derramando segredos. Passou mais meia hora trabalhando na penteadeira personalizada que planejava instalar no quarto principal, tentando abafar a voz suave de Astrid com seu trabalho.

À meia-noite, Jordan desistiu de dormir. Empurrando as cobertas, vestiu o mesmo jeans que usara naquele dia e uma camiseta verde-musgo, macia e com a gola meio esgarçada demais. Pegou a bolsa e saiu de fininho pela porta dos fundos, indo direto para a oficina.

Mas não chegou lá.

Havia uma luz acesa na pousada.

Ou melhor, havia uma luz *presente* na pousada. Quando Jordan parou no gramado, viu um brilho branco oscilar de um lado para o outro no segundo andar.

Uma lanterna.

Arrepios percorreram o braço de Jordan. Ela passou cerca de dois segundos e meio imaginando se deveria chamar Simon ou então a polícia, mas a segunda opção não parecia uma solução segura para ninguém nos dias de hoje, e a primeira… bom, ela provavelmente daria conta de um intruso com mais eficiência do que seu irmão. Tinha quase certeza de que ele nunca dera um soco na vida, enquanto Jordan pelo menos sabia manejar ferramentas pesadas.

Entrou na oficina, o coração bombeando adrenalina, e deixou a bolsa no chão de cimento coberto de serragem o mais silenciosamente que pôde. Usando o próprio telefone como lanterna, vasculhou a bancada de trabalho até encontrar o que queria: seu martelo de alto impacto, usado para pregar madeira de lei.

Esgueirando-se para fora, percorreu o gramado com os olhos, procurando um carro no escuro. Mas, a não ser pela caçamba, a área na frente da pousada estava completamente vazia, com a grama arrancada pelas caminhonetes das equipes. Ela olhou para a pousada.

A luz havia se instalado no Quarto Azul.

Jordan fechou os olhos com força, sentindo o medo transbordar no peito. Respirou uma... duas... três vezes, profundamente. Fez um pedido de socorro mental a Alice Everwood e correu para os fundos da casa, onde usou sua chave para entrar.

O interior cheirava a tinta fresca, com o cinza que Astrid encomendara cobrindo as paredes da cozinha. Jordan bateu a cabeça em alguma coisa. Ligou a luz do celular e correu para a escada, subindo devagar, evitando aquele ponto que sabia que rangia no décimo segundo degrau, e indo na ponta dos pés até o Quarto Azul.

A porta estava fechada, a luz branca oscilando pela fresta fina junto ao chão.

Jordan envolveu a maçaneta de cristal com os dedos. Não havia como fazer isso com cuidado, pois sabia que a porta rangeria como os ossos de uma pessoa idosa assim que a abrisse. Tinha que escolher: a luz do celular ou o martelo. Na verdade, não havia dúvida. Apagou a luz e guardou o aparelho no bolso de trás, depois mudou de posição para se preparar para abrir a porta com a mão esquerda, empunhando o martelo com a direita.

Parou, tentando ouvir movimentos no interior. Ouviu passos leves, um raspar que soava como madeira contra madeira, e depois... uma voz. Alguém disse "merda" bem baixinho, se Jordan não estava enganada.

Contando mentalmente até três, girou a maçaneta e a empurrou, levantando o martelo como o Thor ao entrar no quarto. Mas, antes que pudesse pronunciar qualquer palavra heroica, colidiu com algo macio, ricocheteou para trás e caiu de bunda no chão.

– Ai, meu Deus! – gritou uma voz.

– Minha nossa! – berrou Jordan em resposta.

A luz que ocupara o quarto se apagou, e o telefone ou tablet de quem quer que fosse caiu no assoalho com um estalo.

Jordan se levantou, desajeitada, agarrando o martelo que derrubara ao cair. Segurou-o com as duas mãos, pronta para bater.

– Quem é que...

E ficou paralisada, os olhos se adaptando à escuridão enquanto uma silhueta familiar surgia diante dela.

– Parker?

Astrid apenas suspirou no lugar onde caíra no chão, com o iPad num estojo de couro ao lado dela.

– Oi, Jordan.

– Mas o que é que você tá fazendo aqui?

Jordan respirava com dificuldade, o alívio e a raiva rodopiando em seu peito. E um pouquinho de entusiasmo, para dizer a verdade, mas esse sentimento ela reprimiu. Na marra.

– E aí? – perguntou, diante do silêncio de Astrid.

Astrid pegou o iPad e ligou a lanterna outra vez, apontando-a para baixo enquanto se levantava devagar. Estava usando uma legging – e bem justinha, não que Jordan tenha notado – e um blusão mais folgado com um decote canoa.

– Eu... bom, eu estava só... – respondeu Astrid, mas não terminou a frase.

Em vez disso, limitou-se a ficar lá, com a bolsa preta chique a seus pés e uma expressão que, para Jordan, lembrava uma criança tentando resolver um problema de matemática difícil.

Jordan esperou. Não tinha a menor intenção de facilitar aquela conversa para Astrid depois de ela quase tê-la feito sofrer um ataque cardíaco aos 31 anos.

E depois de ignorá-la o dia todo após uma noite sensacional, mas não havia necessidade de envolver aquelas emoções confusas na situação.

Finalmente, Astrid suspirou e esfregou a testa.

– Eu não conseguia dormir, então pensei em vir aqui e trabalhar um pouco.

– Em vez de vir trabalhar durante o horário normal de trabalho?

– Eu não disse que foi uma decisão lógica.

– Cadê o seu carro?

– Estacionei na rua.

Jordan ergueu uma sobrancelha.

– Que sorrateira.

Astrid ficou horrorizada.

– É que eu não queria acordar ninguém. E o Simon me deu a chave da porta dos fundos.

– Lógico que deu. – Jordan deu um passo, aproximando-se dela. – Então, como tá indo?

Astrid franziu a testa.

– Como tá indo o quê?

– O trabalho. – Jordan indicou o iPad. – Está planejando pintar tudo de branco amanhã?

Astrid não disse nada, mas seus olhos finalmente pousaram nos de Jordan, com algo suave e um tanto vulnerável por trás deles. Um sentimento que lembrava esperança aflorou no peito de Jordan, mas ela reprimiu esse também.

Ou, pelo menos, tentou. O sentimento persistiu, florescendo e empurrando os passos dela para mais perto daquela mulher em que não conseguia parar de pensar.

– Parker? – chamou baixinho.

– Não sei. Entendo por que você quer preservar este lugar, Jordan. Entendo mesmo, e não quero te magoar, mas esse é o meu trabalho. E você está dificultando tudo pra mim.

Jordan assentiu.

– E se eu dificultasse menos?

– Você não parece do tipo que se rende.

– Tem razão, não sou mesmo.

– Então, como pensa em deixar isso mais fácil?

Jordan acendeu a luz do cômodo. O Quarto Azul se encheu de cor. O tom parecia ainda mais escuro à noite e sob a luz fraca da lâmpada âmbar no antigo globo de cristal.

– O que você acha da cor? – perguntou Jordan. – De verdade.

– De verdade? – Astrid olhou em volta, com a mão no quadril. – Eu detestei. É escura demais, encolhe o quarto, e não consigo visualizar nenhum tipo de produto final que seja agradável aos olhos.

Jordan passou a mão no cabelo.

– Tá certo, eu pedi sinceridade.

– Desculpe. – Astrid deu outro passo, diminuindo ainda mais a distância entre elas. – É que não tem nada a ver comigo.

– Mas a pousada não é *sua*. Seu trabalho é criar um espaço agradável pros seus clientes, não pra você.

– É isso que estou fazendo, Jordan. Meu projeto é o que Simon disse que queria, o que Pru queria.

Jordan balançou a cabeça.

– Eles não entendem nada de design de interiores. Não sabem o que querem até verem na frente deles, e minha vó adorou essa cor. Você sabe disso.

Astrid cruzou os braços, encostando o iPad no peito.

– Preciso que esse projeto dê certo, Jordan. A opinião da Natasha Rojas pode impulsionar minha carreira ou acabar com ela, minha empresa já está por um fio, e bem fino, minha mãe mal suporta olhar pra mim sem fazer cara feia, e ninguém aguenta decorar tantos consultórios dentários sem começar a questionar suas escolhas na vida.

– Então vai lá e pergunta pra eles, Parker. – Jordan tocou o próprio peito. – *Eu* preciso que o projeto dê certo. Este lugar é a minha casa, entende? Sem falar que tenho mais de 30 anos, estou divorciada, moro na casa da minha vó e durmo na cama de solteiro de quando era criança, meu irmão acha que sou um desastre ambulante e eu...

– Você não é um desastre.

Astrid disse isso com muita suavidade, mas foi como se uma bomba explodisse em algum lugar perto do coração de Jordan.

Você é importante, sim.

– Você não me conhece – respondeu Jordan no mesmo tom baixo. – Não sabe nada sobre mim, Parker.

Astrid franziu a testa, deixando de olhar para Jordan para observar o quarto. Sua garganta se mexeu como se ela estivesse tendo dificuldade para engolir, e Jordan se viu esperando Astrid refutar o que ela dissera, responder "Lógico que sei", mesmo que estivesse longe de ser verdade. Além disso, de que serviria conhecer Jordan? Meredith a conhecera melhor do que ninguém, melhor até do que Simon, e isso não a impedira de ir embora.

Ao que parecia, conhecer Jordan Everwood só fazia as pessoas fugirem dela.

– Então me mostra – pediu Astrid.

Jordan piscou, levando um segundo para acalmar a própria respiração.

– Quê?

– Me mostra – repetiu Astrid, indicando o cômodo com um aceno. – Com certeza você planejou mais alguma coisa além dessa cor horrorosa para o Quarto Azul.

– Ah, não precisa medir as palavras – respondeu Jordan.

– Não vou medir mesmo.

Astrid tinha um desafio no olhar.

Foi então que Jordan sentiu: era aquela faísca que sentira tantas vezes antes de Meredith adoecer. Aquele impulso de criar, de fazer algo que outra pessoa amasse. Verdade que até então sempre tinham sido móveis, prateleiras, armários e mesas, mas Jordan sabia que seu projeto para Everwood era bom.

E, caramba, ela ia provar para Astrid Parker que era mesmo.

CAPÍTULO DEZOITO

A NOITE NÃO TINHA CORRIDO CONFORME O PLANEJADO. Astrid quisera ir à pousada, ficar um tempo nos quartos sozinha e definir seu próximo passo. Tinha passado o dia todo dizendo a si mesma que não estava evitando Everwood de propósito, que não teria o menor problema em ver Jordan no trabalho depois da noite em que saíram juntas, depois do sonho e de tudo o que ela e Delilah haviam conversado. Mas, cada vez que pensava em estar no mesmo local que aquela mulher, sentia um calor na pele e um frio na barriga como se fosse uma adolescente vivendo a primeira paixonite, e achava de verdade que ia vomitar.

Não era muito diferente de como se sentia naquele exato momento, mas quanto a isso não havia nada a fazer. Jordan a pegara no flagra, e Astrid estava fazendo o melhor que podia para não vomitar na frente dela.

A carpinteira coçou a nuca, pensando. Alguma coisa naquele movimento – a forma como a pele dela deslizava por sobre a clavícula delicada, com um quadril requebrado para o lado – incendiou as entranhas de Astrid novamente.

Meu Deus, que ridículo. Astrid não era assim. Não ficava toda boba por causa de uma paixonite. Nem *tinha* paixonites, ponto final. Spencer com certeza nunca havia causado aquele tipo de sentimento. Ela teria que voltar para a época do ensino médio, quando as paixonites eram pura novidade, para comparar qualquer coisa com o que seu corpo estava fazendo naquele momento, enquanto observava o cabelo castanho-dourado de Jordan cair sobre a testa.

Caramba, aquilo era mesmo uma cilada.

– Posso ver seu iPad? – perguntou Jordan por fim.

– Quê?

– Seu iPad. – Jordan indicou com a cabeça o dispositivo na mão de Astrid. – Pra te mostrar.

Astrid o entregou sem dizer nada e observou enquanto Jordan tocava a tela e caminhava ao mesmo tempo, finalmente se acomodando no banco de madeira da janela, que rangeu. Astrid a seguiu, sentando-se e encaixando as pernas debaixo do corpo para não resvalar na carpinteira.

A tentativa acabou sendo completamente inútil. Depois de mais alguns toques, Jordan se inclinou para junto de Astrid a fim de que ambas pudessem ver a tela do iPad, trazendo consigo aquele cheiro inebriante de pinho e flores, com o ombro apoiado de leve no de Astrid e a pressão estimulante do calor do corpo.

Astrid inspirou devagar pelo nariz, mas, de repente, o sonho começou a se repetir em sua mente, e, minha nossa, ela precisava se controlar de uma vez.

– Tá, este é o Quarto Azul.

Jordan inclinou o iPad um pouco mais, e Astrid viu que a outra fizera o login no mesmo programa de design que ela usava em seus projetos.

Só que a tela mostrava um projeto completamente diferente do seu.

Na imagem em 3-D, o azul-escuro e quase cintilante cobria as paredes, óbvio, e cortinas damasco e brancas com detalhes prateados emolduravam as janelas. A cama estava encostada na parede à direita e tinha uma cabeceira de capitonê branco. Os lençóis eram brancos, mas a colcha era quase da cor das paredes – um azul escuro e sedoso – e as almofadas decorativas tinham o mesmo tom entremeado de branco, cinza e amarelo-ocre, todos girando numa estampa de mosaico.

Um grande tapete cobria o piso de madeira, branco com círculos azuis, cinza e o mesmo tom de amarelo. Havia duas poltronas de destaque amarelas num canto, com almofadas brancas e cinza apoiadas no assento estofado. A mobília – uma mesa entre as poltronas, duas mesinhas de cabeceira, uma cômoda e um armário largo – era toda de carvalho escuro, e pequenas arandelas cor de âmbar pontilhavam as paredes, bem como espaços reservados para quadros que pareciam ser principalmente brancos e cinza.

Para dar luz e leveza, pensou Astrid.

Pensou em muitas coisas enquanto estudava o projeto, desde as cores até o lustre ornamentado que pendia do teto. Achava que o quarto precisava de um pouco de textura, algo para ajudá-lo a parecer personalizado de verdade. Também veio à sua cabeça a lembrança de que geralmente *detestava* móveis de madeira escura.

Mas, acima de tudo, pensou em como aquele projeto era *cheio de inspiração*.

Sabia que precisava dizer isso, mas todas as palavras pareciam se emaranhar em sua língua. Ainda mais do que inspirada, Jordan estava certa – o quarto tinha muito mais a ver com Everwood do que qualquer coisa que Astrid criara. Era elegante, moderno e bonito, mas um tanto... ela não sabia. "Assustador" poderia ser a palavra correta, mas não era assustador como uma casa assombrada e coberta de teias de aranha, e sim de um jeito misterioso, cheio de intrigas, histórias e narrativas.

Mas, por trás de tudo isso, uma emoção nova e mais confusa atravessou Astrid como uma onda.

Alívio.

Era alívio.

Nem imaginava de onde essa emoção tinha vindo. Não fazia sentido. Talvez só estivesse com medo de descobrir que o projeto de Jordan era horrível, pois, se fosse, o que diria a ela?

Ainda assim, havia uma pontada em algum lugar dentro dela, que vinha sentindo cada vez mais ultimamente, como se estivesse tentando cortá-la ao meio.

Você não pode se dar ao luxo de perder o trabalho em Everwood, e nós duas sabemos disso.

As palavras da mãe invadiram sua mente. Elas também cumpriram sua função, afugentando todo o sentimento de admiração e enchendo-a de pavor, com uma sensação de fracasso total.

Seu trabalho era a única coisa que tinha.

Seu trabalho – e ser *bem-sucedida* nele – era tudo o que ela era.

– Usei a pedra lápis-lazúli como inspiração – explicou Jordan ao seu lado, arrancando Astrid daquele redemoinho de pensamentos.

Ela olhou para cima, encontrando o olhar de Jordan. Sua expressão era tão aberta, tão... ávida.

– De acordo com a história – continuou Jordan –, Alice Everwood passou a usar um colar de lápis-lazúli todos os dias depois que o amante a abandonou. Nunca o tirava.

– É por isso que ela é chamada de Dama Azul – concluiu Astrid, que, sinceramente, nunca pensara nisso.

Jordan assentiu.

– Alguns relatos de aparições do fantasma dela falam de uma pedra brilhante ao redor do pescoço.

Astrid assentiu e olhou para o projeto. Lógico que entendia como incorporar uma história aos projetos, mas a maioria dos clientes nos últimos nove anos queria quartos ultramodernos como os que viam em revistas ou na casa de amigos, e Astrid proporcionava isso. Nunca deixara um cliente insatisfeito.

E não pretendia começar agora.

Mas o quarto que Jordan tinha criado... Astrid não sabia como competir com ele. Já sabia que Pru ia adorar e que Simon faria tudo o que a avó quisesse. No fundo, sabia que era isso que importava – uma cliente feliz, especialmente alguém tão amada quanto Pru –, mas não podia ficar sem aquele trabalho. Não podia se retirar e deixar Jordan assumir. Não podia deixar seu nome ser associado a algo que *não era bom o bastante* – nem em Bright Falls nem, menos ainda, diante de Natasha Rojas.

Acima de tudo, não aguentaria mais um brunch com os suspiros decepcionados de sua mãe ocupando o espaço entre elas.

Além disso, logisticamente, nem sequer achava que fosse possível ir embora sem arruinar o episódio do *Pousadas Adentro*. Já tinham uma tonelada de imagens com Astrid como a chefe de design – praticamente todo o trabalho preliminar – e a empresa dela precisava daquele programa.

Mais que isso, os Everwoods precisavam dele. Jordan podia não estar ciente de que Astrid sabia das dificuldades financeiras da pousada, mas, às vezes, o conhecimento quase sobrenatural de Isabel sobre tudo o que acontecia em Bright Falls era uma vantagem para a filha dela.

Ela e os Everwoods estavam juntos naquela empreitada, quisessem ou não.

– E aí? – perguntou Jordan, inclinando-se um pouco mais para junto de Astrid e baixando a cabeça para chamar a atenção dela. – O que você acha?

Astrid sustentou o olhar de Jordan, sentindo o estômago ser tomado por aquela sensação nervosa e inquietante, que a perturbava, mas também a intrigava e atraía.

Também não podia abrir mão daquele sentimento. E, caso se afastasse agora, provavelmente nunca veria Jordan Everwood daquele jeito – com o rosto sem maquiagem, o cabelo bagunçado da tentativa de dormir no começo da noite, a linda clavícula exposta através da gola esgarçada da blusa.

– Achei lindo – respondeu Astrid num tom suave. – De verdade, Jordan. Está maravilhoso.

Um sorriso lento se espalhou pelo rosto élfico de Jordan, levantando a boca e as maçãs do rosto, iluminando os olhos. Foi como ver o nascer do sol.

– Sério? – perguntou ela, com a voz baixa e feliz.

Astrid assentiu.

– Sério.

Sua voz também saiu num sussurro, e algo no tom deve ter soado diferente ou revelado a ternura com que seu coração batia no peito naquela hora, porque o sol no sorriso de Jordan se pôs com a mesma rapidez com que nascera. Seu olhar foi até a boca de Astrid, gerando nela uma onda de desejo tão surpreendente e forte que ela arquejou de maneira audível e pressionou uma perna contra a outra.

Ainda assim, não desviou o olhar.

Astrid sentiu a respiração ficar superficial, a boca se abrir, e seu próprio olhar pousar nos lábios de Jordan antes de voltar aos olhos dela. Traçou mentalmente o rosto da outra mulher como se fosse uma artista estudando a modelo, e... Jordan fez o mesmo. O ar entre elas ficou espesso, tenso, uma atração tão inebriante que se sentiu meio bêbada. Ela se inclinou para a frente, só um pouquinho.

Apenas o suficiente.

Os olhos de Jordan se arregalaram de leve, uma expressão que só podia ser descrita como um misto de admiração, confusão e luxúria.

Astrid entendeu.

Mas continuou sustentando o olhar.

Jordan também, e, ah, puta merda, aquilo ia acontecer mesmo. Ela ia beijar Jordan Everwood e, ainda por cima, queria muito fazer isso. Precisava. Tinha que saber se aquilo era real, se sentia mesmo todos aqueles... *sentimentos* que vinham girando em seu íntimo desde a noite anterior.

Não. *Antes* disso. Se fosse sincera consigo mesma, Astrid diria que era desde o dia em que vira Jordan manejar aquela marreta. Ou... Lembrou-se da forma como observara Jordan durante a demolição, da maneira como deixara os próprios olhos acompanharem a barriga exposta, os braços tonificados.

A verdade era que Jordan a havia impressionado desde aquele primeiro momento cheio de café. Astrid era capaz de perceber isso agora. Finalmente conseguia admitir.

Ela se inclinou um pouco mais para perto sem nunca deixar de olhar para Jordan, que colocou a mão no joelho dela. Foi mais para se apoiar enquanto se inclinava também, mas Astrid sentiu a pressão dos dedos como se fosse uma tempestade elétrica, o calor se acumulando entre as pernas.

Ai, meu Deus, foi só o que Astrid conseguiu pensar. *Ai, meu Deus, puta merda.*

Estavam a centímetros de distância quando a porta do quarto se fechou com um estrondo.

As duas recuaram, assustadas. O coração de Astrid pulou na garganta quando suas costas bateram na janela, e um gritinho saiu de sua boca. O iPad deslizou do colo de Jordan e caiu com um estalo no chão enquanto ela se levantava de uma vez, de palmas para cima e voltadas para a porta como se estivesse tentando bloquear algum mal invisível. Ficaram assim por uns dez segundos, sem nada além do som ofegante da respiração delas tomando conta do quarto, antes de Jordan finalmente baixar os braços.

– Puta merda – disse ela.

– É – comentou Astrid, desenrolando-se da bola em que seu corpo se encolhera instintivamente e apoiando os pés no chão. Olhou para a porta fechada do quarto. – O que foi aquilo?

Jordan balançou a cabeça.

– Sei lá. Não deixei nenhuma porta aberta lá embaixo pra entrar uma corrente de vento.

– Talvez alguém tenha deixado uma janela aberta hoje.

Jordan assentiu, mas Astrid só conseguia pensar num *fantasma*, o que era absurdo.

Era mesmo? Afinal, estavam no Quarto Azul.

– Acho que é melhor encerrarmos a noite – sugeriu Jordan, abaixando-se para pegar o iPad e entregando-o para Astrid sem encará-la nos olhos.

Astrid sentiu o coração afundar no estômago. Não queria encerrar a noite. Queria descobrir o que estava prestes a acontecer entre elas pouco antes de Alice Everwood as interromper com tanta grosseria.

Jordan foi até o meio do quarto, pegou o martelo e se aproximou da porta. O pânico aflorou no peito de Astrid e, pela primeira vez, ela ia fazer o que queria. Ia *agir* em vez de se entregar a todos aqueles pensamentos constantes e exaustivos.

– Jordan, espera – pediu ela.

Jordan ficou paralisada, mas não se virou. Astrid deixou o iPad no banco da janela – talvez precisasse das duas mãos para o que ia fazer – e foi até a outra, ficando cara a cara com ela. Jordan olhou para Astrid, mas aquelas íris de bordas verdes não estavam mais tomadas pelo desejo e pela admiração.

Estavam tomadas pelo medo.

Astrid franziu a testa. Queria estender a mão e pegar a de Jordan, mas não se atreveu.

– Olha – disse ela baixinho, como quem fala com um animal assustado. – Quem sabe a gente possa...

– Você já beijou uma mulher, Astrid? Ou alguém que não fosse um homem cis hétero?

A pergunta de Jordan pairou entre elas. Astrid abriu a boca. *Astrid*. Ela a havia chamado de Astrid. No pouco tempo em que se conheciam, Jordan só a chamara de Parker.

– Quê? – perguntou depois que sua garganta voltou a funcionar.

Jordan fechou os olhos por um instante e passou a mão no cabelo.

– Você entendeu.

Astrid sentiu a própria expressão passar por um milhão de emoções – as sobrancelhas se abaixando e levantando, a boca se abrindo e fechando.

– Eu... não, mas...

– Tá bom – concluiu Jordan, soltando um suspiro resignado. – Então acho que hoje não é a noite certa pra começar.

Astrid balançou a cabeça.

– Não entendi.

– Não me faça ter que dizer o que nós duas sabemos que ia acontecer. Não jogue toda a responsabilidade em mim.

– Não! – exclamou Astrid, e dessa vez pegou a mão de Jordan. – Eu não quis dizer isso. Só quis dizer que... é, sim, eu sei o que ia acontecer. Mas não entendi por que não pode acontecer.

Ela ergueu o tom de voz no final, como se estivesse fazendo uma pergunta, e quase se encolheu ao ouvir o anseio na própria voz. Mas outra parte dela não se importou com isso.

Jordan suspirou.

– Olha, é óbvio que tem alguma coisa entre a gente. Eu admito. Só que tudo isso é novidade pra você, e não é culpa sua, e sou totalmente a favor de as pessoas descobrirem a sexualidade delas em qualquer idade e experimentarem, mas não *posso* ser o seu experimento. Já passei por isso antes e, neste momento, não tenho condições emocionais de ser a pessoa certa pra você fazer isso. Simplesmente não dá.

Astrid soltou a mão de Jordan e deu um passo para trás.

– Eu quero te beijar – continuou Jordan. – Caramba, quero mesmo, mas se for pra acontecer, preciso que seja pra valer.

Astrid balançou a cabeça.

– Como assim? Acho que fui bem óbvia quanto ao que eu...

– Não, você quer beijar uma mulher, e por acaso sou a primeira por quem você sente atração. Mas preciso que você queira *me* beijar.

Astrid só conseguiu piscar. As palavras certas para aquela situação fugiram de sua mente. Jordan a olhou por um segundo, mas depois assentiu, passou por Astrid e abriu a porta, deixando-a sem nada além de seus pensamentos no meio de um quarto azul assombrado.

CAPÍTULO DEZENOVE

JORDAN MAL DORMIU e já estava na oficina às sete da manhã. A chuva escorria pelas janelas, martelava o telhado de aço e sujava o quintal já arruinado ao redor da pousada, mas tudo bem.

Era bom que chovesse. Chuva forte era melhor ainda.

O clima combinava perfeitamente com o humor de Jordan, o ritmo de sua pistola de pregos criando uma carga constante de ruído para combinar com todos os pensamentos na cabeça dela.

Pensamentos a respeito daquela chata da Astrid Parker.

A respeito da boca da chata da Astrid Parker.

A respeito da expressão da chata da Astrid Parker quando dissera que não a beijaria.

Mas o que é que a besta da Jordan Everwood tinha na cabeça?

Na noite anterior, sua decisão parecera uma solução muito inteligente. Que inferno, era como se nem mesmo Alice Everwood quisesse que elas se beijassem, com aquele jeito teatral de bater a porta e tudo mais. Mas agora, depois de ponderar sobre aquele momento no banco da janela de novo e de novo (e de novo), o peito de Jordan doía com aquele sentimento que jurara nunca mais sentir: a necessidade, a carência, o desejo da vida compartilhada que Meredith havia encerrado sem nem consultá-la.

Nunca se esqueceria da manhã em que Meredith partiu. O modo como ela nem sequer deu aviso. Não houve discussão. Não houve um "olha, precisamos conversar". Só um par de malas perto da porta e um "tenho que ir embora" nos lábios de Meredith.

Estava em remissão havia dois meses.

Foi só isso que Jordan ouviu da esposa depois do inferno pelo qual ambas passaram. E, um mês depois, os documentos do divórcio chegaram pelo correio.

Jordan os assinou. Meredith praticamente deixou tudo para ela – a casa, a caminhonete, a gata –, o que Jordan presumiu ser uma espécie de prêmio de consolação pelo abandono e por todas as promessas que Meredith lhe fizera.

– Bom, ela que se foda – praguejou Jordan em voz alta, na oficina.

Mas o problema não era Meredith. Não mais. Jordan não estava mais apaixonada pela ex-mulher, disso ela sabia. O problema era que não conseguia se livrar dos efeitos subsequentes. Aquelas bombas que Meredith tinha lançado deixaram cicatrizes profundas, cravadas no coração, nos pulmões, na mente e no sangue de Jordan, e ela passou quase um ano fazendo terapia para tentar curá-las, em vão.

Encostou a pistola de pregos no ponto certo de um armário de cozinha e disparou.

Bam.

Bam.

Bam.

Continuou até acabarem os pregos. Enquanto recarregava a pistola, o celular vibrou no bolso de trás. Ela o pegou, a esperança horrível e pegajosa aflorando em seu peito sem a menor permissão. Astrid tinha o número dela. Era verdade que nunca o usara, mas tinha o número desde o dia em que se conheceram, quando ela, muito autoritária, insistira que Jordan fornecesse suas informações de contato para receber a conta da lavagem a seco daquele vestido besta.

Naquele momento, Jordan quase sorriu ao lembrar.

Quer dizer, até olhar para a tela do celular e ver o nome de Meredith nas notificações, com a mensagem curta totalmente visível.

Vou estar na cidade semana que vem. Adoraria te ver.

– Que porra é essa? – exclamou Jordan em voz alta.

Balançou a cabeça e guardou o celular de novo no bolso, enfiando pregos na pistola a uma velocidade imprudente. Meredith não sabia que ela não estava mais em Savannah, e Jordan não tinha a menor intenção de contar a ela.

Apoiou a pistola no ponto do armário que pretendia pregar em seguida, mas, antes que pudesse disparar, alguém bateu na porta da oficina.

– Ai, meu Deus, me deixa em paz, porra! – gritou no espaço vazio, um pouco mais alto do que gostaria.

Provavelmente era Simon, o único que se atreveria a interromper o trabalho dela naquele momento, e ele perdoaria o tom ranzinza.

– Bom, não precisa ser tão grossa.

Uma voz feminina.

Uma voz feminina *conhecida*.

– Parker?

– É. Posso entrar?

Ela olhou para a enorme quantidade de armários verde-sálvia ao redor, praticamente um contrabando.

– Hã. Ah...

– Ah, deixa disso! – gritou Astrid. – Já sei que você está com seus projetos secretos espalhados aí dentro.

Jordan franziu a testa. Deixou a pistola de pregos na bancada e foi até a porta, destrancando o cadeado e abrindo uma fresta de alguns centímetros. Astrid estava ali, na chuva, com um guarda-chuva transparente cobrindo a cabeça. Estava de rosto limpo, calça preta elegante e blusa de seda cor de ameixa, com o cabelo repicado um pouco frisado por causa da umidade, e Jordan achou que era a mulher mais linda que já tinha visto.

Credo, Everwood, se controla.

– Como é que você sabe? – perguntou Jordan, tentando controlar o fogo em seu íntimo.

Astrid a encarou.

– Ontem à noite, você disse que não precisava dificultar tanto meu trabalho, e vim aqui cobrar isso. Não vou largar o projeto, Jordan. Nós duas sabemos que não posso fazer isso. Então é melhor me deixar entrar.

Jordan passou um segundo pensando, tentando fazer sua mente *astridificada* funcionar em modo profissional. Sabia que acabaria tendo que falar com Simon e Natasha sobre o que estava fazendo, mas a conversa fluiria muito melhor se tivesse Astrid do seu lado... de maneira profissional, óbvio.

Astrid vivia do design de interiores, administrava uma empresa de sucesso e não era um desastre de proporções cósmicas aos olhos de Simon. Então, sim, Astrid e Jordan poderiam tornar a vida uma da outra muito mais fácil.

Jordan pigarreou e escancarou a porta, observando enquanto Astrid entrava e andava devagar em direção à bancada, vendo os armários verde-sálvia, os painéis de vidro fantasia e as enormes tábuas de madeira maciça que Jordan ainda precisava cortar para fazer o tampo das bancadas. O salto dos sapatos de Astrid ecoou pelo espaço até ela parar à beira da estação de trabalho, onde o laptop de Jordan estava apoiado com descuido. Deixou o guarda-chuva no chão e encarou Jordan com uma pergunta no olhar.

A carpinteira assentiu, e Astrid apertou uma tecla no computador, ligando-o. A cozinha de Everwood – pelo menos como Jordan a havia imaginado – tomou conta da tela. A expressão de Astrid não revelou muito. Seus olhos escuros examinaram as imagens, estreitando-se de leve aqui e ali antes de relaxar outra vez. Ela rolou a tela, e o projeto de Jordan para a biblioteca ganhou o monitor. Aquele mesmo verde-sálvia aparecia com destaque, mas agora revestia as estantes embutidas que já existiam lá, assim como a cornija da lareira.

Na verdade, aquele verde aparecia em todos os cômodos do primeiro andar, uma cor de destaque que formava um belo par com as paredes cinza de Astrid. Havia um quarto de hóspedes naquele andar, um cômodo lateral cujo teto inclinado e aconchegante Jordan tinha coberto com pinturas de videiras e flores em seu projeto, transformando-o num oásis de calmaria. Ela não tinha ideia de quais regras de design estava seguindo ou violando – simplesmente sabia o que parecia combinar com a casa e pronto.

Jordan ficou do outro lado da bancada enquanto Astrid passava de um cômodo para o outro, com a testa às vezes relaxada, às vezes franzida. No andar superior, havia o Quarto Azul, óbvio, mas todos os outros quartos de hóspedes também tinham identidade própria, uma cor ou estampa arrojada que o distinguia dos demais.

– Sei que não está perfeito – antecipou Jordan.

Astrid levou algum tempo para responder. Jordan observou enquanto ela repassava as imagens e olhava para cada quarto, com a boca franzida, pensando.

– Não está mesmo – respondeu finalmente.

Jordan quase riu. Aquela mulher não media mesmo as palavras, e ela meio que adorou isso. Tinha passado o ano anterior com todas as pessoas em sua vida pisando em ovos ao falar com ela, tomando todo o cuidado para não perturbá-la, decididas a mantê-la calma. Astrid sabia tudo sobre Meredith e não dava a mínima.

Ou talvez simplesmente acreditasse que Jordan era capaz de enfrentar tudo o que a vida jogasse contra ela.

O pensamento fez a garganta de Jordan doer. Ela engoliu em seco e contornou a bancada de trabalho para ficar de pé ao lado de Astrid, com o laptop entre elas.

– Quem sabe você possa ajudar a deixar o projeto perfeito – sugeriu Jordan. – Ou pelo menos melhor. Não sei muito sobre design de interiores.

– Dá pra perceber – comentou Astrid, mas estava olhando para Jordan, não para o projeto dela, e havia uma leve sugestão de sorriso em seus lábios.

Jordan lutou para conter o próprio sorriso e balançou a cabeça.

– Bom, que sorte a minha você saber tudo e mais um pouco.

Astrid riu.

– Pois é.

Jordan olhou para o projeto da biblioteca na tela do laptop.

– Mas, sério, o que a gente faz? Quero sua ajuda, mas não se você não gostar de nada do que imaginei aqui.

Astrid também tornou a olhar para a tela.

– E se eu não gostar?

Jordan sentiu uma pontada de mágoa para a qual não estava preparada. Tinha se dedicado muito àquele projeto, investindo nele seu amor pela família, pela infância que passara ali e pela história da casa, o amor da própria cidade pela história de amor da Alice. A ideia de que uma profissional – não, não uma profissional qualquer –, a ideia de que *Astrid* não gostava de sua criação doía.

Mas não mudava nada.

– Aí a gente volta aos subterfúgios e às pinturas na calada da noite – respondeu Jordan.

Começou a se afastar, voltando para o outro lado da bancada em busca de certa distância, física e emocional, mas Astrid agarrou sua mão.

– Espera – disse ela. – Desculpa, não sei nem por que falei isso. Eu adorei.

Jordan ficou paralisada. Na verdade, o mundo inteiro parou, como se a única coisa que existisse fossem aquelas duas palavrinhas e o calor dos dedos de Astrid entrelaçados aos dela.

– Adorou? – Jordan conseguiu perguntar.

Astrid assentiu.

– Quer dizer, precisa de uns ajustes.

Ela soltou a mão de Jordan, mas num gesto lento que manteve as pontas dos dedos de ambas unidas até o último instante, e indicou o laptop.

– A textura é uma questão importante na maior parte dos espaços, e não sei se aquela faixa de marfim e amarelo é mesmo o que você quer, considerando a atmosfera dos outros quartos, mas, se você estiver aberta a...

– Estou – disse Jordan, o entusiasmo inflando-a como gás hélio. – Estou mais do que aberta.

Astrid sorriu.

– Você nem sabe o que vou sugerir.

– Mas eu topo. Topo tudo.

Um rubor floresceu no rosto de Astrid. Talvez tenha sido a coisa mais linda que Jordan já vira. Bom, isso e a forma como os cílios longos dela se espalhavam sobre as maçãs do rosto, com aqueles dentinhos de vampira aparecendo para morder o lábio inferior.

Saco.

Jordan balançou a cabeça para refrescá-la.

– Certo – começou Astrid. – Então vamos trabalhar juntas. Vamos repassar cada cômodo, até os mínimos detalhes, consultando o seu projeto e o meu, para ver se conseguimos um resultado coeso e temático.

Jordan assentiu com energia.

– E temos que trabalhar depressa, porque a aplicação do selador no primeiro andar já está quase terminada, então, se vamos incorporar esse verde-sálvia, temos que combinar com os pintores o quanto antes.

– É. Concordo.

– Isso quer dizer que, antes, precisamos pedir a aprovação de Pru, Simon e Natasha.

Jordan não estava muito preocupada com a avó – tinha projetado toda a casa pensando nela –, mas Simon era mais complicado. Legalmente, o nome dele estava no contrato com a Bright Designs, ao lado do nome de

Pru, então Jordan sabia que Astrid precisava do aval dele antes de implementar qualquer coisa. Ainda assim, tinha certeza de que Simon concordaria com qualquer coisa que a designer aconselhasse. E Natasha... bom, ela já tinha dito uma vez que faltava inspiração no projeto de Astrid. Tinha a impressão de que uma mulher que usava um colar de clitóris todo dia estaria disposta a ver um pouco mais de intriga no projeto, principalmente se realçasse a história da casa.

Jordan começou a dizer sim para tudo o que Astrid estava propondo, mas uma coisa a fez parar para pensar, e perguntou:

– Por quê? Por que está fazendo isso em vez de brigar comigo? Você podia ir falar com o Simon e contar pra ele o que estou fazendo, já que nós duas sabemos que ele me tiraria do projeto. Por que trabalhar comigo quando você pode seguir o seu projeto do jeito que queria?

Astrid desviou o olhar e pôs o cabelo atrás da orelha. Fixou os olhos na tela do computador, com os pensamentos obviamente voltados para dentro. Jordan não pôde deixar de imaginar... o que Astrid Parker de fato queria? Ela não parecia ser alguém que fazia concessões, considerando o modo como tinha reagido quando se conheceram, exigindo seu número de telefone para mandar a conta da lavanderia.

Mas, naquele momento, ela estava fazendo exatamente isso. Afirmou que trabalhariam juntas, sim, mas estava fazendo uma *concessão*.

– Parece a atitude certa – respondeu Astrid por fim, tocando de leve o teclado do computador antes de se voltar para Jordan. – Essa é a casa da sua família. Tecnicamente, você é uma Everwood e também é minha cliente. Quero que esse projeto te deixe feliz.

Jordan se limitou a piscar, atordoada. Astrid parecia quase igualmente chocada com as próprias palavras, porque o rubor no rosto ficou mais forte e ela desviou o olhar.

– Além do mais – continuou, rindo um pouco –, acho que não consigo entrar em mais um quarto com Natasha Rojas sem saber ao certo qual vai ser a cor da parede.

Jordan se encolheu.

– Sinto muito por isso, na verdade.

– Não quero subterfúgios – continuou Astrid, encarando-a nos olhos outra vez. – Quero... uma parceria.

As palavras pairaram entre elas, e Jordan de repente teve dificuldade para respirar direito.

Parceria.

Seriam parceiras.

– É – disse Jordan. – Eu também.

Ficaram se olhando por um momento antes de Astrid balançar a cabeça, a franja roçando os cílios, e endireitar os ombros.

– Então, tá.

Jordan estendeu a mão.

– Parceiras.

Astrid engoliu em seco com dificuldade. Passou os dedos sobre os de Jordan – muito mais devagar do que Jordan achava necessário, mas, caramba, ela é que não ia reclamar – e apertou sua mão.

– Parceiras – concordou Astrid numa voz suave.

Ficaram assim por um segundo, de mãos dadas, mas depois o leve sorriso de Astrid esmaeceu.

– Mas ainda tem o programa.

Jordan franziu a testa, soltando a mão.

– O que é que tem?

– O que vamos dizer pra eles? Que agora somos codesigners? E será que eles vão gostar disso? Gravamos um monte de cenas em que você é a carpinteira mal-humorada e eu sou a designer inflexível. Natasha e Emery parecem gostar dessa dinâmica, mas, se vamos trabalhar juntas, é justo creditar o seu nome, não acha?

Jordan passou a mão pelo cabelo. Para falar a verdade, toda aquela história do *Pousadas Adentro* a deixava muito estressada. Não dava a mínima para as câmeras e as entrevistas. Não ligava nem para o crédito. Só estava fazendo aquilo para garantir que a casa de sua família continuasse fiel às origens. Em qualquer outro projeto, estaria apenas seguindo as ordens do empreiteiro e da designer, construindo, martelando e pregando.

Mas sua família precisava que o programa desse certo, e ela não estava disposta a correr o risco de deixar Natasha – ou pior, os executivos da emissora – irritados porque Jordan e Astrid acabaram com a dinâmica que passaram semanas estabelecendo.

Além disso, a notoriedade era importante para Astrid. Natasha Rojas era seu ídolo de design, e Astrid tinha uma empresa de design de verdade que poderia tirar proveito do tipo de exposição que o programa proporcionaria. Jordan só precisava da exposição para salvar a pousada, não para se tornar uma estrela.

– E se a gente continuasse agindo do mesmo jeito? – perguntou Jordan.

Astrid ergueu as sobrancelhas.

– Quer dizer... exatamente como antes?

Jordan assentiu.

– Carpinteira mal-humorada e designer inflexível.

Astrid levantou a mão.

– Espera aí, só pra eu entender. Você quer que eu continue a atuar como chefe de design, mesmo que a gente use uma boa parte do seu projeto?

O plano parecia meio errado quando Astrid o descrevia assim, mas Jordan seguiu em frente. Estava muito perto de conseguir o que queria.

– Olha, nós duas precisamos do programa. Não vejo motivo pra mudar de atitude agora, principalmente quando Natasha e Emery gostam do que estamos fazendo. Já vamos mudar o projeto, o que provavelmente vai forçar um pouco os limites da equipe. Qualquer coisa a mais só vai complicar a situação.

Astrid contraiu os lábios, mas Jordan percebeu a mente dela trabalhando. Podia não entender Astrid Parker por inteiro, mas sabia que trabalhar como chefe de design no programa era importante para ela.

E queria lhe dar isso, o que talvez fosse a maior revelação naquele instante.

Dessa vez, foi Jordan quem estendeu a mão e pegou a dela.

– Aceita, Astrid. Você está me ajudando. Agora, me deixa te ajudar.

Astrid apertou os dedos dela e assentiu.

– Tá bom – sussurrou, e depois mais alto: – Tá. É assim que a gente vai fazer.

Jordan sorriu.

– É isso aí.

CAPÍTULO VINTE

ALGUNS DIAS DEPOIS, Astrid parou diante do apartamento de Iris para uma noite de filmes improvisada com as amigas. Estava exausta depois de praticamente passar a noite em claro com Jordan trabalhando no novo projeto de design e ansiava por algumas horas de tranquilidade com as melhores amigas, um pouco de vinho, o sofá molenga de Iris e um filminho ruim do qual pudessem tirar sarro sem dó nem piedade.

Tinha acabado de levantar a mão para bater na porta quando ouviu alguma coisa.

Um gemido.

Vindo de dentro do apartamento de Iris.

– Isso – sussurrou a voz de Iris. – Assim. Ai, Jillian, não para.

Astrid cobriu a boca com a mão e quase caiu para trás. Iris era assim mesmo: nunca fazia nada com moderação, incluindo se expressar em voz alta enquanto, ao que parecia, transava com a namorada.

– Ai, isso, ai, essa sua língua... isso.

Era isso que Astrid ganhava por sempre chegar cedo. Sua mãe martelara tanto a importância da pontualidade na cabeça dela que, mesmo quando chegava no horário, a ansiedade aflorava e ela mergulhava numa espiral de pensamentos a respeito de decepcionar ou de ser inconveniente com quem quer que estivesse à sua espera. Daí ser sempre a primeira a chegar.

Naquela hora, porém, preferiria ter chegado atrasada a presenciar a situação embaraçosa. Minha nossa, não queria ficar ali esperando Iris e Jillian terminarem, mas também não queria dar meia-volta e ir embora, porque para onde iria? Quando Iris enviara mensagem para ela, Claire e Delilah no grupo das amigas, sugerindo uma noite de filmes e tacos, ela dissera 18h30. Eram 18h25.

E, mesmo assim, os gemidos continuavam.

– Tá gostando? – murmurou a voz aveludada de Jillian.

– Tô, sim. Ai, nossa, que gostoso. Por favor, preciso da sua boca na minha...

Astrid saiu em disparada pelo corredor em direção à escada antes que Iris pudesse terminar aquela frase. Sentia as bochechas ardendo, o coração palpitando e... ah, meu Deus.

Um aperto na barriga, uma pressão entre as pernas que não podia ignorar. Ou *podia*, mas... nossa. Não tinha ido até lá naquela noite esperando ficar cheia de tesão e constrangida. Iris sempre fora muito aberta a respeito de sua vida sexual, mas Astrid nunca tinha ouvido a tal vida sexual se desenrolar na frente dela.

Ficou parada no alto da escada, com a garrafa de Riesling debaixo do braço, se contorcendo para tentar acabar com aquele latejar em seu íntimo. Fechou os olhos, mas não, não adiantou nada, pois aquela boca perfeita de botão de rosa de Jordan florescia em sua mente, e começou a imaginar os dedos calejados da carpinteira deslizando sobre seu corpo...

Que saco, precisava de um pouco de ar fresco.

A noite estava bonita. Era só esperar na rua até Claire e Delilah chegarem, pronto.

Estava a meio caminho da escada quando Jordan Everwood chegou, vinda do primeiro andar, com um pacote de seis cervejas artesanais na mão.

Estava com o celular na palma da outra mão e os olhos fixos na tela. Astrid sentiu uma onda súbita de alegria ao vê-la, o que era absurdo, considerando que tinham se visto uma hora antes na pousada.

Vinham passando muito tempo juntas nos últimos dias – no horário padrão das nove às cinco, além de várias noites na oficina de Jordan, escolhendo amostras de tecido, cores de tinta e produtos no site da Etsy, com embalagens de comida para viagem ocupando o espaço ao redor delas.

Em algum ponto no fundo da mente, Astrid sabia que deveria se sentir um pouquinho ameaçada ou possessiva em relação a seu trabalho. Juntas, haviam repassado os dois projetos de design para a casa toda, e as ideias de Jordan acabaram se tornando a base de cada cômodo. Era verdade que boa parte do projeto de Astrid também fora aproveitada – uma parede com padrão espinha de peixe aqui, fotografias em preto e branco de Bright Falls ali –, mas às vezes era difícil lembrar quem tivera a ideia de fato.

Pelo menos, era o que Astrid dizia a si mesma. Ela sabia que era parte do sucesso daquele projeto – Jordan era muito desorganizada, e, para conciliar encomendas e planos para uma casa daquele tamanho, organização era fundamental – e não tomava nenhuma decisão, nem apertava um botão de *finalizar compra*, sem ouvir a opinião de Astrid. Ainda assim, sempre que repassava as imagens no programa de design, não conseguia se livrar da inquietação crescente que chegava estranhamente acompanhada da felicidade pura e simples que sentia quando estava com Jordan Everwood.

Naquela hora, enquanto a dopamina inundava ainda mais seu organismo diante do encontro inesperado com Jordan, a inquietação ainda estava lá, como uma nuvem carregada pairando a quilômetros de distância. Ela engoliu em seco e se concentrou na parte boa, o que era muito mais fácil de falar do que de fazer. Felicidade não era uma palavra frequente na sua esfera de experiência.

Ela piscou, concentrando-se no cabelo sobre a testa de Jordan e em sua subida lenta em direção a Astrid, e a inquietação cedeu um pouco. Infelizmente, não podia dizer a mesma coisa sobre os sentimentos que a pegação de Iris despertara. Quando viu Jordan subindo os degraus, *aqueles* sentimentos a percorreram com a força de um rio livre da barragem.

– Oi – disse ela quando Jordan estava a poucos passos de distância.

– Eita, porra.

Jordan recuou, derrubando o celular para poder se agarrar ao corrimão.

– Ai, meu Deus, desculpa.

Astrid se abaixou para pegar o aparelho. Quando o devolveu para Jordan, teve um vislumbre de uma mensagem de texto na tela com o nome *Meredith* no alto.

Seu estômago despencou até os pés, com um toque de pânico se infiltrando na miríade de emoções que já sentia. Talvez fosse melhor ir para casa. Tesão e ansiedade não eram uma boa combinação.

– Não esquenta – respondeu Jordan, pegando o celular e guardando-o no bolso de trás.

Havia trocado o macacão que normalmente usava no trabalho por um jeans preto dobrado no tornozelo e uma camisa de manga curta, azul-marinho e estampada de pequenas suculentas verdes.

Astrid sorriu, tratando de falar com uma voz radiante e perfeita:

– Eu não sabia que você vinha.

Jordan franziu a testa e estreitou os olhos.

– Você tá bem?

O sorriso de Astrid murchou um pouco, mas ela conseguiu mantê-lo no lugar.

– Aham. Estou, sim.

Jordan a observou por um segundo, ainda com aquele vinco na testa. Finalmente, desviou o olhar e coçou a nuca.

– Iris mandou uma mensagem pro Simon, que insistiu em me arrastar pra cá. Acho que ele nem sabe o que fazer da vida quando não está salvando a irmã reclusa. – Apontou para a porta do prédio com o polegar. – Está estacionando o carro.

Astrid assentiu. Gostaria de ter sido ela a convidar Jordan para o apartamento de Iris, mas fora incapaz de pronunciar o convite. E se Jordan achasse que ela a estava chamando para sair? E se recusasse? Astrid achava que não saberia como lidar com isso, quando todos os seus pensamentos e sentimentos por ela ultimamente pareciam tão à flor da pele. Jordan já a rejeitara uma vez, decretando que Astrid não poderia beijá-la a menos que a desejasse *de verdade*, então estava decidida a respeitar o pedido. Depois de tudo o que Jordan passara, ela entendia. Até concordava, para falar a verdade. Sabia que tinha muito exame de consciência a fazer a respeito de seus motivos.

Mas, naquela hora, depois de ver o nome de Meredith no telefone de Jordan, ela só queria pegar o rosto de Jordan entre as mãos e beijá-la até fazê-la esquecer completamente aquele nome.

– Estou feliz de você ter vindo – foi o que Astrid disse, mas num tom de voz suave, muito... Deus do céu, muito *ansioso*, e sentiu o rosto arder de vergonha ao admitir isso.

Jordan inclinou a cabeça, observando a outra por um segundo. O olhar dela partiu das alpargatas pretas e subiu pelas pernas até o short da mesma cor, parando no peito e na blusa azul-celeste sem mangas antes de chegar ao rosto e se fixar nos olhos. Astrid sentiu o fôlego travado nos pulmões. Não conseguia respirar naquela hora de jeito nenhum. Não com aquela mulher insuportavelmente sexy olhando para ela como se quisesse comê-la de sobremesa.

Mas, então, a expressão de Jordan se abrandou, plácida e totalmente neutra. Ela assentiu e disse:

– É, também estou feliz.

Mas sua voz não estava suave nem ansiosa. Estava normal, inabalada. E Astrid sentiu uma vontade súbita de chorar, como uma criança que acabou de descobrir que sua festa de aniversário foi cancelada.

– Oi, meu bem!

A voz de Claire chegou do pé da escada, e Astrid balançou a cabeça para esfriá-la. Claire e Delilah começaram a subir com sacolas de mercado nas mãos, e Simon logo atrás delas.

– Oi – respondeu Astrid, depois se virou e foi na direção do apartamento de Iris antes que as amigas percebessem como suas bochechas estavam vermelhas.

Felizmente, Iris e Jillian tinham se vestido e estavam agindo normalmente quando todo o grupo chegou à porta, embora o rosto de Iris estivesse meio corado. Mesmo assim, ela serviu vinho e recheios para os tacos na ilha de sua pequena cozinha, abrindo os armários turquesa para pegar isso ou aquilo enquanto tagarelava a cem por hora sobre um novo planner que estava projetando, sobre a festa de Claire e Delilah no fim de semana seguinte e sobre como não era exatamente uma inauguração de casa, sendo que Claire já morava lá, e assim por diante.

Astrid tentou imaginar como alguém se recuperava tão depressa do que parecia ter sido uma transa espetacular. Verdade que ela mesma nunca tivera uma transa assim, mas acreditava que depois disso ficaria fora do ar por pelo menos uma hora.

Ficou na cozinha, enchendo tigelas cor de mostarda com alface, molho e guacamole, enquanto Claire dourava uma frigideira cheia de carne moída. As outras pessoas ficaram na sala de estar com Jillian, que, aparentemente, estava mostrando a Simon a garrafa de bourbon de cem dólares que tinha trazido de Portland naquela manhã.

Jordan estava com Delilah.

Astrid as espiou sentadas no sofá vermelho de Iris, Jordan com uma cerveja e Delilah com alguns dedos do bourbon de Jillian, as pernas dobradas no assento, conversando, descontraídas, como se fossem conhecidas de longa data.

– Você acha que ela está divulgando todos os seus segredos mais profundos e sombrios? – perguntou Iris, batendo com o quadril de leve no de Astrid diante da pia.

– Quê? – indagou Astrid, ficando paralisada enquanto enxaguava um maço de coentro. – Quem?

– Delilah e a sua inimiga mortal – disse Iris.

– Ela não é minha inimiga mortal – respondeu Astrid, sacudindo as folhas para secá-las e deixando-as na tábua de cortar. – Além disso, eu não...

Estava prestes a dizer que não tinha segredos, mas não era bem verdade. Não falara para Claire nem para Iris a respeito de sua atração por Jordan, e, embora Delilah soubesse do sonho erótico, não sabia que Astrid tinha praticamente tentado beijá-la, apenas para ser rejeitada.

Ninguém sabia disso.

De repente, sentiu o ímpeto de desabafar tudo com as amigas. A necessidade de pedir conselhos, ou até mesmo um simples conforto, quase a dominou. Mas, com Jordan a apenas três metros de distância, não havia como a cena de Iris Kelly descobrindo que Astrid estava experimentando sentimentos extremamente *queer* ser discreta.

– Você "não" o quê? – perguntou Iris.

Astrid balançou a cabeça enquanto cortava o coentro, picando o maço bem depressa.

– Nada. Eu... não acho que a Delilah diria alguma coisa por maldade.

Iris riu.

– A gente tá falando da mesma mulher? Aquela tatuada? Com uma atitude nova-iorquina até dizer chega? E um desprezo geral por roupas de qualquer tom mais claro do que o nono círculo do inferno?

Claire bateu na bunda de Iris com um pano de prato.

– Para de falar mal da minha namorada.

– Não tô falando mal dela. Só tô citando fatos.

– Dá pra te ouvir daqui, sabia? – gritou Delilah da sala, e ergueu o copo de bourbon, simulando um brinde. – Eu gosto das minhas roupas pretas, e quem não gosta que se foda.

Iris ergueu o dedo médio, Delilah riu e nem Astrid conseguiu deixar de sorrir pelo jeito confortável – ainda que meio ácido – com o qual sua amiga e Delilah se falaram. Mas, quando cruzou o olhar com o de Jordan, seu sorriso se desmanchou.

Que saco, Astrid estava mal.

– Vou procurar uns livros pra pegar emprestados – anunciou ela, secando as mãos num pano de prato e pegando seu vinho.

Só precisava de um instante para se recompor, um momento de paz. O que, com aquela multidão, seria algo difícil de conseguir.

– Beleza – respondeu Iris. – Trata de pegar um livro bem sacana.

Claire riu, mas Astrid se limitou a balançar a cabeça enquanto se dirigia à biblioteca, o único cômodo daquele apartamento com conceito aberto separado por algumas paredes. Ela se virou para a série de prateleiras que cobriam toda a parede dos fundos, com as lombadas organizadas por cor, o tipo de coisa que era bem a cara de Iris.

Astrid deixou os olhos vagarem pelo arco-íris de livros, imaginando como é que a amiga encontrava alguma coisa com aquele sistema estético. Foi uma distração tranquilizadora acompanhar a agradável passagem do vermelho ao laranja e ao amarelo.

– É a estante mais *queer* que eu já vi.

Astrid se virou ao som da voz de Jordan, que estava com uma garrafa de cerveja na mão e os olhos nela.

– Pois é. Sutileza não é com a Iris.

Jordan riu enquanto ia na direção dela.

– Deu pra perceber.

Astrid se virou enquanto as duas encaravam o arco-íris. Seus ombros se roçaram, e Astrid sentiu-se relaxar, algo que parecia acontecer naturalmente perto de Jordan Everwood. Na verdade, deveria estar ficando *tensa*. Ela a deixava nervosa como se fosse sua primeira paixonite, e perto dela Astrid só queria rir e beijar muito, o que por si só era uma crise de identidade bem estressante.

Então, sim, Astrid tinha muitas razões para se retrair.

Em vez disso, ela quase derreteu ao sentir o calor do corpo de Jordan irradiando para seu braço.

– Você gosta de ler? – perguntou Jordan.

Ela pegou uma brochura colorida das prateleiras, um livro de romance, a julgar pelo aspecto do casal entrelaçado com pouquíssima roupa que estampava a edição, e leu a quarta capa.

– Gosto, sim – respondeu Astrid. – Ultimamente não tenho muito tempo, mas quando era criança lia muito.

Jordan devolveu o livro e se virou para encará-la.

– De que tipo de livros você gostava?

Astrid pensou, lembrando o quanto suspirava por Gilbert Blythe, de *Anne de Green Gables*, como seu coração batia mais rápido com os duelos verbais de Darcy e Lizzie em *Orgulho e preconceito*, e a empolgação vertiginosa que sentia ao terminar um dos romances sensuais que sua babá esquecia entre as almofadas do sofá.

Ah, como Isabel teria detestado aqueles livros atrevidos se soubesse da existência deles!

– Gostava mais de livros de romance – respondeu Astrid.

Jordan ergueu as sobrancelhas.

– Sério?

Astrid riu.

– Que cara de surpresa.

– Estou surpresa mesmo. Achei que você curtisse uns...

– O que quer que esteja pensando em dizer, não diga.

Astrid tomou um gole de vinho e tratou de sorrir, mas, meu Deus, se Jordan dissesse que achava que ela gostava de livros como *O coração das trevas* ou alguma tranqueira literária deprimente de homem branco, ela atiraria a taça na parede.

Jordan fez um gesto de fechar os lábios com zíper, mas sorriu.

– Então, conta mais sobre a jovem Astrid Parker.

– Tipo o quê?

Jordan deu de ombros.

– Bom, já sei que ela gostava de livros de romance. Sei também que a mãe dela foi muito presente.

Astrid bufou.

– Isso que é eufemismo.

Jordan estreitou um pouco os olhos.

– Com o que ela sonhava?

Astrid recuou, surpresa.

– Com o que sonhava?

– Aham. Quer dizer, como você sonhava que sua vida seria? Eu... eu queria ser cantora da Disney quando crescesse.

Uma risada escapou dos lábios de Astrid.

– Cantora da Disney!

– Você ri do meu sonho? – Jordan levou a mão livre ao peito. – Pois fique sabendo que minha avó disse que minha apresentação na sala lá de casa cantando "Parte do seu mundo" foi a melhor que ela já viu.

Astrid riu ainda mais.

– Então você sabe cantar?

Jordan deu uma piscadela.

– Esse talento, ou a falta dele, reservo para meu círculo mais íntimo. Se quiser saber a verdade, vai ter que torturar meu irmão até ele contar.

Astrid revirou os olhos, mas uma espécie de anseio aflorou em seu peito, e ela logo o abafou. Decidiu perguntar:

– Como você virou carpinteira?

– Meu pai me comprou um daqueles kits de ferramentas pra criança quando eu tinha 10 anos. Fui fisgada rapidinho. Esmagar as coisas com um martelo é comigo mesmo.

Astrid sorriu.

– Também gosto de esmagar as coisas.

– É, eu lembro – respondeu Jordan, piscando para ela.

Que frio. Um frio na barriga de Astrid.

– Mas, pra dizer a verdade – continuou Jordan –, eu gostava de criar. Construir algo que as pessoas vão amar, sabe? É mágico.

Magia. Era exatamente a impressão que o projeto de Jordan para Everwood passava.

– Tá, então... – disse Jordan depois de tomar mais um gole de cerveja. – Já revelei meus sonhos desperdiçados. É sua vez.

Astrid balançou a cabeça, sorrindo enquanto bebia o vinho.

– Eu não...

– Não se atreva a me dizer que não tinha sonho nenhum. – Jordan apontou o dedo para Astrid. – Vamos simplificar. Você sempre quis ser designer de interiores?

Astrid abriu a boca, com a resposta certa na ponta da língua.

Sim, é lógico.

Mas isso não era verdade, não chegava nem perto de ser. E ela não queria mentir para Jordan. Não podia.

– Não – respondeu baixinho. – Não queria.

Jordan assentiu, como se a informação não a chocasse nem um pouco.

– O que você queria ser?

– Eu queria...

Seus pensamentos voltaram a uma menininha, uma pré-adolescente, depois adolescente, que sonhara em ser não só uma coisa, mas muitas. Jornalista. Professora. Padeira.

Pensou naqueles lindos pãezinhos de lavanda que ela e Jordan comeram na feirinha de Sotheby e em como a fizeram lembrar que adorava cozinhar com Claire e Iris quando eram crianças – experimentando novas receitas, rindo quando algo ficava horrível, gritando de alegria quando uma fornada de biscoitos ou um bolo dava certo. Também adorava criar algo de que as pessoas pudessem desfrutar, algo quentinho, nada prático e muito divertido.

Imaginava que ainda gostasse disso, embora raramente ficasse na cozinha. A última vez fazia alguns anos. Tinha sido no aniversário de 8 anos de Ruby, se não lhe falhava a memória. A padaria da cidade tinha esquecido a encomenda do bolo de morango de Claire, por isso Astrid se oferecera para a tarefa, já que era um caso de extrema necessidade e tal.

O bolo tinha ficado delicioso. E ela havia adorado fazê-lo, principalmente para Ruby, que Astrid amava de coração. Achava que tinha sido uma espécie de magia. Não havia sensação melhor do que ver alguém provar algo que ela havia feito e adorar. Não sentia isso havia muito tempo. Sempre ficava contente quando um cliente amava o trabalho que fazia, mas, de alguma forma, a sensação não era assim tão... bom, tão mágica.

– Eu queria ser um monte de coisas – falou Astrid com sinceridade.

E contou a Jordan como o jornalismo – narrar os fatos de jeitos bonitos – sempre a intrigara, e como sua professora de inglês no penúltimo ano do ensino médio a fizera pensar que dar aulas poderia ser gratificante. Contou sobre cozinhar com Iris e Claire, e fazer o bolo de morango para Ruby.

– E por que não fez? – perguntou Jordan.

– Por que não fiz o quê?

– Alguma dessas coisas. Dar aulas, cozinhar. Não pense que esqueci a riqueza dos seus conhecimentos sobre o açúcar de lavanda.

Astrid balançou a cabeça. Deveria dizer simplesmente que seus sonhos haviam mudado, mas seria verdade? Ou os sonhos apenas se desvaneceram com o passar dos anos, à medida que as expectativas de Isabel a apertavam como um nó corrediço? Ela nem se lembrava de ter escolhido se formar em administração de empresas na faculdade. Esse era simplesmente o Plano, o que ela ia fazer desde sempre.

Decidiu ser sincera outra vez, encarando os olhos de Jordan:

– Não sei.

Jordan inclinou a cabeça, olhando atentamente para Astrid, que se sentiu exposta, até mesmo nua, mas não conseguiu desviar o olhar.

– Quem sabe um dia eu cante pra você – declarou Jordan.

– É sério?

Jordan assentiu.

– Se você fizer um bolo pra mim.

Astrid sustentou o olhar dela, e não seria capaz de conter o sorriso que se instalou em seus lábios nem se tentasse, respondendo:

– Quem sabe?

Jordan sorriu também, e aquele sentimento efervescente de primeira paixonite borbulhou mais uma vez pelo corpo de Astrid – no peito, na ponta dos dedos, nos dedinhos dos pés. Finalmente, ela se voltou para as prateleiras e levou a borda da taça de vinho à boca ainda sorridente.

Ficou assim por um momento, fingindo observar os livros enquanto sorria como uma adolescente. Porque já sabia: sabia com cem por cento de certeza que queria beijar Jordan Everwood. Não qualquer mulher ou pessoa. Queria Jordan e ninguém mais.

O pensamento foi libertador, aterrorizante e eletrizante ao mesmo tempo. Estava meio tentada a agarrá-la naquele momento, mas tinha que pensar em como fazer isso. A outra precisava saber que ela queria *mesmo*, que não estava arrebatada por recordações nem por alguma situação futura envolvendo canções da Disney e bolos.

Enquanto tentava equilibrar as emoções, uma lombada azul-escura cativou sua atenção. Tinha a ilustração de duas mulheres brancas enlaçadas num abraço. Pegou o livro para observar uma versão maior das mulheres na capa – uma ruiva e uma loira –, olhando uma para a outra debaixo das estrelas, com a torre Space Needle de Seattle ao fundo.

De repente, sentiu o coração muito grande e muito sensível dentro do peito. Olhou a sinopse do livro na quarta-capa: era uma versão *queer* de *Orgulho e preconceito*, com uma mulher bissexual e uma lésbica.

– Parece intrigante – comentou Jordan, aproximando-se para ver a capa.

Seu aroma de jasmim e pinho flutuou até Astrid, que lutou contra o impulso de inspirar profundamente.

– Parece, né? – indagou Astrid.

Olhou nos olhos de Jordan e poderia jurar que havia um desafio neles.

Deixou o vinho na mesinha de centro turquesa e pôs o livro debaixo do braço, examinando as prateleiras em busca de mais opções, enquanto Jordan se acomodava numa das poltronas de couro macias no meio da sala e a observava, tomando a cerveja sem pressa. Dez minutos depois, Astrid estava com mais três romances em brochura nas mãos – um sobre duas mulheres dominicanas, outro com um rabino e uma mulher bissexual, e um terceiro com um par formado por uma mulher e uma pessoa não binária participando de um concurso de panificação.

Ela deu meia-volta com os braços cheios de livros coloridos, e Jordan levantou a sobrancelha.

– Pelo jeito, você tem muita leitura pela frente.

Astrid apenas sorriu.

– Pelo jeito, tenho.

Pelo resto da noite, Astrid só conseguiu pensar nos livros que guardara na bolsa. Por volta das onze horas, Simon e Jordan foram os primeiros a dizer boa-noite, e ela aproveitou a deixa para ir também – afinal, o dia seguinte seria importante, pois mostrariam o novo projeto de design para os Everwoods e Natasha. Na verdade, porém, nunca ficara tão feliz em ir para sua casa vazia e de paredes brancas. Tomou banho e se acomodou na cama com o romance sobre as duas mulheres em Seattle, que leu até bem depois das duas da manhã, devorando as palavras, os suspiros, o arco do relacionamento das personagens...

E o sexo.

Meu Deus, o sexo.

No período de apenas umas horinhas e algumas centenas de páginas, teve que parar de ler para se masturbar. Duas vezes. Além do mais, não imaginou uma pessoa sem nome nem rosto quando colocou a mão dentro da calcinha, girando o dedo médio em volta do clitóris. Não imaginou as personagens do livro.

Imaginou Jordan Everwood todas as vezes.

CAPÍTULO VINTE E UM

JORDAN TINHA CERTEZA DE QUE NUNCA ficara tão nervosa. Estava na cozinha da pousada, com o laptop apoiado no pedaço de compensado de madeira que tinham usado para cobrir a ilha como uma espécie de escrivaninha improvisada para a reunião do dia. Enquanto clicava em quarto após quarto no computador, verificando se havia alguma irregularidade de última hora no projeto, seu estômago ameaçou rejeitar a torrada com abacate que havia comido no café da manhã.

A manhã tinha começado de um jeito meio diferente. Assim que a luz brilhara através da janela do quarto, ela havia pulado da cama, se espreguiçado luxuosamente como se fosse uma princesa da Disney se preparando para o dia, e *aberto um sorriso*.

Sorriu enquanto tomava banho.

Sorriu enquanto escovava os dentes.

Sorriu enquanto vestia sua camisa estampada favorita, branca com pessoas-sereias coloridas de várias raças, etnias e gêneros pontilhando o algodão.

Disse a si mesma que aquele sorriso interminável – que, sinceramente, estava começando a doer no seu rosto desacostumado – era porque o projeto da pousada estava pronto, e era glorioso, e porque ela e Astrid iam apresentá-lo à família e a Natasha durante as filmagens do dia, depois do almoço. Sabia que o que haviam criado era de tirar o fôlego, era Everwood de cabo a rabo, e, pela primeira vez em mais de um ano, sentiu orgulho do próprio trabalho.

Mas, ao sair do quarto e ir para a cozinha tomar café, não era seu trabalho que ficava puxando os cantos da boca. Não, essa honra pertencia a uma chata pernuda, de cabelo repicado e dentinhos de vampira, que ficara parada em frente a uma estante de arco-íris falando sobre bolos, e que Jordan não conseguia tirar da cabeça.

Ultimamente pensava muito em Astrid. Até demais. Todos aqueles pensamentos a deixavam apavorada, mas não conseguia evitá-los. Tinha sido sincera com a outra mulher no Quarto Azul, quase uma semana antes, ao falar que não a beijaria sem ter certeza de que Astrid quisesse mesmo ficar *com ela*. Jordan se conhecia muito bem e sabia que não aguentaria o coração partido quando – *se* – Astrid decidisse que "Ah, humm, deixa pra lá, no fim das contas eu não gosto de mulher".

Mas isso não a impedia de sonhar acordada, de ansiar por ela, porque, caramba, a forma como Astrid olhava para ela nos últimos dias – a forma como sempre parecia fazer questão de roçar o ombro dela quando estavam usando o laptop, como a mulher não conseguia cantar uma única nota afinada, o que não a impedia de cantar as músicas de Tegan and Sara na caminhonete de Jordan quando iam resolver alguma coisa na cidade, o jeito como conseguia pensar em cada momento do dia de um hóspede para determinar a melhor posição para uma cama, escrivaninha ou cômoda – despertava em Jordan emoções de que ela sentira muita saudade. Sentia falta de gostar de alguém, daquele lampejo de esperança e terror em seu íntimo sempre que pensava na pessoa, nos olhares e sorrisos.

Mas, caramba, não sabia nem se "sentir falta" era a expressão certa. Lembrava-se de fragmentos dessas emoções com Meredith, mas as duas haviam se conhecido no ensino médio e Jordan praticamente a seguira até a Faculdade de Arte e Design de Savannah. Depois meio que começaram a namorar numa noite, no último ano, após preparar os portfólios, beijando-se devagar por cima de uma caixa de sobras de pizza.

O relacionamento tinha seguido um rumo natural.

E foi isso que a fez parar, detendo os passos no meio do corredor do chalé naquela manhã.

Não quero uma melhor amiga. Quero um destino.

Sentiu o sorriso desmoronar até os pés, onde ele ficou enquanto tomava o café e comia a torrada com a qual se engasgou enquanto Pru a olhava preocupada, e até depois, quando franzia a testa, olhando o projeto no computador, com a certeza de que acabaria quebrando, queimando e esculhambando tudo.

– Oi – disse Astrid, entrando pela porta dos fundos e sacudindo o guarda-chuva transparente.

Estava muito bem vestida, como de costume: blusa preta, pantalona marfim e os sapatos pretos de sempre, com saltos de oito centímetros. Jordan não tinha ideia de como ela conseguia habitar o clima do noroeste do país com aqueles sapatos.

– Humm – respondeu Jordan, concentrando-se na tela outra vez.

Ela sentiu, mais do que viu, Astrid se deter e observá-la. Sentiu o olhar da outra deslizando sobre ela, o cérebro trabalhando, avaliando.

– Eu tô bem – avisou Jordan, só para prevenir.

Astrid se aproximou dela com o clique-clique de seus passos e não parou até que os ombros de ambas se tocassem. Ela cheirava a frescor, aquele aroma de brisa do mar e roupa limpa. Cheirava a *ela*, e, meu Deus do céu, Jordan quase ficou de pernas bambas. De repente, se sentiu muito cansada. Que se danassem os sorrisos! Talvez o que ela realmente precisasse fosse soluçar no lindo pescoço de Astrid Parker e sentir os braços dela ao seu redor.

Balançou a cabeça, tentando se controlar. Detestava que Meredith ainda conseguisse fazer isso com ela. Um pensamento, uma lembrança, e *bum*! Desabava no chão, com as partes do corpo espalhadas para todo lado. Isto é, metaforicamente. De repente, nada parecia correto. Ela ia estragar tudo – o design era brega, Astrid só queria transar com uma mulher, não importava quem, e Jordan nunca faria nenhum papel na porcaria da própria vida além de "melhor amiga de alguém". A *parça*. A...

– Jordan.

A voz de Astrid.

Os dedos de Astrid no rosto dela.

Jordan a deixou fazê-la virar o queixo para que ficassem cara a cara.

– Você tá bem – disse Astrid.

Ela não disse "O que foi?" nem "Aconteceu alguma coisa?". Não havia nenhuma interrogação. Era uma declaração. Uma frase linda e afirmativa. Os olhos de Jordan começaram a arder, lágrimas legítimas ameaçando se derramar e, meu Deus, ela não ia chorar e arruinar seu delineado bem naquela hora, com a família e a equipe de filmagem prestes a chegar a qualquer momento para a reunião.

Mas envolveu o pulso de Astrid com os dedos. Os dois pulsos, pois de alguma forma Astrid tinha colhido seu rosto com as mãos, e acariciava suas bochechas com os polegares.

– Você é brilhante – assegurou Astrid, o ar de suas palavras sussurrando contra a boca de Jordan. – E todo mundo vai adorar o que você criou.

Jordan se inclinou até encostar a testa na de Astrid.

– O que *nós* criamos.

Astrid suspirou, depois assentiu.

– Nós.

– Nós.

– É uma palavra bonita.

Jordan riu.

– É. É mesmo.

Ficaram assim por muito tempo, os dedos passeando pelas maçãs do rosto e alisando os pulsos, quase como numa dança. Com Astrid tão perto, Jordan não se sentia uma mulher qualquer. Sentia que era ela mesma. Sentia que...

Alguém bateu na porta vaivém, e Jordan recuou um segundo tarde demais. A cabeça de Natasha já estava na fresta da porta, e sua expressão de expectativa se acendeu com algo mais.

– Ah! – exclamou ela enquanto Astrid se afastava de Jordan e endireitava a blusa, pigarreando. – Desculpem, não quis interromper.

Mas seu tom de voz dizia: *estou muito feliz por interromper*.

– Não interrompeu – respondeu Astrid, o sorriso profissional de volta no lugar. – Pode entrar.

– Eu estava ansiosa demais pra ver o projeto final de design – afirmou Natasha.

Emery, Darcy, Regina e Patrick entraram atrás dela, ligando rapidamente todos os equipamentos que haviam montado no dia anterior para as filmagens do dia seguinte.

– Boas-vindas – disse Jordan.

Ela gesticulou para indicar o espaço onde um único gabinete verde-sálvia, com painéis de vidro e tudo, jazia no chão. Ela e Astrid tinham transferido aquela peça para lá na tarde do dia anterior, planejando usá-la como exemplo na apresentação delas.

Ou melhor, na apresentação de Astrid.

Jordan percebeu o momento em que Natasha viu o armário – ela deteve os passos, arregalando os olhos.

– Bom, isso é... surpreendente.

– É – respondeu Astrid. – Como comentei, nós... *Eu* tive que fazer umas mudanças...

– Esperem, esperem – pediu Emery, acenando para elas por trás de uma câmera. – Vamos filmar isso.

– Ah, sim, lógico – concordou Natasha.

E começou a cruzar os braços e encarar Jordan e Astrid com tanta atenção que Jordan teve certeza de que a mulher era capaz de contar com precisão os batimentos cardíacos das duas.

Astrid olhou para Jordan, que a olhou também, e um sorriso se espalhou devagar pelos lábios de Natasha.

– Ah, isso é bom demais – declarou a apresentadora.

– O que é bom demais? – perguntou Jordan.

Mas, antes que Natasha pudesse dizer qualquer outra coisa, Simon e Pru chegaram, e Emery anunciou que estava tudo pronto para começar. Regina fez a contagem regressiva antes de Astrid explicar à família sobre o armário verde-sálvia na cozinha, o que, óbvio, era exatamente o que Emery queria.

– Bom, isso é surpreendente – repetiu Natasha, e a cena começou.

Simon franziu a testa, mas depois avistou o armário.

– Ah. O que... – E a testa ficou ainda mais franzida. – O que é isso?

– Eu também gostaria de saber – comentou Jordan, com as sobrancelhas levantadas na direção de Astrid.

Já tinham conversado sobre aquilo, até ensaiado. Jordan, a carpinteira rabugenta. Astrid, a designer elegante. Ainda assim, implicar com Astrid Parker naquela hora dava uma sensação... estranha.

– Estou ansiosa pra mostrar exatamente o que é isso – respondeu Astrid, com sua voz profissional suave e alegre.

Ela se saía bem naquele papel.

Pru, Simon, Natasha e Jordan – de braços cruzados num nó apertado e cético – se reuniram em volta da ilha, onde Astrid fechou o laptop de Jordan com um estalo e o tirou do caminho. Jordan quase sorriu. Não tinham ensaiado aquela parte, mas foi eficaz: a atitude de "tirem essa coisa horrível da minha frente" ficou muito óbvia enquanto Astrid pegava o próprio iPad.

Astrid começou a apresentação com o Quarto Azul, porque Simon e Pru já tinham visto a tinta escura nas paredes. Quando a imagem ocupou a tela, a avó de Jordan arfou.

– Ah! – foi a única coisa que Pru disse, com os dedos tremendo diante da boca.

Astrid explicou o projeto e falou da pedra de lápis-lazúli, e Jordan viu os olhos de Pru começarem a brilhar.

– Nossa – comentou Simon, que estava entre Jordan e Pru, aproximando-se mais do iPad. – Isso é... nossa, é espetacular.

– Não é?

Astrid percebeu o olhar de Jordan e ergueu as sobrancelhas. Jordan levantou as dela em resposta. O espírito da conspiração entre as duas era inebriante.

Mas então o olhar de Jordan se fixou em Natasha, que sem dúvida percebera aquela troca de olhares. Jordan pigarreou e suavizou a expressão.

Astrid continuou com a apresentação, cômodo após cômodo. Enquanto falava e apontava certas características, as palavras estavam na ponta da língua de Jordan – coisas que poderia acrescentar, argumentos que queria salientar, decisões que gostaria de explicar –, mas as engoliu. Ela e Astrid sabiam como aquele projeto havia surgido, Pru obviamente tinha adorado o que criaram – se o fato de abrir um sorriso radiante, bater palmas e suspirar de alegria a cada nova revelação de cômodo servia como prova – e era só isso que importava.

Não era?

– Eu adorei! – exclamou Pru quando Astrid terminou. – Adorei muito mesmo. É perfeito!

Ela olhou diretamente para a neta ao dizer isso, de cabeça inclinada e olhos marejados.

Jordan passou a mão no cabelo. Estava na hora do show.

– Tá, aham, ficou bonito. Mas e todo o trabalho que a gente já fez? Por que essa mudança de repente?

A última pergunta não tinha sido exatamente planejada, e Astrid abriu a boca, surpresa, mas um sorriso calmo substituiu o espanto tão depressa que Jordan se perguntou se ela já esperava por aquilo.

– Eu parei pra pensar – respondeu Astrid. – Passei mais um tempo estudando a história da Alice, e esse parece o projeto certo. Este lugar é especial e merece um... design cheio de inspiração.

Ela olhou para Natasha ao dizer isso, e Jordan quase riu.

– Tá, mas por que agora? – perguntou Jordan, firmando sua posição, ainda de braços cruzados. – Por que não fez tudo isso antes?

O sorriso de Astrid vacilou mais uma vez. Saco. Aquilo ia ser mais complicado do que pensaram no começo. Mas parecia o tipo de pergunta que uma carpinteira ranzinza faria à designer, principalmente se a mudança gerasse mais trabalho para ela e para a equipe. Ninguém além de Jordan e Astrid sabia que aquela oficina estava, naquele momento, cheia de peças quase concluídas.

Astrid suspirou e olhou para o projeto.

– Às vezes é preciso tempo pra conhecer um espaço, pra entender de verdade o espírito de uma casa ou de um cômodo. Não sou perfeita, e consigo admitir quando me apresso demais num projeto.

– Bom, parte disso também é culpa nossa – lembrou Simon, indicando a si mesmo e a Pru. – Pedimos um projeto moderno.

Pru assentiu.

– Pois é. Achei que isso ajudaria a melhorar os negócios, mas este projeto – e ela pegou a mão de Astrid – é de tirar o fôlego. É mais lindo do que eu poderia imaginar.

A emoção aflorou no peito de Jordan. Era aquilo que ela queria para Everwood, para sua família. Teve que se esforçar para não sorrir.

– Já cortei os tampos das bancadas da cozinha – argumentou, o que era mentira. – E a gente encomendou os armários shaker. – Outra mentira. – Esta peça que você trouxe pra provar seu argumento – disparou, apontando para o armário verde no chão – parece feita sob medida.

– Está dizendo que não consegue construir nada tão bonito quanto este armário? – perguntou Astrid, de boca franzida.

Mais um sorriso ameaçou abrir os lábios de Jordan.

– Ah, eu consigo construir algo tão bonito quanto este armário, sim.

Construo qualquer merda que eu quiser. – Olhou de relance para Emery. – Desculpa.

Emery gesticulou, dispensando a preocupação dela e indicando que continuasse, e foi o que ela fez:

– Só estou dizendo que o prazo está curto.

– Então vamos trabalhar mais tempo e mais rápido – respondeu Astrid, dando um passo em direção a Jordan.

– Você quer dizer que *eu e a equipe* vamos ter que trabalhar mais tempo e mais rápido – retrucou Jordan.

E também se aproximou de Astrid. Estavam quase encostando no nariz uma da outra. Jordan sentiu o aroma mentolado da pasta de dentes de Astrid.

– Sinceramente, duvido muito que *você* vá ficar na minha oficina martelando até tarde da noite.

Astrid estreitou os olhos, mas Jordan percebeu que ela também estava se esforçando para não sorrir. Na verdade, até que era divertido.

E meio sexy.

Enquanto se encaravam, Jordan não poderia negar que sentiu um latejar entre as pernas. Recuou, passando a mão no cabelo.

– O que você acha, Natasha?

O julgamento da estrela do design era o único meio de terminar aquela cena e, de repente, Jordan sentiu que precisava de um banho.

Um banho frio.

Natasha levou algum tempo para responder. Em vez disso, seus olhos foram de Jordan para Astrid, alternando-se entre as duas, como se estivesse tentando sondar a mente delas. Por fim, sorriu.

– Eu achei maravilhoso.

– Sério? – perguntou Jordan por instinto, com o orgulho afetando a voz. Pigarreou para disfarçar. – Então você acha que a gente vai dar conta? Temos quatro semanas.

Natasha franziu a boca e indicou a tela do iPad.

– Com um projeto tão lindo, você faz o que for preciso pra que dê certo.

CAPÍTULO VINTE E DOIS

A CASA DE CLAIRE ESTAVA CHEIA. Astrid nem sabia quem eram metade daquelas pessoas, mas elas chegaram para a festa de pseudoinauguração da casa de Delilah e Claire com garrafas de vinho e conjuntos de toalhas com as palavras *Ela & Ela* nas mãos, prontas para festejar o casal feliz. Astrid tinha certeza de que a agente de Delilah estava lá, além de alguns proprietários de galerias com quem sua irmã fizera contato por toda a Costa Oeste no ano anterior, e devia ser por isso que reconhecia apenas meia dúzia de convidados.

– Impressionante, hein? – comentou Josh Foster.

Ele chegou ao lado de Astrid na varanda dos fundos, para onde ela havia saído em busca de um pouco de ar. Tinha passado o dia todo na casa, ajudando Claire a preparar a festa, organizando tábuas de frios e limpando taças de vinho.

Astrid lançou a Josh seu olhar mordaz de sempre, e ele sorriu. Àquela altura, o desdém mútuo era quase uma piada para os dois.

– Eu nem imaginava que Claire conhecia tanta gente – comentou ela.

– Duvido que conheça. Mas, quando sua namorada é uma fotógrafa meio famosa, acho que você acaba entrando nuns círculos chiques.

Astrid deu uma olhada dentro da casa, depois observou as poucas pessoas do outro lado da varanda. A maioria usava roupa preta e tinha tatuagens por toda parte. Umas poucas se vestiam ao estilo boho, mais ou menos como Iris.

– Eu não diria que o pessoal aqui é chique.

Ele inclinou a garrafa de cerveja para ela.

– Ah, é, esqueci que só as Parker-Greens são especialistas em sofisticação.
– Vai se foder, Josh.
Ele cambaleou para trás, segurando o peito como se tivesse sido baleado.
– Meu Deus, Astrid Parker mandou eu me foder.
Ela balançou a cabeça, mas um sorriso ameaçava aparecer.
– Everwood está indo bem – comentou ele depois de se recuperar. – O programa está interessante.
– Humm – foi só o que ela disse.
A equipe de Josh vinha trabalhando no reforço da varanda da frente, que tinha muita madeira apodrecida, e logo passariam às outras inúmeras questões estruturais, como a torre inclinada e as novíssimas portas externas. Pru havia aprovado tudo no projeto, e Jordan estava trabalhando com afinco para restaurar vários dos móveis originais que planejavam pôr de volta nos cômodos finalizados.
Pelo menos, era o que Astrid presumia que Jordan estivesse fazendo. Nos três dias que se passaram desde a reunião para a apresentação do novo projeto, elas tinham gravado apenas duas cenas juntas – uma que as apresentava discutindo a cor da pintura externa e outra em que Astrid explicava as mudanças para Josh, que ficava incrédulo, enquanto Jordan tomava café ao fundo, fazendo ruído, encostada na escada da entrada com os tornozelos languidamente cruzados.
Emery tinha adorado. Natasha também. E, óbvio, a designer e a carpinteira haviam planejado cada momento, mas, toda vez que filmavam uma cena em que se enfrentavam, Astrid ainda ficava abalada.
Além disso, aqueles debates tensos e gravados eram a única interação que ela tivera com Jordan desde a reunião. As duas andavam bem ocupadas filmando cenas individuais – Astrid orientando a equipe de Josh, Jordan construindo peças e refazendo acabamentos – e, naquele dia, ela nem sequer tinha posto os olhos em Jordan. Estava desesperada para vê-la, falar com ela sem câmeras por perto, ainda mais depois de terem ficado literalmente face a face na cozinha da pousada, logo antes da reunião. O contato da pele de Jordan com a ponta dos dedos dela, o modo como a outra havia fechado os olhos... Desde então, Astrid não parava de pensar naquilo.
Ela ficou na ponta dos pés, examinando a multidão dentro da casa em busca de uma cabeça com metade do cabelo rapada e uma camisa estampada.

– Gostei do projeto novo – comentou Josh, tomando um gole de cerveja.
– Mas não é a sua cara.

Ela olhou para ele, franzindo a testa.

– Como assim?

Ele deu de ombros.

– É vintage. Meio assustador. E você não é nada disso.

Astrid revirou os olhos. Embora tecnicamente ele tivesse razão, ela não deixaria Josh Foster dizer quem ela era.

– Sou designer. Sou capaz de projetar tudo o que for preciso.

Ele ergueu a palma da mão num gesto de rendição, mas, por algum motivo, não parou de falar.

– Você nunca fez isso antes.

– O que está insinuando?

– Só estou dizendo que trabalhamos em vários projetos juntos no ano passado. Esse tá diferente.

Ela balançou a cabeça, mas sentiu um aperto no estômago. Se Josh conseguia perceber que aquele projeto não era exatamente a marca registrada de Astrid, qualquer outra pessoa no círculo dela também perceberia. Não havia contado a Claire e Iris toda a verdade a respeito da natureza do projeto. Em todo caso, não tinha o hábito de comentar a fundo os detalhes de trabalho com as amigas, mas, de alguma forma, omitir sua parceria de design com Jordan estava começando a parecer o mesmo que mentir.

– Ou – continuou Josh, virando-se para a casa –, talvez *a pessoa* é que seja diferente.

Ela ficou paralisada.

–Tá querendo dizer o quê?

Ele inclinou a garrafa em direção à sala de estar, onde Astrid pôde ver Simon e Jordan andando no meio da multidão.

Ela não sabia ao certo a quem Josh estava se referindo, se Simon ou Jordan, mas, pelo sorrisinho cheio de si que exibia, dava para adivinhar. Porém, se havia alguém no planeta com quem ela *não* ia discutir sua sexualidade, era Josh Foster. Além do mais, ele não tinha como desconfiar de alguma coisa. Ela e Jordan praticamente fingiam se detestar sempre que ele estava por perto.

– Pai!

A voz de Ruby Sutherland invadiu os pensamentos dela quando a menina de 12 anos voou pela varanda rumo ao abraço do pai, toda braços, pernas compridas e cabelos castanhos. Claire e Iris chegaram atrás dela, e o olhar das duas se iluminou ao ver Astrid.

– Opa, chegou a minha menina – disse Josh, levantando Ruby do chão por um segundo antes de colocá-la de volta. – Tá pronta pra passar o fim de semana com seu velho?

– Mais pronta, impossível – respondeu Ruby. – Tem beijo demais rolando nesta casa.

– Deixa disso – protestou Claire, dando um tapinha amistoso no braço da filha.

Ruby riu, depois encostou a cabeça no ombro da mãe. Astrid sorriu e passou a mão pelo cabelo de Ruby numa saudação. A menina sorriu para ela, e em seguida pai e filha começaram a tagarelar a cem por hora sobre os planos deles para o fim de semana.

Astrid ficou feliz com a distração. Enganchou um dos braços no cotovelo de Iris e usou o outro para guiar Claire até um canto do pátio.

– Me lembre de nunca mais ficar sozinha com seu ex, tá?

Claire riu.

– O que foi que ele fez agora?

Astrid fez um gesto de desdém.

– Só foi encantador como sempre. – Ela tomou um gole de vinho e olhou para Iris. – E a Jillian, não vem?

Iris encurvou os ombros.

– Não. Neste fim de semana ela tem que trabalhar. Uma empresa grande fez alguma coisa horrível.

Claire inclinou a cabeça.

– Ela está na defesa ou na acusação?

Iris se encolheu.

– Acho que na defesa.

Astrid e Claire se entreolharam. Iris era praticamente uma hippie, que proclamava os males da Amazon e a necessidade de serviços de compostagem em todas as cidades do país.

– É, eu sei, eu sei – antecipou Iris. – Não precisam dizer.

– Dizer o quê? – perguntou Astrid, fingindo ignorância.

Iris colocou a mão na cintura.

– Olha, quando você está curtindo o melhor sexo da sua vida, as coisas ficam meio nebulosas aqui. – E tocou na própria cabeça. – E a Jillian é um doce. Ela recicla o lixo e faz doações para instituições de caridade.

– Ah, bom, se ela recicla o lixo... – ponderou Claire, piscando para Iris por cima da própria taça de vinho.

– Vai à merda – retrucou Iris, mas estava sorrindo.

– Eu é que não vou te julgar por se divertir um pouco – assegurou Claire. – Além disso, o melhor sexo da sua vida...

Deixou a frase no ar, e ela e Iris fizeram um brinde antes de olharem para Astrid, cheias de expectativa.

– Hã, pois é, né? – disse Astrid, brindando com elas.

Mas sabia que não conseguia enganar as melhores amigas. "O melhor sexo da sua vida" não se aplicava a Astrid, considerando que tinha quase certeza de que nunca passara por isso. Sexo bom, sim. Mas *o melhor*? Se o que havia experimentado até então fosse *o melhor*, sua vida era muito, muito triste.

– Oiê, vocês aí – disse Iris.

Astrid se livrou dos pensamentos deprimentes para ver Simon e Jordan vindo na direção delas.

– Oi – respondeu Simon. – Parabéns pela união, Claire.

Ele se inclinou para dar um beijo na bochecha dela.

– Valeu – respondeu Claire.

– Cadê a Jillian? – perguntou ele.

Iris deu um gemido e começou a explicar de novo onde a namorada estava, mas foi interrompida por um toque de celular que Astrid nunca tinha ouvido. Todos pararam quando "The Power of Love", de Celine Dion, tomou conta do espaço entre eles.

– O que é isso agora? – perguntou Iris, olhando em volta.

– A triste tentativa dos anos noventa de serem românticos? – sugeriu Simon.

Ela fez uma careta para ele, mas sorriu. E a música continuou, baixa e meio abafada.

– É o seu telefone, Ris – avisou Astrid, aproximando-se da amiga e ouvindo a melodia ficar um pouco mais alta.

– O *meu*? – Iris franziu a testa, mas tirou o aparelho do bolso. – Esse não é o meu toque de...

Iris piscou, olhando para a tela, e deslizou o dedo pela superfície, encostando o telefone na orelha.

– Alô?

Astrid e Claire se entreolharam, preocupadas. Ao lado de Astrid, Jordan se mexeu, roçando o ombro no dela. Um calor percorreu seu corpo como adrenalina, mas ela tentou se concentrar na amiga.

– Aqui é Iris. Quem tá falando? – indagou, com a mão na cintura.

Mas, em seguida, baixou o braço e ficou boquiaberta. Ela olhou para as amigas e levantou um dedo, pedindo tempo, antes de dar meia-volta e voltar para dentro.

– O que foi isso? – perguntou Claire.

– Não faço a menor ideia – respondeu Astrid.

– Vou ver como ela tá – declarou Claire.

– Vou com você – disse Simon.

Astrid sabia que deveria ir também – estava preocupada com Iris, mas Jordan estava lá, finalmente, depois de três dias fingindo estar irritada com ela em filmagens e encontros aleatórios no quintal da pousada, e não conseguiu fazer seus pés se mexerem para sair dali.

– Oi – disse Astrid depois que os outros entraram.

Jordan sorriu para ela, mas era um sorriso cansado.

– E aí?

– Como é que você tá?

– Tô bem. – Havia algo provocante na voz de Jordan. – E você?

– Tô ótima.

Jordan assentiu e bebeu sua cerveja, olhando para os outros convidados ao redor enquanto Astrid vasculhava a mente em busca de algo mais para falar. Na verdade, tinha muito a dizer, e a maior parte era uma versão de "Por favor, pega a minha mão" e "será que posso te beijar?", mas Astrid achava que não podia dizer isso *assim*, de uma vez.

Ou podia?

Que saco, sua pulsação estava acelerada. Será que sempre tinha sido tão desajeitada assim quando gostava de alguém?

Uma torrente de pessoas ocupou a varanda, obrigando Jordan e Astrid a se aproximarem. As palavras e risadas as envolveram, e Astrid percebeu uma expressão irritada passar pelo rosto de Jordan porque o homem ao lado não parecia ter noção de que o cotovelo dele não parava de espetar o braço dela.

Astrid pegou a cerveja de Jordan e deixou a garrafa e a própria taça na mesa do pátio antes de pegar a mão dela.

– Vem comigo.

Não esperou que Jordan respondesse, simplesmente a puxou para dentro da casa, cruzando a sala lotada até o corredor principal. Não parou até as duas chegarem ao quarto de Claire e Delilah, que no momento estava sendo usado como armário de casacos, com agasalhos ocupando toda a cama de modo bem organizado.

Ela levou Jordan para dentro e fechou a porta, apoiando as costas na madeira pintada de branco. O quarto estava escuro; a luminária de leitura numa mesa de cabeceira era a única luz acesa. Jordan ficou na frente dela, com as mãos nos bolsos do jeans cinza-escuro e as sobrancelhas erguidas, esperando. Não disse nada e, de alguma forma, Astrid sabia que não diria.

Era a vez de Astrid, a iniciativa tinha que ser dela.

E, caramba, ela ia conseguir.

– Você não é a primeira mulher por quem sinto atração – declarou Astrid.

As sobrancelhas de Jordan se ergueram ainda mais.

– É que eu não entendia o que isso significava de verdade antes de te conhecer – continuou Astrid.

Jordan a observou por um segundo que pareceu durar anos, enquanto o coração de Astrid galopava dentro das costelas.

– Tá certo – respondeu Jordan por fim.

Astrid exalou o ar e deu um passo à frente.

– Acho que não me expressei direito. Passei a vida inteira querendo sentir isso.

Jordan abriu os lábios.

– Isso o quê, Parker?

Mais um passo.

– *Isso*. O que sinto quando estou com você. É como se eu tivesse 12 anos e estivesse apaixonada pela primeira vez. Como se fosse explodir se não te visse, se não falasse com você. Como se não ligasse pra mais nada neste

211

mundo esculhambado, a não ser para o que você acha de mim. O que você sente por mim.

Jordan continuou calada, mas seu peito subia e descia um pouco mais rápido, e seus olhos estavam cravados nos de Astrid.

Mais um passo. Estavam muito próximas. Astrid podia sentir a respiração de Jordan no próprio rosto, o tecido de sua camisa rosa-clara estampada de beijos rosa-escuros roçando a blusa verde-escura sem mangas de Astrid.

Ela se arriscou – porque, caramba, já tinha chegado a um ponto sem volta – e passou o polegar sobre um daqueles beijos no tecido do quadril de Jordan. A eletricidade percorreu todo o seu corpo a partir daquele único toque, tão leve, e viu o braço de Jordan se encher de arrepios também.

– Eu quero beijar *você* – declarou Astrid.

Deixou a outra mão subir até a cintura de Jordan, fechando os punhos em volta daquela camisa absurdamente sugestiva. Mas não a puxou para perto de si. *Ainda* não.

– Quero tocar *você*, e não pra saber como é ficar com uma mulher.

– Então, pra quê? – perguntou Jordan.

Sua voz estava deliciosamente rouca, e Astrid não pôde deixar de sorrir um pouco.

– Pra saber como é ficar com *você* – respondeu ela.

Jordan respirou fundo, umedecendo o lábio inferior com a língua. O calor se acumulou no baixo ventre de Astrid, mas ela não se mexeu. Precisava que Jordan dissesse sim, precisava ter cem por cento de certeza de que a outra também queria.

Um canto daquela linda boca de botão de rosa se inclinou num sorrisinho.

– Então acho que é melhor descobrir.

A alegria se espalhou pelo peito de Astrid, por seus braços, suas pernas e seu estômago. Essa era a única palavra capaz de descrever o sentimento que tomou conta de seu corpo. Pura alegria.

Mas também havia temor.

E se Astrid beijasse mal? E se fizesse tudo errado, e Jordan não sentisse mais o mesmo depois do beijo? Astrid, afinal, era filha da mãe dela. Era fria, insensível e desapaixonada. Spencer dissera isso numa das últimas conversas telefônicas dos dois, quando cancelaram o casamento. Astrid tinha certeza de que outras pessoas também pensavam assim. Que inferno, a razão pela qual ela e seu namorado da faculdade terminaram no primeiro ano foi porque ela estava concentrada demais nos estudos.

Porque não era divertida.

Mas não sentia nada disso ao olhar para Jordan Everwood. Não se sentia como a mesma mulher que tinha gritado com ela na frente da cafeteria poucas semanas antes. Não se sentia impotente nem incompetente como nos brunches semanais com a mãe, nem fracassada como quando pensava na declaração de Natasha Rojas sobre seu projeto original.

Não ficava triste como quando apenas pensava em design.

Simplesmente... sentia. Todas as coisas boas. Esperança, anseio, entusiasmo, curiosidade. Com Jordan Everwood, sentia tudo isso.

Puxou a camisa de Jordan, aproximando o calor dela do próprio corpo. Jordan deu uma pequena arfada de surpresa, mas logo sorriu quando Astrid passou os dedos pelos braços dela. Não ia apressar nada. Ia agir devagar e aproveitar cada segundo daquele primeiro beijo.

As mãos da própria Jordan tocaram a cintura de Astrid, mergulhando debaixo da blusa de seda, os polegares roçando a pele nua. Astrid quase desmoronou com o contato, tamanho foi o alívio, mas se concentrou na própria jornada, deslizando a ponta dos dedos pelos antebraços de Jordan, depois pelos braços, envolvendo os bíceps tonificados por um momento antes de subir até os ombros e as clavículas expostas.

Nossa, como adorava as clavículas daquela mulher. Fez os dedos dançarem ao longo dos ossos delicados, depois os deixou se encontrarem na bela cavidade na base do pescoço de Jordan. Finalmente – *finalmente* – passeou pescoço acima e emoldurou o rosto de Jordan entre as mãos. As duas se encararam, com a respiração já sonora e acelerada.

– Caramba, Parker – foi a única coisa que Jordan falou.

Astrid sorriu. De repente, sentiu-se jovem e eufórica, e quis mais e mais. Adorou o efeito que estava tendo naquela mulher linda e incrível, e se inclinou bem devagar, deixando as bocas se roçarem, mas muito, muito de leve.

Jordan era viciante – seu perfume de jasmim e pinho, o contato das suas mãos com o corpo dela. De repente, sentiu-se desvairada, voraz, e deixou a palma de uma das mãos contornar o pescoço de Jordan e segurar a nuca dela.

Ainda assim, não se apressou. Levou a boca até a lateral dos lábios de Jordan, depois traçou uma rota até a bochecha, então a têmpora, roçando as pálpebras e a testa, antes de voltar para o outro lado e acomodar a boca logo abaixo da orelha de Jordan.

– Nossa! – exclamou Jordan, arqueando o pescoço para dar mais acesso a Astrid. – Por mais que eu esteja adorando toda essa sedução, se você não me beijar agora, vou perder o controle.

Astrid recuou e sorriu para ela.

– Acho que posso fazer isso – respondeu.

Jordan espalmou as mãos na cintura nua de Astrid e a puxou para ainda mais perto.

– Quero ver.

E foi o que bastou.

Astrid fechou a boca ao redor do lábio inferior de Jordan, depois virou a cabeça e fez de novo... e de novo. A cada vez com um pouco mais de força, um pouco mais de sede. Jordan a acompanhou, mas, assim que as línguas se tocaram, soltou uma espécie de rosnado que arrepiou o corpo todo de Astrid, e abriu a boca completamente para a dela.

Jordan tinha gosto de verão, era como cerveja, hortelã e algo exclusivamente dela, e Astrid queria mais. Ela levou Jordan em direção à cama, com as mãos passeando pelo rosto, pelos ombros e pela cintura dela. As mãos de Jordan tinham sua própria missão, deslizando pelas costas nuas de Astrid e em volta das costelas enquanto as duas se pegavam como adolescentes. Essa era a única forma de descrever o que faziam. Línguas e dentes, pequenas arfadas na boca uma da outra, uma avidez que Astrid não se lembrava de já ter experimentado.

A parte de trás dos joelhos de Jordan bateu na cama, e ela caiu naquele mar de casacos, puxando Astrid para cima dela. As duas riram, mas, quando Astrid envolveu o quadril de Jordan com as pernas, sentindo uma necessidade quase insuportável de montar nela, a expressão de Jordan ficou muito séria. Ela rolou com Astrid até deixá-la por baixo, depois a apertou com mais força no colchão.

Astrid ofegou, passando as mãos por baixo da camisa de Jordan. Tocar sua pele nua foi como tocar o céu. Jordan a beijou mais uma vez, a língua dançando com a dela, os dentes puxando seu lábio inferior de um jeito que fez o clitóris de Astrid latejar.

– Sabe há quanto tempo quero fazer isso? – perguntou Jordan, deslizando a boca até o pescoço de Astrid e sugando delicadamente um ponto abaixo da orelha.

– Quanto? – Astrid conseguiu perguntar.

– Desde que te vi usar aquela marreta. – Outro beijo. – Naquela hora eu te quis. Talvez até antes, não sei. – Outro beijo.

– Eu também – disse Astrid. Ela empurrou os quadris contra os de Jordan, buscando pressão. – Mesmo ali, na frente da cafeteria, naquele dia... Eu fui escrota demais, sei disso, mas tinha algo de especial em você.

Jordan riu, pressionando a boca de encontro à pele dela.

– Você foi *muito* escrota, mas gostosa até dizer chega.

Foi a vez de Astrid rir, apertando a perna em volta do quadril de Jordan.

– E aquele cabinho de cereja – comentou Jordan. – Como aquilo foi sexy.

– Sério?

– Nossa! – exclamou Jordan, antes de mordiscar o lóbulo da orelha de Astrid. – Foi tão sexy que até guardei a porcaria do cabinho.

– Ah, mentira.

Astrid empurrou um pouco os ombros dela para encará-la nos olhos.

– Não, verdade. Está guardado na minha cômoda.

Astrid não soube o que dizer. Era uma bobagem – um cabo de cereja com um nó –, mas, de alguma forma, o sentimento por trás do gesto deixou seus olhos marejados. Ela tomou o rosto de Jordan nas mãos e a puxou para baixo num beijo lento e decidido. Um beijo que logo ganhou velocidade, tornando-se ávido e descontrolado.

Astrid perdeu toda a noção do tempo. Só o que existia eram a boca, as mãos, a barriga e as coxas de Jordan, o gosto da pele dela logo abaixo da orelha, que Astrid não conseguia parar de beijar, deliciando-se com os gemidinhos que Jordan dava em resposta.

Estava se afogando naquela mulher, feliz, extasiada, e provavelmente foi por isso que não ouviu a porta do quarto se abrir até que a voz de Claire ocupou o espaço.

– Ai, Jordan, desculpa – disse ela, e Jordan e Astrid ficaram paralisadas. – Eu não sabia que você tinha entrado aqui. Você viu a Ast...

Mas Claire se calou quando Jordan se virou para olhar para trás, revelando Astrid debaixo dela, com os cabelos e a roupa obviamente muito bagunçados de tanto as duas se pegarem, e com a coxa ainda em volta do quadril de Jordan.

Claire piscou, aturdida.

– Ai, meu Deus.

– Hã – disse Astrid. – Oi.

– É. Hã. Oi – respondeu Claire, que não parava de piscar.

– Tá, isso é meio constrangedor – concluiu Jordan, desembaraçando-se de Astrid e sentando-se.

Astrid também se levantou, endireitando a blusa.

– Desculpa, Claire, eu não tinha a intenção de deitar e rolar no seu quarto – garantiu Jordan.

Claire gesticulou, depois riu, nervosa, antes de esfregar o rosto com as mãos.

– É que eu... nossa, eu não... hã...

Astrid observou sua melhor amiga lutar contra o choque, esperando ser tomada pela vergonha.

Mas ela não veio.

Astrid não estava nem um pouco envergonhada. Estava... caramba, estava simplesmente *feliz*. Pegou a mão de Jordan, apertando-a uma vez. Jordan olhou para ela e piscou, apertando também.

Por fim, Claire pareceu se recompor, declarando:

– Precisamos ir pra casa da Iris. Foi por isso que vim te procurar.

A sensação de alarme logo se misturou à felicidade.

– Ela tá bem?

Claire assentiu.

– Fisicamente, sim, mas aconteceu alguma coisa com a Jillian.

Astrid demorou um instante para processar as palavras.

– Jillian? Mas ela nem tá na cidade.

– Isso é. Mas eu e o Simon entramos pra procurar a Iris, e ela tinha sumido. O carro dela também. Ela não atendia o telefone, por isso a Delilah foi à casa dela ver como ela estava e... Não sei. A Iris tá chateada, mas só quer dizer o que aconteceu quando a gente for pra lá. Disse que não quer contar mais de uma vez.

– Quê? – indagou Astrid. – Mas a Iris adora repetir assunto.

– Pois é. É por isso que estou bem preocupada.

– Certo.

Astrid se arrastou depressa até a ponta da cama e pegou as sandálias que haviam caído dos pés dela para o chão em algum momento. Fitou os olhos de Jordan enquanto as calçava.

– Vai – disse Jordan. – Vocês precisam ficar com a Iris.

– Você vai ficar bem?

Jordan sorriu.

– Muito bem.

– Me dá seu celular.

Jordan obedeceu, e Astrid abriu os contatos dela, registrando o próprio número. Um lampejo de emoção passou por ela. Até então, as duas só haviam se comunicado por e-mail e pelo recurso de mensagens diretas do programa de design que estavam usando. Oficialmente, ter o número uma da outra – e num contexto muito mais agradável do que para falar de lavagem a seco – parecia meio que romântico.

– Me escreve depois, tá? – pediu ela ao devolver o aparelho para Jordan. – Ou então eu te envio uma mensagem depois de... Não sei quanto tempo vou ficar lá.

– Não esquenta, Parker.

Astrid assentiu. Queria muito se despedir de Jordan com um beijo, mas Claire estava ali, parada, olhando para as duas com uma cara de "*Quem é você e o que fez com a minha melhor amiga?*", por isso resistiu.

Mas, ao se juntar a Claire na porta, olhou para trás e viu um sorriso tomar conta dos lábios de Jordan enquanto olhava para o celular, sem dúvida vendo o nome que havia gravado nos contatos.

Ser Humano Quase Decente que Quer te Beijar de Novo

CAPÍTULO VINTE E TRÊS

ASTRID ESTAVA NO BANCO DO CARONA do Prius de Claire, abraçando a bolsa no colo enquanto a amiga dirigia.

– Josh disse que pode cuidar da festa – comentou Claire. – Trancar a casa depois que todo mundo for embora, se a gente passar muito tempo fora.

Astrid assentiu.

– Ruby já ia mesmo passar o fim de semana com ele – continuou Claire.

– Que bom – respondeu Astrid.

– Tomara que esteja tudo bem com a Iris.

– É.

– Assim, não sou a maior fã da Jillian, mas...

– Pois é.

Claire pigarreou. Astrid sabia que a amiga não comentaria a cena que tinha visto. Sabia também que o ato de tagarelar sobre outras coisas era uma tentativa dela de fazê-la falar sobre aquilo.

E isso ela não ia fazer.

Não que não pudesse confiar a informação a Claire, mas ela mesma ainda precisava processar tudo. Ela e Jordan tinham se beijado. Não, tinham se pegado. Com muito tesão. Tanto que sentia como sua calcinha ainda estava úmida naquele momento. Embora não fosse a situação mais confortável em que já estivera e quisesse muito vestir uma calcinha limpa, principalmente depois que o beijo tinha acabado, não conseguia conter o sorriso que insistia em voltar a seus lábios ao pensar em cada detalhe daquela última meia hora.

Quando Claire parou em frente ao prédio de Iris no centro da cidade, Astrid saiu logo do carro. A amiga a seguiu em silêncio, embora Astrid quase conseguisse *sentir* as perguntas dela.

– Escuta... – disse Claire quando pararam diante da porta do apartamento.

Astrid se preparou, olhando só para a porta e batendo três vezes com os nós dos dedos.

– Sim?

– Hã, bom... – começou Claire. – Talvez você queira...

A porta se abriu de uma vez, revelando Delilah com um copo cheio d'água na mão e uma caixa fechada de lenços de papel debaixo do braço. Astrid ia perguntar como Iris estava, mas Delilah falou primeiro:

– Puta merda, o que aconteceu com você?

Estava encarando Astrid de olhos arregalados e sobrancelhas levantadas.

– Como assim? – perguntou Astrid.

– Hã... – disse Claire, traçando um círculo com a mão em frente ao próprio rosto antes de apontar para o cabelo.

Astrid passou a mão pela cabeça, sentindo o estômago afundar. Entrou, quase empurrando Delilah de lado para tirá-la do caminho, e encontrou o espelho de moldura colorida que Iris tinha pendurado na entrada.

– Ai, meu Deus! – exclamou ao ver o próprio reflexo.

O cabelo estava uma bagunça, espetado e dividido de um jeito estranho depois que as mãos de Jordan passaram por ele, mas essa não era a pior parte. A pior parte era que o batom – de um tom rosa-escuro que ela havia até esquecido que passara ao se arrumar – estava espalhado pela metade inferior do rosto.

To-di-nha.

Ela parecia uma palhaça com uma preferência por batons de longa duração. Esfregando a mão na boca, tentou eliminar a prova, mas só conseguiu piorar a situação.

– Espera – disse Claire, indo para a cozinha, molhando um pedaço de papel-toalha na torneira e acrescentando uma gota de sabonete líquido. – Usa isso.

Entregou o papel para Astrid, que começou a limpar os lábios ainda inchados enquanto Delilah a observava com um sorrisinho malicioso.

– Não diga nem uma palavra – avisou Astrid, limpando furiosamente.

– Vou ficar quietinha – respondeu Delilah, ainda sorrindo.

– Espera, você já sabia? – perguntou Claire.

– Sabia do quê? – Delilah fingiu um ar inocente.

– Amor – ralhou Claire num gemidinho fofo.

– Oiê! – gritou Iris do quarto. – Alerta de melhor amiga arrasada e ansiosa por socorro!

Claire lançou mais um olhar irritado para a namorada antes de ir em direção ao quarto de Iris pisando forte. Delilah olhou para Astrid, erguendo e relaxando as sobrancelhas.

– Pelo jeito você levou seu sonho para o campo da realidade – comentou.

Astrid terminou de limpar a boca, deixando a pele meio irritada.

– Achei que você ia ficar quietinha.

– Mudei de ideia.

Astrid balançou a cabeça, mas sentiu a chegada... do próprio sorriso.

– Pronto, taí – disse Delilah.

– Ah, cala a boca.

Astrid embolou o papel-toalha manchado e o atirou na irmã, que se esquivou com habilidade, mesmo com as mãos ocupadas.

– Pelo menos me conta se foi bom – pediu.

O sorriso de Astrid se ampliou. Nossa, as bochechas dela estavam começando a doer.

– Muito bom.

– Ai, meu Deus! – gritou Iris outra vez.

– Já vai, Vossa Majestade! – berrou Delilah em resposta, e indicou o corredor com a cabeça.

Astrid assentiu, seguindo a irmã até o quarto de Iris para encontrar a amiga ruiva na cama, cercada por milhares de bolas de lenços de papel amassados, enrolada na colcha de mosaicos coloridos, de olhos vermelhos e inchados. Havia o que parecia ser uma garrafa de vinho vazia na mesa de cabeceira verde-hortelã e nada de taça, o que não era um bom sinal.

– Tô numa puta fossa – anunciou quando Delilah e Astrid entraram.

Claire já estava acomodada de um lado de Iris, e Astrid se deitou do outro, respondendo:

– Dá pra ver.

E apoiou a cabeça numa das muitas almofadas multicoloridas de Iris, abraçando a cintura da amiga.

Iris suspirou e fungou, com lágrimas novas marejando os olhos. Delilah tirou os papéis molhados, deixou a nova caixa de lenços em cima das pernas de Iris e substituiu a garrafa vazia por um copo de água.

– É melhor isso aí ser vodca – avisou Iris.

– Você precisa se hidratar – respondeu Delilah.

– Aff, tá bom – resmungou Iris, mas pegou o copo e tomou metade da água.

Finalmente, Delilah se acomodou na cama aos pés de Iris, apoiando uma das mãos nas canelas dela. Claire também passou o braço em volta da cintura de Iris, tocando o cotovelo de Astrid com a ponta dos dedos. Do outro lado, os olhos de Astrid encontraram os de Claire, e Astrid deu uma piscadela. A amiga sorriu.

Ficaram assim por um tempo. A respiração e o fungar ocasional de Iris eram os únicos sons que se ouviam no quarto.

– O que aconteceu, meu amor? – perguntou Claire por fim.

Iris suspirou e tirou uma mecha vermelha do rosto. Abriu a boca, depois a fechou, e repetiu o movimento várias vezes. As outras três mulheres se entreolharam; era raro Iris Kelly ter dificuldade para saber exatamente o que queria dizer.

– Meu bem – disse Claire baixinho. – Somos nós. O que quer que tenha acontecido...

Ela deixou a frase por terminar e Iris assentiu, depois escondeu o rosto nas mãos.

– Estou me sentindo tão idiota.

– Você não é idiota. Idiota é a Jillian – assegurou Delilah.

Iris deu uma risada lacrimejante.

– Você nem sabe o que ela fez.

– Seja o que for, te deixou agoniada como uma adolescente no primeiro fim de namoro, então idiota é ela.

– Concordo – afirmou Claire.

Astrid abraçou Iris com mais força.

Esperaram.

E esperaram um pouco mais.

Finalmente, Iris suspirou.

– Ela é casada.

As palavras ecoaram pelo quarto como um trovão súbito num dia de sol, deixando-as chocadas e caladas. Delilah, obviamente, foi a primeira a romper o silêncio:

– Como assim, *porra*?

Iris assentiu.

– Pois é. Casada. Com uma mulher chamada Lucy. Elas têm um *filho*, Elliott, de 8 anos. Ele adora jogar beisebol e pintar as unhas de roxo.

– Ai... meu Deus – comentou Claire.

– Como você descobriu? – perguntou Astrid.

– Jillian está com o meu celular. E eu, pelo jeito, fiquei com o dela, uma troca acidental e extremamente inconveniente depois que ela veio pra cidade hoje de manhã curtir um oral.

As outras três se limitaram a olhar umas para as outras, perplexas.

– Sabe aquele desastre com a música da Celine Dion mais cedo? – continuou Iris. – Pois é, aquele era o toque da mulher dela, que nem imaginava que a Jillian andava vindo pra Bright Falls transar com uma ruiva que ela conheceu no Instagram, e passei a hora seguinte ao telefone ouvindo a esposa desprezada da minha amante soluçar, tentando *acalmar* ela.

– Ai, meu amor... – disse Claire.

Iris balançou a cabeça, lágrimas novas brotando nos olhos enquanto a raiva se transformava em tristeza.

– Eu achava que já tivesse superado isso.

– Superado o quê? – perguntou Astrid.

– Esse... esse *sentimento*. De que ninguém quer a pessoa que eu sou.

– Meu bem – sussurrou Claire, abraçando Iris ainda mais e tirando o cabelo da amiga do rosto.

Astrid cruzou o olhar com Claire, entendendo a mesma coisa que ela. No outono anterior, Iris e Grant, que fora seu namorado por quase três anos, se separaram porque ele queria se casar e ter filhos, e ela não.

Iris nunca quisera ter filhos, mas Grant a amava e esperava que mudasse de ideia. Finalmente, ele havia desistido e partido para outra – ou ambos concordaram mutuamente que ele precisava realizar seu sonho e Iris, o dela, mas Astrid sabia que aquilo abalara a amiga, que era um julgamento sobre o tipo de mulher que ela era, mesmo que Grant nunca tivesse a intenção de fazê-la se sentir assim.

— Eu só... Só quero uma pessoa que seja minha parceira, sabe? – declarou Iris. – Quero *mesmo* isso. Mas sinto que as pessoas olham pra mim, pro meu cabelo ruivo e pros meus peitos grandes, e me ouvem tagarelar e pensam... "bom, ela serve pra transar, e só".

— Elas não pensam isso, não – afirmou Delilah.

— A Jillian pensou.

— Mas o Grant não – argumentou Astrid. – Vocês só queriam vidas diferentes, e tudo bem. Isso não quer dizer que você não sirva pra ser parceira de ninguém.

— Mas quer dizer *alguma coisa* – insistiu Iris. – A Jillian ter pensado que podia me tratar assim... Significa alguma coisa, né?

— Significa que a Jillian é cuzona – respondeu Delilah. – E vou acabar com a graça dela pessoalmente amanhã, quando for pra Portland pegar o seu celular.

— Não precisa fazer isso – pediu Iris.

— Vou fazer, sim.

— Tá bom – rebateu Claire –, mas, amor, por favor, não "acabe com a graça" dela.

— Quero "acabar com a graça dela" no legítimo estilo lésbico, em que eu olho pra ela com a boca toda franzida igual um fiofó e não digo nem uma palavra.

Todas riram disso, até mesmo Astrid, que se viu soltando o ar, quase feliz. Não porque Iris estava magoada – ela detestava o que Jillian havia feito –, mas por ter aquele grupo sensacional de mulheres que sem dúvida acabariam com a graça de alguém por ela se precisasse.

Quase fizeram isso quando ela estava noiva de Spencer.

De repente, sentiu-se sobrecarregada e exausta, então se deixou ser aquela Astrid que andava ignorando ultimamente – alguém que abraçava e ria enquanto ela e as amigas tramavam o fim épico de uma pessoa bem babaca.

— Tá, chega – disse Iris, jogando mais um lenço de papel usado no chão. – Estou de saco cheio de falar sobre isso. O que quero discutir, porém – começou ela, endireitando a postura na cama; então, com ar dramático, olhou diretamente para Astrid –, é por que nossa amada Astrid Parker está com cara de quem acabou de dar uns beijos num lenhador.

Astrid arregalou os olhos e se endireitou também.

– Quê?

Delilah cobriu a boca com a mão. Claire se limitou a erguer as sobrancelhas para Astrid.

– Você se olhou no espelho, né? – perguntou Iris, traçando um círculo com a mão em volta da própria boca. – Tá com a cara toda irritada de se esfregar numa barba.

– Não foi barba nenhuma – respondeu Astrid. – Meu batom borrou.

Iris franziu a boca.

– E pode me dizer como isso aconteceu? A gente se conhece há vinte anos e nunca te vi de batom borrado.

Astrid abriu a boca para responder, mas não tinha ideia do que dizer em seguida. Se confessasse a verdade a Iris, seria o fim. Não haveria como voltar atrás. Ela olhou para todas no quarto. Delilah já sabia. Claire era uma testemunha ocular. No entanto, mais importante do que tudo isso, ela *não queria* voltar atrás.

Gostava de Jordan Everwood. O que isso significava em termos de rótulo ou de definição da sua sexualidade, ainda não sabia. E, sinceramente, não se importava.

Mesmo assim, nunca tivera o hábito de comentar sua intimidade, apesar de ter comentado certo sonho erótico, e não queria trair a confiança de Jordan.

Fechou a boca, decidida.

– Acho que precisamos de sorvete.

– Ah, nem vem – respondeu Iris, apontando para ela. – Conheço essa cara. É a sua cara de "Astrid Parker não quer falar dos sentimentos dela". Depois do fiasco com o noivado no ano passado, achei que você tivesse aprendido a lição.

– Iris – ralhou Claire.

– Que foi? Você sabe que tenho razão.

– Existe uma diferença entre guardar segredo e não estar pronta pra falar sobre uma coisa – argumentou Claire.

– Ah, que nem quando você estava transando com a Delilah e escondeu de todo mundo?

Silêncio. Astrid sentiu o estômago se revirar e olhou de relance para Claire, que estava de bochechas bem vermelhas. Delilah estendeu a mão e segurou a de Claire, entrelaçando os dedos.

– Merda – resmungou Iris, esfregando os olhos. – Que merda, gente. Desculpa. Eu tô sendo muito babaca.

– É, tá mesmo – respondeu Delilah.

– Desculpa mesmo. Sei que não é pretexto, mas a Jillian ferrou com a minha cabeça. Acho que é melhor a gente tomar sorvete sim.

– Eu pego – anunciou Astrid, levantando-se.

Precisava desesperadamente de um minuto para se recompor. Sua mente estava a maior bagunça – feliz e com um restinho de tesão, mas, mesmo assim, uma bagunça.

Na cozinha, encontrou meio litro de Ben & Jerry's, pegou quatro colheres numa gaveta e estava prestes a voltar para o quarto quando o telefone tocou no bolso de trás. Pegou o aparelho e encontrou uma notificação de Ser Humano Maravilhoso que Estragou Seu Vestido Feio brilhando na tela.

Astrid sorriu e abriu a mensagem, já que o nome que Jordan havia gravado em seu telefone semanas atrás era longo demais para revelar alguma parte do texto nas notificações.

É pra valer?

Astrid respondeu depressa: **O que é pra valer?**
Os três pontinhos pularam na tela, assim como a perna de Astrid no chão enquanto esperava.

Que você quer me beijar de novo.

Astrid mordeu o lábio. **É, sim. Cem por cento. E você?**
Dessa vez, os pontos pularam por mais um tempo, e Astrid sentiu uma onda súbita de insegurança. Mas, depois de alguns segundos, o emoji de cem por cento apareceu, três vezes seguidas.

Então, trezentos por cento?, escreveu Astrid.
Mais alguns emojis de cem por cento.
Isso é muito por cento, respondeu Astrid.

Ô, se é, Parker.

A gente pode se ver amanhã?

Quero ver, hein, digitou Jordan. **Claire fez muitas perguntas?**
Astrid fez uma pausa antes de escrever:
Não, mas você podia ter dito que eu estava com batom espalhado pela cara toda.
Jordan mandou um emoji chorando de rir.
Juro que não reparei. Estava ocupada demais tentando não te arrastar de volta pro seu lugar igual uma mulher das cavernas e fazer de tudo com você.
Astrid sentiu um frio na barriga.
Estou muito interessada em comparecer a esse evento num futuro próximo, respondeu.

Ah, é?

Cem por cento.

Você não gosta muito de emojis, né?

Astrid riu. Era verdade que não usava emojis com muita frequência, mas, por Jordan, faria praticamente qualquer coisa. Percorreu o mar de imagens coloridas até que uma em especial chamou sua atenção. Era um emoji meio sedutor, talvez até meio safado, que não era muito o estilo de Astrid, mas parecia ser o correto. Depois ela escolheu o emoji de pêssego e apertou *Enviar*.
PARKER, respondeu Jordan, fazendo Astrid rir ali mesmo, na cozinha de Iris, com o sorvete amolecendo nos braços.
Então, o que você fez para resolver o problema do batom?, perguntou Jordan.

Pelo jeito, só piorei tudo. Agora Iris diz que parece
que dei uns beijos num lenhador. Acha que me
esfreguei numa barba ou coisa assim.

E o que você disse?

Astrid se deteve. Era melhor agir com cuidado. A última coisa que queria era fazer Jordan achar que estava com vergonha de contar o que tinham feito para as amigas. Porque não estava. Nem um pouco. Mas também queria respeitar a privacidade dela.

Por enquanto, nada, digitou por fim. **Eu não sabia se você queria que alguém soubesse.**

Os três pontinhos pularam, depois sumiram. Pularam e sumiram de novo. Astrid levou a mão ao estômago, travando a mandíbula enquanto os pontos apareciam pela terceira vez. Finalmente, a mensagem de Jordan chegou:

Se você topar, eu topo.

Astrid expirou, e o que estava começando a chamar de "sorriso movido a Jordan" voltou aos lábios. **Eu topo**, respondeu. **Topo muito.**

Então tá bom.

                Então tá bom.

Manda um abraço pra Iris. Me avisa se eu puder fazer alguma coisa pra ajudar.

                Pode deixar. Boa noite.

Boa noite, Parker.

Astrid apagou a tela do celular e o guardou de volta no bolso antes de encostar a testa na superfície fria da geladeira turquesa retrô. Depois de respirar profundamente mais algumas vezes, voltou para o quarto. Lá dentro, Delilah estava mexendo no laptop de Iris, acessando o que parecia ser um filme de terror na Netflix, enquanto Claire sacudia um frasco de esmalte azul-berrante, pronta para dar a Iris uma sessão de manicure amadora.

Astrid deixou o sorvete na cama e colocou as mãos na cintura, anunciando:

– Eu não dei uns beijos num lenhador.

Três pares de olhos voaram na direção dela como insetos rumo à luz.

– Foi numa *lenhadora*. Tá?

Por um instante, as amigas ficaram paralisadas, olhando para Astrid, depois umas para as outras, depois de novo para ela. Finalmente, foi Iris quem rompeu o silêncio:

– Puta merda, foi Jordan Everwood! – exclamou, batendo palmas a cada palavra antes de apontar para Astrid. – Eu sabia! Sabia que vocês estavam se comendo com os olhos na semana passada aqui em casa.

Então, antes que Astrid pudesse rir, reclamar ou reagir, Iris a agarrou pela cintura e a puxou para a cama. Puxou também Claire e Delilah naquele abraço, até as quatro ficarem todas amontoadas, rindo, chorando e xingando, o cabelo e a maquiagem de todas completamente arruinados.

Astrid nunca tinha vivido um momento mais perfeito.

CAPÍTULO VINTE E QUATRO

UMA SEMANA DEPOIS, Jordan olhou para a carta em cima de seu edredom: a imagem colorida de uma pessoa sentada numa cama, com o rosto apoiado nas mãos em óbvio desespero, e nove espadas posicionadas horizontalmente acima dela, várias das quais pareciam estar perfurando suas costas.

Jordan suspirou e se encostou à cabeceira. Durante a semana anterior, a carta diária tinha sido fonte de extrema irritação. Primeiro, viera a Louca, e tudo bem. Nova viagem, novos caminhos. Afinal de contas, Jordan tinha ido a Bright Falls para começar algo novo.

No dia seguinte, porém, ela havia tirado o Oito de Copas. Certo... deixar para trás as coisas e energias negativas da sua vida. As mensagens diárias de Meredith naquela última semana sem dúvida eram uma coisa negativa. Jordan estava quase decidida a bloqueá-la.

Depois, veio o Eremita. Ah, é, bom, sugeria ficar sozinha para se dedicar a uma introspecção muito necessária, mas não era isso que Jordan vinha fazendo no ano anterior todinho, caramba?

Em seguida, o Ás de Ouros. Saúde, riqueza, prosperidade material, novos projetos de trabalho e oportunidades; era a carta que todas as pessoas que começavam uma empreitada financeira queriam ver em sua leitura. Mas, quando Jordan a tirou, alguns dias antes, não conseguiu evitar a carranca que se instalou em seu rosto, com uma inquietação que não conseguia explicar pesando no peito.

E naquele novo dia lá estava a merda do Nove de Espadas, olha que maravilha. Traição iminente. Que beleza. Talvez a energia dela tivesse se misturado com a de Iris, e a carta na verdade se referisse àquela cuzona da Jillian e ao golpe que vinha dando em Iris no último mês.

Era possível. A energia era uma coisa estranha. Quem sabia o que podia acontecer quando as pessoas cruzavam o caminho umas das outras?

Mas o que Jordan queria saber mesmo era: onde é que estava seu Dois de Copas? A carta de almas gêmeas, do par perfeito, dos novos relacionamentos, da parceria positiva. A carta que ela tirava pelo menos três vezes por semana naqueles últimos dois meses. Que saco, onde estava *aquela* malditinha?

Tentou não se deixar incomodar, mas não via o Dois de Copas desde a noite em que ela e Astrid se beijaram na festa de Claire, uma semana antes. Ela gostava de Astrid. Muito mesmo. Talvez até demais. Não parava de sentir a antiga necessidade crescer dentro dela, a mesma que fizera Katie, sua única amante desde Meredith, fugir correndo meses antes. Com Astrid, porém, era pior, ampliada a tal ponto que Jordan tinha que fechar as mãos com força para evitar agarrá-la quando ela saía da casa, todas as noites, e morder a língua para não pedir para ela ficar.

Não que algum desses sentimentos fosse ruim por si só. O relacionamento era novidade. Era óbvio que as duas se gostavam. E, mesmo tendo a impressão de que Astrid precisava ir devagar – emocional e fisicamente –, ela nunca deixava de se encontrar com Jordan na pousada no fim de um dia de trabalho, beijá-la de leve na boca e perguntar o que ela queria fazer naquela noite. Passar a noite juntas fora uma decisão natural na última semana, então Jordan sabia que seus sentimentos eram correspondidos.

Com certeza.

Mas isso ainda a matava de medo. Não conseguia parar de pensar em destino. Em como Meredith, seu primeiro amor, a pessoa que a conhecia melhor do que ninguém, tinha olhado para ela depois de tantos anos juntas e dito: "Não, valeu."

Jordan não estava no destino de ninguém. Como poderia estar se até mesmo sua esposa, por quem ficara contente em largar tudo na hora que precisou ajudar a cuidar da saúde dela, não a queria? No fim, Astrid também ia perceber isso.

Não ia?

O celular vibrou na mesa de cabeceira, interrompendo os pensamentos desenfreados. Ela enfiou o Nove de Espadas de volta no baralho e pegou o aparelho, soltando um palavrão ao ver a mensagem de Meredith.

Estou na cidade. Por favor, responde, Jo.

Jordan passou os dedos no cabelo e encostou a testa na palma da mão. Meredith andava ligando e mandando mensagens de texto a semana toda, inclusive uma mensagem bem exigente no dia anterior que dizia apenas: "Cadê você?" Meredith provavelmente tinha descoberto que Jordan não morava mais na casa que dividiram em Savannah, em Ardsley Park, mas também não dava a mínima. Mensagens de voz, uma atrás da outra, se acumulavam na caixa de entrada, mas ela não as ouvia. Sabia que estava sendo infantil – uma adulta saudável e funcional seria capaz de lidar com a ex de maneira civilizada, principalmente uma adulta *lésbica*, como muitas que continuavam sendo as melhores amigas da ex por toda a eternidade –, mas Jordan nunca afirmara ser a encarnação da saúde mental.

Nem a lésbica perfeita.

O celular vibrou de novo.

– Ai, meu Deus, que foi? – gritou ela, exasperada, desbloqueando a tela.

A exasperação passou num instante quando viu o nome Ser Humano Quase Decente que Quer te Beijar de Novo aparecer.

Bom dia! Vou pegar um café na Café e Conforto a caminho da pousada. Quer?

Jordan sorriu e respondeu com um emoji de zumbi.

Devo entender isso como um sim?, escreveu Astrid.

Jordan encontrou o emoji da língua de fora e o mandou quatro vezes.

Essa sede toda é de café ou

Jordan riu alto, percebendo tarde demais que o emoji da língua de fora é usado com frequência num contexto mais sacana.

Use a imaginação, Parker, respondeu ela.

Os três pontinhos apareceram e desapareceram. Jordan sorriu ao imaginar o rosto de Astrid ganhando um tom vermelho-vivo. Ela com certeza ficava corada ao falar de sexo, e era uma fofura.

Ainda não tinham transado. Nem sequer se arriscaram abaixo da cintura em nenhum âmbito – boca, dedos, nada. Houvera um pouco de ação por cima dos sutiãs, mas só isso.

O que ela e Astrid faziam, porém, era ficar juntas pelo menos metade da noite, todas as noites, a ponto de Jordan sentir que estava prestes a explodir. Não podia reclamar. Apesar de seus medos e da distinta ausência do Dois de Copas na leitura diária, na verdade estava bem chocada com o fato de estar se controlando tão bem.

Não queria estragar tudo.

O telefone vibrou mais uma vez, finalmente com uma mensagem de texto de Astrid:

Agora que imaginei está difícil andar.

Jordan ergueu completamente as sobrancelhas, com o maior frio na barriga de todos os tempos.

Talvez seja melhor a gente resolver isso, respondeu.

É. Também acho.

Só que, depois daquela troca de mensagens, Jordan passou o dia inteiro sem ver Astrid.

Ela entrou na oficina e encontrou um copo de café já em sua bancada de trabalho, com uma série de coraçõezinhos desenhados na superfície com um dos marcadores permanentes que sabia que Astrid sempre levava na bolsa, mas nada dela em pessoa.

Infelizmente, também não tinha tempo de procurá-la. Iam filmar a instalação dos armários de cozinha, e estava ansiosa para vê-los em toda a sua glória. Tinham ficado lindos, na opinião dela, e sabia que o efeito do verde-sálvia escuro na parede cinza-claro ficaria impressionante.

Bebeu o café, mandou uma mensagem de agradecimento para Astrid e logo mergulhou no trabalho. Enquanto ela e Josh se concentraram nos armários, Nick e Tess, dois outros membros da equipe de Josh que haviam trabalhado em estreita colaboração com ela na semana anterior, instalaram a bancada de madeira rústica da ilha e a pia de porcelana branca estilo fazenda.

Ao longo do dia, a cozinha foi tomando forma. Era como ver o sol nascer. Aos poucos, a imagem que Jordan apenas sonhara estava se tornando realidade. Quando o relógio deu cinco da tarde, já estava pronta. Havia espaços vazios onde se encaixariam os eletrodomésticos, assim como alguns elementos decorativos, mas a estrutura estava no lugar, a âncora de toda a cozinha – na verdade, de toda a pousada –, e Jordan sentiu um nó na garganta enquanto observava tudo aquilo.

– Ficou ótimo – comentou Josh, enxugando o suor da testa.

– Você acha? – perguntou Jordan.

Estava com as mãos na cintura e o suor pontilhando a testa e o peito. Ele assentiu.

– Eu tinha minhas dúvidas a respeito dessa cor, mas acho, sim. Está perfeito.

Jordan abriu um sorriso tão largo que as bochechas doeram. Estava prestes a agradecer, até para explicar que aquele era exatamente o tipo de armário que alguém poderia encontrar numa cozinha dos anos 1930, na época de Alice Everwood, mas então lembrou: ela não era a designer.

– Ai, meu Deus, olha só pra essa cozinha! – exclamou Natasha, chegando e entrando no enquadramento, como geralmente fazia.

– Né? – respondeu Josh.

Ele abriu para Natasha um sorriso que até mesmo Jordan, que não se interessava nem um pouco por homens, reconhecia que era de deixar as pernas bambas.

Natasha, por sua vez, estava olhando para a cozinha.

– Ficou sensacional. Dá até a impressão de que a gente pode topar com um fantasma aqui, mas não de um jeito assustador. É assim... intrigante. Essa é a palavra certa.

Jordan percebeu tarde demais que estava sorrindo como uma criança que acabara de ganhar um troféu. Natasha inclinou a cabeça, ainda mais intrigada, e Jordan logo desmanchou o sorriso. Ela deveria demonstrar neutralidade em relação ao design, se não hostilidade escancarada.

– Só sei que fazer esses armários foi um pé no saco – comentou, e Emery bufou de rir ao lado de uma câmera.

– Dá pra ver, mas compensou muito, hein? – respondeu Natasha.

O orgulho cresceu no peito de Jordan. Outra vez. Nunca esperara sentir isso... tanto carinho pelo próprio trabalho. Nunca tinha se envaidecido muito em relação às próprias criações, mas dessa vez era diferente. Era o projeto de uma casa inteira, a casa da família dela.

E essa era a única coisa que importava. Jordan não precisava de crédito nem de elogios – só precisava desempenhar aquele papel por mais um tempinho, ser a carpinteira que construía umas coisas, e pronto. Nenhuma expectativa a cumprir, ninguém a quem decepcionar.

Repetia tudo isso para si mesma sempre que o orgulho ameaçava transbordar. Astrid era a única designer. Esse acordo era melhor para todas as envolvidas. Se bem que, para Jordan, Natasha não parecia o tipo de mulher que aceitava lorota numa boa, qualquer que fosse, e mentir para ela naquelas últimas semanas sobre a origem do design que ela achava tão cheio de inspiração... Bom, era pura lorota.

Além do mais, Astrid estava trabalhando tanto quanto Jordan, principalmente em questões administrativas e logísticas, toda aquela chatice com que Jordan não se entendia. Ela era parte fundamental do projeto, não havia como negar. Vê-la em ação, suas decisões rápidas, a forma como resolvia um problema antes que virasse uma catástrofe, como quando o fornecedor havia mandado a banheira de pés de garra errada para o banheiro principal – com pés em tom de cobre em vez de ouro velho –, mostravam que ela era durona.

E isso era bem sexy, para dizer a verdade.

– E corta! – gritou Emery. – Tá bom, pessoal, por hoje encerramos.

Jordan sentiu os ombros caírem ao se livrar de toda a tensão de estar em frente às câmeras. Ela se despediu de Josh e da equipe dele à medida que saíam pela porta dos fundos, enquanto Emery, Natasha e Regina iam para um canto repassar os detalhes da segunda-feira.

– Ai, meu Deus.

Ao ouvir a voz familiar, o coração de Jordan deu uma pirueta quase embaraçosa, mas ela sorriu para Astrid, que estava parada à porta da cozinha.

– O que você achou? – indagou Jordan, abrindo os braços para indicar o espaço. – Nada mau, né?

Astrid balançou a cabeça, olhando ao redor.

– Ficou... Jordan, ficou maravilhoso.

Ela fixou o olhar em Jordan, boquiaberta. Algo triste transpareceu em seus olhos, algo que a outra não conseguiu identificar e, sinceramente, não sabia se queria. Estava bem ciente de que aquele acordo profissional, misturado com o que estava acontecendo entre elas pessoalmente, era uma situação precária.

– Você tá bem? – perguntou Jordan.

Astrid assentiu, mas sua garganta ondulou ao engolir em seco. Jordan a viu se recompor e se aproximar. Ela se inclinou para dar um beijo e, caramba, Jordan quase correspondeu, mas ficou paralisada ao lembrar que havia três pessoas da equipe do *Pousadas Adentro* num canto.

E todas estavam olhando para as duas.

Jordan pigarreou, e Astrid acompanhou o olhar dela, arfando de surpresa ao ver as outras pessoas na cozinha.

Natasha estava de braços cruzados com o que só poderia ser descrito como um sorriso irônico.

– É – disse Emery devagar. – Acho que está na hora da gente sair.

– Pois é – comentou Regina, que parecia tão sem graça quanto Emery.

– Também tenho que ir pra casa – comentou Jordan, guardando seus pertences na caixa de ferramentas.

Não precisava. O que precisava era sentir a boca de Astrid colada à dela, mas sair daquela cozinha parecia mais urgente.

– Eu também – respondeu Astrid, alisando as pernas do short preto. – Eu...

– Ah, não – retrucou Natasha, balançando a cabeça. – Vocês duas não vão a lugar nenhum.

Astrid e Jordan se entreolharam, mas não ousaram se mexer. Jordan tinha a nítida sensação de que acabara de ser chamada para a diretoria da escola.

Emery e Regina nem se preocuparam em recolher o equipamento, decidindo passar pela porta vaivém o mais rápido possível. Depois que se retiraram, Natasha não saiu do lugar. Ela olhou para Jordan e Astrid por um minuto inteiro, até que finalmente disse:

– Vocês têm alguma coisa pra me contar?

Jordan não se atreveu a olhar para Astrid, mas sentiu que ela irradiava nervosismo como uma fornalha.

– Tipo o quê? – perguntou Jordan.

Muita calma nessa hora. Jordan tinha certeza de que Natasha estava se referindo ao fato de que elas estavam obviamente prestes a se beijar, e não de que Astrid fingia ser a chefe de design num grande projeto televisionado, mas mesmo assim... De repente, qualquer uma das verdades pareceu desastrosa quando Natasha as olhou daquele jeito.

– Tá, vocês vão se fingir de desentendidas – afirmou ela. – Então vou fazer uma pergunta direta. Há quanto tempo estão transando?

Astrid gaguejou, depois tossiu, levando a mão ao peito como uma donzela recatada. Jordan teria rido se Natasha não estivesse presente.

– Não estamos transando – respondeu Jordan, o que era bem verdade.

– Tá bom, desculpa, talvez a pergunta tenha sido grosseira demais – disse Natasha, gesticulando. – Há quanto tempo vocês estão olhando sedentas nos olhos uma da outra e *sonhando* em transar?

Jordan olhou para Astrid, que ainda estava batendo no peito enquanto tossia e pigarreava umas dez vezes. Ela precisava que Astrid tomasse a iniciativa – aquele projeto era o queridinho dela; era o nome dela que cairia em desgraça ou ganharia notoriedade com Natasha Rojas, e Jordan não ia tomar nenhuma decisão por ela.

– Não estamos... fazendo nada disso – respondeu Astrid quando se recompôs.

Jordan prendeu o fôlego.

– Ah, sério? – perguntou Natasha.

E aí... Jordan viu a Astrid original, aquela que conhecera na frente da cafeteria no primeiro dia, tomar o controle, endireitar os ombros e levantar o queixo, com um músculo tenso na mandíbula.

– Sério – respondeu com frieza. – Mas agora somos amigas.

E, puta merda, Jordan tentou não sentir, tentou mesmo. Tentou ignorar a sensação de uma coisa afundando no estômago, aquela emoção vulnerável que se sente ao ser posta de lado, rejeitada. Mas a sensação a invadiu mesmo assim, cravando as garras no seu ventre exposto.

– Amigas – repetiu Natasha.

Seu olhar pousou em Jordan, que levou alguns segundos para perceber que a apresentadora esperava que ela confirmasse a declaração. Jordan pigarreou e controlou as próprias feições.

– Com certeza – respondeu. – Hum, sabe, acabei de me mudar de volta pra cá, então Astrid e as amigas dela ficaram com pena de mim e do Simon. Chamaram a gente pra sair e tal. Amigas.

Suave. Muito suave.

Saco, ela precisava de um momento de paz. Precisava que Natasha saísse da cozinha naquele instante.

– Tá bom – disse a apresentadora, mas não parecia convencida.

Sinceramente, Jordan não dava a mínima se ela acreditava ou não. Sentia que seu coração estava quatro vezes maior que o normal, palpitando e fazendo uma barulheira horrível nos ouvidos dela.

– Acho que me enganei, então – concluiu Natasha.

– Talvez todo mundo possa sair junto um dia desses – sugeriu Astrid em tom alegre.

Jordan teve vontade de rosnar.

– Talvez – respondeu Natasha, e olhou para o próprio celular. – Agora tenho uma reunião pelo Zoom com minha chefe em Portland, então a gente se vê na segunda.

Astrid assentiu.

– Ótimo fim de semana pra você.

Natasha se limitou a sorrir e a olhar para as duas mais uma vez, como se estivesse esperando que elas se agarrassem e provassem que estava certa, mas depois logo saiu pela porta dos fundos.

Houve um instante em que ninguém se mexeu, mas, após ouvirem Natasha ligar o carro, o comportamento gelado de Astrid derreteu, os ombros dela relaxaram e ela deixou o ar sair de sua boca por um bom tempo.

– Ai, meu Deus – gemeu ela, agarrando o peito e respirando fundo. – Foi por pouco.

Jordan trincou os dentes. Sabia que não tinha o direito de ficar chateada. Natasha descobrir o envolvimento romântico delas poderia ser um desastre por várias razões profissionais, arriscando tudo que haviam batalhado tanto para criar. Sabia disso. Sua *mente* sabia disso.

Mas...

O coração não dava a mínima.

– Pois é – respondeu numa voz tensa, dando as costas a Astrid e indo pegar a caixa de ferramentas na ilha.

Jogou a trena lá dentro, o martelo também. Pegou o estojo da furadeira, retirando a broca e guardando-a no lugar designado.

– Escuta – disse Astrid atrás dela.

Jordan não conseguiu responder. Ainda não.

– Escuta – repetiu Astrid.

Mais baixo. Mais perto. Pousou a mão no braço de Jordan e puxou de leve. Jordan se deixou virar, controlando a expressão.

– Você tá bem? – perguntou Astrid.

Jordan assentiu, gesticulou com a mão no ar e fez um som de *pff*, o que talvez tenha sido um exagero de garantia, já que Astrid franziu ainda mais a testa. Finalmente, desistiu de fingir e disse:

– É que... Eu não esperava isso.

– Nem eu – respondeu Astrid. – Eu nem sabia que a Natasha estava aqui na cozinha, e...

– Não foi ela. Foi você.

Astrid recuou um passo.

– Como ass... – Mas ela mesma se interrompeu, arregalando os olhos. – Ah. Meu Deus.

Jordan balançou a cabeça.

– Não tem problema. Eu entendo. É que... foi...

– Uma merda – resumiu Astrid. – Foi uma atitude de merda. Ai, Jordan, me desculpa. Eu nem pensei... Eu só... achei que a gente não queria que a Natasha soubesse. Não tenho ideia de como ela ia reagir, nem como isso influenciaria o programa, e...

– Você precisa do programa – concluiu Jordan por ela.

Era verdade, e Jordan também precisava, mas a amargura transpareceu em cada sílaba. Ela engoliu em seco com força e tentou ser lógica, razoável.

Mas desde quando o coração dela era razoável?

Ficaram lá, desajeitadas, e não sabia mais o que dizer. Astrid também não parecia saber. No bolso de trás, o celular de Jordan vibrou, salvando-as de ter que descobrir.

O nome de Meredith brilhou na tela.

– Saco – sussurrou Jordan, apertando o botão vermelho e praticamente atirando o celular na bancada novinha em folha.

– O que foi? Quem era?

– Ninguém.

Astrid não insistiu, mas ainda parecia preocupada.

– Jordan – disse ela, aproximando-se e enganchando o dedo num passante do macacão de Jordan. – Desculpa pelo que eu disse pra Natasha. Ou pelo que *não* disse. O problema não é você.

Jordan riu.

– Nossa, que frase clichê.

– Não – insistiu Astrid, puxando Jordan para junto de seu corpo. – Não é. Não é você de jeito nenhum. E não somos *nós*. É que... Eu não sei o que tô fazendo, tá? É muita coisa. Muita coisa *ótima*, não estou reclamando, mas eu sou... sou...

– Uma bissexual de primeira viagem? – sugeriu Jordan, deixando um sorriso entortar um lado da boca.

Caramba, como Astrid era fofa. Mesmo quando Jordan queria ficar meio irritada com ela, não conseguia resistir. E, na verdade, tudo era muito novo *mesmo* para Astrid. Jordan precisava se lembrar disso.

Astrid sorriu também.

– Bom, quer dizer, sim, talvez eu seja, mas nem estou falando sobre o aspecto *queer* da coisa. Estou falando de *você*. Pra mim, é novidade... Sentir tudo isso por você.

– Isso, sim, é uma frase decente – respondeu Jordan.

Mas seu coração não se importou nem um pouco. Ela levantou as mãos e emoldurou o rosto de Astrid entre elas, porém não a beijou. Ainda não, principalmente porque a outra continuava franzindo a testa para ela, com uma expressão que só poderia ser descrita como desesperada.

Astrid olhou para a porta da despensa, que estava meio entreaberta. Pegando a mão de Jordan, ela a puxou para dentro do espaço vazio e fechou a porta com as duas lá dentro.

CAPÍTULO VINTE E CINCO

ERA VERDADE: Astrid não tinha a menor ideia do que estava fazendo. Mas, naquele momento, empurrar a mulher de quem gostava para dentro da despensa depois de tê-la feito se sentir um lixo parecia uma decisão lógica. Se Jordan achava que as palavras dela eram frases feitas, tudo bem. Ia mostrar que falava sério. Ia fazer Jordan *sentir* tudo o que Astrid sentia por ela.

– Mas o que... – começou Jordan.

Não conseguiu dizer mais nada, porque Astrid a pressionou contra a porta e a beijou. Dessa vez, Jordan estava com gosto de primavera, de pinho e chuva. Astrid deslizou as mãos por dentro do macacão dela, os dedos dançando coluna acima até o top esportivo.

– Tá, peraí – disse Jordan, afastando-se e acendendo a luz para ter uma visão nítida de Astrid. – Não que eu não esteja adorando, mas você sabe que estamos sozinhas na casa, né?

Astrid riu, aliviada com o tom leve de Jordan que a deixava zonza, e traçou um caminho de beijos pelo pescoço dela.

– Sei, sim – respondeu Astrid, roçando os dentes na pele de Jordan.

A mulher arfou, e Astrid sorriu. Nunca deixaria de adorar o fato de causar esse tipo de reação nela. Era como o efeito de uma droga, viciante e eufórico.

– Trazer você pra despensa pareceu um gesto grandioso depois que eu estraguei tudo – continuou Astrid. – Não estou dizendo que faça sentido.

– Não faz sentido nenh...

Astrid usou a língua, mergulhando-a naquela cavidade adorável na base do pescoço de Jordan.

– Nossa – comentou Jordan, arqueando o pescoço para dar mais espaço para Astrid. – Não vou discutir com você. Nunca.

– Pra mim tá ótimo – respondeu Astrid enquanto seus dedos brincavam com a barra do top de Jordan.

Nunca tinha tocado nos seios nus de outra mulher, mas, caramba, queria muito, mesmo com aquele frio de ansiedade na barriga. Mas era uma ansiedade boa. Cheia de desejo.

– Jordan – disse, recuando para olhar para ela. – Eu...

– Shh. – Jordan passou o polegar pelo lábio inferior de Astrid. – Tá tudo bem.

– Não tá, não. Eu te quero, entendeu? Preciso que confie em mim.

Podia não saber nada sobre ser lgbtq+, se era bissexual, pansexual ou qualquer outra coisa, mas sabia, sem a menor dúvida, que queria Jordan Everwood.

– Eu confio – respondeu Jordan.

E beijou Astrid uma, duas vezes, virando o corpo das duas para deixá-la de costas para a porta. O gesto deixou Astrid sem fôlego, mas ela adorou. Talvez fosse disso que precisava, do que as duas precisavam: daquele lugar glorioso onde design, pousadas, Natasha Rojas e Isabel Parker-Green não tinham a menor importância. Ali, eram só Astrid e Jordan, duas mulheres que queriam arrancar as roupas uma da outra.

Jordan passou as mãos por baixo da camiseta branca de Astrid, os dedos calejados roçando a barriga e subindo até chegar cada vez mais perto...

– Posso? – perguntou Jordan, o polegar resvalando na bainha do sutiã.

Astrid assentiu com tanta força que bateu a cabeça na porta.

– Ai, merda – resmungou, segurando a cabeça entre as mãos.

– Opa, cuidado – disse Jordan, dando uma risadinha suave. – Eu gosto dessa cabeça aí.

– É, eu também – respondeu Astrid.

Ia abaixar os braços, pronta para continuar tocando Jordan, mas, antes que pudesse fazer isso, a outra entrelaçou os dedos de ambas acima de sua cabeça e deslizou o joelho por entre suas coxas, fazendo pressão exatamente onde ela precisava.

O calor se acumulou no centro do corpo de Astrid, e os beijos de Jordan ficaram mais intensos, puxando o lábio inferior da outra de um jeito que a fazia querer gritar de prazer. Os quadris de Jordan ondularam de encontro aos dela em movimentos circulares deliciosos e cheios de malícia.

– Meu Deus do céu, Parker – murmurou Jordan na boca dela. – Preciso te fazer gozar.

Jordan soltou os braços de Astrid e desceu as mãos pelas costas dela até a bunda, apertando-a com mais força contra a coxa.

Astrid percebeu quanto aquilo era maravilhoso, quanto precisava mesmo gozar, mas algo dentro dela ficou paralisado ao ouvir as palavras de Jordan, que notou, tirando a coxa do meio das pernas de Astrid e apoiando as mãos nos quadris dela.

– Você tá bem?

Astrid assentiu, dessa vez com mais cuidado.

– É que... Não sei...

– A gente pode parar – sugeriu Jordan com tanta doçura que Astrid teve vontade de chorar. – Não precisamos continuar.

– Não. – Astrid enfiou as mãos dentro do macacão de Jordan e a puxou para si. – Não, eu quero. Quero muito. Só não gostaria... que você ficasse chateada se eu não conseguir...

Jordan ergueu uma sobrancelha.

– Não conseguir o quê?

Astrid deu de ombros. Nossa. Era só o que faltava. Era bem a cara dela deixar sua bagagem emocional arruinar aquele momento maravilhoso quando sua única intenção era provar para Jordan quanto a desejava.

– O que foi, Parker? – perguntou Jordan, séria.

Astrid suspirou.

– Se eu não conseguir... sabe? Gozar.

Jordan arregalou os olhos.

– É essa a sua preocupação?

– É que nem sempre consegui com outras pessoas. Eu *consigo*, mas não é sempre.

Um sorriso sacana se instalou nos lábios de Jordan, e Astrid viu nos olhos dela aquele brilho que já conhecia muito bem, que significava "aceito o desafio".

– Ah, lá vem – disse Astrid.

– Pode apostar que vem mesmo. – Jordan puxou Astrid para si, roçando o lábio inferior no dela. – Aposto que te faço gozar sem nem encostar na sua pele, Parker.

Astrid recuou.

– Quê?

– Você entendeu.

– Tá falando de a gente se esfregar de roupa mesmo? Porque fiz muito isso na adolescência, e pra mim nunca deu em nada.

– Deve ser porque você estava se esfregando com algum babaca inexperiente que só estava a fim de gozar sozinho.

Astrid franziu a testa. Nunca tinha pensado por esse lado.

Jordan tirou as mãos da cintura de Astrid e deu um passo para trás.

– Já ficou com algum cara que tenha se dedicado de verdade a te dar prazer? Tipo, cem por centro concentrado em você e não no próprio pau?

Astrid abriu a boca. Depois, fechou.

– Puta merda, você ficou com uns caras bem babacas – comentou Jordan.

Astrid escondeu o rosto nas mãos e gemeu.

– Ai, meu Deus, fiquei.

– Você entende que o problema era com eles, né? Não com você.

Será que entendia? Astrid sabia que algumas pessoas simplesmente não se interessavam muito por sexo, e não havia o menor problema nisso. Mas não era o caso dela. Astrid gostava de sexo. Queria transar. Muito mais do que já tinha transado, para dizer a verdade. Sentia-se atraída por homens e ficava excitada quando estava com eles. Geralmente, precisava de muitas preliminares para gozar, e a maioria dos caras não se dedicava por muito tempo. Spencer com certeza era um deles, mas ficava frustrado quando Astrid *não* gozava, e ela nunca conseguiu fingir. Nos últimos meses do relacionamento, ela havia começado a ver pornografia no banheiro antes de transar, só para tentar esquentar um pouco o próprio motor. Às vezes, dava certo. Mais perto do fim, porém, nada funcionava.

Ela sempre tinha presumido que fosse assim mesmo. Não tinha problema – quase sempre ainda era gostoso, e tinha dedos bem habilidosos para terminar sozinha depois que o parceiro ia para o chuveiro ou pegava no sono.

– Talvez – disse ela a Jordan, baixando as mãos. – Não sei.

Jordan balançou a cabeça.

– Bom, a gente vai dar um jeito nisso, e é pra já.

Astrid não pôde deixar de sorrir diante da determinação daquela mulher.

– Vamos nos esfregar de roupa e tudo na despensa?

– Não exatamente.

Jordan sorriu com malícia e apertou Astrid contra a porta. Pressionou todo o corpo de encontro ao dela, beijando seu pescoço, abaixo da orelha e depois a boca. O pulso de Astrid acelerou e o calor se acumulou entre as pernas outra vez, bem depressa.

– Tudo bem? Posso tentar?

– Pode – respondeu Astrid num sussurro.

– Tá. A Operação Nada de Pele começa – anunciou Jordan, e beijou-a de novo – *já*.

Jordan se separou de Astrid e sorriu para ela.

Astrid franziu a testa.

– Não entendi.

– Tenta relaxar.

– Essa não é minha especialidade.

Jordan riu e apoiou as mãos na cintura de Astrid, com os polegares apertando o algodão da camisa.

– Já reparei. Confia em mim.

Astrid encostou a cabeça na porta e tentou seguir as instruções. As mãos de Jordan começaram uma viagem lenta para cima, parando na base das costelas dela, curvando os dedos, explorando e afagando. Era gostoso, mas não chegava a render um orgasmo. Mesmo assim, Astrid fechou os olhos e se concentrou no toque de Jordan.

Logo as mãos da mulher começaram a subir outra vez. Ela fechou uma das mãos, depois a outra, em volta dos seios de Astrid, apertando e massageando delicadamente antes de roçar os mamilos com os polegares.

Astrid arfou de surpresa, sentindo o bico dos mamilos endurecer num instante, embora sentisse o toque através de duas camadas de algodão. Ela arqueou as costas, querendo mais, e Jordan com certeza ofereceu. Abaixando a cabeça, ela fechou a boca ao redor do seio esquerdo de Astrid, ainda acariciando o outro com a mão. Mesmo com tanto tecido, Astrid sentiu o calor da língua de Jordan.

– Ah – disse Astrid, ofegando, e logo cobriu a mão com a boca.

Jordan olhou para ela.

– Você tá bem?

– Tô. Muito, muito bem.

Na verdade, nunca tinha se expressado muito com a voz na cama, mas também nunca tinha parado para pensar no porquê até aquele momento, com a boca quente de Jordan varando sua camiseta. "Ah" era um bom começo. Assim como "isso", "assim, assim", "que gostoso" e quaisquer outras palavras que as pessoas pudessem dizer durante o sexo. Eram manifestações. Revelavam uma parte da pessoa, algo tenro, vulnerável e completamente à mercê de outrem.

Astrid nunca deixara ninguém se aprofundar tanto. Mesmo quando conseguiam fazê-la gozar, ela mordia o lábio e soltava, no máximo, um gemidinho de satisfação, e depois se levantava para ir ao banheiro. Mas, com Jordan, ela queria ir fundo. Queria ficar vulnerável. Além do mais, não conseguia *não* ficar, e se viu afundando as mãos no cabelo de Jordan, pressionando delicadamente a boca da carpinteira de volta aos seios.

A outra riu.

– Você é um achado, Astrid Parker.

Astrid sorriu, esperando que fosse no bom sentido. Arfou enquanto Jordan continuava a explorar seu corpo. Mas, quando ela chupou seu mamilo outra vez, com algodão e tudo, Astrid não conseguiria ficar calada nem se alguém lhe pagasse.

– Ai, meu Deus.

Ela só se sentiu boba por um instante, porque Jordan gemeu de encontro ao corpo dela, mandando vibrações direto para o clitóris. Seu corpo se contorceu, arqueando-se junto da boca de Jordan enquanto ela passava a língua por cima do tecido de maneiras que Astrid nem sabia serem possíveis. Abriu os olhos para ver Jordan, e a visão de si mesma entre os dentes dela foi insuportavelmente provocante. Começou a levantar a camiseta, querendo sentir pele com pele como quem precisa de ar, mas Jordan recuou.

– Não. Nada de pele, lembra?

Astrid soltou um gemido frustrado.

– Sério? Ainda não pode?

Jordan se aproximou, mas parou antes que sua boca tocasse a de Astrid. As mãos foram até o botão no short de Astrid. Ela o abriu.

– Sério – sussurrou.

Os joelhos de Astrid começaram a bambear quando Jordan abriu o zíper.

– Posso? – perguntou Jordan, traçando com o dedo a bainha superior da calcinha dela.

Astrid assentiu. Não conseguia respirar. Não conseguia falar.

– Preciso de uma resposta verbal, Parker.

– Pode – ela conseguiu dizer com um suspiro. – Pode, sim, sim!

– Graças a Deus.

E Jordan mergulhou a mão dentro do short de Astrid.

Estava falando sério a respeito de não tocar a pele, ficando por cima da calcinha de Astrid, os dedos explorando com delicadeza, fazendo círculos para lá, depois para cá. Astrid abriu um pouco as pernas para dar mais espaço, que Jordan ocupou com entusiasmo. Ela aumentou a pressão, deslizando dois dedos na entrada, logo abaixo do clitóris. Astrid sentiu-se abrir mais, sentindo o cheiro da própria excitação. No fundo da mente, o constrangimento espreitava, mas ela o enxotou e se concentrou na sensação dos dedos de Jordan deslizando cada vez mais perto de seu clitóris.

– Você tá supermolhada – disse ela.

Então apoiou o corpo ao lado de Astrid, mas não a beijou, nem tocou em nenhuma parte de sua pele. Simplesmente se apertou junto dela e passou os dedos sobre o centro do prazer de Astrid, traçando círculos estreitos que arrancavam gemidinhos agudos dela. O atrito duplo dos dedos de Jordan e do algodão da calcinha eram intensos, mais do que Astrid imaginara possível.

A sensação cresceu espantosamente depressa. Jordan aumentou a pressão, circulando, depois deslizando e por fim esfregando. Astrid percebeu que Jordan estava ouvindo os sons que ela fazia, ajustando o toque de acordo com eles, e, caramba, estava funcionando. As coxas dela começaram a tremer, a tensão no baixo ventre estremecendo como um vulcão pronto para explodir.

E a sensação era esta mesma – de que ela ia literalmente explodir. Nunca se sentira tão descontrolada com outra pessoa, tão desesperada por alívio. Começou a se esfregar na mão de Jordan, agarrando os ombros da mulher para se apoiar. Jordan passou o braço livre em volta da cintura de Astrid, abraçando-a enquanto seus dedos faziam coisas absolutamente sacanas no clitóris dela.

– Por favor – Astrid se pegou dizendo. Sem vergonha. Sem preocupação.

Sentia, mais do que nunca, que era ela mesma. – Meu Deus, Jordan, por favor, me faz gozar.

Jordan abaixou a cabeça e mordeu a clavícula de Astrid por cima da camiseta, trabalhando suavemente com os dentes enquanto girava os dedos com mais força... e mais força...

Uma onda – não, um oceano – de prazer jorrou em Astrid, quase derrubando-a no chão. Ela fez um barulho absurdo enquanto gozava, um som puro e primal, e não mordeu o lábio nem uma vez para impedi-lo. Jordan apertou o abraço na cintura de Astrid, ainda mexendo aquela mão mágica até ela parar de estremecer.

– Ai, meu Deus! – exclamou Astrid depois que voltou ao planeta Terra, limpando a testa suada. – Caramba, isso foi...

Antes que pudesse dizer mais uma palavra, Jordan puxou os shorts dela para baixo, largando-os em volta dos tornozelos.

– Ah... – disse Astrid.

Mas Jordan colou a boca na dela, enfiando as mãos por baixo da camiseta. As duas gemeram no contato de pele com pele. Astrid sentiu um desejo esmagador de arrancar a roupa de Jordan. Estava desesperada para sentir toda a pele da mulher contra a dela, para lambê-la entre os seios. Soltou as duas alças do macacão, e as mãos apalparam imediatamente o top esportivo.

– Não foi bem assim que imaginei nossa primeira vez – comentou Jordan, tirando a camiseta de Astrid por cima da cabeça e jogando-a para trás. – Não prefere uma cama?

– Não ligo pra cama.

– Então bora. – Jordan abriu o sutiã de Astrid. – Porque, se eu não sentir seu gosto agora mesmo, vou perder o juízo.

Astrid recuou por um segundo, o sutiã pendurado nos cotovelos.

– Você... quer dizer...

Jordan deu um sorrisinho torto.

– Aham. – Ela passou os dedos na lateral da calcinha de Astrid. – Posso?

Astrid engoliu em seco. Nunca fora muito boa em receber sexo oral. Spencer detestava fazer e, com outros caras, ela sempre se sentia muito cobrada, como se eles estivessem realizando o ato apenas para que ela retribuísse. Mas Jordan era Jordan. Com ela, tudo era diferente.

– Pode – disse ela, deixando o sutiã cair no chão. – Por favor.

Jordan recuou, vendo-a por inteiro. Os seios não eram exatamente grandes, mas eram empinados e Astrid sempre tinha gostado deles. Pelo jeito como as pupilas de Jordan se dilataram, ela pareceu gostar também.

– Caramba, Parker! – exclamou Jordan.

Tocou os seios de Astrid, rolando os mamilos entre os polegares e os indicadores. Astrid quase ofegou. Quando Jordan baixou a cabeça, passando a língua por um dos bicos endurecidos, não havia mais tecido entre elas. Astrid gritou algo ininteligível, agarrando o cabelo de Jordan enquanto a outra descia pela barriga, explorando com a boca o umbigo e a pele macia logo abaixo.

Jordan enganchou os polegares na calcinha de Astrid e puxou. A descida lenta do tecido pelas pernas era uma tortura, e ela não tinha paciência para aquilo, então chutou longe a calcinha de renda amarela estilo shortinho – só Deus sabia onde tinha ido parar – e procurou algo em que se segurar, preparando-se para sentir a boca de Jordan.

– Tenho uma ideia melhor – sugeriu Jordan quando Astrid agarrou as prateleiras vazias de cada lado dela.

Ela passou os dedos pelos braços de Astrid até entrelaçar as mãos com as dela, e guiou as duas até o chão. Tinham repintado as prateleiras recentemente, então havia uma lona cobrindo o piso de madeira. Astrid começou a se deitar ao lado de Jordan, mas ela balançou a cabeça.

– Não, aqui em cima. – E indicou o próprio peito com um tapinha.

Astrid franziu a testa.

– Onde?

Jordan sorriu, depois se sentou e fez Astrid montar na barriga dela.

– Vem pra cima.

Ela se abaixou até o chão, puxando Astrid para junto de seu rosto.

– Tem certeza? – perguntou Astrid.

De repente, entendeu *onde* Jordan queria dizer e notou que estava completamente nua. Além de muito molhada.

Ela apertou Jordan com as coxas, sentindo uma estranha mistura de desejo e constrangimento.

– Você é linda – disse Jordan.

Então estendeu a mão, deslizou um polegar pelo clitóris molhado de Astrid e depois chupou aquele dedo.

– E eu tenho certeza, sim.

Astrid ficou de queixo caído. Jordan riu, envolvendo a bunda dela com a mão e puxando-a até a boca. Logo, Astrid estava montada nos ombros de Jordan, com os joelhos apoiados na lona de algodão. Jordan abraçou as coxas dela, puxando-a para ainda mais perto.

Astrid se encurvou um pouco para trás, desesperada para ver o rosto e a língua de Jordan enquanto...

– Ai, meu Deus! – exclamou Astrid quando Jordan fechou a boca no sexo dela.

Jordan gemeu com ela, e as vibrações do som quase fizeram Astrid levitar. Jordan a beijou com delicadeza, com cuidado, passando um tempo entre as dobras onde as pernas encontravam os quadris antes de voltar ao centro. Quando mergulhou a língua no calor úmido, Astrid ofegou, apoiando os braços nos quadris de Jordan, atrás dela. Girou a pélvis sobre a boca de Jordan num movimento incontrolável. Os ruídos que fazia eram animalescos, selvagens e ela mal reconhecia a própria voz. Nunca sentira nada assim.

– Tá gostando – disse Jordan de encontro à pele molhada.

Não era uma pergunta, e Astrid não respondeu. Em vez disso, arqueou-se para a frente, debruçando-se sobre Jordan e passando as mãos no cabelo dela. Os dedos de Jordan tocaram a dobrinha na bunda de Astrid enquanto ela a lambia na frente, a língua mergulhando na entrada antes que os lábios se fechassem em volta do clitóris, chupando.

– Ai, nossa, *assim* – falou Astrid, nem um pouco envergonhada do modo como estava se esfregando no rosto de Jordan.

Jordan continuou beijando, sugando, gemendo, e Astrid ficou zonza enquanto o baixo ventre se retesava, o orgasmo surgindo no clitóris e irradiando-se pelas pernas.

– Ah! – exclamou.

E de novo e de novo enquanto a boca de Jordan não parava de trabalhar, deslizando, chupando. Quando Astrid finalmente atingiu o clímax, ela se apertou ainda mais de encontro àquela boca, um grunhido vibrando no peito enquanto estremecia, agarrando o cabelo de Jordan com tanta força que teve receio de machucá-la.

Pareceu demorar uma eternidade para a sala parar de girar e ela sentir os braços e as pernas outra vez.

– Tá bom – murmurou assim que voltou a enxergar, e recuou por cima de Jordan, montando os quadris dela. – Tá bom. Nossa.

Jordan deu um sorrisinho malicioso e se apoiou nos cotovelos.

– Para com essa cara de convencida – falou Astrid, mas estava sorrindo.

– Ah, eu vou ficar convencida, sim. Vou ficar com essa cara um mês inteiro. Ou melhor, um ano. Talvez mais.

Astrid riu e se debruçou para beijá-la. Sentiu o próprio gosto na boca de Jordan e nem ficou chocada. Na verdade, mal pôde acreditar que aquilo a deixou excitada outra vez.

– Quero fazer isso com você – disse ela de encontro aos lábios de Jordan, roçando o pescoço dela suavemente com as unhas.

Meu Deus, seria capaz de *devorá-la*.

– Quer? – perguntou Jordan, e o tom de desafio sumira de sua voz.

– Quero.

Astrid não hesitou. O cuidado, a *dedicação* que Jordan acabara de empenhar apenas para dar prazer para ela – *duas vezes* – era novidade. Sabia que um amante digno dela deveria fazer o mesmo, mas a questão é que, antes, nunca percebera isso. Nunca tinha notado várias coisas, e achava que não era apenas por Jordan ser a primeira mulher com quem se envolvia. Enquanto encarava os olhos dela, com todo aquele verde e dourado, suas emoções pareciam à flor da pele, em carne viva, e entendeu que estava completamente apaixonada.

– E já – continuou Astrid. – Quer ir pra minha casa?

Jordan sorriu, com os lindos cílios tocando as maçãs do rosto.

– É, acho que seria...

– Jordie?

As duas ficaram paralisadas ao som da voz de Simon ecoando alta pela casa.

– Jordie, cadê você?

– Merda – resmungou Jordan.

Astrid saiu de cima dela, e passaram vinte segundos em pânico localizando todas as roupas. Jordan puxou as alças do macacão de volta ao lugar – Astrid teve o pensamento breve e inadequado de que nem tinha conseguido ver os seios dela, fato que precisaria corrigir muito em breve – e as duas mal tinham se ajeitado quando a porta da despensa se abriu de uma vez.

– Mas que porra é essa? – disparou Jordan quando Simon apareceu na porta.

Ele olhou de Astrid para a irmã.

– Eu é que pergunto, mana.

Astrid sentiu as bochechas arderem. Não era a situação mais profissional em que Simon poderia tê-la encontrado – tinha quase certeza de que devia estar com o cabelo bagunçado típico de quem havia acabado de transar, e a despensa... bom, cheirava a sexo. Simon devia sentir o cheiro. Ainda assim, no fundo, sabia que não estava fazendo nada de errado e tinha certeza de que todas as pessoas na festa de Claire na semana anterior sabiam exatamente o que havia acontecido no quarto dela.

– Não é da sua conta, mano – respondeu Jordan.

Ele coçou a nuca.

– Eu te procurei por todo lado. Por que não atendeu o telefone?

– Deixei na bancada. – Jordan indicou com a cabeça a impecável ilha da cozinha. – Agora, com licença. O que quer que seja, tenho certeza de que pode esperar.

Ela ia fechar a porta, mas Simon voltou a abri-la num único movimento suave.

– Não dá – insistiu ele, e suspirou.

Era um suspiro cansado e resignado de alguém que não queria lidar com o que estava prestes a dizer, e Simon olhou para a direita.

Ali, dando um passo à frente, estava alguém que só podia ser uma das mulheres mais lindas que Astrid já tinha visto. Era branca e tinha cabelo preto lustroso, cortado logo abaixo das orelhas, pele muito clara e olhos que só poderiam ser descritos como cor de âmbar, como se fosse uma vampira que se alimentava de sangue animal. Era alta, esbelta e também curvilínea, tudo ao mesmo tempo.

Ela sentiu Jordan ficar frouxa a seu lado antes de proferir uma única e horrível palavra:

– Meredith.

CAPÍTULO VINTE E SEIS

— OI, JO.

Jordan piscou, aturdida.

Meredith sorriu, e aquela covinha que Jordan costumava beijar à noite antes de irem dormir apareceu na bochecha esquerda dela.

— O que... — Jordan começou a dizer, mas foi só.

— Se você atendesse o telefone, isso não seria uma surpresa — afirmou Meredith.

Jordan olhou para Simon, que parecia ao mesmo tempo querer arrancar a cabeça de Meredith e puxar a irmã para um abraço. Ele suspirou e passou a mão no cabelo, mas encarou os olhos de Jordan, e um milhão de perguntas silenciosas se passaram entre eles.

Você tá bem?

Quer que eu fique aqui?

Eu expulso essa mulher da nossa propriedade agora mesmo, é só pedir.

Sinceramente, Jordan não sabia ao certo a resposta para nenhuma daquelas perguntas.

Então Astrid pigarreou, e tudo ficou nítido e muito, muito real.

— Aff — resmungou Jordan. — Oi, desculpa. Hã, Meredith, esta é a Astrid.

— Olá — disse Astrid com frieza.

A mesma mulher que tinha gritado com uma estranha na frente da cafeteria voltou com força total, mas, no momento, Jordan meio que gostava daquela versão dela.

— Prazer — respondeu Meredith, com os olhos de âmbar espiando de relance a despensa onde elas ainda estavam. — Desculpa interromper.

– Tudo bem – disse Jordan, as palavras saindo de sua boca antes que pudesse impedi-las.

Não estava nada bem. A cabeça de Jordan girava. Meredith estava *ali*, linda e saudável, e um ponto no meio do peito de Jordan não parava de doer.

– Vou indo – anunciou Astrid. – Assim vocês podem conversar.

Não. Não vá. Por favor, não vá embora.

Os protestos quicavam pela mente de Jordan, mas ela não conseguia pronunciá-los. Só conseguiu olhar para Astrid e assentir.

Por que estava concordando com aquilo?

Mas Astrid também assentiu. Seus olhos estavam anuviados, e ela trincava os dentes. Jordan percebeu aquele músculo na mandíbula dela ficar extremamente tenso. Mas, quando Astrid saiu da despensa, Jordan viu seu lábio inferior tremer um pouco antes de ela contrair a boca, tensionando ainda mais a mandíbula.

E Jordan viu quando ela se retirou.

– Eu te acompanho – disse Simon quando Astrid estava a meio caminho da porta dos fundos. – Tá bom? – acrescentou, de olho em Jordan.

Ela assentiu. Outra vez. Meu Deus do céu, alguém precisava fazê-la parar com isso.

Seguiu Astrid com o olhar, esperando que ela olhasse para trás ao sair pela porta, mesmo sabendo, de alguma forma, que ela não faria isso.

A porta se fechou e, no íntimo, Jordan teve aquela sensação horrível e repleta de pavor de que tinha arruinado tudo.

Ia dar um jeito.

Ia conseguir.

Mas, primeiro, tinha que descobrir por que raios Meredith estava ali, na cozinha de Everwood. Precisava saber por que tinha acabado de priorizar a mulher que a havia abandonado e feito se sentir um lixo em vez da mulher por quem estava se apaixonando.

– E aí? – falou com falsa alegria.

Meredith se limitou a sorrir para ela com aquela calma de sempre, puta merda. Estava usando um macaquinho azul-royal e segurava um chapéu de palha nas mãos. Jordan sabia que ela ficara sensível ao sol desde a quimioterapia, precisando renovar a camada de protetor solar de hora em hora quando saía. Mas estava com boa aparência. Muito boa mesmo. Tinha ganhado peso, e a pele irradiava saúde e vitamina D. O cabelo estava mais comprido, mas ainda mal chegava aos lóbulos das orelhas, e as mechas antes lisas exibiam uma leve ondulação.

– O que você tá fazendo aqui, Meredith? – Jordan finalmente conseguiu perguntar. – Como sabia que eu estava em Bright Falls?

– Bom – respondeu Meredith, apoiando-se na ilha da cozinha –, primeiro fui pra Savannah. Cheguei lá ontem de manhã. Mas aí alguém que não era você abriu a porta da nossa casa...

– Minha casa.

Meredith estreitou ligeiramente os olhos.

– Sua casa. Essa foi minha primeira pista.

– E a segunda?

– Tirando o fato de que fui sua mulher e sabia que este lugar é a sua Disneylândia particular? Você deixou um endereço pra encaminhar a correspondência com a pessoa que está morando lá.

Porra, Simon. Jordan não tinha deixado endereço nenhum.

– Você vendeu a casa? – perguntou Meredith.

Jordan balançou a cabeça.

– Não, deixei alugada. Mas vou vender.

Meredith assentiu.

– Acho que é uma boa decisão.

– Não pedi sua aprovação.

– Jo, não faz assim.

– Assim como?

Meredith fez um gesto de desdém para ela.

– Assim. Eu queria te ver. Achei que você ia querer me ver. Ainda somos nós.

Jordan riu.

– O problema, Meredith, é que não somos. Não existe "nós". Nem um pouco. Você me abandonou por causa de... O que foi mesmo?

– Jo.

– Ah, é, agora lembrei. Por causa de um *destino*. Já encontrou? Tinha algum destino dando sopa lá nas Montanhas Rochosas, no alto da Torre Eiffel ou sei lá onde mais você se enfiou nos últimos tempos?

Meredith esfregou a testa e desviou o olhar. O arrependimento aflorou como um nó na garganta de Jordan. Meu Deus, não queria entrar naquele assunto. Era passado, e reprisar os acontecimentos, ainda mais com a própria Meredith, só servia para fazê-la se sentir um lixo.

E estava muito cansada de se sentir assim.

– Sinto muito – disse Meredith. – Sinto muito se a minha decisão te magoou.

Jordan deu uma risada amarga.

– Isso não é desculpa.

– Então talvez eu não esteja pedindo desculpas – retrucou Meredith em voz mais alta. – *Sinto muito* por ter te magoado, mas não me arrependo de ter ido embora. Tive que ir. Por nós duas.

– Nós duas, é? Ai, meu Deus, como é isso? Você é a magnânima tomadora de decisões no nosso relacionamento que durou quinze anos porque a coitada da Jordan não sabe o que é melhor pra ela?

Meredith suspirou, mas não disse nada.

– É exatamente assim que você pensa, né? – indagou Jordan.

A percepção se acendeu na mente dela como uma alvorada vermelho-sangue.

– Puta merda...

– Jordan – disse Meredith com a voz suave. – Eu te amo. Sempre vou te amar, mas você sabe que tenho razão.

Jordan balançou a cabeça. Ela colocou as mãos nos quadris e olhou para o chão coberto de lona, tentando se recompor sem encarar a mulher com quem já havia pensado que passaria o resto da vida.

Não havia nenhuma pontada em seu peito, nenhum anseio. Já sabia que não a amava mais. Até pouco tempo antes, achava que a raiva houvesse incinerado todos os sentimentos românticos que já tivera por Meredith, mas, ultimamente, andava pensando no assunto. As duas tinham se conhecido no ensino médio. Tinham sido melhores amigas que se tornaram namoradas na faculdade e, chegando a hora de entrar no mundo adulto, parecera natural fazer isso com sua amiga mais antiga, que a conhecia como ninguém. A pessoa com quem se sentia mais à vontade. A vida sexual das duas era boa. Tinham amizades em comum. Construíram uma vida juntas.

Mas, às vezes, Jordan se perguntava como tinham chegado àquele ponto. Quem havia tomado a decisão. Não conseguia nem lembrar qual delas tinha pedido a outra em casamento. Achava que, na verdade, nenhuma das duas o fizera. Depois que a Suprema Corte legalizara o casamento entre pessoas do mesmo gênero, casar fora simplesmente o próximo passo óbvio, algo que *deviam* fazer, o sonho americano. Nem sequer fizeram uma cerimônia de casamento. Não para valer. Casaram-se no cartório numa tarde de quarta-feira e, uma semana depois, fizeram uma festinha com a família e os amigos no quintal.

Tais pensamentos eram bem amargos, difíceis de engolir, mas, por baixo deles, havia um sabor residual de alívio. Jordan não entendia por completo. Obviamente tinha muito o que processar, muita raiva que ainda turvava seus sentimentos por Meredith e pela vida que tiveram juntas. Talvez devesse ligar para sua psicóloga.

Por enquanto, porém, não estava pronta para falar sobre nada disso com a própria Meredith. Não importavam as razões dela, não importava o quanto achasse que estava certa, Jordan não sabia se um dia conseguiria perdoá-la.

– Tá bom, beleza – concluiu Jordan, cansada do que quer que fosse aquela conversa e pronta para se retirar dela. – Tenho que...

– Me conta sobre esse seu projeto – pediu Meredith, abrindo os braços para indicar a cozinha.

Jordan ficou paralisada.

– Quê?

– O projeto – repetiu Meredith, e caminhou pela cozinha, escorregando a mão pelas bancadas novas, passando a ponta dos dedos pela borda dos painéis de vidro dos armários.

– É... parte da reforma – respondeu Jordan.

Meredith contornou o outro lado da ilha e apoiou a palma das mãos no tampo.

– E é seu.

Jordan piscou, perplexa.

– É... aham, eu fiz os armários.

Meredith suspirou e balançou a cabeça.

– Olha, quando cheguei à casa da sua avó, ninguém conseguia te encontrar. Você não atendia o telefone, e não tinha ninguém na pousada. – Olhou para a porta entreaberta da despensa, abrindo um sorrisinho amarelo. – Quer dizer, a gente achou que não tinha ninguém. Sei que a sua família não é exatamente a minha maior fã, então, enquanto a gente esperava você ligar de volta pro Simon, ficou o maior climão. Dava pra ver que a pousada estava em reforma, então perguntei sobre isso, e o Simon contou. Também me mostrou o projeto de design no laptop dele.

Jordan cruzou os braços.

— Diz logo o que você quer dizer.

Mas sabia exatamente o que ela queria dizer. Ou melhor: tinha a impressão de que sabia. A apreensão se infiltrou no seu íntimo como óleo se espalhando pela água.

— A questão, Jo, é que esse projeto todo é *seu*, mas, quando o Simon falou dele, ficou repetindo o nome de uma tal de Astrid Parker. Só pode ser a mesma Astrid que você me apresentou agora há pouco.

As narinas de Jordan se dilataram com o esforço de manter a respiração uniforme.

— Não é isso… O projeto não é…

— Eu te conheço. Conheço o seu estilo e o seu trabalho, e é assim. — Meredith abriu os braços outra vez, deixando-os cair devagar ao lado do corpo. — Minha pergunta é: por que você tá deixando uma loirinha qualquer ficar com o crédito?

— Aí — disse Jordan bruscamente. — Não vem falar dela assim, não.

Meredith fechou os olhos com força.

— Tá, tem razão. Desculpa. Mas o Simon parece achar que ela é a designer. A chefe de design.

— E ela é mesmo.

— Jo.

— Meu nome é Jordan.

Meredith passou um instante olhando para a ex, e a tristeza tomou conta de sua expressão. Ela a chamava de Jo desde os tempos da escola.

— Tá. Jordan. Sei que talvez você não queira ouvir isso, ou talvez não dê a mínima, mas *ainda* me preocupo com você. Só estou tentando entender porque…

— Minha vida não é mais da sua conta.

— … o projeto é deslumbrante.

Isso pegou Jordan de surpresa.

— Deslumbrante.

Meredith assentiu. Seus olhos brilhavam com o que Jordan só pôde identificar como orgulho.

– Deslumbrante. Sério, Jordan. É sensacional. É a *sua* cara. Pode me xingar por querer saber por que você está deixando todo o crédito pra outra pessoa. E num programa transmitido em rede nacional, ainda por cima.

– Porque ela *é* designer de interiores. Eu não quero crédito. Ela quer. Precisa. E está se dedicando tanto quanto eu a fazer esse projeto virar realidade. Ela não está sentada num cantinho bebendo mojitos enquanto eu trabalho.

Meredith ficou de boca aberta.

– Então você tá dizendo que a mulher com quem está indo pra cama...

– Não estou indo pra cama com ela.

Meredith franziu a testa.

– Sério? Porque tenho certeza de que você acabou de fazer ela gozar aí na despensa.

Jordan sentiu o rosto arder.

– Isso... não é... tá, mas foi a primeira vez que aconteceu, e... – Ela passou a mão no cabelo. – Que se foda, não é da sua conta.

– Tá, vou reformular a frase. – Meredith obviamente ignorou a parte sobre o que era e não era da conta dela. – Está me dizendo que a mulher que você acabou de fazer gozar na despensa deu um jeito de te convencer a ceder seu projeto maravilhoso pra pousada da sua família, carimbar o nome dela e ficar com o crédito como chefe de design num episódio de um programa de TV superimportante. É isso mesmo?

O estômago de Jordan se apertou como uma mola encolhida.

– Você está distorcendo tudo. Falando assim, parece uma coisa horrível.

– E é horrível mesmo, Jordan. Como é que você não percebe?

Jordan balançou a cabeça. Não era horrível, era... uma parceria. Um acordo que beneficiava ambas as partes. Era...

Saco, o olhar de Meredith – *sua* Meredith, a garota que estava sempre à frente dos professores de matemática na escola, encontrando todos os furos na lógica das coisas, a mulher que alçara voo com a maior tranquilidade no curso de arquitetura e que sempre sabia o que Jordan estava sentindo uma fração de segundo antes de a própria Jordan se entender. Ela conhecia aquele olhar.

Mas Astrid... era *Astrid*. Aquela bi de primeira viagem, fofíssima e com dentes de vampira, que havia levado Jordan para um quarto e dito que queria *beijá-la*, que passara todas as noites daquela semana com ela. Não precisava fazer nada daquilo. Era impossível que tivesse manipulado Jordan a participar de uma grande tramoia, que a tivesse usado só para conseguir o que queria.

Não era?

Jordan sabia que Astrid estava desesperada para ver aquele projeto dar certo, que a mãe dela exercia algum tipo de controle emocional e profissional sobre ela e que a opinião de Natasha Rojas sobre Astrid poderia fazer sua carreira decolar ou não.

Sem inspiração.

Era o que Natasha dissera sobre o projeto original de Astrid... pouco antes de ela sugerir uma parceria com Jordan, e antes de ela negar qualquer envolvimento romântico quando Natasha perguntou...

Não. Não, não, muitas outras coisas aconteceram antes disso, e depois também. Não era possível que tudo fosse parte de um plano.

Jordan sentiu um nó na garganta. Ar. Não conseguia inspirar. Era impossível respirar.

– Tá bom, tá bom, tá tudo bem – ouviu Meredith dizer. – Senta. Põe a cabeça entre as pernas.

De repente, Jordan estava sentada no chão, apertando a testa contra os joelhos, com a mão de Meredith massageando suas costas em movimentos circulares tranquilizadores.

– Tá tudo bem – repetiu Meredith. – Não é tarde demais. Você ainda pode resolver a situação.

Jordan levantou a cabeça.

– Eu não... não é isso que eu quero.

– Não é o quê?

Ela gesticulou, indicando a cozinha.

– Eu só quero que Everwood seja Everwood. Quero uma coisa que seja fiel à história da casa.

– Eu sei. – Meredith se sentou em frente a ela e dobrou as pernas. – E o seu projeto é fiel à casa, mas você precisa saber que não pode deixar Astrid tirar isso de você.

– Ela não tá tirando. Eu não quero...

– Jordan, só estou vendo uma mulher que se dedica de corpo e alma a uma coisa e se contenta em ceder tudo pra outra pessoa. Talvez seja bom perguntar pra si mesma *por quê*.

Jordan abriu a boca. Depois fechou. Não estava cedendo nada para outra pessoa. Tinha conseguido o que queria. A Pousada Everwood estava tomando forma do jeito que devia ser, e era uma chance de salvar o ganha-pão da família. Ela estragaria tudo se ficasse no centro das atenções. Trabalhava melhor nos bastidores. Astrid era a garota-propaganda. Não havia milhares de parcerias em todas as áreas de criação que eram exatamente assim? Ela e Astrid *eram* parceiras no projeto.

Mas, naquele momento... ela queria muito mais do que o projeto certo para Everwood.

Também queria Astrid.

– Preciso ir embora – declarou, levantando-se.

Por um instante, a cozinha girou, mas logo voltou ao lugar. Meredith também se levantou, com a mão no braço dela para firmá-la. Jordan se afastou.

– Espera – pediu Meredith. – Pelo menos me deixa te levar pra jantar.

Jordan balançou a cabeça. Precisava falar com Astrid, o quanto antes.

– Não dá.

Pegou o celular em cima do balcão e foi para a porta dos fundos. Bolsa. Precisava da bolsa. Da carteira de motorista. Da chave de Adora. Tudo isso estava na oficina.

– Pelo menos diz que recuperou o juízo – pediu Meredith.

Jordan parou à porta.

– Jo... Jordan. Eu me preocupo com você. Você merece...

– Você não tem direito de falar sobre o que eu mereço – retrucou Jordan.

Não se virou para olhar para a ex-esposa e não esperou pela resposta. O que fez foi abrir a porta de tela e mandar uma mensagem para Simon pedindo para ele mandar Meredith embora, enquanto corria pelo quintal e entrava na oficina. Depois saiu da garagem na maior velocidade que Adora conseguia fazer.

CAPÍTULO VINTE E SETE

ALÍVIO.

Essa era a única palavra com que Jordan poderia descrever a expressão de Astrid quando abriu a porta, trinta minutos depois, para encontrá-la na varanda da casa dela.

Além disso, Jordan meio que... se derreteu ao vê-la. Seus ombros, que ficaram tensos durante todo o trajeto até lá, relaxaram, e um suspiro sonoro saiu de seus pulmões.

– Oi – disse Astrid, e falou numa voz tão suave, tão doce, sem nenhum vestígio da frieza empertigada de antes, que Jordan sentiu o queixo começar a tremer.

Astrid percebeu. Era óbvio que sim. Ela estendeu a mão e puxou Jordan para dentro da casa e de seu abraço, passando as mãos em volta do pescoço e no cabelo. Jordan desmoronou ao encontro dela. Achava que estava cansada antes, mas, naquele momento, liberando toda a tensão do encontro com Meredith, sentia-se como um balão recém-esvaziado.

Deixou os braços envolverem a cintura de Astrid, que era um pouco mais alta, de maneira que pôde apoiar o queixo bem no ombro dela. Fechou os olhos e relaxou, tentando descobrir o que dizer a respeito de... bom, de tudo.

– Desculpa – foi a primeira coisa que saiu de sua boca.

Astrid recuou, franzindo as sobrancelhas retas.

– Pelo quê?

Jordan balançou a cabeça.

– Por te deixar ir embora daquele jeito. Eu queria que você ficasse, mas não consegui...

– Olha – disse Astrid, envolvendo o rosto de Jordan com as mãos. – Tá tudo bem. Nós duas ficamos meio chocadas.

Jordan soltou uma risada amarga.

– Pois é.

– Você tá bem?

Jordan assentiu, mas, quando o fez, lágrimas marejaram seus olhos. Não conseguiu impedi-las. Foi como se todas as emoções que havia sentido ultimamente em relação à pousada, a Astrid e a Meredith por fim transbordassem.

– Ah! – exclamou Astrid, parecendo alarmada.

Por uma fração de segundo, tudo em Jordan ficou paralisado. Ela desviou o olhar, com a respiração trêmula sacudindo o peito. Era um daqueles momentos num novo relacionamento em que se descobre como alguém reage quando a gente perde totalmente o controle. Jordan já sabia que Astrid era uma mulher complicada – educada como a herdeira de um trono, reprimida até a alma. E então, com a teoria de Meredith a respeito dela flutuando pela mente, Jordan precisava mesmo que ela...

– Vem aqui – pediu Astrid com delicadeza.

Entrelaçou os dedos com os de Jordan e a levou até o sofá modular gigante e branco na sua sala de estar muitíssimo branca. Ela se sentou com Jordan, ainda segurando a mão dela, com uma perna apoiada no assento. Jordan ia rir e fazer um comentário a respeito do gesto, mas Astrid se inclinou para junto dela, acariciando a palma de sua mão com o polegar em círculos lentos e tranquilizadores.

Era isso.

Era isso que Jordan precisava que Astrid fizesse.

– Você quer falar sobre isso? – perguntou ela.

Jordan se apoiou no encosto do sofá, virando a cabeça para fitar os olhos dela. Ficou em silêncio por alguns segundos, procurando algum sinal da mulher manipuladora que Meredith havia retratado, mas só viu os olhos castanhos e ternos encarando-a, e a boca ligeiramente aberta de apreensão.

– Esqueci como era – contou Jordan.

– Como era o quê?

Jordan engoliu em seco com força.

– Ficar cara a cara com ela. As coisas que eu sinto. Quer dizer, não esqueci *de verdade*. Está sempre ali, sabe? Mas, nas últimas semanas, andei muito ocupada. Distraída. Talvez até feliz, sei lá.

Astrid assentiu. Estava com o braço apoiado no encosto do sofá, afagando o cabelo de Jordan com a mão, passando o polegar de leve na testa dela.

– E o que você sente?

– É como se...

Jordan exalou. Havia muitos sentimentos, mas um sobressaía aos demais. Desconfiava que fosse o que havia motivado quase todas as decisões que tomara naquele último ano.

– Como se nada do que eu fizesse fosse bom o bastante. Como se não merecesse ser feliz nem conseguir o que quero. Ela me lembra de tudo o que não sou, tudo o que ela viu e sabia a meu respeito, e foi embora assim mesmo. E aí ela falou um monte de merda sobre você, e eu...

– De mim? – Astrid ficou alarmada. – O que ela falou de mim?

Jordan suspirou, apoiando a cabeça na almofada. Não tivera a intenção de dizer aquilo. Não tivera nenhuma intenção de comentar o que Meredith achava de Astrid.

– Olha – pediu Astrid, afagando o ombro de Jordan. – Por favor, me conta.

Jordan pensou em se recusar a comentar, mas uma parte dela não queria. Uma parte bem grande, na verdade. Uma parte imensa, vulnerável e assustada queria falar e ser tranquilizada. Ela se concentrou nas próprias mãos no colo, incapaz de encarar os olhos de Astrid enquanto falava.

– Ela sabe que boa parte do projeto da pousada fui eu que fiz.

Astrid baixou as sobrancelhas.

– Eu não contei nada – continuou Jordan. – É que ela me conhece. Conhece o meu estilo.

– Certo. E... ela não gostou disso, né?

Jordan finalmente encarou Astrid, que ainda estava aninhada ao lado dela, com os olhos arregalados e preocupados.

– Diz pra mim que isso é mais do que um trabalho.

Astrid piscou, aturdida.

– O que é mais que...

– Nós duas. Isso que... sei lá o que estamos fazendo. Não é só por causa do trabalho e do programa, né?

– Jordan...

– Não estou dizendo que a gente precisa ter uma conversa séria pra definir o relacionamento nem nada assim – explicou Jordan, sentindo a palma das mãos começar a suar. – É que eu... preciso... Acho que não...

Mas Astrid tocou a boca de Jordan com um dos dedos, impedindo que as palavras continuassem a fluir. Deixou a mão onde estava enquanto os olhos percorriam o rosto dela.

– É o seguinte – disse Astrid com firmeza. – Sei que a situação é complicada. A pousada. O programa. – Ela gesticulou entre as duas. – Nós duas. Mas eu gosto de *você*, Jordan Everwood. Eu quis beijar *você*, lembra?

Jordan assentiu, com os dedos de Astrid ainda apoiados de leve na boca.

– Você merece tudo o que há de bom, entendeu? – continuou Astrid. Sua voz chegou mesmo a soar lacrimejante. – Você merece...

Deixou a frase por terminar, com um sorrisinho minúsculo curvando um dos cantos da boca. Jordan prendeu a respiração, sentindo o coração bater forte e desesperado pelo que quer que Astrid estava prestes a dizer.

Quando ela finalmente voltou a falar, a voz saiu num sussurro baixo e intenso:

– Você merece um destino, Jordan Everwood.

Jordan piscou enquanto a palavra se instalava em sua mente, em seu coração. *Destino*. Essas sete letras sempre foram um conceito nebuloso, algo que ela *não era*. Nunca tinha pensado no próprio destino.

Mas, naquela hora, ao ouvir isso de Astrid Parker, dentre todas as pessoas, sentiu de repente que a palavra era... real. Parecia ensolarada, luminosa e quente, um sentimento cintilante no seu íntimo. Todas as dúvidas em sua mente – e em seu coração – sumiram. Começaram a parecer muito bobas enquanto ela estava ali, sentada ao lado de Astrid, aquela mulher que fingia ser dura e fria, mas que na verdade era a pessoa mais gentil e calorosa que Jordan conhecera em muito tempo. Ela só não demonstrava isso a todo mundo, e Jordan sentiu uma súbita onda de gratidão porque, por algum motivo, Astrid a havia escolhido. Ela a havia *enxergado*.

– Astrid – sussurrou ela, porque foi a única coisa que conseguiu dizer.

O sorriso de Astrid se ampliou.

– Fala de novo.

Jordan franziu a testa.

– O quê... o seu nome?

Astrid assentiu.

– Você sempre me chama de Parker. Só me chamou pelo meu nome mesmo uma vez, quando disse que eu não podia te beijar.

Relembrando todas as conversas, Jordan percebeu que Astrid tinha razão. Não tinha ideia de por que sempre usara o sobrenome, mas, naquela hora, a única coisa que queria fazer era dizer o nome daquela mulher várias e várias vezes, sussurrá-lo de encontro à pele dela.

Passou o braço em volta da cintura de Astrid e a puxou para o colo. Astrid arquejou, mas abriu as pernas, montando os quadris de Jordan, que colocou as mãos na lombar dela, abraçando-a com mais força, mirando-a nos olhos enquanto ela passava as mãos por seu cabelo, as unhas curtas raspando o couro cabeludo.

– Astrid – sussurrou Jordan, beijando o pescoço dela. – Astrid. – Um beijo abaixo da orelha. – Astrid. – Um roçar dos dentes na clavícula.

Astrid gemeu baixinho, inclinando a cabeça para trás, mas logo segurou o rosto de Jordan, separando as duas por tempo suficiente para colar sua boca à dela.

No começo, o beijo foi delicado, como se Astrid estivesse selando a promessa de tudo o que acabara de dizer, mas logo mudou. A língua dela foi para dentro da boca de Jordan, os dentes mordendo o lábio, um gemido estremecendo no peito. As pernas dela abraçaram as coxas de Jordan com mais força, seus quadris ondulando em busca de pressão. Jordan a buscou também, o desejo já chegando a um nível crítico. A primeira transa das duas na despensa tinha sido ótima, mas Jordan ainda não havia gozado.

– Astrid – repetiu ela, mas dessa vez o nome era um pedido, com cada letra repleta de urgência.

Astrid recuou. Jordan quase gemeu em protesto, mas, então, pela segunda vez naquele dia, Astrid enfiou os dedos nas fivelas do macacão dela, abrindo-as com um tilintar delicado de metal. Jordan ficou olhando, com o calor se acumulando entre as pernas, enquanto Astrid baixava o macacão dela até a cintura, depois passava a perna para o lado, ficando de pé na frente dela. Então, puxou as roupas até ela erguer o traseiro do sofá, deixando-se despir, restando apenas o top esportivo roxo e a calcinha boxer preta.

Por um instante, os olhos de Astrid percorreram o corpo dela, com o macacão ainda pendurado numa das mãos. Então, lambeu o lábio inferior, e Jordan não pôde deixar de sorrir para ela. Finalmente, Astrid riu, nervosa, antes de largar o macacão e jogar todas as suas almofadas azuis e marfim no chão.

– Deita.

Jordan ergueu a sobrancelha, mas obedeceu. Sentiu um nervosismo delicioso ao ver Astrid se despir, tirando a blusa por cima da cabeça e atirando-a para trás, abrindo o zíper do shortinho preto para revelar aquela mesma calcinha de renda que Jordan mal tivera tempo de apreciar na despensa, considerando a velocidade com que a arrancara.

– Astrid... nossa! – exclamou, e começou a levantar o tronco.

Tinha que tocar aquela mulher, sentir o gosto dela, enterrar o rosto entre as pernas dela outra vez e gemer.

Astrid, porém, tinha outros planos. Ela montou nos quadris de Jordan e pôs a mão no peito dela, empurrando-a para que se deitasse de novo.

Jordan resmungou, e Astrid riu.

– Me deixa te dar prazer – disse Astrid, acima dela.

– Tá bom, sim, supertopo – respondeu Jordan, apoiando as mãos nos quadris dela. – Mas você não pode tirar a roupa assim na minha frente e achar que eu não...

– Posso, sim. – Astrid afastou as mãos de Jordan e esticou os braços dela acima da cabeça. – É a minha vez.

Jordan começou a protestar de novo, mas Astrid se abaixou e roçou aqueles dentes de vampira na clavícula dela.

– Nossa! – exclamou Jordan, sibilando enquanto Astrid repetia o gesto, mexendo os quadris.

Astrid soltou as mãos dela, mas, caramba, a essa altura Jordan faria qualquer coisa que a mulher pedisse, então manteve os braços acima da cabeça e a deixou fazer o que quisesse.

E o que ela queria era muito, muito bom.

Suas mãos desceram até segurar os seios de Jordan, passando o polegar sobre os mamilos já endurecidos. Ela não perdeu tempo, tirando o top de Jordan por cima da cabeça dela e depois arrancando o próprio sutiã. Jordan mal teve tempo para cobiçar os seios perfeitamente empinados de Astrid, com os mamilos grandes e marrons já duros e inchados de tesão, antes que ela os pressionasse contra o peito de Jordan, arrancando um gemido das duas.

– Nossa – disse Jordan, contorcendo-se no sofá. – Que gostoso.

– Ai, sim – respondeu Astrid, sem fôlego.

Ela se moveu em cima de Jordan, procurando atrito com seu centro de prazer, roçando os mamilos muito deliberadamente nos dela.

– Isso é...

Mas pelo visto não ia conseguir pronunciar as palavras. Seus olhos se fecharam, e gemidos transbordaram de seus lindos lábios.

Jordan estava prestes a explodir. Precisava pôr as mãos em Astrid naquele instante, precisava fazê-la gozar e gozar também; e, como era novidade para Astrid estar com alguém que tinha uma vagina, sentiu que precisava conduzir a ação.

Mas Astrid estava cem por cento decidida a não permitir isso. Assim que a ponta dos dedos de Jordan resvalou nos seios dela, que balançavam deliciosamente em cima de seu corpo, Astrid abriu os olhos, parou de rebolar e prendeu os braços de Jordan acima da cabeça outra vez.

– Eita, Astrid! – exclamou Jordan, mas estava sorrindo, adorando aquela atitude de "aqui quem manda sou eu".

Astrid abriu um sorriso sacana, beijou-a uma vez – meu Deus, aquela língua – e começou uma lenta jornada para baixo. Parou nos seios de Jordan, beijando a parte de baixo de um deles enquanto afagava o outro, gemendo e vibrando de encontro ao mamilo de um jeito que a fez gritar alguns impropérios, antes de chupar o mesmo mamilo com sua boca quente.

Mais impropérios. Mais sucção.

Astrid desceu mais, deixando um rastro de beijos e lambidas na barriga de Jordan, antes de finalmente abrir as pernas dela e se acomodar ali.

– Espera – pediu Jordan, ofegando como se tivesse acabado de correr uma maratona. Apoiou-se nos cotovelos. – Tem certeza?

Astrid franziu o rosto ao olhar para ela.

– Você não quer que...

– Não é isso!

Jordan arriscou um movimento, passando a mão no cabelo de Astrid, que permitiu o gesto.

– Eu quero, sim. Nossa, como quero, mas essa é a primeira vez que você... bom, você sabe.

– E daí?

Jordan sorriu ao ouvir isso.

– É. E eu quero que seja bom pra você.

– Está sendo. Eu quero.

Beijou o interior de uma das coxas de Jordan, depois da outra, mas em seguida parou e olhou para cima.

– Tá com medo que eu não mande bem?

– Quê?

– Assim, eu nunca fiz isso. E se eu for péssima?

Jordan riu, roçando as unhas no couro cabeludo de Astrid.

– Bom, sempre dá pra melhorar, é só praticar *muito*.

Astrid riu, mas suas bochechas ficaram rosadas. Foi tão fofo que Jordan quase deu um gemidinho.

– E duvido muito que você se saia mal – acrescentou.

– Andei lendo sobre isso – comentou Astrid em tom prático, apoiando-se num dos cotovelos. – E tenho certeza que consigo fazer um serviço razoável. Acho que...

– Peraí, peraí, peraí – disse Jordan, abanando a mão. – Você andou *lendo* sobre isso?

Astrid mordeu o lábio e franziu o nariz, assentindo.

– Lendo sobre como fazer sexo oral?

– Bom, não pesquisei instruções no Google nem nada assim, mas aparece na maior parte daqueles romances *queer* que ando lendo e, quando vi uns vídeos, achei...

– Puta merda, peraí, você viu pornô pra aprender?

O rosto já rosado de Astrid ficou vermelho, e ela apoiou a testa na coxa de Jordan.

– Talvez – admitiu ela, de encontro à pele.

Jordan gargalhou.

– Não gosto de me sentir incompetente, entende? – explicou Astrid, mas também estava rindo. – E agora que sei como é maravilhoso quando bem feito...

Ao ouvir isso, Jordan não conseguiu conter um sorrisinho presunçoso.

– ... quero que seja maravilhoso pra você também.

Jordan adorava aquela mulher. Simplesmente adorava. Astrid Parker vendo vídeo pornô para aprender a dar prazer para ela. Era engraçado, hilário até, mas também era insuportavelmente fofo, e Jordan não pôde deixar de inclinar o queixo de Astrid para poder olhar bem no rosto dela.

– Vai ser maravilhoso – assegurou Jordan, nem por um segundo querendo fazer pouco do empenho que Astrid dedicara àquele momento.

Então, obediente, recolocou os braços acima da cabeça e se deitou.

Astrid riu baixinho, respirou fundo algumas vezes e voltou à tarefa.

E, caramba, ela levou a tarefa muito, muito a sério. Começou por cima da calcinha de Jordan, com dedos delicados e hálito quente, os polegares deslizando ao longo da dobra onde a perna de Jordan encontrava os quadris. Então a beijou bem no centro, por cima do algodão, delicada e firme ao mesmo tempo, e Jordan quase levitou do sofá. Já estava muito molhada, encharcada até, o que só aumentou quando a língua de Astrid começou a brincar com ela, girando sobre o sexo de Jordan em padrões aleatórios.

Na hora em que ela tirou aquela calcinha, Jordan já estava bem louca de desejo. Depois que ficou totalmente nua, percebeu Astrid parar, como se a estudasse, e resistiu ao impulso de se contorcer, deixando a outra se movimentar no próprio ritmo.

No começo, Astrid hesitou e, sim, foi um pouco desajeitada por alguns segundos, a boca aplicando uma pressão bem leve, a língua meio dura demais. Mas talvez só precisasse de uns instantes de treino, porque, de repente, Jordan não conseguiu mais manter as mãos no lugar – precisava tocar o cabelo de Astrid, puxar as mechas sedosas enquanto a outra colava a boca no sexo dela, inclinando a cabeça para beijá-la de um jeito, depois de outro, deslizando a língua da entrada para o clitóris. Ainda assim, como uma especialista, sempre parava antes de chegar àquele pequeno núcleo de nervos.

– Você aprende bem depressa – Jordan conseguiu sussurrar, palavras que logo se transformaram num gemido quando a língua de Astrid mergulhou dentro dela.

– O seu gosto... nossa – murmurou Astrid. – Eu nunca... isso é...

Mas não terminou a frase, e Jordan não se importou, porque Astrid a devorou com a língua, a boca e, meu Deus do céu, os dentes. Logo, os dedos também se juntaram à diversão, o polegar entrando e saindo de Jordan até o ponto em que ela sentiu que estava prestes a hiperventilar.

Sons baixos e agudos estremeceram pelo peito de Jordan enquanto ela chegava à beira do clímax. Suas mãos mergulharam no cabelo de Astrid, mas não a conduziram. Cada um dos movimentos foi todo de Astrid, cada gemido vibrante e deslizar dos dedos. Finalmente – caramba, finalmente –, ela fechou a boca em volta do clitóris de Jordan, alternando-se entre chupar e remexer a língua.

– Ah, Astrid! – gritou Jordan, com as coxas se tensionando em volta dela, gozando intensamente.

Astrid continuou mexendo a língua, mas num ritmo um pouco mais brando, esperando até que Jordan parasse de estremecer e os quadris voltassem a repousar no sofá para então interromper o contato. Mesmo assim, ficou ali, beijando a coxa e a pélvis dela, antes de passar outra vez por cima do corpo dela – parando por um instante para usar a língua e brincar com um dos mamilos de um jeito que quase fez Jordan gritar de novo – para se acomodar ao seu lado, arfando também.

Ela se apoiou num dos cotovelos e se alternou entre olhar para Jordan e morder o lábio. Estava com as bochechas vermelhas, e Jordan estendeu a mão para tocá-la no rosto.

– Foi surreal – murmurou.

Astrid expirou profundamente.

– Ah, é? Sério?

Jordan a abraçou e beijou, adorando o aroma, o sabor, a intimidade compartilhada e seus resultados.

– Você vai ter que me mostrar que tutoriais pornográficos andou vendo pra eu pegar umas dicas – pediu ela, ainda trêmula, como se tivesse sido atingida por um raio.

Astrid deu um tapinha de leve no braço de Jordan, mas riu e a beijou mais uma vez, aninhando a cabeça no ombro dela.

– Você não precisa de tutorial. Pode acreditar.

– Você... gostou? – perguntou Jordan, ficando um pouco tensa enquanto esperava a resposta de Astrid.

Mas não teve que esperar muito. Astrid deu-lhe um beijo no ombro, depois no pescoço, murmurando de encontro à pele:

– Adorei.

Jordan exalou o ar e afundou os dedos no cabelo de Astrid, esfregando o couro cabeludo em círculos lentos. Era gostoso ficar assim, naquele abraço pós-orgasmo, mas Astrid cravou as mãos na pele da cintura dela, mexendo os quadris apenas o bastante para mostrar que estava morrendo de tesão.

Felizmente, Jordan também não achava que precisasse de um tutorial para resolver aquilo. Ainda deitada, afastou uma das pernas de Astrid, deslizou a mão por entre as coxas, entrando no calor úmido, e provou do que era capaz.

CAPÍTULO VINTE E OITO

OITO.

Essa era a quantidade de orgasmos que Astrid tivera até aquele momento, e era apenas sábado à tarde, um dia depois do sexo na despensa e da primeira incursão de Astrid no sexo oral com Jordan Everwood.

Não que ela estivesse contando.

Só que estava, sim, porque, afinal… *oito*? Não tivera tantos orgasmos com outra pessoa nem nos últimos oito *anos*.

No entanto, lá estava ela, Astrid Parker, nua e esparramada na cama, num emaranhado de lençóis, respirando profundamente e olhando para o teto enquanto terminava aquele espetacular número oito. Tinha certeza de que estava a um toque de precisar pôr uma compressa gelada no clitóris.

Essa ideia a fez rir, o som brotando do peito e saindo pela boca antes que pudesse impedi-lo. Aquelas últimas 24 horas tinham sido… bom, ela achava que nunca tinha se divertido tanto na vida.

– Tá rindo do quê? – perguntou Jordan.

Ela estava deitada ao lado de Astrid, gloriosamente nua e apoiada num dos cotovelos, passando a ponta dos dedos por toda a barriga da outra, com aquela expressão cheia de si porque Astrid não tinha feito a menor questão de guardar em segredo sua contagem.

Astrid rolou de lado e se apoiou num dos braços, balançando a cabeça.

– É que agora eu sei por que a Natasha Rojas usa um colar de clitóris.

Jordan riu.

– Pois é, é maravilhoso.

– É, sim. Sabia que o clitóris tem mais de 8 mil terminações nervosas? É o dobro do que tem o pênis.

– Eu...

– E é composto por dezoito partes, uma mistura intrincada de tecido erétil, músculos e nervos.

Por um instante, Jordan ficou só olhando para ela e piscando.

– Você pesquisou o clitóris.

Astrid mordeu o lábio.

– Talvez eu tenha lido umas coisinhas.

Jordan passou o braço em volta da cintura nua de Astrid.

– Umas *coisinhas*?

– É um órgão fascinante, que não tem absolutamente nada a ver com a reprodução. Existe, literalmente, pra dar prazer. O clitóris é foda.

Jordan sorriu.

– "O clitóris é foda." Posso bordar isso numa almofada?

Astrid bateu no braço de Jordan, gesto que logo se transformou num afago em volta do pescoço, e inspirou profundamente a pele dela.

– Isso é muito gostoso – disse Astrid, com o nariz colado ao cangote da outra.

Jordan beijou o alto da cabeça dela.

– É, sim.

– Eu nunca tinha feito isso.

Jordan riu.

– É, disso eu já sabia.

– Não, não... não o sexo. *Isso*.

Ela gesticulou, indicando o ambiente, onde taças de vinho já meio bebidas pontilhavam as mesinhas de cabeceira, roupas se esparramavam pelo chão e havia toalhas no piso entre o quarto e a porta do banheiro, onde ela e Jordan haviam tomado banho juntas.

Duas vezes.

– Nunca tinha passado um fim de semana inteiro assim com alguém – explicou Astrid. – Transando, pedindo comida em casa e esquecendo o resto do mundo.

Jordan pôs uma mecha de cabelo atrás da orelha de Astrid.

– Pra dizer a verdade, nem eu.

Astrid arregalou os olhos.

– Nunca? Nem com...

Não conseguiu dizer aquele nome e, de repente, teve uma vontade imensa de mudar de assunto. Com os comentários de Meredith sobre o projeto da pousada pairando no fundo da mente de Astrid a noite toda, sua preocupação era que ainda estivessem pairando também na mente de Jordan.

Queria silenciar aqueles pensamentos, cada palavra que Meredith dissera. Porque nada daquilo era verdade. Nem um pouquinho. Astrid não estava usando Jordan. Não mesmo. Ela *gostava* de Jordan.

Talvez até sentisse mais do que isso.

Abriu a boca para falar sobre outra coisa, mas Jordan franziu a testa e se deitou de costas, encarando o teto.

– A gente nem teve uma lua de mel de verdade. Passamos umas noites num apartamento no litoral, em Tybee Island, mas, mesmo assim, foi como se... Não sei. A gente transou umas duas vezes por dia. E foi legal, mas foi quase como... – Ela piscou, parecendo só então entender o que estava prestes a dizer pela primeira vez. – Foi como se a gente estivesse cumprindo tarefas numa lista. Coisas que a gente *tinha* que fazer por ter casado.

Astrid não sabia o que dizer. Estaria mentindo se dissesse que não estava um pouquinho feliz por aquela maratona sexual que estavam vivendo também ser novidade para Jordan, mas outra parte sua lamentava por ela, por todas as lembranças que a faziam se sentir como um item numa lista.

– Bom – disse ela, alinhando seu corpo com o de Jordan. Com os dedos, dançou pelos seios dela, descendo pela barriga e chegando ao tufo de pelos entre as pernas, ainda molhados. – Eu não *tenho* que fazer isso.

Mergulhou um dedo. Jordan fechou os olhos.

– Nem isso.

Astrid inseriu mais um dedo e pressionou o clitóris de Jordan com a palma da mão.

– Ah – sussurrou Jordan, empurrando os quadris de encontro à mão de Astrid. – Você leu sobre esse truquezinho também, foi?

– Quem sabe? E não é que eu *tivesse* que ler.

Então, Astrid começou a fazer coisas muito, muito sacanas com os dedos, levando Jordan a se agarrar aos lençóis com tanta força que sua mão doeu por uma hora depois de ela ter gozado.

♥

Na manhã de domingo, a contagem de orgasmos já chegara a dez. Astrid saiu do quarto flutuando numa névoa sexual tão espessa que demorou um pouco para perceber que Jordan havia coberto a bancada da cozinha com todo tipo de ingrediente de panificação.

Astrid se aproximou devagar, usando uma legging preta e uma camiseta verde-clara curta que deixava o umbigo de fora, peças que talvez tivesse comprado para fazer ioga, mas que sabia nunca haver usado.

Jordan estava usando a cafeteira, de costas, sem nada além daquele top esportivo e um short de pijama de Astrid.

Aquela visão meio que excitou Astrid. Ficou observando-a por um tempo, vendo Jordan batucar com os dedos na bancada de granito, com uma trancinha embutida entre os cabelos castanho-dourados bem na divisão natural, esperando o café terminar de passar.

Uma espécie de euforia aflorou no peito de Astrid.

– O que é isso tudo? – perguntou ela depois de finalmente conseguir se recompor e ser capaz de entrar na cozinha sem um sorriso absurdo nos lábios.

Mas, quando Jordan se virou e sorriu, a boca de Astrid se rebelou e se escancarou completamente.

– Ah, você acordou – disse Jordan.

– Estou dolorida.

Astrid tocou os lábios de Jordan num beijo breve, abriu o armário acima da cafeteira e pegou duas canecas.

– Eu também. Quem diria que Astrid Parker era tão obcecada por sexo?

Jordan deu um tapinha na bunda dela.

– Opa, acho que não sou só eu.

Jordan passou o braço em volta da cintura nua de Astrid e a puxou para si.

– Com certeza, não.

Astrid ia dar mais um beijo, meio que pronta para ir rumo ao orgasmo número onze, para dizer a verdade – caramba, talvez estivesse *mesmo* obcecada por sexo –, mas Jordan a soltou e saiu de perto.

– Nada disso, temos outros planos pra hoje de manhã – anunciou.

– Temos?

Astrid olhou para a bancada coberta de farinha, extrato de baunilha, açúcar refinado e mascavo, ovos, chocolate amargo e uma variedade de outros itens, todos parecendo recém-adquiridos. Guardava muitos ingredientes de panificação na despensa, mas tinha quase certeza de que a maior parte estava vencida.

– Você saiu pra comprar tudo isso? – perguntou.

Jordan assentiu, mordendo um canto do lábio.

– Pode ser que eu tenha me empolgado um pouco.

Astrid piscou, perplexa.

– Mas... por quê?

Jordan abriu um sorriso tímido.

– Quero que você cozinhe alguma coisa pra mim.

– Cozinhar alguma coisa.

Jordan assentiu.

– Você me contou que sonhava em ser padeira.

Astrid se lembrou daquela conversa na casa de Iris. Depois examinou os ingredientes que Jordan havia comprado, de repente sentindo o coração na garganta e um formigamento na ponta dos dedos.

– Se eu fizer um bolo, você canta pra mim? – perguntou, cobrando a promessa que Jordan tinha feito em frente às prateleiras de arco-íris de Iris.

Jordan estreitou os olhos.

– Ah, você lembrou, é?

– Não sou de esquecer.

Jordan riu.

– Não é mesmo. Tá. Você faz um bolo pra mim e eu canto uma canção de amor pra você.

Astrid ergueu as sobrancelhas, com uma imagem tomando forma na mente. Jordan Everwood abraçando-a, com aquela voz rouca em seu ouvido, cantando uma melodia.

Uma canção de amor.

Ela queria mesmo aquilo.

– Combinado – respondeu.

♥

A manhã deu lugar à tarde, a luz aumentou, depois diminuiu, e às quatro horas as bancadas da cozinha de Astrid estavam cobertas de doces.

Tinha preparado o bolo para Jordan. Um bolo simples de ovos, com cobertura de chocolate, que parecia ser o favorito dela. Mas, quando ela o experimentou e fingiu que ia desmaiar de tanto prazer, Astrid meio que... desabrochou.

A sensação foi mesmo a de ser um botão de flor recém-descoberto pelo sol. Foi como se tivesse esquecido tudo que acontecera antes daquele fim de semana – as expectativas da mãe, a pousada Everwood, o *Pousadas Adentro* e o pavor que vinha sentindo ultimamente quando pensava em todas essas coisas.

Em vez disso, lembrou como era se dedicar a algo que realmente amava. Tivera lampejos dessa sensação na Bright Designs, com uma parede de destaque particularmente criativa ou a satisfação que sentia quando um cliente adorava o resultado de um serviço, mas todos aqueles momentos não eram nada comparados àquela... àquela *felicidade* que percorria suas veias quando mergulhava as mãos numa massa, quando media a quantidade certa de açúcar, manteiga e fermento e, em seguida, via tudo se juntar numa criação totalmente nova.

Era como magia.

Naquela tarde, Jordan foi sua obediente cobaia e assistente, usando um avental de algodão verde e branco, passando os ingredientes, lavando tigelas e copos de medição, dando beijos na testa de Astrid com as mãos em sua cintura enquanto ela batia claras para fazer um merengue francês.

Logo a cozinha estava tomada por três bolos inteiros, uns dez bolinhos de abóbora com maçã – cujo sabor levou Jordan a emitir sons orgásticos que fizeram Astrid se sentir capaz de voar –, uma fornada de brownies de chocolate amargo e canela e duas dúzias de biscoitos de aveia e caramelo.

– Puta merda! – exclamou Jordan, liquidando um biscoito. – Você mais do que fez por merecer uma canção de amor.

Astrid sorriu para ela, com as mãos doloridas nos quadris. Havia farinha espalhada nos braços e nas bochechas dela, e todos os músculos do corpo pareciam querer se encolher de cãibra, mas "puta merda" era a expressão certa. Ela inspecionou o próprio trabalho e deu uma mordida num biscoito.

– A gente devia levar uns desses pra Claire e pra Iris – comentou, mastigando e dando batidinhas com o dedo na borda dourada do biscoito. – Quando a gente era criança sempre fazia esses biscoitos.

Jordan assentiu e pulou da banqueta onde passara a última hora empoleirada, bebendo vinho branco e roubando guloseimas assim que saíam do forno.

– Então bora.

Astrid abriu uma gaveta para procurar alguns potes, mas, assim que fechou os dedos em volta de um pote, a campainha tocou.

– Eu atendo – disse Jordan, espanando a farinha das mãos e engolindo outro biscoito. – Você embala os biscoitos.

Ela foi em direção à porta enquanto Astrid guardava os biscoitos no pote. Sorriu, pensando em qual seria a reação de Iris e Claire. Fazia anos que não comiam aqueles biscoitos, talvez desde a adolescência. Seria…

– Olá. Quem é você?

A voz de Isabel Parker-Green se infiltrou pelo corredor como gelo a se espalhar sobre plantas verdejantes.

Astrid ficou congelada, a mente catalogando depressa quantos telefonemas da mãe vinha evitando nas últimas semanas.

Ouviu Jordan se apresentar a Isabel, que não ofereceu nada além de "entendi" em resposta. Nenhum "prazer em conhecer você", nem mesmo "sou a mãe de Astrid". Nada.

Astrid sabia que precisava salvar Jordan do inferno gélido para o qual sua mãe provavelmente a estava arrastando, mas seus pés pareciam colados ao chão, as mãos grudadas no puxador da gaveta.

– Hã, Astrid está na cozinha – disse Jordan.

Não houve resposta. Apenas o clique-clique rápido dos sapatos de salto de Isabel no assoalho. Logo ela apareceu com sua combinação impecável de calça preta cigarrete e blusa de seda rosa-escura, o cabelo tingido de loiro penteado à perfeição.

Astrid piscou, perplexa. Por uma fração de segundo, poderia ter jurado que a pessoa à porta era *ela mesma*, porém com mais algumas rugas ao redor da boca e dos olhos. Será que também lutaria contra elas quando chegasse a hora? Aplicaria botox no rosto até que mal conseguisse expressar emoções?

– Oi, mãe – conseguiu dizer, balançando a cabeça para esfriá-la.

Em resposta, Isabel ergueu as sobrancelhas, observando a bagunça da cozinha. Havia açúcar e carboidratos por toda parte, montinhos de farinha no chão, e a pia estava lotada da última leva de tigelas e colheres lambuzadas de massa.

– Astrid, o que está acontecendo com você? É o segundo fim de semana seguido que você não comparece ao brunch e, esta semana, nem se preocupou em mentir sobre por que não pôde ir.

Ai, merda. Era domingo. E ela havia esquecido completamente o brunch.

– Achei que você tivesse morrido – continuou Isabel. – Liguei para o seu celular, mas a ligação foi direto para o correio de voz.

O celular. Astrid nem sabia onde estava o aparelho, muito menos quem tentara ligar naquelas últimas 48 horas.

– Desculpe – disse ela, enxugando as mãos no avental.

Jordan apareceu atrás de Isabel, com os olhos arregalados de preocupação.

Meu Deus. Jordan. Ela ainda estava usando apenas um top esportivo e o short de Astrid e... tinha aberto a porta naquele estado. Não era à toa que Isabel tinha entrado imediatamente em modo megera.

– Vamos conversar na varanda dos fundos – disse Astrid à mãe. – Quer tomar alguma coisa?

– Não.

Isabel desfilou em direção à porta dos fundos, agarrando sua bolsinha Prada com tanta força que os nós dos dedos ficaram brancos.

Astrid engoliu em seco, afrouxando o nó na garganta. Ou pelo menos *tentando*. Aquele nó estava decidido a cortar seu suprimento de ar, e ela ficou tentada a permitir.

– Você tá bem? – perguntou Jordan. – Desculpa, eu não sabia o que dizer pra ela.

Astrid se limitou a assentir, tentando ajeitar o cabelo, o que também era uma causa perdida. Ela o havia lavado nos últimos dias – ou melhor, Jordan tinha lavado para ela –, mas depois o deixara secar naturalmente, resultando numa bagunça meio lisa, meio ondulada.

– Volto já – avisou.

Quando passou, Jordan estendeu a mão para pegar a dela. Astrid a deixou fazer isso, mas não conseguiu olhar para ela. O pavor tinha substituído cada porção de felicidade, e não queria que Jordan visse esse lado dela.

Lá fora, o sol estava apenas começando a espalhar seu ouro pela grama. O pôr do sol ainda estava distante, mas o dia escurecia. Geralmente, era a hora favorita de Astrid, quando tudo começava a mudar de cor e a se tranquilizar. Naquele instante, porém, com a mãe apoiada no guarda-corpo da varanda dos fundos olhando para o quintalzinho de Astrid, ela sentiu tudo, menos tranquilidade.

Sentiu um frenesi, um pânico que nem compreendia por completo se espalhando pelos braços e pernas.

– Me desculpe pelo brunch – pediu ela. – Perdi a noção do tempo e...

– Quem é aquela mulher? – perguntou Isabel.

Astrid ficou paralisada. Isabel sabia exatamente quem era.

– Jordan Everwood.

– E por que a mulher para quem você tecnicamente trabalha está na sua casa, vestida como se estivesse numa festa do pijama?

Não era assim que imaginara aquela conversa. Se bem que, na verdade, não tinha imaginado nada. Sabia que acabaria saindo do armário para a mãe... como quer que isso acontecesse, mas ainda não tinha pensado no processo. Não tivera tempo. Ela e Jordan estavam apenas começando. Entre a pousada e aquele fim de semana que a deixara completamente atordoada, ainda não havia calculado como a mãe reagiria à sua sexualidade recém-descoberta.

Não estava pronta para aquele momento.

Mas, ainda assim, o momento havia chegado. Podia mentir, mas, se fizesse isso, nunca mais conseguiria encarar os olhos de Jordan nem o espelho.

– Porque estou ficando com ela – respondeu antes que perdesse a coragem.

Isabel se virou com uma sobrancelha erguida.

– Está.

Não era uma pergunta. Mas, com aquela única palavrinha, Astrid sentiu que a mãe tinha acabado de fazer uma espécie de declaração existencial.

– E você acha mesmo que isso é apropriado, considerando o estado atual da sua empresa? – continuou Isabel. – E a sua reputação nesta cidade como mulher de negócios séria?

Astrid engoliu em seco.

– Eu...

– Ela é uma Everwood, Astrid. Você está redecorando a Pousada Everwood. Em rede nacional. Como acha que vai ficar sua imagem? Acha mesmo que vai conseguir outros clientes depois que descobrirem isso?

– Quando descobrirem o quê, mãe? Que estou ficando com uma cliente ou que estou ficando com uma mulher?

Isabel franziu os lábios.

– Quando descobrirem que está ficando com a mulher que é a verdadeira designer desse projeto.

Aquelas palavras demoraram um segundo para atingir o alvo, como estilhaços em câmera lenta.

– Quê? – Astrid finalmente conseguiu perguntar.

– Você ouviu, Astrid. E essa expressão horrorizada só confirma o que pensava. Eu tinha razão.

– Como... como é que você...

– Sou coproprietária da Bright Designs. Tenho o direito de saber tudo o que você faz.

– Você... tem acesso ao meu projeto?

– *Sempre* tive acesso aos seus projetos, Astrid.

Era óbvio que Isabel tinha acesso à nuvem onde ela guardava todos os arquivos da empresa. Desde o começo, a mãe tinha supervisionado cada movimento, tudo em que a filha gastava dinheiro, cada planilha. Mas, nos últimos anos, a mãe não dera opiniões sobre nada, por isso Astrid presumira que ela não acessasse mais os arquivos, que finalmente confiasse nela.

Acontece que estava enganada.

Sempre estivera muito, muito enganada.

– Você ainda inspeciona todos os projetos que eu crio – afirmou Astrid em voz baixa. – Não é?

– É evidente que sim – respondeu Isabel com tom incrédulo. – Por que não faria isso? Sou sua mãe. É meu dever te proteger e garantir que seja bem-sucedida.

Astrid assentiu, mas as lágrimas ameaçaram transbordar. Quando Isabel falava assim, quase parecia amável, mas Astrid só ouvia que não era boa o bastante para trabalhar por conta própria. Que, sem o microgerenciamento de Isabel, fracassaria.

– Foi por isso que fiquei extremamente chocada quando examinei os arquivos hoje e vi um projeto bem diferente daquele design lindo que aprovei algumas semanas atrás.

– Aprovou? Quando foi que você...

Mas Astrid parou de falar. Se Isabel não fazia nenhuma correção num projeto, ou em *qualquer coisa* na vida da filha, significava que dava seu aval. À moda Isabel Parker-Green.

– O que está acontecendo, Astrid? Esse projeto, que presumo que esteja executando, não é seu. Você nunca criou nada tão... espalhafatoso.

Astrid sentiu os ombros ficarem tensos.

– Não é espalhafatoso. É lindo. É exatamente o que a Pousada Everwood precisa, e eu...

– Mas não é seu, certo?

Astrid podia mentir. *Deveria* mentir. Mas Isabel já sabia a verdade e não esperou que ela respondesse. Só balançou a cabeça. A contração de desaprovação nos lábios foi como uma bala disparada contra o peito da filha.

E aí... Astrid sentiu o que aconteceu. A antiga Astrid – aquela que existia antes de Jordan, antes de Delilah, antes do término com Spencer, antes dos dez orgasmos e dos bolos que havia preparado até ficar com os dedos doloridos – tomou o controle. Ela ocupou seu lugar como uma chave que entra na fechadura, aquela Astrid jovem, assustada, triste e desesperada pelo amor da mãe.

– Ainda sou a chefe de design – declarou. – Tanto na frente das câmeras quanto no contrato. Ainda sou eu.

Isabel estreitou os olhos.

– E aquela mulher aceita essas condições?

Ela cuspiu a palavra *mulher* como se fosse um palavrão.

Astrid detestava aquele tom.

Detestava a pessoa em que se transformava na presença da mãe. Mas não sabia como *não ser* aquela pessoa. A mãe... era tudo o que Astrid tinha, sua única família, seu tudo durante a maior parte dos seus 30 anos de vida.

– Sim – ela se ouviu dizer com voz robótica. – Jordan aceita essas condições.

Um nó se alojou em sua garganta quando terminou a frase. Tudo no fundo do peito gritava: *não, não, não, não.*

Porque Jordan não deveria aceitar nada daquilo. Meredith tinha razão. De repente, ficou muito óbvio o motivo da inquietação que sentia crescer desde o instante em que as duas decidiram seguir aquele plano. Astrid não era só a garota-propaganda numa parceria igualitária. Aquilo não era *igualitário*. Era...

Meu Deus, ela nem sequer conseguia formular aquele pensamento com nitidez. Porque, se o fizesse, o que aconteceria? O que seria do acordo que ela e Jordan tinham firmado, da farsa de que ambas precisavam?

Era disso que Astrid precisava se lembrar. Estavam fazendo aquilo por Jordan e pelos Everwoods, tanto quanto por ela mesma.

Não estavam?

Isabel bufou pelo nariz.

– Bom, sem dúvida torço para que saiba o que está fazendo. Não preciso informar o tipo de desastre que aconteceria se alguém descobrisse a verdade.

Astrid assentiu. A boa menina. A filha obediente.

– No que diz respeito a esse relacionamento – disse Isabel, olhando de relance em direção à sala de Astrid, onde Jordan devia estar perfeitamente à vista –, não me importa quem são suas companhias, Astrid. Não me importa mesmo. Você tomou uma decisão com Spencer e eu a respeitei, mas essa é a sua *vida*. O mundo não é tão gentil quanto você imagina, e torço para que não esteja deixando emoções novas e efêmeras ofuscarem seu discernimento. Sua reputação é quem você é, e precisa se controlar antes que se perca por completo.

E, com isso, Isabel Parker-Green passou pela filha sem dizer nem mais uma palavra, e foi embora.

CAPÍTULO VINTE E NOVE

JORDAN VIU A MÃE DE ASTRID SAIR pela porta da frente sem dizer nem *adeus*, nem *vai à merda*, nem nada. Parecia uma flor de pessoa. Sabia que Isabel Parker-Green era difícil, mas caramba. As mãos da própria Jordan estavam tremendo, e ela mal tinha passado dois minutos na presença da mulher.

Sentou-se no sofá, observando Astrid na varanda dos fundos. Ela ainda não tinha entrado, nem sequer tinha se mexido desde que a mãe saíra, dez minutos antes. O que quer que tivessem discutido lá fora, havia sido breve e, considerando a forma como os ombros de Astrid se curvavam para dentro, não muito agradável.

Jordan se levantou. Depois sentou-se outra vez. Queria ir até Astrid, mas também queria dar privacidade a ela. Sabia o que era ter alguém a vigiá-la quando estava perdendo o controle, graças a seu irmão gêmeo.

Mas, também, por mais irritante que a preocupação de Simon fosse às vezes, ainda era um *carinho*. Era amor, e, poxa, era isso o que Jordan queria dar para Astrid naquela hora.

Ela se levantou de novo. Endireitou os ombros, foi em direção à varanda e no caminho decidiu que provavelmente era uma boa ideia levar uma bebida para dar coragem. Então correu até a cozinha e encheu duas taças de pinot grigio. Devidamente abastecida, abriu a porta dos fundos, tentando não fazer barulho. Sair para a área externa foi como entrar em outro mundo. Fazia um calor de primavera e as nuvens se acumulavam no céu, mas negavam chuva, estendendo um manto leve de calmaria por sobre o dia que definhava.

Astrid não se virou. Continuou de frente para o quintal, mas Jordan viu os ombros dela relaxarem só um pouquinho.

– Oi – disse Jordan, aproximando-se e oferecendo uma das taças.

Astrid a aceitou e tomou metade de uma vez, estremecendo enquanto engolia.

– Caramba, foi tão ruim assim? – perguntou Jordan.

Tentou falar num tom leve, esperando que pudessem rir do momento em que ela abrira a porta da casa com pouco mais do que a roupa íntima, apenas para encontrar a mãe da sua ficante parada ali feito a Meryl Streep com a maior cara de tacho.

Astrid exalou o ar, trêmula, e tomou mais um gole.

– Tem algo que eu possa fazer pra ajudar? – perguntou Jordan.

Astrid balançou a cabeça.

– Eu contei pra ela que a gente tá ficando.

Jordan passou a mão no cabelo.

– Pelo jeito ela não gostou da notícia, né?

Astrid deu de ombros, ainda de olhos vidrados no quintal.

– Ela não ligou. Foi o que ela disse. "Não me importa quem são suas companhias, Astrid." Essas foram exatamente as palavras que ela usou.

Dessa vez, foi Jordan quem tomou um gole de vinho. Em se tratando de sair do armário para os pais, até que aquela não era a pior das experiências. Tinha ouvido histórias de terror de sua comunidade lgbtq+ em Savannah, principalmente da geração X, pessoas cujos pais as expulsaram de casa ou as mandaram para acampamentos de "conversão". Sabia que isso ainda acontecia e atingia jovens racializados e trans com muito mais força do que quaisquer outras pessoas.

Ainda assim, quando alguém reagia com "não me importa" a uma confissão tão importante, não era nada bom.

– Que saco – foi só o que Jordan conseguiu pensar em dizer.

Astrid assentiu.

– Mas com a minha reputação ela se importa.

– Com o que as pessoas vão achar de você ficar com uma mulher?

– Com o que…

Astrid deixou a frase por terminar, entrando num momento de introspecção. De repente, Jordan sentiu que ela estava a quilômetros de distância.

– Olha – disse Jordan, encostando o ombro no dela. – Ficar com alguém de quem você gosta não vai arruinar sua carreira. É...

– Ela não tava falando disso – respondeu Astrid.

Afastou-se do guarda-corpo e começou a andar devagar pela varanda. Levou seu vinho, mas parecia ter esquecido que a taça estava em suas mãos, agitando o líquido amarelo-claro enquanto caminhava.

– Ela tava falando de mim. De quem eu sou. E talvez tenha razão. Quer dizer... – Ela gesticulou, indicando a si mesma. – Olha pra mim. Eu sou... sou um desastre. Não estou concentrada no trabalho, meus projetos não têm *inspiração*, a pousada é meu único projeto no momento porque não me dedico o suficiente. Está tudo desmoronando, e talvez já esteja assim há muito tempo, mas achei que conseguiria... achei que conseguiria salvar minha carreira com a pousada. Mas, nos últimos tempos, estou... estou...

– Feliz – afirmou Jordan, e Astrid ficou paralisada. – É assim que você está nos últimos tempos. Não reparou?

Astrid balançou a cabeça.

– Você não entendeu. Você não...

– Eu não o quê? Não tenho trabalho?

Jordan sentiu o sangue ferver. Tentou manter a calma, mas estava testemunhando a mulher que assistia a vídeos pornográficos só para ter certeza de que Jordan sentiria prazer se desintegrar bem diante dos olhos dela.

– Não tenho uma mãe pé no saco pra agradar?

– Isso não é justo.

– Ah, não? Mas é justo declarar que ficar na minha companhia, ter uma parceria comigo, fazer coisas que você obviamente adora – declarou, estendendo o braço para trás, em direção a todas as sobremesas que ocupavam a cozinha – é um erro, só porque *a sua mãe* não gostou?

– Não foi isso que eu quis dizer.

– Olha, acho que foi, sim. Acho que você tá tão perdida que não sabe quem é nem o que quer. E está deixando sua mãe decidir por você, que nem uma covarde.

Jordan só conseguia ouvir o próprio sangue pulsando nos ouvidos. O arrependimento lhe apertou o peito, mas não conseguiu retirar o que dissera. Nem sabia se faria isso. Aqueles últimos dias com Astrid foram uma revelação. Vê-la ganhar vida só demonstrava quanto ela vivera infeliz com quase tudo em sua vida. O trabalho, a família. As amigas eram a única coisa que provocava um sorriso sincero nos lábios de Astrid, a única coisa que revelava seu grande coração e seu espírito amável. Porque ela os escondia em literalmente todos os outros aspectos de sua vida, e por qual motivo? Por causa de uma mãe que nem parecia *gostar* muito dela. Jordan detestava isso. Detestava ver tudo acontecer na sua frente.

Não queria perder a Astrid que tinha descoberto.

Porém, aquela *outra* Astrid diante dela era diferente. Mais tensa. Mais reservada. Uma mulher desapaixonada com um vestido lápis cor de marfim, que estava parada feito uma pedra, com as pontas dos dedos brancas de tensão ao segurar a taça de vinho.

– Vai à merda – disse Astrid finalmente, tão baixinho que Jordan quase não a ouviu. – Você não sabe do que está falando. Teve mãe e pai a vida inteira. Tem uma avó que te adora. Um irmão gêmeo que morreria por você. Sei que também teve problemas de família, Jordan, mas sempre teve várias pessoas pra te ajudar a passar por eles. Eu tive a minha mãe. E só. Só eu e ela, desde os meus 3 anos até agora.

Quando falou, ela o fez trincando os dentes, com a mandíbula tão travada que parecia pronta a se partir, faíscas brilhando nos olhos. Jordan só conseguiu olhar para ela, calada, como se estivesse vendo uma fênix se consumir em chamas.

– Minha mãe perdeu dois maridos em sete anos – continuou Astrid. – Eu perdi dois pais. Vi minha mãe sucumbir ao luto, morrendo de medo que ela desaparecesse também e deixasse a Delilah e eu sozinhas. Aí a Delilah ficou triste demais pra conseguir ser minha irmã, então, pois é, fiquei meio dependente da minha mãe. E ela se esforçou muito pra garantir que eu fosse quem deveria ser. Cuidou para que eu fosse *excelente*. Porque quando você é excelente, quando é bem-sucedida, ninguém pode tomar isso de você. Seu nome e sua reputação não te abandonam, desde que você tenha cuidado.

Lágrimas escorriam pelo rosto de Astrid, embora Jordan achasse que ela não soubesse que estava chorando.

– Então, que se foda essa sua teoria, Jordan. Eu só me perco se falhar. Só me perco se tudo pelo que trabalhei virar pó, porque a minha mãe tem razão. É a minha *vida*. Quem sou eu sem a minha vida? Sem a minha *mãe*? Se a minha própria mãe acha que não posso ser bem-sucedida, que não posso ser alguém importante, então, quem...

– Astrid – murmurou Jordan.

Também queria dizer outras coisas. Queria dizer "gata" e "meu bem", mas Astrid recuou quando ela tentou se aproximar, levantando as mãos num gesto de aviso.

– Sem uma mãe que acredite em mim, quem sou eu? Quem é qualquer pessoa sem essa coisa tão básica, Jordan? Pra que serve tudo isso?

A respiração dela saía com dificuldade, ficando mais áspera e entrecortada a cada segundo. Seus olhos estavam arregalados, como os de uma criança apavorada.

– Quem... quem... sou eu? Quem sou eu, Jordan? Quem...

Jordan viu o pânico transbordar. Astrid inspirou com força, parecendo sentir dor, como se um punho tentasse socar seu corpo para arrancar todo o ar dele de uma vez.

– Não, não, não! – exclamou Jordan.

Ela correu para pegar a taça de vinho da mão dela e deixá-la na mesa da varanda. Então tomou a mulher trêmula e ofegante nos braços, esperando que ela não resistisse.

E Astrid a aceitou, desabando ao encontro de Jordan como uma boneca de pano, os soluços sôfregos irrompendo da garganta contraída, as mãos cobrindo o rosto. Jordan a abraçou, afagando suas costas em movimentos circulares.

A crise de Astrid passou pela mente de Jordan em reprise, toda a raiva e a tristeza misturadas, e não tinha ideia do que fazer quanto a nada daquilo. Não sabia como ajudar, a não ser simplesmente abraçando-a e esperando.

Logo a respiração de Astrid se normalizou. Ela recuou e soltou Jordan. Estava de olhos vermelhos e inchados, o cabelo um desastre total para os padrões dela. Mas, mesmo naquele estado, continuava linda, provocando em Jordan uma sensação terna e leve em seu íntimo, translúcida como as asas de uma fada.

E foi assim que Jordan *entendeu*, tal como compreendia que Simon era seu irmão ou que a gravidade da lua influenciava as marés.

Estava apaixonada por Astrid Parker. Estava cem por cento e perdidamente apaixonada, pronta para tomar decisões absurdas por ela.

– Acho que estou te devendo uma canção de amor – sussurrou Jordan, sentindo tudo em seu corpo tremer. Mesmo assim, estendeu a mão.

Os ombros de Astrid relaxaram, e seus olhos ainda marejados ficaram ternos, com novas lágrimas aflorando. Ela pegou a mão de Jordan, que a puxou para junto dela, passando um braço em volta da cintura nua e usando o outro para encostar a palma da mão de Astrid contra o coração. Então, começou a dançar, balançando em círculos lentos enquanto a primeira canção de amor que apareceu em sua cabeça fluiu boca afora: "Your Song", de Elton John.

Astrid sorriu de encontro ao pescoço de Jordan.

– Você canta igualzinho ao Ewan McGregor em *Moulin Rouge*!

– Ô, se canto.

– Você sabe mesmo cantar.

– Shh – disse Jordan, girando-as, com a boca encostada à mandíbula de Astrid. – Estou cantando pra minha namorada.

CAPÍTULO TRINTA

NA SEMANA SEGUINTE, ASTRID TRABALHOU.

Trabalhou como nunca havia trabalhado na vida.

Todas as manhãs, às sete horas, chegava à pousada, cuidava de burocracias e encomendas. Então, assim que a equipe chegava, começavam as filmagens. Ela filmou a entrada dos eletrodomésticos na cozinha, a pintura de uma flor delicada no teto inclinado do quarto de hóspedes no térreo, e uma conversa preocupada com Josh e Jordan sobre a varanda dos fundos, metade da qual iam transformar num solário, que tinha graves problemas estruturais e que teriam que reconstruir do zero.

Fez tudo isso com o sorriso sempre radiante – menos quando se esperava que ela fizesse cara feia –, com a respiração perfeitamente calma e regular no peito.

Astrid filmou – e mentiu.

Preciso que essa cornija dê certo, Josh.

Acho que essas flores vão criar uma atmosfera de jardim inglês que os hóspedes vão adorar.

Sei que você tinha dúvidas sobre essa banheira em tom de ouro velho, Natasha, mas eu acertei, não?

Mentir. Sorrir. E mentir mais um pouco.

Era óbvio que ela e Jordan estavam mentindo havia semanas, desempenhando um papel diante das câmeras e outro bem diferente nas horas vagas. Mas, depois daquele fim de semana juntas e da visita de Isabel, tudo que dizia respeito à pousada parecia carregado de tensão. Cada palavra, decisão e cara feia ensaiada.

Astrid dizia a si mesma que ela e Jordan estavam juntas naquele plano. Dizia a si mesma que mentia por Jordan e pelo sucesso de Everwood, tanto quanto mentia por si mesma. Mas, a cada dia – quando andava pela casa, vendo-a se transformar diante dos olhos em algo que nunca poderia imaginar, quando pegava Jordan olhando para a tela do laptop, revirando o projeto com um olhar melancólico que sumia assim que Astrid anunciava sua presença –, isso também começava a parecer mentira.

Então ela trabalhou.

Trabalhou e, quando o trabalho ficava pronto, trabalhava um pouco mais.

Às cinco da tarde, encontrava Jordan e beijava aquela boca de botão de rosa. Sentia seu cheiro, desesperada para ficar com ela, mas tinha muito trabalho a fazer. Ia para o escritório e redigia newsletters para mandar aos clientes atuais e potenciais. Vasculhava a internet em busca de projetos futuros, preparava discursos de venda, fazia lista após lista de pessoas para quem ligar, mandar e-mail, procurar.

Finalmente, chegava em casa por volta das dez, tomava banho e tentava não pensar em Jordan, não pensar no que estava fazendo com ela, tirando dela, e tentava não telefonar só para ouvir sua voz.

Geralmente falhava.

E, assim que ligava, Jordan ouvia como sua voz estava apreensiva – porque Astrid havia passado as dezoito horas anteriores tentando esconder aquele som minúsculo e desesperado, e simplesmente não conseguia mais fazer isso com as palavras brandas, gentis e confiantes de Jordan nos ouvidos. Então Jordan chegava, levando-a para a cama, e Astrid conseguia por fim respirar de verdade pela primeira vez no dia.

– Você está trabalhando demais – afirmou Jordan na noite daquela quinta-feira, passando a mão no cabelo de Astrid enquanto se aninhavam debaixo do edredom branco.

Dez minutos antes, Jordan havia entrado na casa e encontrado a namorada sentada no box do chuveiro, totalmente adormecida. Depois, seca e vestida com uma camiseta branca, Astrid mal conseguia manter os olhos abertos para conversar.

– Estou bem – respondeu.

Jordan suspirou e deu um beijo na cabeça dela.

– Não está, não.

Astrid não respondeu. Fingiu já ter adormecido, mas as palavras de Jordan se alojaram em sua mente.

Astrid *estava bem*.

Aquele era seu jeito de ser. Trabalhava muito e por várias horas. Era bem-sucedida. Já havia conseguido dois projetos para o verão – um novo consultório para uma ginecologista que queria uma atmosfera de spa e um pequeno bangalô na Amaryllis Avenue – e, durante as horas de trabalho em Everwood, seu comportamento era equilibrado e profissional.

Mas era seu jeito mesmo?

Já não sabia ao certo.

Quando sentiu Jordan adormecer encostada a ela, a respiração se tranquilizando com o sono, Astrid se virou para olhar a namorada de frente, como tinha feito todas as noites daquela semana, tocando seu rosto élfico com a ponta dos dedos. O sono fugiu de Astrid. Em vez de dormir, viu os olhos de Jordan se movimentarem, sonhando. A mulher por quem tinha quase certeza de que estava apaixonada e cujo projeto estava dizendo que era seu. E Astrid chorou.

Na manhã da sexta-feira, estava tão exausta que mal conseguiu se levantar. Sabia que tinha uma aparência péssima e que estava confiando um pouco demais em Darcy, que fazia mágica ao sumir com suas olheiras. A agenda de filmagens do dia estava lotada. Iam começar no Quarto Azul com a instalação das vigas de madeira rústica que cruzariam o teto, bem como a parede em padrão espinha de peixe. Depois, Natasha e os Everwoods iam à sociedade histórica da cidade para captar imagens de alguns artefatos de Alice Everwood que a instituição mantinha em mostruários de vidro.

Astrid já estava no Quarto Azul, revisando o projeto mais uma vez, verificando se todos os materiais tinham sido entregues. O iPad tremia em suas mãos. Provavelmente já tinha tomado café demais naquela manhã, mas nos últimos dias a cafeína era a única coisa que a mantinha alerta.

– Oi – disse Jordan ao entrar carregando sua mala de ferramentas.

– Oi – respondeu Astrid, sem tirar os olhos da tela.

Sentiu mais do que viu Jordan ficar parada, como se estivesse esperando Astrid olhar para ela.

Astrid não olhou.

Não conseguiu.

Ultimamente era difícil fazer contato visual. Não que já tivesse sido fácil para ela, mas naquela semana mal conseguia encarar os olhos de Jordan sem começar a sentir um aperto na garganta.

Astrid detestava aquilo, mas não sabia mais o que fazer. Precisavam terminar a reforma e as filmagens. Depois disso, ela e Jordan poderiam começar do começo. Quando aquilo acabasse, tudo voltaria ao normal.

Essa ideia deveria ser reconfortante, mas, de alguma forma, só fez Astrid ter vontade de gritar. Seu lábio inferior ameaçou tremer, então ela apertou a mandíbula com tanta força que entendeu que ao meio-dia estaria com dor de cabeça.

– Oi – repetiu Jordan, mas, desta vez, estava bem ao lado de Astrid.

Colocou as mãos nos ombros dela, virando-a de modo que a outra não teve escolha a não ser fitá-la nos olhos.

Meu Deus, como ela era linda. Astrid absorveu a visão e, quase contra sua vontade, sentiu-se respirar profundamente, trêmula.

Jordan franziu a testa e levantou as mãos para emoldurar o rosto de Astrid.

– Meu bem – disse ela, e nada mais.

Só uma expressão, simples e terna, mas bastou para quase partir Astrid ao meio.

– Vamos pra algum lugar neste fim de semana – sugeriu Jordan.

Astrid se esforçou para manter a voz normal.

– Pra onde?

– Qualquer lugar. Quem sabe Winter Lake? Aposto que o Josh consegue arranjar um chalé pra gente alugar. A gente pode marcar um encontro de verdade e ver umas comédias românticas horríveis. – Ela passou os braços em volta da cintura de Astrid, encostando a boca no pescoço dela. – Dormir até o meio-dia. Beber vinho barato. Transar na varanda.

Astrid riu.

– Na varanda?

Jordan mordiscou o pescoço dela.

– A gente aluga um chalé isolado.

Astrid fechou os olhos e se deixou devanear. A ideia parecia perfeita. Parecia o tipo de vida que ela queria.

– Tá bom – pegou-se dizendo.

Jordan se afastou.

– Tá bom?

Astrid assentiu, e Jordan a beijou. Astrid envolveu o pescoço dela com os braços e correspondeu ao beijo. Beijou com mais força, depois ainda mais, como se a pressão das bocas fosse a solução de todos os problemas.

Talvez fosse.

Astrid estava pronta para encerrar o dia e levar Jordan para casa consigo quando alguém pigarreou na porta. As duas pularam de susto, separando-se, mas relaxaram um pouco quando viram que era Simon.

– Desculpem por interromper – disse ele. – Natasha acabou de chegar e quer fazer uma reunião com todo mundo na biblioteca.

– Sobre o quê? – perguntou Jordan, com a mão ainda segurando o quadril de Astrid como se tivesse medo de que ela flutuasse para longe.

– Não sei, mas ela está com aquela cara calma e assustadora que faz quando não está gostando de alguma coisa.

Astrid sentiu o estômago dar uma cambalhota... e depois outra. Olhou para Jordan, mas só por um segundo. Não devia ser nada de mais. Natasha era famosa por ser meticulosa. O mais provável era que houvesse algum detalhe nas sancas que não estivesse à altura do restante ou um arranhão numa parede recém-pintada.

Ainda assim, até essas hipóteses faziam a mente de Astrid girar. *Ela* era a chefe de design. Tinha que ser detalhista e cuidar para que tudo ficasse perfeito.

O trio desceu as escadas com Astrid fechando a retaguarda. Natasha já estava na biblioteca, franzindo a testa enquanto olhava para o celular. Pru também estava lá, assim como Emery, mas não havia mais ninguém da equipe.

Nem câmeras.

Natasha gostava de filmar tudo – cada interação, positiva ou negativa. Quanto mais instigante, melhor. Portanto, o fato de ela obviamente não ter a intenção de filmar aquela reunião fez o pulso de Astrid acelerar.

– Bom dia – disse Natasha depois que todo mundo entrou na sala.

Não havia cadeiras, nem móveis em que se apoiar, então formaram um círculo vago. Simon ofereceu o braço para Pru, e Astrid ficou ao lado de Jordan, com o calor do ombro dela vinculando-a à realidade.

– Vou direto ao assunto – continuou Natasha.

Porém, em seguida, ela simplesmente juntou as mãos, com o telefone entre as palmas, e encostou a ponta dos dedos na boca.

– Ontem à noite recebi um e-mail muito interessante – anunciou por fim. – Passei a noite toda tentando decidir o que fazer a respeito, mas só consegui pensar em simplesmente perguntar.

– Perguntar o quê? – retrucou Simon. – De quem era o e-mail?

– De alguém que não conheço – respondeu Natasha. – O nome dela é Meredith Quinn.

Jordan arquejou bruscamente. Astrid olhou para Natasha, piscando e meio que esperando que o cabelo dela se transformasse em cobras ou outra coisa fantástica, qualquer coisa que indicasse que estava sonhando.

– Meredith Quinn mandou um e-mail pra você – disse Simon, olhando de soslaio para Jordan. – Por quê?

– Você conhece ela? – perguntou Natasha, firme e concisa.

– É minha ex-mulher – foi Jordan quem respondeu, franzindo a testa e baixando as sobrancelhas.

Ao ouvir isso, Natasha arregalou os olhos.

– Sua *ex*? – Ela bateu os dedos na tela do telefone. – Bom, isso é *muito* interessante.

– Por que a ex da Jordan mandou um e-mail pra você? – perguntou Emery.

– Excelente pergunta, Emery.

Era óbvio que Natasha estava zangada, mas Astrid não conseguia imaginar o motivo. *Por que* a ex de Jordan mandaria um e-mail para Natasha? A menos que...

Astrid sentiu o estômago desabar. Disparou um olhar para Jordan, que de repente pareceu ficar verde.

– Por que você não lê o e-mail em voz alta pra nós, Jordan – pediu Natasha –, pra todo mundo tentar entender o que significa?

Ela ofereceu o telefone, que Jordan pegou com a mão trêmula.

Por um segundo, ficou ali, parada, de olho na tela enquanto lia em silêncio. Fechou os olhos, e um músculo ficou saliente em sua mandíbula.

– Vamos, Jordan – insistiu Natasha. – Não esconda de nós um assunto tão intrigante.

De repente, a respiração de Astrid ficou muito sonora, e ela teve que contrair os lábios para não ofegar.

– *Cara Sra. Rojas* – começou Jordan, com a voz rouca, e pigarreou antes de continuar. – *É do meu conhecimento que a senhora atualmente está filmando a reforma da Pousada Everwood em Bright Falls, Oregon. Há muito que admiro o seu programa e o seu trabalho, e sei que valoriza o talento e a dedicação. Em razão da sua integridade e reputação, qualquer designer de interiores que tenha destaque no seu programa deve receber inúmeras chances de crescimento no ramo. É, sem dúvida, uma oportunidade inigualável. Por isso, sugiro que investigue a autoria do projeto que está sendo executado na Pousada Everwood. Atenciosamente, Meredith Quinn.*

O silêncio ecoou pela sala.

– Como assim? – indagou Simon por fim, rompendo a inércia do choque.

– É exatamente o que eu gostaria de saber – respondeu Natasha enquanto pegava o telefone de volta. – Jordan?

Astrid a observou, prendendo a respiração. Sabia o que Jordan diria, sabia que ela resolveria a situação. Daria um jeito, cuidaria para que todo mundo pudesse continuar com seus afazeres, o trabalho, o sucesso do programa. Quase viu as palavras se formando na mente de Jordan, e *sabia*, com toda a certeza, que precisava daquelas palavras. Todo mundo ali precisava. Precisavam que o programa assegurasse o futuro de toda aquela gente.

Mas Astrid não queria aquelas palavras.

Sua mente se agarrou a elas – as mentiras que haviam se tornado parte do seu trabalho –, mas seu coração as rejeitou. Ela viu a batalha interna de Jordan. Presenciava aquela luta havia *semanas*, vendo Jordan tentar conciliar seu papel como chefe de carpintaria com sua realidade como chefe de design. Vira Jordan se doar mais e mais, e Astrid a deixara fazer isso. E por quê?

Por quê?

Por uma mãe que nunca a enxergaria de verdade?

Por uma carreira de que nem gostava?

Não queria ser aquela mulher, alguém que deixava a pessoa amada desaparecer nos bastidores quando merecia brilhar. Não queria ser o tipo de filha que clamava tão desesperadamente pela aprovação da mãe que se perdia de si mesma.

Porque Jordan tinha razão.

Astrid estava perdida.

E precisava se encontrar. E tinha que fazer isso antes de desaparecer por completo.

– Não sei do que ela está falando – declarou Jordan.

A voz dela estava calma, mas Astrid sabia a verdade, percebendo um leve tremor.

– Meredith é... ela é minha ex. A separação não foi tranquila, e eu... acho que ela está só tentando criar caso.

Natasha ergueu uma das sobrancelhas.

– Então isso é picuinha de ex rejeitada?

Jordan assentiu. Estendeu as mãos, mas elas tremiam. Astrid viu Pru franzir a testa.

– Sinto muito por isso – continuou Jordan. – Vou falar com ela. Meredith não vai te incomodar mais. Garanto que a autoria desse projeto é...

– Para – pediu Astrid; falou numa voz calma, mas o pedido deteve Jordan. Astrid ergueu o olhar para ela. – Já chega.

CAPÍTULO TRINTA E UM

JORDAN OLHOU PARA ASTRID.

— Chega... de quê? — perguntou ela.

Astrid fechou os olhos. Mesmo assim, Jordan não se mexeu. Ninguém se mexeu. Ninguém disse uma palavra. Por fim, Astrid ergueu os ombros, assentindo para si mesma enquanto respirava fundo.

Saco.

Jordan conhecia aquele olhar.

— Astrid, espera...

— Jordan é a chefe de design desse projeto — declarou Astrid. — Não sou eu.

Houve um silêncio horrivelmente longo antes de Natasha inclinar a cabeça e perguntar:

— Como é que é?

— Ela merece o crédito — continuou Astrid — e todas as oportunidades que a participação no programa vai proporcionar.

— Astrid — repetiu Jordan, dessa vez num sussurro.

O choque levou as emoções de Jordan ao limite. Não conseguia respirar, mas conseguiria dar um jeito na situação. Era só negar tudo. Bastava fazer isso para resolver o problema.

— Do que você tá falando?

— Não faz isso — respondeu Astrid, sem olhar para ela. — Sinto muito por ter deixado isso continuar por tanto tempo. Não sei...

Ela balançou a cabeça, cobrindo a boca com a mão.

E, com isso, Astrid deu as costas e saiu da sala. Ninguém a impediu, nem mesmo Jordan, enquanto tentava processar o que tinha acabado de acontecer e quais seriam as consequências. Percebeu o olhar de Simon, que a encarava como se nunca a tivesse visto. Lágrimas marejaram os olhos de Pru, que entrelaçou as mãos, cobrindo a boca. Natasha se limitou a ficar olhando, a boca ligeiramente aberta, como se estivesse tentando descobrir o que dizer ou fazer.

Jordan foi atrás de Astrid.

– Astrid! – chamou, alcançando-a no saguão. – Ô, Astrid, ô, espera aí.

Astrid não obedeceu e disparou em direção à porta da frente. Jordan teve que correr para alcançá-la de novo. Pegou o braço dela e a fez se virar.

– Não fala nada – pediu Astrid. – Por favor.

– É lógico que vou falar alguma coisa. O que você tem na cabeça? Por que fez aquilo?

– Você sabe por quê. Não posso... Desculpa, Jordan.

– Desculpa pelo quê? – Jordan abriu os braços. – A gente é parceira.

Astrid balançou a cabeça.

– Uma parceira não faz uma coisa dessas. Uma parceira não rouba o crédito e as oportunidades da outra. E não mente.

– Astrid – murmurou Jordan. – Você não... Não foi isso que você... – Mas não conseguiu terminar a frase, e ambas sabiam por quê.

Astrid soltou um soluço seco.

– Eu cheguei muito perto. Cheguei muito perto de tirar tudo de você. E sabe de uma coisa? Eu ia mesmo fazer isso. Acho que ia levar a farsa até o fim se a Meredith não tivesse mandado aquele e-mail pra Natasha. Isso é o que mais me dá medo. Isso é o que...

Ela esfregou a testa, suspirando entre as mãos.

– Não posso fazer isso.

– Fazer o quê?

Astrid gesticulou entre elas.

– Isso. Nós duas.

– Peraí – disse Jordan, sentindo o pânico tomar conta do peito.

Com certeza Astrid não estava falando do relacionamento, e sim do trabalho.

Não é?

– A gente pode resolver – continuou Jordan. – Fica calma, tá? Vamos pensar um pouco.

– Eu não quero resolver – respondeu Astrid com voz trêmula. – Você não entende? É isso que tem que acontecer. Tudo precisa desmoronar pra você poder começar de novo. Termina esse projeto como chefe de design, do jeito que deve ser.

– Astrid, eu não quero – retrucou Jordan, e sentiu a raiva aflorar para se juntar ao choque e à preocupação. – Eu te disse desde o começo que não queria.

– Mas quer, sim – respondeu Astrid com brandura. – Eu percebo o jeito como você olha pra tudo que criou. Você adora esse trabalho, Jordan. Só se convenceu de que não gosta porque acha que não merece.

– Eu... não é nada disso.

Mas algo dentro de Jordan, algo duro e resistente que ela construíra em seu íntimo no instante em que Meredith tinha saído de cena e batido a porta na cara dela, um ano antes, começou a desabar.

Astrid deu um passo à frente e pegou o rosto de Jordan entre as mãos, encostando a testa na dela.

– Você *merece*, Jordan. Merece tudo o que há de bom.

Um pavor oco tomou conta do estômago de Jordan.

– Espera... Astrid, peraí. O que você tá...

Mas Astrid não a deixou terminar. Beijou a boca de Jordan uma vez... depois mais uma...

E então se afastou.

E, pela segunda vez na vida, Jordan viu a mulher que amava sair de cena.

Jordan ficou ali, encarando a porta da Pousada Everwood por um bom tempo, tanto que Simon precisou sair para procurá-la.

– Jordie? – chamou ele, pousando a mão delicadamente no braço da irmã.

Ela se virou para ele. Sentiu como o próprio rosto estava frouxo, esvaziado de qualquer emoção, mas não conseguiu reagir.

Astrid tinha ido embora.

Tinha abandonado Jordan.

– É verdade? – perguntou Simon.

Jordan deu as costas para ele, olhando para o quintal enlameado, piscando. Os paisagistas chegariam dali a duas semanas.

– O que é verdade? – perguntou ela.

– O projeto é seu?

Ela respirou, trêmula, e ergueu os olhos para observar o saguão, que haviam pintado de *Estrelas Vespertinas*, o mesmo tom do Quarto Azul. Era escuro e lindo, atraindo os hóspedes para o mistério da Pousada Everwood. Depois, acrescentariam um tapete grande cor de marfim, estampado com círculos em azul-marinho e amarelo-ocre, além de cadeiras sem braços em tons semelhantes debaixo de arandelas cor de âmbar.

Astrid tinha razão.

Jordan adorava o que tinha criado.

E adorava criar.

Naquelas últimas semanas, havia tentado não sentir nada disso. Era muito difícil amar algo que fizera e de que precisaria abrir mão, mas essa era a natureza da própria arte. Ela já havia feito isso com todos os móveis que tinha criado na vida e estava preparada para fazer o mesmo com aquele projeto. Era a única opção que fazia sentido, a única forma do *Pousadas Adentro* dar certo para todas as pessoas envolvidas.

Porque Jordan não era uma designer de interiores.

Era só uma carpinteira que amava a casa de sua família e que esculhambava tudo em que tocava.

Inclusive a Pousada Everwood. Porque sabia que era o fim: Natasha não aceitaria mais filmar Astrid como chefe de design, e já tinham perdido muito tempo. A reforma já estava avançada demais para começar de novo com Jordan.

– É ou não é?

A nova voz arrancou Jordan de seus pensamentos. Ela se virou para ver Natasha na porta da biblioteca, com Emery ao lado dela. Pru chegou logo depois, e o coração de Jordan quase se estilhaçou quando a viu. Iam ter que vender a casa. Sem a exposição proporcionada pelo *Pousadas Adentro*, seria impossível recuperar o dinheiro que a avó tinha pegado emprestado para fazer a reforma.

Mesmo que Jordan mentisse naquele instante, de que serviria? Astrid tinha ido embora – e nunca mais voltaria a entrar na pousada, disso Jordan não tinha dúvida. Seria humilhante, e Simon, depois que percebesse a dimensão de tudo o que tinha acontecido com o projeto, ficaria zangado demais para deixar que ela voltasse.

– É – respondeu ela finalmente. – É verdade.

Por um instante, a esperança floresceu. Talvez Natasha, que Jordan sabia adorar o projeto, descobrisse como levar o processo adiante. Talvez já tivessem captado imagens suficientes sem Astrid para montar uma espécie de episódio. Talvez não fosse o melhor momento do *Pousadas Adentro*, mas já seria melhor do que desperdiçar todas as imagens que tinham, todo o dinheiro que a emissora devia ter gastado em mão de obra, hospedagem e equipamentos, não? Talvez...

Porém, quando Simon murmurou "merda" ao lado de Jordan, quando ela encarou os olhos de Natasha e viu a decepção e a resignação, todos aqueles "e se" estouraram como bolhas de sabão flutuando pelo ar.

CAPÍTULO TRINTA E DOIS

O E-MAIL QUE ENCERRAVA OFICIALMENTE o contrato de Astrid com os Everwoods chegou no dia seguinte. Ela tinha desligado o celular – Jordan ligara várias vezes depois que ela havia saído da pousada, e Astrid ainda não tinha condições de falar com ela –, então a breve missiva de Simon chegou à caixa de entrada quando ela abriu o laptop para procurar um filme ruim para ver na cama.

Cara Srta. Parker,

De acordo com os termos do nosso contrato, este é um aviso por escrito para informá-la de que a Pousada Everwood está encerrando a parceria com a Bright Designs com base na cláusula 3.1, que determina que o cliente pode rescindir o contrato com base na insatisfação com o projeto. Agradeço pelo seu tempo.

**Atenciosamente,
Simon Everwood**

Ela fechou a tampa do laptop com força e puxou as cobertas por cima da cabeça, e assim ficou pelas dez horas seguintes.

Astrid não se lembrava de ouvir a campainha. Mas, em se tratando de Iris, nem tinha tocado. Tanto ela quanto Claire tinham as chaves da casa, decisão que lamentou ao abrir os olhos, depois de dormir graças a um paracetamol, para encontrar suas duas melhores amigas e a irmã olhando para ela com expressões preocupadas. Gemeu e rolou de cara no travesseiro, esperando que ficar de costas transmitisse com exatidão a mensagem: "*Deem o fora da minha casa.*"

Mas, obviamente, isso não deu certo. Não com aquela turma.

– Trouxemos suprimentos – anunciou Iris, sentando-se de uma vez na cama.

Astrid ouviu o som de um saco de papel, mas não se virou.

– Sorvete, batata frita e uma caixa gigante de garrafas de vinho bem vagabundo – continuou Iris.

– Vão embora – grunhiu Astrid.

– Não vai dar, meu bem – respondeu Claire.

Ela se aproximou pelo outro lado da cama para poder ver Astrid, depois se ajoelhou no chão e apoiou os antebraços no colchão. Astrid suspirou e rolou de novo, olhando para o teto.

– Que dia é hoje?

– Domingo.

Dois dias desde que tudo tinha ido pelos ares, e Astrid tinha certeza de que só saíra da cama para ir ao banheiro.

– Quanto vocês já sabem? – perguntou ela.

– Tudo – respondeu Delilah. – Simon contou pra Iris, que contou pra gente e depois ligou pra Jordan, que ignorou completamente os cinco milhões de mensagens dela.

– Pra ser sincera, estou meio magoada – comentou Iris, mas com um tom de voz leve, brincando.

Mas Astrid não estava com vontade nenhuma de brincar. Teve que resistir ao impulso de cobrir a cabeça com o lençol como uma criança fazendo birra. O constrangimento tomou conta dela, aquele sentimento quente e viscoso de vergonha que havia passado a vida inteira se empenhando em nunca, nunca sentir.

Tinha sido despedida.

Tinha falhado.

Além disso, havia prejudicado Jordan. Vinha prejudicando-a havia semanas, só não enxergara isso antes.

Agora, porém, tudo estava dolorosamente óbvio. Cada detalhe grotesco e áspero daquele último mês de sua vida irrompeu em cores para o mundo inteiro ver.

– Amiga – disse Claire, passando a mão no cabelo de Astrid. – Você tá bem?

Astrid se sentou e esfregou os olhos inchados. Achava que não havia nem tirado a maquiagem desde sexta-feira. E, na verdade, não dava a mínima.

– Nenhuma de vocês falou com a Jordan? – perguntou, olhando para cada uma das amigas.

Iris balançou a cabeça.

– Simon disse que ela se enfiou no quarto dela. Nem falou muito com ele.

– E o programa? A Natasha tá muito brava?

Iris e Claire se entreolharam, ambas boquiabertas. Porém não disseram uma palavra. Então Astrid olhou diretamente para a irmã.

Delilah suspirou.

– O programa já era, Astrid. A equipe foi embora ontem de manhã.

– Merda. – Astrid apoiou a cabeça nas mãos. – Não era pra isso acontecer. Era pra...

Mas, ao mesmo tempo que pensava naquilo, que tinha esperança, sabia que era impossível Jordan simplesmente aparecer como a chefe de design num programa que já estava filmando uma reforma havia cinco semanas.

Então ela também havia estragado aquilo.

Jordan devia odiá-la. Tinha *o direito* de odiá-la.

Fechou os olhos, tentando conter todas aquelas emoções, as confusas, as que Isabel passara trinta anos ensinando-a a controlar. Mas estava muito cansada de se dominar, de saber cada passo que deveria dar e exatamente como executá-lo. Estava *perdida*, pelo amor de Deus, e pronta para agir de acordo.

Assim, fez algo que raramente fazia na frente das amigas.

Chorou.

Enquanto as lágrimas salgadas e mornas escorriam por seu rosto, percebeu que só tinha soluçado de verdade na frente de outra pessoa – Jordan Everwood, na varanda dos fundos de casa, quando ficara aos pedaços e Jordan colara os cacos com uma canção de amor.

Pensar nisso só a fez chorar ainda mais, e logo estava soluçando com o rosto nas mãos, os ombros estremecendo com soluços profundos e dilacerantes.

– Puta merda – murmurou Delilah.

Mas Astrid só registrou aquela voz vagamente. A única coisa que importava era transbordar tudo, tudo o que odiava em si mesma, em sua vida, no que tinha feito com Jordan. As lágrimas eram como um processo de desintoxicação, percorrendo seu corpo e limpando-o.

Pelo menos, essa era a sensação.

Era o que esperava que fosse, mas parecia tão impossível... recomeçar. O que isso queria dizer para uma pessoa que já estava na Terra havia trinta anos?

Logo sentiu os braços das amigas ao seu redor – as três, inclusive Delilah –, envolvendo-a e sustentando-a enquanto entrava em colapso total.

– Já não era sem tempo – disse Iris, mas não de um jeito maldoso. Falou com tom gentil, amoroso, beijando a testa de Astrid. – Já não era mesmo.

Na segunda-feira de manhã, Astrid finalmente saiu do quarto, tomou banho, lavou o cabelo e até se maquiou um pouco. Mas, parada na frente do armário, com fileiras de roupas pretas, brancas e marfim penduradas diante dela, não conseguia se forçar a vestir um terno nem um vestido.

Encontrou um jeans preto guardado no fundo da cômoda e o vestiu, pegando em seguida uma regata branca lisa. Finalizou com algumas correntes de ouro no pescoço e argolas do mesmo tom nas orelhas. Enquanto se olhava no espelho – os olhos ainda vermelhos e inchados, o cabelo ondulado porque a ideia de usar um secador parecia insuportável no momento –, pensou reconhecer a mulher no reflexo.

Exausta.

Inconsolável.

Não havia como negar: pela primeira vez na vida, Astrid estava de coração partido. Ou será que ele sempre estivera partido e ela nunca se deixara sentir? Não sabia ao certo, mas era o sentimento correto. Era *verdadeiro*.

Encheu um copo de café, entrou no carro e foi para o escritório da Bright

Designs no centro da cidade. Em qualquer outro dia, teria muito trabalho a fazer, e não sabia se o pavor que sentia diante da perspectiva de fazer mais projetos, criar mais designs e sorrir para os clientes fazia parte daquele sentimento ou se era algo mais.

Tinha passado a maior parte do domingo com as amigas e Delilah, vendo filmes ruins e dormindo, mas, depois do colapso, não tinha falado muito. Não que não quisesse – só ainda não sabia ao certo o que precisava dizer.

A *verdadeira* Astrid ainda estava toda emaranhada com a de antes, a que a mãe tinha feito à sua própria imagem.

Depois de se sentar à mesa, finalmente ligou o celular.

Dezenas de notificações iluminaram a tela.

Ser Humano Maravilhoso Que Estragou o Seu Vestido Feio

Astrid sentiu um nó na garganta ao ler o nome de Jordan, que por algum motivo não tinha se convencido a mudar. Sabia que ainda estava registrada como Ser Humano Quase Decente que Quer te Beijar de Novo no telefone dela, e, caramba, no fim das contas aquela primeira parte era verdade: ela nem chegava a ser decente.

Jordan tinha feito todas aquelas chamadas na sexta-feira, logo depois que Astrid saíra de Everwood. Não havia deixado mensagens de voz, mas tinha mandado várias de texto. As mãos de Astrid tremeram ao ler as mensagens.

> Não faz isso, Astrid.

> Por favor, responde.

> Vamos conversar, por favor.

> Por que você tá fazendo isso?

> Meu bem, me liga. Por favor.

E essa era a última. Um apelo doce e terno. Astrid quase conseguia ouvir a voz dela por trás das palavras. A mágoa.

– Merda! – disse em voz alta, com lágrimas turvando os olhos.

Cobriu a boca com a mão e ficou olhando para a última mensagem de Jordan. Ela não tinha mandado mais mensagens nem ligado no sábado e no domingo, o que significava que tinha *mesmo* feito merda.

O pânico aflorou no peito, e ela aproximou o dedo do contato de Jordan. Um toque. Era só isso que precisava fazer.

Largou o celular na mesa.

Tinha falado sério ao dizer aquilo para Jordan na entrada de Everwood – que ela merecia tudo de bom e Astrid era um desastre.

Olhou para seu pequeno escritório de paredes cinzentas, com pinturas abstratas em posições estratégicas, sofás brancos na sala de espera, mesas da mesma cor. Fechou os olhos e pensou num azul-escuro, da cor da meia-noite; em verde-sálvia, amarelo-ocre e prata; em banheiras com pés de garra e flores delicadas pintadas no teto.

– Então você está viva – disse uma voz.

Abriu os olhos para ver a mãe parada na porta da frente, majestosa de calça marfim e blusa de seda preta. Astrid tinha algumas versões daquela mesmíssima combinação em seu armário.

Isabel tirou os óculos escuros e os dobrou na mão, depois foi até uma das cadeiras brancas em frente à mesa de Astrid. Sentou-se, empertigada, calma, mas sua boca estava franzida, a pele tensa ao redor dos olhos.

Astrid afundou na própria cadeira. Nem sequer cruzou as pernas. Em vez disso, apoiou uma delas no assento e passou os braços em volta do joelho.

Isabel ergueu uma das sobrancelhas, mas não disse nada sobre a postura desleixada da filha.

– E então? Vai se explicar?

– Explicar o quê, mãe?

Isabel deu uma risada seca.

– Acha mesmo que sua farsa na Pousada Everwood já não é de conhecimento geral a esta altura? Por acaso o telefone do seu escritório já tocou hoje, Astrid? E o seu e-mail? Quantas notificações de projetos cancelados estão esperando na sua caixa de entrada?

Um lampejo familiar de pânico. Astrid baixou a perna enquanto se inclinava em direção ao computador e abria o e-mail. Examinou a seleção normal de newsletters de design até encontrar alguns nomes conhecidos.

Eram os dois clientes que conseguira na semana anterior, escrevendo para informá-la de que decidiram seguir em outra direção. Ela se recostou na cadeira, e todo o ar saiu de seus pulmões.

Isabel fungou.

– Não consigo acreditar que você deixou a situação em Everwood sair do controle desse jeito. Eu avisei o que aconteceria se as pessoas descobrissem e tinha razão. Agora, o que precisamos fazer...

A mãe continuou a falar, mas Astrid mal a ouviu. Ficou sentada ali, olhando para a tela do computador, para sua falta absoluta de clientes, enquanto o último e-mail de Simon continuava na caixa de entrada, e entendeu que a hora tinha chegado.

A hora do fracasso completo e notório.

Ela finalmente havia conseguido.

Sua reputação, sua integridade como designer, acabadas.

Era o fim.

Sabia que deveria estar atiçando aquela pequena fagulha de pânico, que deveria estar perdendo a cabeça, planejando e tramando como corrigir a situação. Deveria estar ouvindo a mãe.

Mas não estava.

Estava... aliviada.

Aquele espaço grande e vazio em seu peito era isso. Astrid Parker tinha esculhambado completamente a própria vida profissional, e estava *feliz*.

Feliz da vida.

– ... vai ajudar imensamente a restaurar a sua reputação – dizia a mãe, tocando a tela do telefone. – Vamos oferecer o jantar na Casa das Glicínias na quarta-feira, o que significa que temos muito a fazer até lá. Vou mandar por e-mail uma lista das pessoas que você precisa...

– Para – disse Astrid.

Isabel arregalou os olhos.

– Como disse?

– Já chega.

Dissera essas mesmas palavras para Jordan três dias antes, apenas duas palavrinhas que em seguida viraram sua vida do avesso.

E pretendia virá-la um pouquinho mais.

– Pra mim chega, mãe – continuou, afastando-se da mesa.

– Pra você... chega – repetiu Isabel.

Não era uma pergunta. Parecia mais uma acusação.

Astrid respirou fundo e se inclinou para a frente, apoiando os cotovelos nos joelhos.

– É.

– Chega de quê? – perguntou Isabel.

– De tudo. Da Bright Designs. Do brunch de domingo. Dos jantares e dessas... – falou, gesticulando entre ela e Isabel – sessões estratégicas sobre como consertar quem eu sou. Não preciso de conserto, mãe.

Isabel pareceu ofendida.

– Astrid, não diga bobagem. Não estou tentando consertar você. Estou tentando ajudar.

Astrid balançou a cabeça.

– Não. Você está tentando me *fabricar*, e não preciso ser fabricada. Achei... achei que tudo ia mudar depois do Spencer, que você ia ver que eu decido minha vida e que estou *bem* do jeito que sou, mas não. E não posso nem pôr a culpa em você, porque *eu mesma* não via isso. Deixei você continuar me consertando e se intrometendo e me mudando porque eu queria que você me amasse e me aceitasse...

– Que eu te amasse?

O queixo de Isabel caiu e, pela primeira vez em anos, talvez na vida inteira, Astrid viu uma dor genuína cintilar nos olhos da mãe.

– Astrid, é óbvio que eu te amo.

Astrid fechou os olhos. Queria que fosse verdade. A mãe era sua única família – mas, ao mesmo tempo que pensava isso, entendeu que não era verdade. Claire era sua família. Iris. Até Delilah. Tinha passado a vida toda tentando conquistar a aprovação e o amor da mãe, e mal tinha percebido qualquer outra coisa ao redor. Era óbvio que sabia que as amigas estavam ao seu lado, mas era como se a cabeça e o coração estivessem em constante dissonância – sabia que elas a amavam, mas não as deixara amá-la do jeito que precisava.

Não deixara que aquele amor bastasse.

Mas bastava.

Astrid Parker era amada, não importava o que a mãe achasse dela. Não importava que escolhas fizesse.

E esse amor deu a ela a coragem de escolher a si mesma.

– Eu creio que você acredite nisso, mãe – respondeu, de repente com a voz trêmula de emoção. – Mas só sinto seu amor por uma Astrid que você criou na sua cabeça, e não gosto dessa mulher. Não quero mais *ser* essa mulher.

O queixo de Isabel continuava caído, e os olhos piscavam sem parar.

– Astrid, o que está dizendo?

Astrid se levantou. Não alisou a calça com a mão, não endireitou a camiseta nem ajeitou o cabelo. Simplesmente tirou as chaves da bolsa e separou a que abria o escritório da Bright Designs do aro. Então deixou-a na mesa diante da mãe.

– Estou dizendo que me demito.

E saiu pela porta, com lágrimas de alívio, alegria e um pouco de tristeza a escorrer livremente pelo rosto enquanto caminhava.

CAPÍTULO TRINTA E TRÊS

O DESGRAÇADO DO DOIS DE COPAS.

Jordan não conseguia acreditar.

Depois de duas semanas de Ouros, Espadas e Paus, Imperatrizes e Enforcadas, aquele sacaninha escolhia a manhã de quarta-feira, depois que a vida de Jordan tinha implodido por completo – de novo – para aparecer como uma encomenda surpresa vinda do inferno.

Ela rasgou a porcaria da carta ao meio, coisa que provavelmente deveria ter feito meses antes. Podia ter se poupado de muita dor de cabeça. Ou, pelo menos, teria se poupado de muitos pensamentos e sentimentos inúteis a respeito de amor e parcerias.

Ainda assim, horas depois, enquanto instalava as ripas na parede em padrão espinha de peixe no Quarto Azul, não conseguia parar de pensar naquilo.

Almas gêmeas.

O par perfeito.

Ah, pelamor.

Disparou a pistola de pregos numa peça de madeira inclinada da cor de café expresso com um pouco mais de força do que precisava.

Depois da declaração de Astrid, Natasha e o resto da equipe do *Pousadas Adentro* tinham ido embora na manhã de sábado, sem muito alarde. Na estradinha da entrada, Natasha havia abraçado Jordan e pedido desculpas pelas coisas terem acontecido do jeito que aconteceram, mas não oferecera nenhuma alternativa, nenhuma ideia de como poderiam dar um jeito naquela bagunça e continuar filmando.

Jordan não sabia se estava arrasada ou aliviada. Talvez as duas coisas.

Teriam que vender a pousada, mas ela também não achava que pudesse simplesmente voltar e aparecer nas filmagens como chefe de design. Não com Astrid assombrando todos os cômodos e todas as decisões do projeto.

O novo plano – elaborado por Simon, obviamente – era terminar a reforma e tentar conseguir a maior quantia possível com a venda da propriedade. Uma corretora de imóveis tinha chegado no dia anterior, extasiada com a possibilidade de vender um tesouro americano como aquele. O nome dela era Trish. Tinha um cabelo muito loiro que não se mexia quando andava, e Jordan precisou conter o ímpeto de atirá-la pela janela.

Mas Trish estimou o preço de venda em sete dígitos, o que deveria deixar qualquer pessoa feliz.

Isso só serviu para mandar Jordan de volta para a cama, onde ficou olhando sua série recente e unilateral de mensagens de texto para Astrid, lutando contra o ímpeto de ligar para ela outra vez.

Não faria isso. Àquela altura, tinha se tornado uma verdadeira especialista em mulheres que adoravam sair de cena sem nem conversar com ela, e não ia atrás de alguém que obviamente não a queria. Teria sido muito mais fácil se concentrar nessa decisão sem aquele Dois de Copas dos infernos, e era exatamente por isso que naquele momento a carta estava rasgada em pedaços no cesto de lixo da cozinha do chalé.

Jordan apontou de novo para a parede com sua pistola de pregos.

Bam.

Bam.

Bam.

Tentou expulsar o rosto de Astrid da mente – Astrid sorrindo, assando bolo, dançando devagarzinho, tendo um orgasmo –, mas a única coisa que parecia bloquear de verdade a imagem da mulher era o barulho da pistola de pregos. Tinha acabado de encaixar mais uma ripa de madeira no desenho da parede quando o telefone tocou.

Largou a ferramenta, o coração pulando na garganta. De repente, suas mãos estavam tremendo, aquela *esperança* desgraçada atravessando o peito como um cometa. Desajeitada, tirou o telefone do bolso de trás, ainda sem saber o que faria quando visse o nome de Astrid – mas não era ela.

Era Natasha Rojas.

Encarando a tela, Jordan piscou enquanto se dava um segundo para voltar a respirar normalmente. Então deslizou o dedo na tela.

– Oi, Jordan – disse Natasha depois que Jordan murmurou um cumprimento confuso. – Não te peguei numa hora ruim, né?

– Hã, não. Estava só instalando a espinha de peixe.

– Ah. Vai ficar muito bonita.

– É.

Natasha deu um suspiro profundo, fazendo o telefonema chiar.

– Olha, vou direto ao assunto. Detesto o jeito como tudo terminou.

– Também.

– Eu sei. Seu trabalho é extraordinário, Jordan. Espero que saiba disso.

Jordan se sentou num banco com a testa apoiada na palma da mão. Ainda não estava acostumada a ouvir elogios que pudesse de fato aceitar.

Só se convenceu de que não gosta porque acha que não merece.

Ela balançou a cabeça, tentando se livrar das palavras de Astrid, mesmo sabendo que, no fundo, ela estava certa.

Naquela hora, ao telefone com Natasha Rojas, suspirou e apenas disse a verdade:

– Sinceramente, não sei o que sei.

Por um instante, Natasha ficou em silêncio.

– Bom, minha intenção é tentar te convencer.

Jordan endireitou o corpo.

– Como assim? O episódio com a pousada não vai rolar... Né?

– Ah, de jeito nenhum. E os mandachuvas estão furiosos. Perdemos muito dinheiro e muito tempo.

– Sinto muito – falou Jordan, porque ainda não tinha dito isso. A ninguém.

– Eu também. Felizmente, hoje em dia eles fazem praticamente tudo o que eu quero.

– Espera, então... o episódio vai rolar?

– Ah, não, meu bem. Eu sou boa, mas não faço mágica. Cancelar o seu episódio foi decisão minha.

– Tá. Saco. Desculpa.

– Mas não te liguei pra gente passar uma hora chorandinho pelos planos que deram errado.

Jordan bufou, rindo.

– É justo.

– Liguei pra oferecer uma matéria de destaque sobre a sua reforma em Everwood na *Orquídea*.

Jordan demorou um pouco para assimilar as palavras de Natasha, e mesmo depois não sabia ao certo se tinha entendido bem.

– Na *Orquídea*.

– Isso mesmo.

– Quer dizer, a sua revista de design de interiores que eu vi em todas as filas de caixas de supermercados em que já entrei.

Natasha riu.

– E em todas as bancas de jornal das maiores cidades do país.

– Você quer fazer uma matéria com Everwood.

– Quero fazer uma matéria com *você*, Jordan. Temos imagens suficientes do antes e do durante. Só falta fazermos uma sessão de fotos assim que a reforma terminar. E, lógico, uma entrevista aprofundada com você sobre o projeto, sobre a sua inspiração.

Jordan se levantou e olhou para o Quarto Azul ao redor dela. Ver seu projeto, a amada casa de sua família nas páginas lustrosas da *Orquídea*... mal conseguia assimilar a ideia.

– Eu... não sei o que dizer – respondeu.

– Tem mais.

Jordan se sentou outra vez.

– Ah, é?

– Como eu disse, os executivos da emissora não ficaram contentes com o cancelamento do episódio.

– Aham. Desc...

– Mas mostrei pra eles o seu projeto de design pra Everwood. Eles piraram, Jordan.

– Quer dizer... no bom sentido?

Natasha riu.

– É. No bom sentido. E querem te contratar como assistente de design.

– Eles... Desculpa, como é que é?

– Você entendeu.

– O que isso quer dizer?

– Bom, a princípio, significa basicamente que você vai fazer o que eles pedirem. Isso pode incluir dar consultoria em vários programas nos bastidores, mas, se eles gostarem das suas propostas, você vai aparecer como designer de destaque em programas como *Casa & Cia.* e *Duelo de Design*, que não têm um designer fixo, mas vários profissionais que se alternam nos episódios.

– Eu... iria aparecer na TV?

– Isso, você iria aparecer na TV. E seria designer da emissora. E, se for tão boa quanto acho que é, um dia pode até ter seu próprio programa. Caramba, Jordan Everwood, você pode até ser a próxima Natasha Rojas.

Jordan riu do tom provocador da apresentadora, mas havia um eco de verdade naquelas palavras.

– Então, o que me diz? – perguntou Natasha.

Jordan se levantou e passou a mão no cabelo. Então parou, deixando simplesmente os dedos se emaranharem nas madeixas, puxando um pouco, esperando que a dorzinha a jogasse de volta à realidade.

Mas a realidade era esta.

Natasha estava ao telefone, oferecendo a ela a oportunidade da sua vida.

Oferecendo um jeito de salvar Everwood.

Oferecendo...

Jordan baixou a mão ao lado do corpo. Era o que ela queria. Natasha estava oferecendo o que ela *queria*: levar o crédito por aquele projeto e mostrar ao mundo que *ela* era a autora que fizera aquilo acontecer. Parecia um pensamento muito egoísta, mas não conseguiu evitá-lo. Queria construir armários de cozinha, estantes de livros e mesas de centro, mas também queria criar projetos. Quartos, apartamentos, casas inteiras. Queria transformar os espaços onde as pessoas moravam e amavam, tal como tinha feito com Everwood.

E, mais do que isso, ela merecia.

Mesmo que estragasse tudo.

Mesmo que não tivesse a menor ideia do que estava fazendo.

Mesmo assim.

Merecia ser feliz.

– Sim – disse Jordan para Natasha. – A resposta é sim, pra tudo.

Jordan desceu correndo a escada de Everwood, saiu pela porta e atravessou o gramado até o chalé. Na cozinha, encontrou Pru e Simon sentados à mesa, comendo sanduíches de peru e tomando chá gelado de ervas.

– Meu amor – disse Pru, olhando para ela através de óculos azul-royal –, você está bem?

– Estou ótima. Estou maravilhosa. – Ela se sentou com tudo na cadeira em frente ao irmão. – Liga pra tal da Trish, Simon. Diz pra ela que a gente não vai vender a casa.

– Quê? – perguntou ele. – Jordie, a gente tem que vender.

Jordan balançou a cabeça e contou sobre o telefonema de Natasha e a oportunidade de trabalhar para a emissora. Pru começou a tagarelar, entusiasmada, mas ela a interrompeu, deixando a notícia mais importante, sobre a matéria na *Orquídea*, para o fim.

– Não é um episódio do *Pousadas Adentro*, mas é alguma coisa – explicou ela. – É o suficiente. Né?

Pru sorriu para a neta com lágrimas brilhando nos olhos, mas Simon franziu a testa. Era bem do feitio dele.

– Jordie, isso é fantástico – disse sem olhar para a irmã. – Sério, estou muito orgulhoso de você. Mas não sei se isso vai bastar pra manter Everwood em funcionamento. Precisamos de um plano de negócios totalmente novo, de uma nova gerente, de uma nova cozinheira...

– Então vamos pensar num plano e arranjar uma gerente. Não pode ser tão difícil assim – respondeu Jordan. – Tem que haver um jeito.

Simon balançou a cabeça, mas Pru estendeu a mão para o outro lado da mesa e pegou a dela.

– Vamos dar um jeito. Estamos dando um jeito há mais de cem anos e agora vamos fazer a mesma coisa. Você conseguiu, meu amor. Eu sabia que conseguiria.

Jordan franziu a testa para Pru, porque algo no tom de voz dela a fez parar para pensar.

– Vó... Vó, a senhora já sabia que o projeto era meu?

Pru suspirou e se recostou na cadeira.

– Eu desconfiava. Eu te conheço, e o projeto... tinha bem a cara da nossa família.

– Por que a senhora não disse nada?

– Talvez devesse ter dito. – Pru pegou seu chá e tomou um gole. – Mas percebi que você e Astrid eram importantes uma pra outra, e parte de mim não queria interferir, porque ela te fazia feliz. Além disso, quis dar pra Astrid a oportunidade de fazer a coisa certa. E foi o que ela fez... no fim.

Jordan balançou a cabeça, sentindo os olhos arderem.

– Sem nem falar sobre isso comigo.

Pru estendeu a mão outra vez e afagou a da neta.

– Eu sei que dói, meu bem. Mas o amor nem sempre calcula os detalhes. Às vezes, o amor vai lá e *faz*.

Aquela palavra – *amor* – apertou a garganta de Jordan. O amor não tinha nada a ver com ela e Astrid. Se tivesse... bom, ela estaria a caminho da casa de Astrid naquele exato momento pra contar as boas novas. Estaria *com* Astrid. E não estava.

Antes que Jordan pudesse pensar nisso por mais um segundo, Simon se afastou da mesa tão de repente que os pratos e os copos tilintaram. Murmurou um pedido de desculpas e saiu da cozinha.

– Qual é a dele? – perguntou Jordan.

A avó tirou os óculos, polindo-os na blusa azul. Quando os recolocou no nariz, juntou os dedos das mãos e sorriu para Jordan.

– Ele é o irmão mais velho.

Jordan franziu a testa, depois se levantou e foi procurar o irmão gêmeo.

Ela o encontrou na varanda da frente da pousada, encostado no guarda-corpo e olhando para as roseiras crescidas demais.

– O que aconteceu? – perguntou Jordan, acomodando-se ao lado do irmão e cutucando seu ombro.

Ele suspirou e balançou a cabeça.

– Desculpa. Só precisava sair um pouco.

– Por quê? Simon, sei que você tá preocupado com a vó e com as questões financeiras, mas a gente vai dar um jeito de resolver. E eu...

– Sei que vamos resolver. – Ele se virou para ela. – Sei que *você* vai.

Ela inclinou a cabeça, encarando-o.

– Jordan, eu te devo um pedido de desculpas. Na verdade, vários.

– Simon, você...

– Não, me deixa falar. – Ele pôs as mãos nos bolsos. – Eu te amo, Jordie. Provavelmente mais do que qualquer outra pessoa na minha vida. E, depois daquilo com a Meredith, fiquei muito preocupado com você. Acho que... me acostumei a ficar preocupado, sabe? Esqueci quem você é, esqueci que é uma pessoa maravilhosa, forte e capaz. Queria tomar conta de você, tanto que me esqueci de *acreditar* em você. Devia ter reconhecido que o projeto era seu. Agora que sei, é tão óbvio que era *seu*, mas antes não percebi porque não imaginei que você conseguiria... Saco. Desculpa mesmo, Jordie. Por favor, saiba que sinto muito.

Ela piscou para afugentar as lágrimas repentinas, mas elas não pararam de marejar seus olhos.

– Simon, você...

Não sabia o que dizer. Não podia dizer "tá tudo bem", porque os dois sabiam que não estava. Mas também não estava zangada. Estava magoada, sim, mas, acima de tudo, agradecida. Estava muito, muito grata por aquele momento, por um irmão que a amava o bastante para se importar tanto, mesmo que às vezes fosse um pouco longe demais na preocupação.

Passou os braços em volta do pescoço dele e o puxou para perto dela.

– Em sua defesa – disse de encontro ao ombro dele –, eu fiquei *mesmo* numa pior.

Ele riu e a abraçou com força. Seu gêmeo. Seu melhor amigo.

– Tenho orgulho de você, mana – afirmou ele. – Muito orgulho mesmo.

Ela o apertou mais uma vez antes de soltá-lo. Os dois enxugaram o rosto, rindo dos próprios olhos vermelhos e lacrimejantes que combinavam entre si.

– Então – disse ele assim que se recuperaram. – O que você vai fazer com a Astrid?

O sorriso de Jordan desabou dos lábios.

– Nada. Não tem nada pra fazer, Simon.

Porque Astrid tinha razão: Jordan *merecia* tudo de bom. E talvez, por mais que sentisse que o coração ia se partir em pedaços ao pensar assim, Astrid não servisse para ela.

Jordan merecia alguém que não fugisse. Merecia alguém que discutisse as questões, que as resolvesse, que desse a ela a chance de falar também.

Jordan merecia um grande amor.

Merecia um *destino*.

E, caramba, não ia se contentar com nada menos que isso.

CAPÍTULO TRINTA E QUATRO

NA QUARTA-FEIRA À NOITE, Astrid convocou uma reunião de emergência do clã. Elas se reuniram na casa de Claire e Delilah, onde as quatro se acomodaram ao redor da mesa da cozinha, com laptops, papel e canetas espalhadas pelo tampo de madeira, junto com latas de água com gás e uma tigela de pipoca quase intocada.

Astrid havia passado os dois dias anteriores, desde que largara o emprego, ignorando os telefonemas da mãe e fazendo listas. Fizera uma lista de sua situação financeira – tinha juntado uma boa poupança, além do dinheiro do pai que não poderia acessar antes dos 35 anos, de modo que não serviria para muita coisa por enquanto. Também tinha uma lista de agentes imobiliários que não deviam nada à sua mãe – se conseguisse um emprego logo, não teria que vender a casa, porém cada vez mais achava que queria vendê-la. Só para recomeçar do zero. E, óbvio, tinha uma lista com possíveis planos de carreira, que incluía tudo e qualquer coisa em que conseguisse pensar.

– Meu Deus do céu, se você virar corretora imobiliária e instalar um outdoor com um sorrisão falso na estrada, acabou – declarou Iris, olhando para o último item da lista. – Eu paro de ser sua amiga.

Astrid gemeu e apoiou a cabeça nas mãos.

– Não quero ser corretora imobiliária.

– Então não seja – disse Delilah, pegando uma caneta e riscando a opção da lista.

– Recepcionista? – perguntou Claire, olhando para outro item marcado. – Não tem nada errado em ser recepcionista, meu bem, mas acho que isso não te faria feliz.

Astrid ergueu as mãos, derrotada.

– Preciso de dinheiro, Claire. Ser feliz...

– É o objetivo – afirmou Iris. – Foi por isso que você largou o emprego e é por isso que estamos sentadas aqui. Nem todo mundo tem essa chance, e poder escolher é estar numa posição incrivelmente privilegiada, minha cara.

– Tem razão. Sei que você tem razão – respondeu Astrid.

Estava com sorte. Tinha uma boa poupança e amigas que fariam qualquer coisa por ela.

– Então, o que você *quer*, Astrid? – perguntou Iris.

Ela abriu a boca para sair pela tangente outra vez, pois, com sorte ou não, a pergunta ainda a deixava apavorada, mas Iris ergueu a mão para silenciá-la.

– Não. Pode parar. Se você pudesse fazer qualquer coisa, o que seria?

Um nome lhe passou pela cabeça. Um quintal dos fundos com uma rede debaixo do céu estrelado, mãos calejadas nos quadris enquanto preparava alguma coisa na cozinha, uma boca de botão de rosa em seu pescoço...

Astrid balançou a cabeça e se concentrou nas opções de emprego. Havia algo ali, bem no fundo da mente e coberto de teias de aranha. Mas era tão improvável que daria no mesmo querer ser cantora da Disney.

– Talvez não seja possível.

– E daí? – retrucou Iris. – É um ponto de partida.

Astrid suspirou e encarou a lista. Seu sonho coberto de teias não estava anotado nela. Não tivera coragem de incluí-lo.

Mas *era* valente. Tinha dito a verdade sobre o projeto de Everwood, mesmo arrasando os próprios sentimentos ao fazer isso. Tinha confrontado a mãe e largado o emprego. Não só o emprego, a carreira toda. Tudo em nome da pequena faísca de esperança no peito que dizia existir algo mais para ela, algo que realmente a faria feliz. Algo que a faria sentir que era ela mesma, mesmo quando fosse difícil.

Pegou uma caneta e acrescentou outra opção à lista.

Claire, Iris e Delilah se aproximaram para ler.

Iris foi a primeira a levantar a cabeça, com os olhos brilhantes encarando os de Astrid.

– É! É isso aí!

Astrid se encolheu, mas um sorriso tomou conta de seus lábios.

– É?

– É – afirmou Claire, estendendo a mão para pegar a da amiga. – Cem por cento.

Delilah assentiu.

– Tenho a vaga lembrança de uns biscoitos bem gostosos que você fazia.

Astrid soltou o ar e olhou para a lista.

Padeira.

Lá estava o seu sonho escrito com todas as letras.

Mas os sonhos precisavam da realidade para se concretizarem, e a realidade era que ela não tinha formação, nem experiência, nem capital para abrir a própria empresa. Foi o que disse às amigas.

– Tá, então só precisamos achar a oportunidade certa – disse Iris. – A Café & Conforto não tem uns pães de fabricação própria?

– Acho que sim – respondeu Claire.

– Vamos perguntar se tem vaga lá.

– E se não tiver? – perguntou Astrid.

– A gente vê em Winter Lake. Em Sotheby. Em Graydon – declarou Iris. – Qualquer lugar. Aquele Açúcar & Assado que tem uns pãezinhos deliciosos fica a uma hora daqui. Tem que existir um lugar disposto a te dar uma chance. É só você fazer qualquer bolo que eles vão te querer.

Astrid pegou e apertou a mão de Iris. Aquilo era aterrorizante. Era o que ela temia havia anos, o motivo de ter se contentado com a vida que a mãe definira para ela. Mas também era libertador. Era emocionante tomar aquelas decisões, dizer o que queria e de fato ir atrás disso.

– Espera aí – disse Iris, livrando-se da mão de Astrid e erguendo as duas mãos. – E a Pousada Everwood?

Ao ouvir isso, o estômago de Astrid deu uma cambalhota.

– O que é que tem?

– Iris – ralhou Delilah, com a voz tensa.

Qualquer que fosse o aviso, porém, Iris não lhe deu ouvidos. Raramente dava.

– Estão procurando uma cozinheira e uma padeira, já que não vão mais vender a pousada por causa da matéria da Jordan na *Orquídea* e, ai, puta merda, não era pra eu te contar isso.

Iris se encolheu. Claire esfregou a testa, enquanto Delilah se limitava a balançar a cabeça.

O estômago de Astrid deu um salto triplo carpado.

– Jordan... Jordan apareceu numa matéria na *Orquídea*?

Claire assentiu.

– Foi hoje mesmo. Simon contou pra Iris. A gente não ia te contar agora, sabe, a gente ia esperar uns dias pra você se adaptar a tudo que está acontecendo.

Astrid assentiu, sentindo um nó doloroso na garganta. Ao processar aquelas novas informações, tentou analisar como estava se sentindo.

Jordan tinha conseguido uma oportunidade pela qual Astrid teria feito qualquer coisa alguns meses antes. Mas não estava com inveja. Nem um pouco. Em vez disso, teve vontade de chorar porque estava muito feliz por ela e gostaria de poder lhe dizer isso. Queria poder tomá-la nos braços, segurar o rosto dela nas mãos e dizer que ela era pura magia, que tinha orgulho dela.

Mas não podia fazer isso.

Jordan tinha passado por muita coisa, e Astrid não podia magoá-la outra vez. Não podia correr esse risco.

– Não é uma opção ruim – comentou Delilah com cuidado.

Claire assentiu.

– Na verdade, é ótima. Com a sua experiência empresarial, você provavelmente poderia fazer a pousada decolar. Talvez até mesmo administrar o lugar também, enquanto organiza a cozinha, e...

– Não dá – afirmou Astrid. – Duvido que neste momento eu seja a pessoa favorita dos Everwoods.

Além disso, como ficaria perto de Jordan sem estar de fato *com* ela? Não era tão corajosa assim.

– Já tentou falar com ela? – perguntou Claire em voz baixa.

– Não – respondeu Astrid com firmeza. – Não dá. Quase arruinei a vida dela, Claire. Ela merece coisa muito melhor.

– Por que você não deixa a Jordan decidir? – retrucou Iris.

Astrid balançou a cabeça, pegando a caneta e sublinhando *Padeira* várias e várias vezes na lista. Sentia o olhar das amigas fixo nela, mas, felizmente, a porta da frente se abriu, impedindo que mais tramas românticas se formassem.

– Cheguei! – gritou Ruby na entrada.

– Oi, Coelhinha – disse Claire quando a menina apareceu, puxando-a para um abraço e beijando o alto da cabeça dela. – Estava bom na casa da Tess?

Ruby assentiu e entregou um envelope acolchoado estampado de carinhas amarelas sorridentes para Claire.

– Achei isso na porta da frente. Foi a vó que mandou. – Ela olhou para a bagunça em cima da mesa. – O que vocês estão fazendo?

– Estamos tentando convencer a tia Astrid a ir atrás da mulher que ela ama – respondeu Iris.

– Iris! – ralhou Astrid.

A amiga se limitou a abrir um sorrisinho irônico para ela.

– Peraí... – disse Ruby, olhando para Astrid. – Tia Astrid, você gosta de meninas?

Astrid se recostou na cadeira e abriu um sorriso fraco.

– É. Gosto, sim. Bom, no momento gosto de *uma* menina, mas... é isso aí.

– Legal! – respondeu Ruby, pegando um punhado de pipoca da tigela e enfiando uma na boca. – Eu também gosto de meninas.

Astrid arregalou os olhos.

– Sério?

Ruby assentiu.

– É. Acho que pode ser que eu goste *só* de meninas, mas a Delilah disse que não preciso de nenhum rótulo ainda, sabe? Só tenho 12 anos.

O sorriso de Astrid se ampliou. Adorava aquela menina.

– É. Sei, sim. Que legal, Rubes.

A menina sorriu e foi para o quarto dela fazer a lição de casa. Astrid se debruçou na mesa, olhando para Claire.

– Quando foi que isso aconteceu?

Claire sorriu, e Delilah pegou a mão dela.

– Semana passada, né? Ela chegou em casa toda encantada, falando de uma menina nova na turma dela, e aí simplesmente... compartilhou com a gente. Eu já desconfiava, então, sinceramente, foi um alívio.

– A gente adorou – acrescentou Delilah. – Mas, sabe como é, o mundo pode ser bem cruel, então estamos conversando bastante com ela sobre isso.

– A Ruby é maravilhosa – afirmou Iris. – E tem adultas maravilhosas na vida dela. Vai dar tudo certo.

– No fim das contas, todo mundo aqui é bem *queer* – comentou Delilah, dando a mais sutil das piscadelas para a irmã.

– Graças à deusa – disse Iris.

Astrid sorriu. Ainda não sabia ao certo qual rótulo mais combinava com ela. *Bissexual* parecia o correto, mas, por enquanto, estava feliz em simplesmente saber quem era e estar com as amigas que a entendiam.

Ao abrir o pacote da mãe, Claire riu. Tirou dali uma caixinha com a ilustração de uma mulher negra com vestido branco e manto vermelho segurando uma varinha.

– Ai, meu Deus, é mais um baralho de tarô. Já tenho uns dez desses.

Katherine, a mãe de Claire, viajava muito com o marido e adorava tarô, além de oráculos, cristais e ervas. Estava sempre mandando alguma coisa nova para a filha experimentar, como livros ou baralhos que ela achasse que a livraria poderia vender.

– Tem alguma carta com maçã nesse baralho? – perguntou Delilah, aproximando-se e dando um beijo no pescoço de Claire, que corou e chegou a dar uma risadinha.

– Nossa, *adoro* piadinhas secretas de casal – resmungou Iris.

Claire mostrou a língua para ela.

– Mas esse pode ser legal – disse Delilah, pegando a caixa e lendo o verso. – Parece bem diverso: nem todo mundo é branco, e as personagens nas cartas são sempre mulheres ou pessoas não binárias.

– Aí, sim – comentou Iris, pegando a caixa para dar uma olhada.

Ela a abriu, despejando uma chuva de cartas coloridas que pareciam vagamente familiares.

– Espera aí – disse Astrid, pegando algumas e olhando-as com atenção.

Todas eram ilustradas e simples, mas alguma coisa nos desenhos, nas cores, tocou o fundo da mente dela. Onde é que tinha vis...

Jordan. No Andrômeda. Jordan havia mostrado a ela uma carta exatamente no mesmo estilo e contado que vinha tirando a mesma carta havia meses.

O Dois de Copas.

A carta das almas gêmeas.

– Como é que funciona? – perguntou Astrid, pegando o pequeno guia do baralho e folheando-o em busca de algum tipo de instrução.

– O quê, agora você quer fazer uma leitura? – retrucou Iris.

– Alguém me explica como funciona.

A voz de Astrid estava baixa, mas trêmula, e as amigas notaram. De repente, sentiu a pulsação no corpo todo.

– Tá bom, meu bem – disse Claire.

Tomou as cartas de Astrid e as embaralhou, explicando que ao fazer isso deveria formular uma pergunta que admitisse respostas variadas. Em seguida, separou as cartas em três pilhas, juntou-as outra vez e pegou a carta de cima.

O Quatro de Paus.

Iris tomou o guia de Astrid.

– Essa carta significa comemoração, prosperidade, encontro de almas afins. – Ela sorriu para as amigas e voltou a olhar para o livro. – Também pode significar casamento.

Claire engasgou e olhou para Delilah, que se limitou a sorrir.

– Só tô dizendo – comentou Iris.

– Quer experimentar? – perguntou Claire, pigarreando e olhando para Astrid.

Astrid assentiu. Não fazia ideia do porquê, mas aquilo tinha que significar alguma coisa, não é? O fato de estar na casa de Claire no momento exato em que aquele pacote havia chegado, por acaso contendo o mesmo baralho de tarô que Jordan usava... Astrid não acreditava nesse tipo de coisa – era uma pessoa prática e organizada, que acreditava que as decisões das pessoas eram somente delas.

Ou da mãe delas, dependendo do caso.

E ainda acreditava em tudo isso.

Mas e se...

– Aham – respondeu. – Quero, sim.

Claire entregou as cartas, instruindo-a a tocar no baralho uma vez para apagar a leitura anterior. Em seguida, Astrid segurou as cartas com as mãos, tentando pensar numa pergunta que admitisse diversas respostas.

Minha mãe vai me odiar pra sempre?

Tomei a atitude certa?

O que preciso saber neste instante?

Escolheu a última, que parecia exatamente a mistura certa de praticidade e misticismo.

– Você precisa lembrar que o tarô não é profético – recomendou Claire. – É só pra te ajudar a entender o que já existe no seu coração, as escolhas que estão diante de você e coisas assim.

– Quando foi que você virou especialista? – perguntou Iris.

Claire fez um gesto de desdém.

– Quando minha mãe passou a insistir em ler pra mim, pra Ruby e pra Delilah toda vez que vem à cidade.

Astrid embaralhou e cortou as cartas em três pilhas, juntou-as outra vez – de modo *instintivo*, como Claire dissera – e depois ficou parada. Olhou para a carta de cima, com os dedos apoiados na superfície azul lustrosa. Talvez fosse bobagem. Talvez fosse...

Virou a carta antes que pudesse terminar o pensamento.

E ali, brilhando para ela em toda a sua glória absurda e impossível, estava o Dois de Copas.

CAPÍTULO TRINTA E CINCO

JORDAN ESTAVA DEITADA NA CAMA, segurando o telefone nas mãos. Era bem depois da meia-noite, e o chalé estava silencioso.

Silencioso demais.

O tipo de silêncio que fazia as pessoas tomarem decisões muito tolas.

Ela deveria ter entregado o celular para Simon, dizendo a ele que em nenhuma circunstância deveria devolvê-lo para ela por, hum, um mês. Mas, como toda pessoa de coração partido, restava um pouco de masoquismo em seu íntimo, e não conseguia parar de esperar que o nome de Astrid aparecesse na tela outra vez.

A primeira chamada tinha chegado por volta das nove da noite. Jordan estava escovando os dentes e ouviu o telefone vibrar na mesa de cabeceira. Então naturalmente foi saltando pela pista de obstáculos de tranqueiras espalhadas por todo o chão do quarto – dando um susto na pobre da Felina – para alcançar o telefone bem a tempo de ver a notificação de uma chamada perdida de Ser Humano Quase Decente que Quer te Beijar de Novo.

Olhou para a tela, com pasta de dente pingando da boca na camiseta, esperando que uma mensagem aparecesse no correio de voz.

E nada.

Mas Astrid ligou de novo trinta minutos depois.

Dessa vez Jordan estava preparada. Estava sentada à escrivaninha, com o laptop aberto, usando o programa de design, mas só fingia trabalhar em algumas ideias. Na verdade, sua mente estava girando, visualizando como atenderia o telefone com calma e diria a Astrid, em termos inequívocos, que não queria falar com ela nunca mais.

Era um bom plano.

Mas quando o telefone finalmente tocou e o nome de Astrid reapareceu na tela, Jordan não conseguiu segui-lo.

É que não conseguiu atender a chamada. Se atendesse... e depois? Duvidava que realmente teria forças para mandar a mulher por quem estava perdidamente apaixonada à merda, e Deus sabia o que aconteceria com seu coração já maltratado se ouvisse seja lá o que Astrid tinha a dizer.

Assim, ignorar e negar eram mesmo a única opção.

Depois, porém, Jordan não conseguia acalmar a mente o bastante para dormir. Não conseguia parar de desejar que Astrid ligasse outra vez, que fosse atrás dela até que não conseguisse mais ignorar nem negar coisa alguma.

Mas esse não era o estilo de Astrid.

Jordan sabia disso.

Rolou de lado, com Felina ronronando feliz, encostada em seu peito, e decidiu pensar em outras coisas. Tinha uma reforma para terminar, uma matéria de revista chique para a qual se preparar e uma possível carreira numa grande emissora dedicada ao design de interiores. Não precisava de Astrid. Naquele momento, não precisava de nenhum tipo de romance. Era confuso demais, difícil demais, e ela só acabaria se...

O telefone interrompeu seus pensamentos.

Ela o agarrou de uma vez, com o coração já a meio caminho da garganta. Já era sua determinação de aço.

Mas não era Astrid.

Era Meredith.

Jordan suspirou e encostou o telefone na testa, as vibrações sacudindo ainda mais seus pensamentos. Desde o e-mail explosivo de Meredith para Natasha Rojas, uma semana antes, ela havia ligado, mandado mensagens de texto ou e-mails pelo menos uma vez por dia. Ultimamente, tinha passado a tentar falar com Jordan muito mais vezes do que qualquer ser humano passava falando ao telefone.

Jordan estava bem cansada de ver o nome da ex na tela... mas não estava zangada. Sabia que deveria estar – afinal, Meredith havia passado de todos os limites possíveis ao entrar em contato com Natasha, mas simplesmente não tinha energia para nutrir aquela emoção. Na verdade, nos últimos tempos, sentia muito pouco em se tratando de Meredith.

Antes que pudesse pensar duas vezes, apertou o botão verde.

– Que foi?

– Jo? Ai, meu Deus, você atendeu.

– Pois é, achei melhor acabar logo com isso.

Meredith suspirou ao telefone.

– Olha, me desculpa. Não imaginei que fossem cancelar o episódio.

– Andou falando com o Simon, é?

– Na verdade, com a sua avó. Ela sabe que me preocupo com você.

– Se preocupa comigo? – Jordan não conseguia acreditar naquela mulher. – Meredith, as suas atitudes não são as de alguém que *se preocupa* com outra pessoa.

– Foi você que criou o projeto, Jo, e aí...

– Não estou falando da pousada.

Houve um instante de silêncio, e Jordan entendeu que, se não dissesse tudo naquele momento, talvez nunca fizesse isso. E tinha que falar. Precisava que Meredith entendesse *por que* a separação havia acabado com ela.

E depois precisava se despedir.

– Você me abandonou – disse Jordan.

– Jo, eu...

– Você me abandonou porque não estava apaixonada por mim, e entendo isso, Meredith. Entendo mesmo, de verdade. E sabe de uma coisa? Você tinha razão em dizer que não éramos as pessoas certas uma pra outra. Tinha razão em dizer que a gente precisava se separar, que havia outras coisas esperando pela gente. Mas o que você parece não entender é que éramos parceiras. *Parceiras*, Meredith. E você tomou a decisão final por mim, porra. Não disse nem uma palavra sobre as suas dúvidas durante todos os anos que passamos casadas, nem quando ficou doente e depois caiu fora assim que entrou em remissão. E é disso que tenho raiva. Isso é o que mais me magoa, o fato de você não ter pensado o suficiente em mim, não ter *se preocupado* o bastante comigo pra conversar sobre isso. Então acho que isso é prova mais do que suficiente de que não era amor, né?

Sentiu um aperto na garganta ao dizer as últimas palavras, e alguém que não era Meredith surgiu em sua mente. Um pé no saco em forma de gente com o cabelo repicado, mas afastou aquela imagem.

– Tem razão – respondeu Meredith depois de um momento de silêncio. – Nossa, tem razão, Jordan. Eu deveria ter conversado com você primeiro. É que eu... não pensei... Merda. De verdade? Fiquei com medo de você não conseguir lidar com a situação. Fiquei com medo que você dissesse todas as coisas certas e eu acabasse ficando. Aí eu não seria feliz nem capaz de te fazer feliz, e o ciclo se repetiria pra sempre.

Jordan esfregou a testa. Havia certa verdade em meio às palavras de Meredith, mas ainda doía ouvir que sua própria ex-mulher achava que ela não fosse forte o bastante para ter aquela conversa.

– Bom – disse Jordan –, acho que nunca vamos saber.

– Eu sinto muito, Jo. Jordan. Sinto muito mesmo.

Jordan assentiu, embora Meredith não pudesse vê-la.

– Tá.

E isso, no fim das contas, era tudo o que restava a ser dito. Jordan pediu que Meredith lhe desse tempo e privacidade, e a ex concordou.

Depois despediram-se.

Jordan deixou o telefone cair no peito e puxou Felina para um abraço. Lágrimas afloraram nos olhos, e ela as deixou cair no cabelo. Era bom chorar, um alívio que esperava sentir havia um ano.

A felicidade era mais do que amor e romance. Era mais do que uma mulher deslumbrante com dentes de vampira que invadira seu mundo numa enxurrada de café e raiva, mudando sua vida inteira. A felicidade era ter propósito, consciência de si mesma e aceitação. Então era nisso que Jordan se concentraria. Era nisso que...

Plic.

Os pensamentos ficaram paralisados, e a gata endureceu nos braços dela, levantando a cabeça com as orelhas empinadas na direção do som que vinha da janela.

Plic.

– O que foi isso, gatinha? – perguntou Jordan a Felina.

A gata desceu do colchão e se escondeu debaixo da cama.

– Minha heroína – resmungou Jordan enquanto jogava as cobertas de lado e ia até a janela, abrindo as cortinas para espiar do lado de fora.

A lua estava cheia e lançava uma luz prateada na grama, mas não enxergou nada além da roseira que bloqueava metade de sua visão.

Plic.

Dessa vez, Jordan recuou quando o que devia ser uma pedrinha bateu no vidro.

– Que porra é essa?

Destrancou a janela, mas não importava quanto puxasse, a desgraçada não se mexia. Só Deus sabia havia quanto tempo ninguém a abria.

Plic.

Ela suspirou, agarrou seu agasalho do Orgulho Lgbtq+ na ponta da cama e o vestiu por cima da regata e do short de pijama, calçou as botas e se dirigiu à porta dos fundos da cozinha. Pegou uma faca no suporte ao lado do fogão antes de abrir a porta no maior silêncio possível. Com certeza não precisava que Simon nem sua avó acordassem e se apavorassem com o que não devia ser nada além de um inseto batendo na janela.

Lá fora, o ar estava fresco e a grama já orvalhada. Ela se esgueirou pela lateral da casa até alcançar a janela do quarto, mas, ao chegar lá, não viu nada. Também não ouviu nada além do leve farfalhar das folhas da roseira na brisa de verão e um *shh-shh* suave que devia ser de seus próprios pés pisando na grama.

Tinha acabado de se virar, pronta para voltar para dentro, quando avistou um pequeno retângulo largado na grama, com a luz da lua refletida na superfície, tornando-o brilhante e prateado.

Foi até lá e o pegou – era uma espécie de cartão –, inclinando-o à luz para vê-lo nitidamente. Demorou um segundo para assimilar o que era.

Uma carta de tarô. Mas não era uma carta qualquer.

O Dois de Copas.

Nunca tinha visto aquela versão – a arte tinha uma atmosfera boêmia, mostrando duas mãos entrelaçadas e voltadas para baixo, com cores se derramando delas para duas tigelas douradas. Jordan olhou para cima, totalmente confusa quanto a quem poderia ter deixado aquilo ali. Estava prestes a gritar, exigindo uma resposta, quando viu a segunda carta.

Estava a uns quatro metros de distância, na frente da oficina. Jordan correu para pegá-la e foi saudada por mais um Dois de Copas. Este era um desenho em preto e branco. A única cor era o vermelho das pétalas de duas rosas cruzadas acima de duas taças. Ela olhou para a carta, com a respiração forte e acelerada de repente, e começou a ficar meio zonza. Guardou aquela carta com a primeira e procurou por algum sinal de quem...

Ali.

A cerca de seis metros da porta da oficina, na direção da pousada, havia uma terceira carta. As pernas de Jordan estavam moles como gelatina, e as pontas dos dedos formigavam por conta do excesso de oxigênio quando pegou mais um Dois de Copas, este com os rostos de duas mulheres de perfil e o fundo pontilhado de estrelas.

Sentiu a boca seca. Tremia, e algo muito semelhante a uma vontade de chorar se acumulou em seu peito. Deixou a faca cair na grama e olhou para a pousada.

A luz do Quarto Azul estava acesa. Ou, pelo menos, uma espécie de luz. Tinha cor de âmbar, era tênue e tremeluzia, mas Jordan seguiu em frente, o coração batucando feito um tambor de encontro às costelas.

Nos degraus da varanda da frente, encontrou o quarto Dois de Copas – todo branco, a não ser por uma delicada ilustração em carvão. Quando abriu a porta da pousada, que estava destrancada (o que era perturbador), ligou a lanterna do celular e encontrou o quinto Dois de Copas no saguão de entrada, o sexto na metade do caminho da escada, o sétimo no corredor e o oitavo na frente da porta do Quarto Azul.

Pegou o último nas mãos – uma ilustração em aquarela de duas amantes entrelaçadas numa praia enevoada – e o juntou aos outros. A claridade suave do que só podia ser luz de velas tremulava no vão debaixo da porta do Quarto Azul.

Jordan encostou as mãos na madeira recém-envernizada, fechou os olhos, respirou fundo e empurrou.

Lá dentro, Jordan desligou a luz do celular. Não precisava mais dela, pois havia pelo menos umas dez velas, de vários formatos e cores, iluminando o ambiente. Algumas dentro de potes de vidro, outras em castiçais.

E, no centro do cômodo, encontrava-se Astrid Parker.

Jordan sabia que ela estaria ali. Talvez até já soubesse depois de pegar aquele primeiro Dois de Copas, mas tivera medo de acreditar nisso.

Ainda tinha medo de acreditar, como se tudo aquilo não passasse de um sonho ou uma alucinação.

Mas, caramba, Astrid parecia ser de verdade. Além disso, estava linda, usando simplesmente um jeans escuro e uma camiseta cinza, com o cabelo bagunçado e a franja roçando os cílios. Seus olhos brilhavam, a luz das velas tornando-os quase cor de âmbar. Não tinha o mesmo aspecto espectral da última vez que Jordan a vira.

Parecia estar, de alguma forma, diferente. Menos assombrada.

E estava olhando para Jordan com uma carta nas mãos.

– Oi – disse ela, com a voz suave e um pouquinho rouca.

– Hã... oi – respondeu Jordan.

Tentou respirar normalmente, mas estava arfando e bufando como se tivesse acabado de correr uma maratona.

– Você... quer água? – perguntou Astrid, inclinando a cabeça.

Jordan riu.

– Se tiver aí, eu aceito. É que alguém me enfiou numa caçada selvagem ao tarô no meio da noite.

– Que esquisito – comentou Astrid, sorrindo enquanto se virava e tirava uma garrafa d'água da bolsa. – Desculpa se não estiver geladinha.

Jordan gesticulou, depois entornou grandes goles de água na garganta seca. Ficou grata pela trégua emocional, um momento para esfriar a cabeça. Bebeu todo o conteúdo da garrafa e a deixou no chão, depois esperou que Astrid dissesse alguma coisa... *qualquer* coisa.

– Vai mesmo me fazer começar essa conversa? – perguntou por fim.

– Ah, não, desculpa. – Astrid deu um passo à frente. – Eu só queria te dar um tempo... pra ter certeza de que você quer mesmo estar aqui.

Jordan ergueu o queixo, tentando demonstrar mais indiferença do que sentia. Por que, não sabia, mas parecia ser a atitude mais segura.

– Ainda não decidi.

Astrid assentiu.

– É justo.

Jordan se calou. Não ia ceder mais nada. Não podia.

Astrid respirou fundo e deu mais um passo em direção a Jordan.

– Eu tinha planejado um discurso completo. – Seu sorriso era hesitante, e a voz estava embargada. – Mas, agora que você está aqui, eu...

Sem que Jordan permitisse, os pés dela a levaram adiante.

– Você o quê?

Astrid engoliu em seco com força e olhou para a carta na mão.

– Você o quê, Astrid? – repetiu Jordan, dessa vez com mais firmeza, mesmo que sentisse tudo dentro dela se derreter.

– Estou com medo – respondeu Astrid por fim, encarando os olhos de Jordan. – Hoje, eu estava na casa da Claire, pensando nos meus próximos passos, quando ela recebeu da mãe um baralho de tarô pelo correio. O *seu* baralho. O mesmo que você me mostrou no Andrômeda. E, pra mim... foi como uma espécie de sinal, sabe? Então, tirei uma carta e foi esta.

Ela virou a carta nas mãos. Jordan sabia qual era antes de ver as cores conhecidas, as duas mulheres de frente uma para a outra com as taças de ouro nas mãos.

– Puta merda – sussurrou mesmo assim.

– Pois é. – Astrid se aproximou mais. – Não acredito nesse tipo de coisa. Nunca acreditei, mas não consegui... não *quis* ignorar. Eu te liguei, mas você não atendeu, e entendi que você merecia muito mais do que um telefonema meu tagarelando sobre uma carta de tarô.

– Merecia, é?

Astrid assentiu.

– Você merece um gesto grandioso.

Jordan sentiu o nervosismo. Foi como um milhão de asas se abrindo e levantando voo dentro dela.

– É isso o que você tá fazendo, Astrid? Me proporcionando um gesto grandioso?

Astrid riu. Lágrimas brilharam nos olhos dela e se derramaram, mas ela não as enxugou.

– Isso mesmo.

Mais um passo. O espaço entre elas era de apenas alguns centímetros, e Jordan não se afastou. Não conseguiu. Nem queria. Os olhos de Astrid estavam fixos nos dela, colando-a no lugar.

– Eu te amo, Jordan Everwood – declarou Astrid. – No fim das contas, é isso. Achei que não te merecia, que você merecia uma pessoa melhor, e ainda pode ser que isso seja verdade. Nas últimas semanas, te fiz sofrer. Eu te usei. Mesmo que não entendesse de verdade o que estava fazendo na época, ainda assim, eu te usei. E sinto muito mesmo por isso. Depois de tudo, se o sentimento não for recíproco, vou entender, mas precisava falar. Precisava dizer que te *quero* mais do que já quis qualquer coisa em toda a minha vida. E pode parecer bobo ou infantil, mas não ligo. *Você* é o meu destino, Jordan. Não por causa de uma carta, das estrelas nem de alguma espécie de magia, mas porque eu te escolho. E eu...

Mas Jordan não a deixou terminar. Avançou no espaço entre elas e pegou o rosto de Astrid nas mãos, interrompendo suas palavras com um beijo. E não foi um beijo suave, mas desvairado, frenético, com línguas e dentes, com as mãos passeando pelos cabelos. Um beijo que comunicou as centenas de palavras que Jordan, naquele momento, não teria a menor condição de dizer.

Astrid deixou cair aquele Dois de Copas fatídico e envolveu a cintura de Jordan com os braços, mergulhando as mãos debaixo do agasalho e da regata, arrastando as unhas na pele nua das costas dela. Gemeu na boca de Jordan, o som tão semelhante a um soluço que Jordan a beijou com mais ímpeto, abraçou-a com mais força. Ela sentiu as lágrimas escorrendo nas bochechas de Astrid e as enxugou com os polegares.

Por fim, o beijo ficou mais delicado, mais suave, e logo estavam apenas paradas no meio de um quarto semifinalizado, com os braços em volta uma da outra, uma testa colada à outra.

– Seria clichê dizer que você já tinha me ganhado no *oi*? – sussurrou Jordan.

Astrid riu.

– Não ligo se é clichê. Fala mesmo assim.

– Você já tinha me ganhado no *oi* – disse Jordan, dando um beijo naquele pescoço e girando com ela.

Astrid riu de verdade, deu seu sorriso de verdade, e Jordan nunca tinha ouvido um som mais bonito na vida.

– Tá bom, tenho que perguntar – falou Jordan depois que pararam de girar. – Onde foi que você arranjou esse monte de cartas de tarô?

Astrid sorriu de novo.

– Claire tinha muitos baralhos. Ela, Iris e Delilah me ajudaram a organizar tudo isso. Deixar as cartas lá fora, trazer as velas...

– E jogar pedras na minha janela?

Astrid cobriu a boca com as mãos, falando por entre os dedos.

– Desculpa. Foi a Iris. Acho que ela se escondeu na roseira quando você saiu.

Jordan riu.

– Puta merda, Parker. Que superprodução.

A expressão de Astrid ficou séria.

– Você merece.

– Você vive dizendo isso.

– Porque é verdade. Quero que você saiba disso.

– Eu sei. – Jordan apoiou a testa na de Astrid outra vez, sentindo a garganta apertada de emoção. – Finalmente sei.

Astrid levantou o queixo de Jordan e tinha acabado de encostar a boca na dela quando a porta do Quarto Azul se fechou com um estrondo.

As duas se assustaram, agarrando-se uma à outra e vendo a porta... se abrir de novo, rangendo.

Astrid riu.

– Parece que Alice Everwood concorda.

CAPÍTULO TRINTA E SEIS

DEPOIS QUE JORDAN FEZ A MALA e deixou um bilhete para o irmão e a avó na bancada da cozinha, Astrid a levou para casa.

Mal tinha trancado a porta depois de entrarem e já estavam arrancando as roupas uma da outra. Nem chegaram ao quarto. Em vez disso, Astrid puxou Jordan para o sofá, deixando sutiãs e calcinhas pelo caminho. Não queria línguas nem dedos. Precisava sentir a pele de Jordan junto da sua, a boca dela colada à sua, as duas respirando o ar e as palavras uma da outra.

Fez Jordan se deitar e montou nela, alinhando cada parte dos corpos.

– Ah! – gemeu Jordan quando seu sexo tocou o de Astrid.

Afundou a mão no cabelo dela e puxou as mechas já desarrumadas até Astrid gritar também. A mistura daquele ardor suave com o prazer era diferente de tudo o que Astrid já sentira. Ela ondulou os quadris de encontro aos de Jordan, desesperada pelo contato, pela sensação, esfregando os clitóris até as duas gozarem entre gemidos, unhas na pele, bocas roçando pescoços e ombros.

Desabou no peito de Jordan, ofegando, braços e pernas tomados por aquele peso pós-orgástico perfeito.

– Puta merda! – exclamou Jordan, respirando depressa.

– Pois é – respondeu Astrid.

Jordan ergueu o queixo de Astrid e fitou os olhos dela, encarando-a por tanto tempo que a outra começou a ficar sem jeito.

– Você tá bem? – perguntou Astrid.

Jordan assentiu e sorriu.

– Eu também te amo. Não disse isso lá na pousada.

– Não precisa...

– É verdade.

Astrid deixou aquelas palavras envolverem seu coração. Deixou que fossem verdadeiras. Permitiu-se *sentir* a verdade. Depois, beijou a mulher que amava, a mulher que a amava também. Beijou-a naquele sofá, depois no quarto, no chuveiro e na varanda dos fundos. Beijou-a até o sol começar a espreitá-las através das cortinas, quando finalmente adormeceram.

– Olha, tenho uma coisa pra te dar – disse Jordan no fim da manhã seguinte.

Estavam sentadas à mesa da cozinha enquanto a chuva escorria pela janela, com uma nova fornada de muffins de sidra esfriando entre elas, já que tinham dormido até mais tarde e pulado o café da manhã.

Por cima da xícara de café, Astrid olhou para Jordan.

– O que é?

Jordan franziu o nariz, como fazia quando estava tímida. Era tão fofo que Astrid quase tirou tudo da mesa para agarrá-la ali mesmo.

– É... Bom, encomendei pra você antes...

Astrid assentiu. Sabia o que era aquele *antes*. Tinham passado metade da noite, entre sexo e mais sexo, discutindo o que havia acontecido com a pousada e o que sentiam a respeito disso. Astrid dividiu com Jordan tudo o que fizera desde então – tinha largado o emprego e praticamente rompido o contato com a mãe, pelo menos por enquanto. Contou sobre suas listas e a ideia de tentar viver como padeira.

E Jordan contou sobre o telefonema de Natasha, a oferta em relação à revista *Orquídea* e a rede de TV. Ao finalmente ouvir a notícia da boca de Jordan, Astrid procurou em seu íntimo qualquer sinal de inveja ou amargura, mas não sentia mesmo nada disso. Estava simplesmente feliz. Orgulhosa. E disse isso a Jordan com suas palavras... e, depois, com algumas ações que a fizeram gemer o nome dela.

Agora, na cozinha, Jordan se levantou e foi para a sala de estar, onde largara sua bolsa na noite anterior. Vasculhou o conteúdo antes de finalmente encontrar uma caixinha branca e voltou, aproximando sua cadeira de Astrid e deixando a caixa diante dela.

Astrid arregalou os olhos.

– Hã, o que...

– Não é um anel – declarou Jordan, completamente séria. – Conheço a piada sobre as lésbicas que já querem se casar no segundo encontro, e não é nada disso.

Astrid riu.

– Ah, meu Deus, não foi isso que eu pensei.

– É, não foi, não...

– Não foi mesmo!

Jordan se inclinou e a beijou.

– Abre.

Astrid balançou a cabeça para tirar o cabelo do rosto e pegou a caixa nas mãos, levantando a tampa. Ali, sobre um pequeno leito de algodão, estava um colar de ouro. A corrente era delicada, assim como o pequeno pingente, que era...

Astrid arfou ao reconhecer aquele formato de osso da sorte duplo, voltando-se para a namorada de uma vez.

Jordan apenas sorriu.

– É um colar de clitóris – constatou Astrid.

Jordan assentiu e tratou de explicar.

– Eu quis te dar um presente depois daquela situação com a sua mãe na varanda, alguma coisa que fizesse você se sentir forte. Vi isso na internet e pensei em você.

– Você... pensou em mim quando viu um colar de clitóris?

Jordan riu.

– Não foi nesse sentido.

Astrid levantou as sobrancelhas.

– Tá bom, é, quando penso em você me dá vontade de te agarrar, mas não foi por isso que comprei o colar.

Astrid sorriu e enfiou a mão livre no cabelo de Jordan, depois deixou os dedos apoiados na nuca dela.

– Você admirou a Natasha por ter coragem de usar um colar desses – continuou Jordan – e eu queria que você sentisse que também é corajosa. Queria te dar uma coisa que te fizesse lembrar que você é valente e capaz, que pode escolher a si mesma e priorizar o que *você* quer, e que merece ser amada, não importa quais sejam essas prioridades, no fim das contas.

Astrid soltou um suspiro e abraçou Jordan até encostar a testa na dela. Meu Deus, estava totalmente apaixonada por aquela mulher. A cada segundo ficava mais impressionada com ela.

– Eu adorei – disse Astrid, e se endireitou para tirar o colar da caixa. – É perfeito.

– Não precisa usar. Sei que é meio extravagante.

– Eu posso ser extravagante – respondeu Astrid.

Pendurou o colar em volta do pescoço e se virou de costas para que Jordan prendesse o fecho para ela. O pingente ficou logo abaixo da base do pescoço.

Jordan riu, mas logo agarrou as pernas de Astrid e a virou de frente, deslizando as mãos pelas coxas dela.

– Você pode ser tudo o que quiser.

E Astrid acreditou nela.

Naquela tarde, a campainha tocou às cinco horas. Astrid presumiu que fossem suas amigas, embora Claire tivesse prometido tentar manter Iris afastada por uns dias para dar às duas um pouco de privacidade. Ainda assim, enquanto Astrid se dirigia à porta de regata e legging, percebeu que não se importava com a intrusão. Tinha muito o que contar às amigas, e podia muito bem fazer isso naquele momento.

E, nossa, Iris ia adorar o colar de clitóris. Tinha certeza de que, quando chegasse o verão, todas estariam usando pingentes iguais. O pensamento a fez sorrir, mas sua expressão murchou quando abriu a porta e se viu cara a cara com a mãe.

Isabel Parker-Green estava mal. Bom, quer dizer, tão mal quanto Isabel era capaz de ficar, o que significava estar com um pouco menos de maquiagem e o cabelo um tanto mais opaco do que o normal. Usava uma calça de linho e uma blusa do mesmo tecido, em vez das peças de seda que preferia. Ainda assim, quando encarou os olhos da filha, com um guarda-chuva preto acima da cabeça, seu olhar não estava tão afiado como costumava ser, sempre procurando defeitos. Não, aquela era uma expressão que Astrid nunca tinha visto. Não conseguia nem identificá-la.

Naqueles últimos dias, Astrid vinha ignorando os telefonemas, as mensagens de texto e os e-mails da mãe. Sabia que cedo ou tarde teriam que conversar, mas precisava de tempo para se descobrir antes de convidar Isabel para voltar à sua vida.

– Mãe... – começou a dizer.

Mas sentiu um aperto na garganta, uma onda repentina de emoção, talvez até medo. Quis chamar Jordan, mas a namorada tinha saído para buscar o jantar. Talvez fosse melhor assim. Além do mais, Astrid podia cuidar daquilo sozinha.

Endireitou o colar de clitóris e respirou fundo.

– Não estou pronta pra conversar, mãe – disse ela, e sua voz tremeu só um pouco.

– Eu sei – respondeu Isabel.

Sua voz estava suave, mas saiu um pouco forçada, como se a severidade de sempre estivesse lutando contra algo mais terno.

– Então, por que veio? – perguntou Astrid.

Isabel segurou o guarda-chuva com tanta força que os nós de seus dedos ficaram brancos. Astrid nunca vira a mãe tão desequilibrada.

– Só queria que soubesse que estou aqui. Quando você estiver pronta, eu gostaria de fa... – Ela balançou a cabeça e respirou fundo. – Quando estiver pronta pra falar, eu gostaria de ouvir.

Astrid arregalou os olhos. Sua mãe era uma péssima ouvinte. Não conseguia pensar num único momento da vida em que se sentira ouvida.

E talvez Isabel finalmente tivesse percebido isso.

– Tá bom – disse Astrid. – Eu te aviso.

Isabel assentiu, ajeitou a bolsa no ombro com a mão livre, virou-se para ir embora...

E deu de cara com Jordan Everwood.

Astrid prendeu a respiração, mas também deu um passo adiante. De jeito nenhum ia deixar sua mãe dizer alguma ofensa a Jordan. Nem naquele dia, nem nunca.

As outras duas mulheres ficaram paralisadas, Jordan com uma sacola de sushi pendurada no cotovelo, o guarda-chuva transparente de Astrid acima dela e a chuva caindo na superfície.

– Hã, olá – disse ela.

Isabel endireitou os ombros.

– Olá, Jordan – respondeu ela. – É... é um prazer vê-la de novo.

As sobrancelhas de Jordan subiram até o cabelo, e ela olhou para Astrid atrás de Isabel.

– Vi o trabalho que você fez na pousada da sua família – comentou Isabel. – Ficou lindo. Lindo mesmo.

– Ah. – Jordan piscou, aturdida. – Obrigada.

E, com isso, Isabel passou por ela, entrou na sua BMW e foi embora.

– Puta merda, jura que acabei de ganhar um elogio de Isabel Parker--Green? – perguntou Jordan, aproximando-se de Astrid.

Coberta pelo telhado da varanda, fechou o guarda-chuva e o apoiou num canto.

– Acho que sim. Não que você precise.

– Ah, não, lógico que não. – Jordan fez *pff* e gesticulou, fazendo Astrid rir. – Mas e aí? Você tá bem?

Astrid levou algum tempo para responder. Sinceramente, sentia-se um pouco vulnerável e exausta. Aquelas poucas palavras trocadas com Isabel haviam drenado toda a sua energia. Mas a mãe dela era... a mãe dela. Uma parte de Astrid viveria sempre desesperada por aprovação, por amor. Não achava errado uma filha querer isso da pessoa responsável por ela, principalmente alguém que a havia criado sozinha. Queria Isabel na sua vida.

Mas, pela primeira vez, ia fazer alguma coisa do próprio jeito, e sua mãe sabia disso. Entender isso a fez se sentir forte.

Ela assentiu, depois deu um tapinha no peito.

– Talvez seja o poder do colar de clitóris, mas sim. Acho que estou bem. Estou me sentindo meio assim... foda.

Jordan riu, enlaçando a cintura de Astrid com o braço e puxando-a para um beijo.

– Astrid Parker, você é a pessoa mais foda que eu conheço.

CAPÍTULO TRINTA E SETE

Dois meses depois

A POUSADA EVERWOOD BRILHAVA. A luz suave das arandelas cor de âmbar iluminava cada corredor, cada cômodo, e velas estrategicamente posicionadas faziam cintilar todas as taças de champanhe na sala. Uma banda muito *queer* que Astrid havia encontrado em Portland, chamada The Katies, tocava na biblioteca, guitarras e bandolins murmurando num estilo meio Brandi Carlile.

Astrid Parker estava ao lado de uma estante verde-sálvia lotada de todos os tipos de livros que com certeza *não* tinham sido escritos por homens brancos já mortos. Tomou um gole de champanhe e ficou olhando a multidão que rodeava e adulava sua namorada – e que era grande, com pessoas que tinham vindo até de Nova York para comemorar a grande reabertura de Everwood.

Jordan estava fantástica. Sempre estava, mas, naquela noite, usando terno preto sob medida, camisa branca com o colarinho aberto, o batom vermelho-rubi impecável nos lábios e o cabelo cobrindo parte da testa, Astrid sentia uma palpitação cada vez que tinha um vislumbre dela.

– Então ela é uma baita estrela – comentou Iris ao lado de Astrid.

Inclinou a taça em direção a Jordan, que passeava pela multidão com Natasha Rojas, as mãos enfiadas nos bolsos e a postura aberta e confiante cada vez que paravam para falar com alguém que queria conhecer a designer.

– Pois é – respondeu Astrid. – Ela é, sim.

A matéria na *Orquídea* com a transformação surpreendente e inovadora da Pousada Everwood tinha sido publicada no começo daquela semana. Um mês antes, quando Natasha estivera na cidade com a pessoa responsável pelas fotos e a repórter da *Orquídea* para fazer uma última sessão de fotografias da obra recém-finalizada, ela informara a data de lançamento da matéria, então Astrid obviamente tinha entendido que o momento perfeito para dar uma festa de reabertura seria logo em seguida, capitalizando o interesse que o destaque na revista criaria no mundo do design de interiores.

E tinha razão.

Desde que assumira a administração da pousada, cinco semanas antes, havia trabalhado com afinco para preparar tudo para uma onda de negócios. Tinha sido um palpite, mas um palpite abalizado. Astrid garantiu a Pru e Simon que o investimento em roupas de cama, num computador novo para a recepção e num novo programa para gerenciar as reservas on-line e a folha de pagamento valeria a pena.

Apenas três semanas após o lançamento da matéria na *Orquídea*, já estavam com todos os quartos reservados pelos três meses seguintes.

Astrid também passara muito tempo na cozinha. Embora a variedade de muffins, bolos e pãezinhos que ela e Jordan levaram para a reunião inicial com Pru e Simon tivesse convencido os Everwoods de que ela podia cuidar do forno, cozinhar era outra história. Então também contrataram uma chef – uma jovem negra chamada Rhea que havia estudado numa escola de culinária em Seattle –, e Astrid estava animada com a parceria. Sabia que poderia aprender muito com ela, que era tão organizada quanto talentosa. Astrid nunca provara nada tão delicioso quanto as frittatas de espinafre e alecrim da mulher.

Quanto às tarefas domésticas, continuaram com Sarah, que trabalhara em Everwood por cerca de uma década antes da reforma e estava empolgada com todas as mudanças.

– Este lugar está simplesmente maravilhoso – afirmou Claire quando ela e Delilah se juntaram a Astrid e Iris, com os óculos também cintilando àquela luz. – A gente vai reservar um pernoite aqui, né, amor?

– Uhum – respondeu Delilah, assentindo enquanto tomava um grande gole de champanhe. – Sinceramente, a ideia de ver a Astrid levando travesseiros pra mim é boa demais pra deixar passar.

Astrid bateu no braço de Delilah, mas estava sorrindo. Seria um prazer levar travesseiros para a irmã. Também arrumaria a cama e deixaria uma bala de hortelã nos lençóis limpos. Faria tudo isso e adoraria cada segundo. Adorava estar ali, nos corredores e quartos aconchegantes de Everwood. Não havia lugar que amasse tanto quanto aquele. Mesmo quando o trabalho ficava entediante – ao elaborar orçamentos ou encomendar os sabonetinhos e os vários xampus para diferentes tipos de cabelo que deixavam em cada banheiro –, sabia que aquele era o seu lugar.

Everwood a fazia feliz, pura e simplesmente.

Viu sua mãe no meio da multidão, elegante como sempre, com um terninho marfim. Cerca de um mês antes, Astrid finalmente ligara para conversar com ela. Não foi à Casa das Glicínias, mas pediu a Isabel que a encontrasse na Café & Conforto – território neutro –, onde contou à mãe como se sentia e tudo o que a levara a sair da Bright Designs.

E a mãe ouviu.

Em certos momentos da conversa, Isabel pareceu ficar horrorizada. Também demonstrou tristeza, confusão e esperança. Não falou muito em resposta, mas Astrid só precisava que a mãe a ouvisse, e acreditava que ela tinha feito isso mesmo. Duas semanas depois, encontraram-se de novo para tomar café. Falaram sobre o novo emprego de Astrid e sobre a Bright Designs, que Isabel ia pôr à venda.

Reconstruir aquele relacionamento era uma tarefa lenta e às vezes incômoda, mas Astrid estava disposta a tentar. O mais surpreendente era saber que Isabel também estava, e era só isso que importava.

Do outro lado da sala, seu olhar cruzou com o de Jordan. A namorada lhe deu uma piscadela, provocando um friozinho na barriga, como se fosse uma pré-adolescente. Ela sorriu e mordeu o lábio inferior, e isso pareceu bastar para fazer Jordan pedir licença a Natasha e ir na direção dela.

– Vocês duas são um nojo – disse Iris, testemunhando toda a comunicação.

– Ah, você adora, vai – respondeu Astrid.

– Adora o quê? – perguntou Jordan ao chegar, passando o braço em volta da cintura de Astrid e dando-lhe um beijo rápido.

– A gente – respondeu Astrid, apoiando-se em Jordan. – É que você e eu ficamos absolutamente lindas juntas, sabe.

– Ah, ficamos, é? – Jordan sorriu para ela.

Astrid assentiu, e não poderia deixar de sorrir nem se quisesse.

– Blé – resmungou Iris.

– Você só tá dizendo isso porque não tá namorando ninguém agora – comentou Claire. – Tá com inveja?

– Pode ter certeza que não – respondeu Iris, tomando um gole de sua bebida e olhando para a multidão. – Desisti de namorar, muito obrigada.

Astrid olhou de relance para Claire e Delilah. Iris tinha estado estranhamente calada a respeito de romances desde a traição de Jillian, alguns meses antes.

– É normal dar um tempo – comentou Delilah.

Iris não respondeu. Em vez disso, viu Simon do outro lado do saguão, ao lado da mesa do bufê arrumada na sala de jantar. Apertou o ombro de Jordan e deu um beijo na bochecha de Astrid, depois foi até ele. Os dois andavam passando muito tempo juntos, embora ela jurasse que eram apenas amigos. Além do mais, Simon tinha começado a namorar Emery, do *Pousadas Adentro*, havia algumas semanas, logo depois de elu acompanhar Natasha na sessão de fotos para a *Orquídea*.

– Vamos dar uma volta por aí – sugeriu Claire, entrelaçando os dedos nos de Delilah e dando um beijo na bochecha de Astrid.

Astrid assentiu e puxou Jordan para um canto um tanto sombreado perto da lareira.

– Enfim, sós – disse ela, beijando o pescoço da namorada, e então olhou para a multidão na sala. – Quer dizer, mais ou menos.

Jordan puxou Astrid para mais perto.

– Só mais umas horas, e vou fazer de tudo com você.

– Bom, estou usando meu vestido da sorte.

Jordan riu e recuou o suficiente para olhar Astrid de cima a baixo. Estava usando aquele vestido lápis marfim, o mesmo em que Jordan derramara café naquele fatídico primeiro encontro. O colar de clitóris, cintilando no pescoço, era a única joia que usava e, em vez dos sapatos de salto pretos, calçara um par de *stilettos* vermelho-cereja absolutamente divinos.

Ela ergueu o braço de Astrid e a fez girar.

– Eu é que tenho sorte... você já viu como fica sua bunda com esse vestido?

Astrid deu uma risadinha.

– Na verdade, vi, sim.

Jordan assobiou, depois abraçou a namorada de novo quando a banda começou a tocar uma música mais lenta. Astrid passou os braços ao redor do pescoço de Jordan, e as duas começaram a balançar ao ritmo doce de um bandolim.

– Ninguém mais tá dançando – sussurrou Astrid.

– Não ligo – respondeu Jordan, girando-a.

Estavam atraindo alguns olhares, a maior parte sorridente.

– Nem eu – disse Astrid, sorrindo de encontro ao cabelo de Jordan quando percebeu que era cem por cento verdade.

– Nossa, a gente deve estar apaixonada ou coisa assim.

– É como se fosse destino.

– Astrid Parker, está dizendo que você é o meu destino?

Astrid olhou para uma obra de arte na parede perto da lareira.

Instaladas num fundo branco e cercadas por uma moldura quadrada verde-sálvia, estavam nove cartas de tarô.

Nove Dois de Copas.

Ela sorriu e deu um beijo suave na boca de Jordan.

– Jordan Everwood, é exatamente isso que estou dizendo.

AGRADECIMENTOS

Em primeiro lugar, agradeço a todas as pessoas que leram, resenharam e falaram sobre *Delilah Green não está nem aí*. Adorei fazer contato com o público leitor durante a divulgação do primeiro livro que se passa em Bright Falls, e espero sinceramente que a história de Astrid não tenha deixado a desejar. Ela é bem pessoal, e fico muito honrada em dividi-la com vocês.

Como sempre, nada disso seria possível sem Rebecca Podos, que me brinda com seu talento como agente e com sua amizade. Seu discernimento, sua compaixão e sua determinação nunca vão deixar de me surpreender. Agradeço à minha editora, Angela Kim, cujo olhar aguçado ajudou a transformar este livro exatamente na história que precisava ser – sem você, eu ainda estaria nadando no vasto oceano da reescrita!

Obrigada a toda a equipe da Berkley, incluindo Katie Anderson, Fareeda Bullert, Elisha Katz, Tina Joell e Beth Partin. Agradecimentos infinitos a Leni Kauffman, cuja ilustração de capa com Astrid e Jordan parece ter saído diretamente dos meus sonhos.

Obrigada à minha querida rede de amizades: Meryl, Emma e Zabe, cujo humor, sabedoria e discernimento me ajudam a cada passo do processo. Courtney Kae, obrigada por ler este livro desde o início e por oferecer um excelente parecer que ajudou Astrid e Jordan a se encontrarem de maneiras ainda mais significativas. Agradeço a Brooke Wilsner por ler primeiro e por me ajudar a acreditar que o livro não era uma porcaria.

Obrigada a Alison Cochrun e Courtney Kae por suas palavras maravilhosas a respeito da obra. Sou fã de vocês para sempre, como autoras e seres humanos!

Obrigada a todas as pessoas que ofereceram palavras gentis para apoiar este livro. Estou mais grata do que imaginam por seu tempo e por seus elogios!

Como sempre, agradeço a C., B. e W., que criam um espaço seguro para eu escrever todos os dias e me amam mesmo quando desapareço por um tempo dentro da minha mente.

Por último, mais uma vez e sempre, obrigada a todas as pessoas que leram este livro! Sem vocês, Astrid e Jordan só existiriam na minha cabeça, e estou muito grata por sua ajuda ao dar vida a elas.

CONHEÇA OUTRO LIVRO DA AUTORA

Delilah Green não está nem aí

Delilah Green jurou nunca mais voltar a Bright Falls, a cidade onde cresceu. Lá não há nada para ela, só as lembranças da infância solitária e do desprezo da madrasta e da irmã postiça, Astrid. Em Nova York ela tem uma carreira como fotógrafa em ascensão e uma mulher diferente em sua cama todas as noites.

Mas quando Astrid usa chantagem emocional e um cheque polpudo para forçá-la a fotografar seu casamento e a maratona de eventos preparativos, Delilah acaba concordando em voltar.

Seu plano é chegar, fotografar e ir embora de fininho. Só que assim que ela reencontra Claire Sutherland, uma das insuportáveis – e lindas – amigas de infância de Astrid, percebe que talvez haja, sim, algo divertido para se fazer em Bright Falls.

Criando a filha de 11 anos praticamente sozinha ao mesmo tempo que gerencia uma livraria e lida com um ex nada confiável, Claire só quer uma vida sem surpresas. E a chegada repentina de Delilah é uma surpresa e tanto.

Em meio a todas as questões mal resolvidas do passado e os problemas do presente, o desejo que nasce entre as duas se torna cada vez mais evidente. E elas não sabem se terão força para resistir aos encantos uma da outra. Pior ainda: estão começando a achar que não querem mesmo resistir...

CONHEÇA OS LIVROS DE ASHLEY HERRING BLAKE

Delilah Green não está nem aí
Astrid Parker nunca falha

Para saber mais sobre os títulos e autores da Editora Arqueiro,
visite o nosso site e siga as nossas redes sociais.
Além de informações sobre os próximos lançamentos,
você terá acesso a conteúdos exclusivos
e poderá participar de promoções e sorteios.

editoraarqueiro.com.br